NAYO

THE DARK SIDE OF YOU

BAND 1

J.A. KUNZ

Für Fireball,
der unbedingt wollte,
dass ich seine Geschichte aufschreibe.

PLAYLIST

nicest thing - kate nash
chances - backstreet boys
rollin' - limp bizkit
green eyes - coldplay
bury a friend - billie eilish
can't hold us - macklemore & ryan lewis
labyrinth - taylor swift
bad guy - billie eilish (tina's theme)
enemy - imagine dragons
chasing cars - snow patrol
lost - liza anne
how to save a life - the fray
liebe meines lebens - philipp poisel

Oder über den QR-Code bei
Amazon Prime anhören:

ÜBER NAYO

Die Erde, wie wir sie kennen, wurde im Dritten Weltkrieg zerstört. Die Kontinente Europa, Asien, Nord- und Südamerika sowie Afrika sind nach schweren atomaren Angriffen unbewohnbar. Die überlebenden Menschen wurden in ihrer technologischen Entwicklung um Jahrhunderte zurückgeworfen und befinden sich nun, im Jahre 2520, in etwa auf dem Stand von 2050. Aber: Sie haben Frieden miteinander geschlossen und leben unabhängig von Hautfarbe, Religion, Geschlecht und sexueller Orientierung friedlich auf Inseln im Indischen Ozean. Als Zeichen dieses friedlichen Neubeginns haben sie die Erde umbenannt in Nayo. Nayo steht für Glück und Freude, kann aber auch übersetzt werden in „grüne Welt“. Die Dark-Side-Reihe spielt in Australien.

PROLOG

Würde ich mein Leben
mit einem Gegenstand vergleichen –
so wäre es eine Sanduhr.
Denn wie die Körnchen
durch deren Hals rieseln,
rinnen meine Tage durch die Woche.
Immer gleich.

Und ist die Woche vorbei,
drehe ich die Sanduhr um
und alles beginnt von vorn.
Ich hatte ja keine Ahnung,
dass mein Leben so eintönig ist.
Dass es mehr geben könnte.

Bis ich dich traf.

1

SALLY

Gerade als mein Vater seine Rede beginnt, sticht mir ein winziges Staubkorn in den Hals. Ich räuspere mich leise. Das hilft nur kurz, dann ist das Kratzen zurück. Verdammt. Ich schlucke und sehe mich im Raum um. Dads Rede hält die Anwesenden in Bann. Als Schulleiter weiß er, wie er mit der perfekten Mischung aus bedeutungsschwerem Inhalt und einer Prise Humor die Spannung aufrechterhält. Davon hätte sich so manch einer seiner öden Vorredner eine Scheibe abschneiden können.

Wir haben den vierten Gang und die sechste Ansprache hinter uns. Dad ist Nummer sieben. Bin ich voreingenommen oder ist seine Rede tatsächlich genial? Mir gegenüber sitzt ein alter Mann mit Haarkranz. Er zieht sich die Krawatte lockerer, die zu eng um seinen dicken Hals gebunden ist. Sein Hemd spannt am Bauch. Er starrt meinen Vater an, und als Dad einen Scherz macht, wabbelt sein Hals beim Lachen. Neben ihm sitzt seine Frau. Eine rothaarige, vollbusige Dame mit ausladendem Dekolleté und Sektglas in der Hand. Gerade unterdrückt sie einen Rülpser, aber es sieht so aus, als sei ihr dabei der letzte Schluck Sekt zurück in den Mund gelaufen.

Die beiden sind widerlich. Aber verdammt wichtig. Denn er ist der Kommandant für Soziales, sie die Vorstandsvorsitzende des Bekleidungs-Giganten *Tree of Hope* – des Ausstatters des Kommandariats und unserer Schule. Sie haben das Ballkleid bezahlt, das ich gerade trage.

Ich bin umgeben von solchen bedeutsamen Leuten. Denn das hier ist die größte Wirtschaftsveranstaltung des Planeten. Hier berichten Vertreter aus Kultur, Wirtschaft und Bildung dem Präsidenten und der obersten Führungsriege über ihre Pläne und Ausgaben und versuchen, von ihnen Geld zu bekommen. Für die Vertreter der Kultur lief der Abend bisher alles andere als erfolgreich. Nur ein Gesangsprojekt, das durch alle Truppenstationen im All touren möchte, hat einen Zuschlag erhalten. Ein Unternehmen konnte mit einer Technologie überzeugen, die die Schutzschilde unserer Kampfschiffe stärken soll. Ein anderes wollte Geld für ein kalorienarmes Müsli, aber es hatte keine Chance – im All braucht man Energie. Eine Schule, die nicht mit dem Kommandariat kooperiert, wollte Geld für die Erneuerung ihrer naturwissenschaftlichen Räume, aber natürlich ging sie leer aus. Dass sie sich überhaupt getraut haben, heute Abend vorzusprechen. Mein Vater und ich können uns dagegen sehr wohl Hoffnung auf Unterstützung machen. Dad ist der Leiter des Internats für Verteidigungswissenschaften, der wichtigsten Nachwuchsquelle des Kommandariats. Wenn er heute Abend alles richtig macht, können wir uns im nächsten Schuljahr über Klassenausflüge oder eine Anschaffung für die Wissenschaftsabteilung freuen. Falls ich ihm nicht die Rede mit diesem verdammten Staubkorn vermassele, das schon wieder kratzt. Ich räuspere mich verhalten.

Da spüre ich einen Blick. Links von mir, fünf Plätze weiter auf der anderen Seite des Tisches, sitzt Kommandantin Josephine Galeri. Welchen Bereich sie verantwortet, habe ich vergessen, also ist es wohl kein wichtiger. Sie lächelt mich freundlich an, hebt ihr Glas ein winziges Stück und blickt dann auf etwas hinter mir. Der Tisch mit den Getränken.

Ich schüttele kaum merklich den Kopf und schaue konzentriert zu meinem Vater. Aber keine zwei Sekunden später meldet sich das Staubkorn zurück. Verdammt! Ich lege den Kopf in den Nacken und schlucke.

Über mir spiegeln sich die Tischreihen und mein blasses Gesicht in der gläsernen Kuppel. Das goldene Besteck glitzert in der Glasfläche wie kleine Sterne, der silberne Reif in meinem dunkelbraunen Haar blitzt auf wie eine Krone. Man könnte meinen, wir säßen in einem überdimensionalen Wintergarten, aber es gibt sehr wohl feste Wände. Sie sind mit Stofftapeten bezogen und an den Seitenfenstern hängen seidene Vorhänge. Meine Güte, ist das glamourös. In meinem Bauch flattern Schmetterlinge. Ich bin zu Gast im Palast des Präsidenten! Da der Palast Teil des gigantischen Schutzgürtels ist, der sich um ganz Nayo spannt, gelangt man nur mit einem Shuttle des Kommandariats hierher und befindet sich knapp unter der Schwelle zur Schwerelosigkeit.

Mein Vater macht einen Witz und das Lachen der Anwesenden hallt durch den Saal. Ich nutze die Gelegenheit, um mich ordentlich zu räuspern. Es hilft nicht. Und das Glas vor mir ist leer.

Ob es unangebracht ist, während der Rede meines Vaters aufzustehen und mir etwas zu trinken zu holen? Auf jeden Fall. Aber noch schlimmer wäre es, wenn ich die Rede meines Vaters mit meinem Räuspern verhunzte. Immerhin wird sie live in alle Haushalte übertragen. Ich beobachte die Kameras. Sie sind auf meinen Vater gerichtet. Nur die Menschen hier an den Tischen würden bemerken, wenn ich aufstehe. Also nur etwa die mächtigsten und reichsten Menschen der ganzen Welt.

Ich schiele zu dem Tisch, auf dem die Gläser mit Sekt, Saft und Wasser ordentlich in Reih und Glied stehen, ein junger

Mann dahinter, immer bereit, ein frisches Glas zu reichen. Mein Vater spricht gerade über die Maßnahmen, die unser Internat durchführt, um Kinder und Jugendliche auf die Ausbildung als Kadetten vorzubereiten. Nahkampf, Strategieschulung, Kampftheorie, Kriegsgeschichte ... Es piekst so schmerzhaft in meinem Hals, dass mir die Augen tränen. Ich schlucke dagegen an.

Leise schiebe ich meinen Stuhl Zentimeter um Zentimeter vom Tisch weg. Der Kommandant für Soziales beobachtet mich mit gerunzelter Stirn. Ich lächele entschuldigend und deute auf meinen Hals. Fast geräuschlos erhebe ich mich und mache die ersten Schritte Richtung Getränketisch. Fast geräuschlos. Denn mein ausladendes Kleid raschelt und schleift bei jedem Schritt über den Boden, als wolle es rufen: »Achtung, Achtung! Die Tochter des Internatsleiters hat sich erhoben – während seiner Rede, auf die er sich zwei Wochen vorbereitet und wegen der er drei Nächte nicht geschlafen hat. Achtung, Achtung!«

Und als wäre mein Kleid nicht laut genug, höre ich in meinem Rücken, dass Dad in seiner Rede stockt, innehält, dann mit flatternder Stimme weitermacht. Mist! Ich habe ihn aus dem Konzept gebracht.

Mit wackeligen Beinen gehe ich die paar Meter zu den Getränken. Ich kann die Blicke der Anwesenden in meinem Rücken spüren. Mir ist so heiß, dass meine Wangen glühen. Hoffentlich sieht man durch das Kleid keine verräterischen Flecken unter den Achseln. Oder wie mir der Schweiß den Rücken hinunterläuft.

Der junge Mann hinter dem Tisch mit den Getränken trägt eine schwarze Hose, ein blütenweißes Hemd und eine rote Krawatte mit dem goldenen Lebensbaum, dem *Tree-of-Hope*-Logo. Er hat die Arme vor der Brust verschränkt und hört meinem Vater so aufmerksam zu, dass er gar nicht mitbekommt, wie ich auf ihn zugehe. Obwohl sein Blick so finster ist,

ist er unglaublich attraktiv. Auf seinem Kopf hat sich hier und da eine dunkle Strähne quergelegt, als wäre er sich heute Abend mehr als einmal mit den Händen durch die Haare gefahren.

Ich bin schon fast da, da tut er etwas, das mich erstarren lässt. Es ist nur ein kurzer Moment, eine kleine Geste, aber sie sorgt dafür, dass ich plötzlich nervös bin. Mit diesem Typen stimmt etwas nicht. Ich weiß es. Denn auf irgendetwas hin, das mein Vater eben gesagt hat, hat er mit den Augen gerollt. So etwas macht man nicht. Nicht, wenn man dem Kommandariat und dem Präsidenten treu ergeben ist. Nicht, wenn man seinen Job im Palast behalten will.

Mein Vater redet von körperlicher Fitness und Geschicklichkeit, keine Ahnung, worum es vor zwei Sekunden ging, was den Barkeeper zu dieser Reaktion bewegt hat. Gott, ich war so damit beschäftigt, ihn zu betrachten, dass ich die Rede meines Vaters vollkommen ausgeblendet habe.

Jetzt entdeckt er mich und starrt mich an. Ich stehe nur zwei Meter von ihm entfernt, steif, wie eine Aufziehpuppe, deren Schnur sich komplett eingezogen hat. Er löst die Hände von der Brust und reckt mir fragend das Kinn entgegen.

Was, wenn er nicht kommandariatstreu ist? Wenn er ein Verräter ist, im schlimmsten Fall sogar ein Rebell?

Ich schüttele die düsteren Gedanken aus meinem Kopf und gehe die letzten paar Schritte zur Theke.

»Wasser«, krächze ich.

Mein Hals fühlt sich an wie zugeschnürt. Der junge Mann greift nach einer Flasche und dreht mit einem weißen Tuch in der Hand den Verschluss auf. Wenn er ein Verräter sein sollte, ist dann Gefahr in Verzug? Falls er ein Rebell ist, befinden wir uns alle in Gefahr, allen voran der Präsident. Rebellen hassen Snobs wie uns. Und wir hassen diese Verräter, die einfach nicht verstehen wollen, wie wichtig die Mission des Kommandariats ist.

Ich sehe zum Eingang, wo zwei Männer vom Sicherheitsdienst des Palastes stehen. Ihre Blicke gleiten aufmerksam durch den Saal. Kadetten wie diese sind an jedem strategischen Punkt des Raumes positioniert. Sicher fünfzehn oder zwanzig Männer und Frauen, die Waffen einsatzbereit in den Holstern. Nein. Niemand wäre so verrückt, bei einer Veranstaltung voller Kommandeure und Sicherheitsleute etwas Dummes zu planen. Und garantiert wurden alle Mitarbeitenden vor der Veranstaltung überprüft.

Aber was, wenn bei dem Kerl hier etwas schiefgegangen ist? Was, wenn sie bei ihm etwas übersehen haben?

Dann sollte ich auf dem schnellsten Weg einem Mitarbeiter des Sicherheitsdienstes einen Hinweis geben. Das ist meine Pflicht. Was, wenn ich nichts sage, und der Typ im nächsten Moment den Präsidenten erschießt?

»Bitte sehr.« Der Kerl hält mir ein Glas hin. Er sieht mich an, als mache er sich Sorgen um meine Gesundheit. Dann verrutscht sein Blick und er fixiert eine Person neben mir.

»Junge Dame, geht es Ihnen nicht gut?«

Beinahe fällt mir das Glas aus der Hand. Mein Hals ist plötzlich noch trockener als zuvor und ich bringe nur ein Krächzen heraus.

Neben mir steht Anthony Dwaine. Der Präsident. Der mächtigste Mann des Planeten. Ein großgewachsener Herr mit zurecht gegeltem Schnauzer und etwas zu fülligem Bauch.

Ich bin ihm schon häufiger auf Veranstaltungen begegnet, durfte ihm sogar zweimal die Hand schütteln – das zweite Mal erst wenige Stunden zuvor an diesem Abend. Aber noch nie hat er mit mir gesprochen, immer nur mit meinem Vater.

»Ich hatte schon Sorge, Sie langweilen sich bei der Rede Ihres Vaters.«

»Aber nein, Sir«, sage ich und räuspere mich. »Die Rede ist unglaublich spannend und … wichtig.«

Anthony Dwaine nickt, nimmt sich ein Glas Sekt und lehnt

sich an die Kante des Tisches. Seinen Blick richtet er auf meinen Vater, als würde er ihm zuhören. Aber er hebt das Glas vor sein Gesicht und spricht mit mir. »Es ist eine Schande.«

»Verzeihung, Sir?«

»Besonders an Abenden wie diesem werde ich den Gedanken nicht los, wo die Menschheit sein könnte, wenn es den Dritten Weltkrieg und den Angriff der Schattenjäger nicht gegeben hätte. Wir könnten so viel weiter sein. Die Technologie so viel ausgereifter. Hier und heute lesen wir doch nur die Asche auf und versuchen, daraus Gold zu machen.« Er schüttelt vage den Kopf und strafft dann die Schultern. »Für Sie müssen diese Veranstaltungen furchtbar langatmig sein. Eine junge Dame hat an einem Samstagabend sicher andere Pläne.«

»Oh, das ist schon okay. Seit meine Mom ... Nun ja, ich unterstütze meinen Vater, wo ich kann. Wir sind ein Team.«

Er nickt. Ich schaue mich nach den Sicherheitsleuten an der Tür um. Ihre Blicke liegen aufmerksam auf uns, der eine von ihnen bewegt den Mund. Wahrscheinlich informiert er über irgendein technisches Gerät, das ich nicht sehen kann, seine Kollegen darüber, dass der Präsident am Getränketisch mit einem Mädchen spricht. Ob er eine Beschreibung von mir liefert, falls ich gefährlich werde? Bestimmt überprüfen sie gerade meinen Lebenslauf.

»Werden Sie sich diesen Sommer dem Kommandariat anschließen?«

»Nein, Sir, ich habe noch ein Jahr Schule vor mir.«

Präsident Dwaine lächelt freundlich. »Dann freue ich mich, Sie nächsten Sommer im Dienst des Kommandariats wiederzusehen.«

Ich wiege den Kopf hin und her. »Ich denke, es zieht mich eher in die Fußstapfen meines Vaters. Er zählt auf meine Unterstützung im Internat, wenn ich mit dem Studium fertig bin.«

Die Lippen des Präsidenten werden eine schmale Linie.

»Verstehe. Wie Ihr Vater ziehen auch Sie es vor, nicht um Ihr Recht auf Leben zu kämpfen. Sie bleiben lieber im Hintergrund. Dabei gibt es nichts Wichtigeres als die Heimat. Es lohnt sich, für sie zu kämpfen, vergessen Sie das nicht.« Sein Blick auf meinen Vater verändert sich.

Da verstehe ich plötzlich, was er eben zu mir gesagt hat. Er hat mir und meinem Vater Feigheit unterstellt. Dieser Mann, der uns überhaupt nicht kennt, glaubt, wir wären zu feige, um ins Weltall zu ziehen, nach den Schattenjägern oder anderen Feinden zu suchen und sie zu bekämpfen, bis sie unschädlich gemacht sind.

Ich stelle mein Glas geräuschvoll auf den Tisch. Das Kratzen in meinem Hals ist irgendwie von allein verschwunden.

»Mein Vater ist kein Feigling«, raune ich dem Präsidenten ins Ohr, so leise, dass es außer uns vielleicht noch der Typ hinter der Theke hören kann, aber laut genug, dass Anthony Dwaine meine Wut bemerken muss.

Überrascht sieht er mich an.

»Mein Vater ist vielleicht nicht im Weltall unterwegs, um die Schattenjäger aufzuspüren, aber er steht Ihnen genauso treu zu Diensten wie jeder andere auch. Seine Arbeit im Internat ist wichtig. Sonst müssten Sie im Kommandariat lauter Jugendliche ausbilden, die noch nicht mal drei Kilometer in fünfzehn Minuten rennen können, ohne dabei zusammenzubrechen. Solche Kids bekommen Sie nicht ins Weltall und sicher nicht in eine Ihrer Elitekampftruppen. Sie sollten meinem Vater dankbar sein für seine wertvolle Arbeit, statt abschätzig über ihn zu sprechen!«

Meine Güte, Sally Cooper, was hast du da eben getan? Du hast den Präsidenten beschimpft! Dafür droht sicher eine Haftstrafe. Ich sollte etwas Versöhnliches sagen, irgendetwas, das meine Aussage mildert oder mich wenigstens als unzurechnungsfähig entlarvt.

Aber da passiert etwas, das mich mit all seiner Gewalt beinah in die Knie zwingt.

Über unseren Köpfen bersten die Scheiben des Glasdachs. Neben uns krachen die Fenster und zersplittern mit ohrenbetäubendem Lärm auf dem Steinboden. Eine eisige Kälte strömt in den Saal, eine Sirene kreischt. Menschen schreien, mehr und mehr. So, wie ihre panischen Rufe von allen Seiten den Raum füllen, so stürmen schwarz gekleidete, vermummte Eindringlinge in den Saal. Ich sehe mich nach einem Fluchtweg um, doch diese schwarzen Schatten kommen von überall, sie dringen durch alle Eingänge und Fenster. Sogar vom Dach hangeln sie sich herunter. Es ist, als wäre der Raum plötzlich gefüllt mit Wasser, einem Wasser aus Todesangst, und keiner hier kann schwimmen.

Was ist nur los?

Die Sicherheitsleute greifen nach ihren Laserpistolen und zielen auf die Eindringlinge. Aber irgendetwas stimmt nicht. Die Waffen lösen nicht aus. Sie funktionieren nicht. Was zur Hölle ...?!

»Tod dem Präsidenten!«, ruft einer der vermummten Typen.

Ein anderer springt auf einen Tisch und brüllt: »Schluss mit Strafversetzungen ins Weltall! Gebt den Menschen Essen und Kleidung! Medikamente für alle!«

Er hüpft vom Tisch und stürzt sich auf einen der Sicherheitsleute, der mit einem Angreifer ringt. Aus der anderen Ecke des Raumes hallt die Stimme eines maskierten Mädchens. Auch sie hat sich auf einen Tisch gestellt und ruft: »Hört auf, Menschen gegen ihren Willen auf Expeditionen ins All zu schicken! Lasst die Menschen selbst entscheiden, welche Berufe sie ausüben wollen! Wir wollen wählen dürfen! Tod dem Präsidenten!«

Neben mir wimmert Anthony Dwaine. »Ich verstehe das nicht. Ich verstehe das nicht. Wo sind meine Leute? Sicherheitsdienst! Sicherheitsdienst!«

Aber auf seine Bewacher kann er lange warten. Zielsicher schlagen und treten die Eindringlinge auf die Kadetten ein, als hätten sie einen Plan. Und um den umzusetzen, müssen die Sicherheitsleute weg. Am Eingang erschießt ein Eindringling einen der Kadetten aus nächster Nähe. Direkt neben ihm schleudert ein anderer eine Kadettin von sich, die bewegungslos auf dem Boden liegen bleibt.

Was haben die vor? Wollen sie uns alle töten? Oder als Geiseln nehmen, um ihre abstrusen Forderungen zu erzwingen? Glauben die wirklich, sie könnten den Präsidenten umbringen? In seinem eigenen Palast, umgeben von Kommandeuren und Kadetten? Das wäre doch Wahnsinn! Es ist Wahnsinn, in den Palast einzubrechen und zu glauben, dass man ihn lebend wieder verlässt.

Aber das sind nicht irgendwelche Eindringlinge. Nein. Viel schlimmer. Ihre jungen Stimmen haben sie verraten. Es sind Rebellen. Verdammte Rebellen. Verdammte Kids, die glauben, nur weil sie Elternlose sind, könnten sie machen, was sie wollen, könnten die Menschen und das Kommandariat terrorisieren. Über mir schließt sich – Zentimeter um Zentimeter – der Mantel des Schutzringes. Ich wusste, dass es so eine Vorrichtung gibt, aber soweit ich weiß, kam sie noch nie zum Einsatz. Langsam schließt sie den Palast und alle, die darin sind, ein. Ich weiß nicht recht, ob mir das gefällt – eingesperrt mit Rebellen.

Da fällt mir der Typ an der Theke wieder ein. Ich drehe mich um. Und wünsche mir im nächsten Moment, ich hätte es nicht getan.

Der Junge hält eine Waffe in der rechten Hand. Und die zielt genau auf den Kopf des Präsidenten, der neben mir steht. Aber er schießt nicht. Warum schießt er nicht?

Er hebt die Linke und spricht in die Uhr an seinem Handgelenk. »Boss, ich kann es tun. Wo bist du? Soll ich übernehmen?«

Was auch immer sein Boss geantwortet hat, es hält ihn davon ab, den Präsidenten sofort zu erschießen, denn er richtet nur weiter den Lauf der Waffe auf den Hinterkopf von Anthony Dwaine. Und der? Der bemerkt noch nicht einmal, dass er in Gefahr ist, weil er so schockiert ist, dass sein Palast trotz des großen Sicherheitsaufgebots überfallen wird.

So stehen wir drei reglos da, der Präsident, der Junge mit der Waffe und ich. Wie Salzsäulen, während um uns herum ein Kampf tobt.

Ich wünschte, ich wäre taub. Denn die Geräusche sind unerträglich. Der ganze Saal ist ein Schreien, ein Kreischen, ein Stöhnen. Überall kämpfen die Sicherheitsleute gegen maskierte Rebellen, die sich bewegen wie Katzen – schnell, elegant, effektiv. Mein Vater ist weit weg auf der Bühne, versucht, einem Kadetten zu helfen, der im Schwitzkasten eines Angreifers steckt. Ich habe meinen Vater noch nie kämpfen sehen. Er ist überraschend gut!

Ein Kadett versucht, zum Präsidenten zu kommen, aber er wird von gleich zwei Rebellen zu Boden geworfen. Die Gäste der Gala kauern unter den Tischen. Schutz suchen! Das sollte ich auch tun. Ich hebe die Tischdecke des Getränketisches an und will mich gerade darunter ducken, da gibt der Präsident einen erstickten Ton von sich.

Sein Gesicht ist schneeweiß und mir ist klar, dass es für Anthony Dwaine gerade um Leben oder Tod geht. Ich folge seinem Blick. Ein vermummter Mann, keine fünf Meter von uns entfernt, zielt mit einer Waffe auf Dwaines Kopf. Die schlanke Gestalt ragt ruhig wie ein Fels im Sturm vor uns auf. Während alles um ihn herum im Kampf umherwirbelt, steht er fest und sicher. Seine schwarze Maske lässt nur seine Augen erkennen. Blaue Augen, die Anthony Dwaine fixieren, als sei er Ungeziefer. Die Pistole hält er ausgestreckt, den Lauf direkt auf ihn gerichtet, und ich schwöre, sein Finger bewegt sich Millimeter für Millimeter am Abzug.

Er wird den Präsidenten erschießen.

Und ich stehe daneben und sehe zu.

Nein. Nein, das tue ich nicht. Ich bin nicht feige.

Ich dachte immer, solche Dinge passieren in Zeitlupe. Dass man mehr Zeit hätte. Dass mehr Zeit dafür bliebe, auch sich selbst in Sicherheit zu bringen. Hätte ich vorher gewusst, dass das nicht so ist – ich wäre lieber unter den Tisch gekrochen.

Ich stoße Anthony Dwaine mit einem »Zur Seite!«-Schrei zu Boden, höre das Auslösen des Schusses, spüre einen Schmerz in meinem linken Arm und brenne. Ich brenne innerlich. Ich höre nichts, ich sehe nichts, ich spüre nur. Unter mir der Körper des Präsidenten, in mir dieser fürchterliche Schmerz, der mich von einer Sekunde auf die andere überrollt. Ein Schuss kann doch nicht so verdammt wehtun? Dann verkrampft sich mein Körper und ein Schrei gellt aus meiner Kehle. Das Brennen in mir wird heißer und heißer. Das kann kein normaler Laserstrahl gewesen sein. Es wird so schlimm, so unendlich schlimm, dass ich stumm darum bettle, endlich ohnmächtig werden zu dürfen. Aber ich werde es nicht. Ich werde es einfach nicht.

Hilfe! Warum hilft mir niemand? Hört mich denn keiner? Sieht mich denn keiner? Man muss mir doch helfen – oder mich erlösen. Bitte!

Jemand kniet sich neben mich. Dort, wo mich die Person berührt, wird das Brennen noch heißer. Warum verliere ich nicht das Bewusstsein? Warum sterbe ich nicht? Bitte, bitte! Es soll vorbei sein – bitte! Ich zwinge mich, die Augen zu öffnen, und zwischen meinen Tränen erkenne ich einen maskierten Kerl. Es ist der Typ, der auf mich geschossen hat. Er kauert neben mir und kramt hektisch in seiner Jackentasche herum, zieht irgendetwas heraus. Was hat er vor? Will er seinen Job zu Ende bringen? Den Präsidenten, der unter mir liegt, töten?

Plötzlich sind da noch mehr Menschen. Kadetten. Anthony Dwaine wird unter mir weggezogen, mein Körper fällt auf den kühlen Boden. Kühl. Oh, tut die Kälte gut, dort, wo sie auf das Brennen trifft.

Ich versuche, die Augen aufzubehalten, versuche, meine Schreie zu unterdrücken.

Jemand brüllt: »Der Schutzschild ist gleich dicht! Raus hier! Jetzt!«

Eine andere Stimme ganz in meiner Nähe sagt: »Sie sind festgenommen.«

Direkt neben mir ruft jemand verzweifelt: »Ich will ihr helfen! Sie stirbt, wenn ich ihr nicht helfe!«

Wieder bricht ein Schrei aus mir heraus, der alles andere um mich übertönt.

Dann ein Stich an meinem Oberarm. Es fühlt sich an wie die Spitze eines Nagels. Eine sehr kühle Nagelspitze. Sie wächst und wächst, dehnt sich aus, ist bald so groß wie ein Kieselsteinchen, schwillt zu Kastaniengröße an. Ich konzentriere mich auf den kalten Ball in meiner Schulter, weil der das Einzige ist, das mir nicht höllische Schmerzen bereitet. Der Druck wird größer und größer, bis der Ball platzt und wie frisches Wasser durch meinen Körper fließt. Es dringt immer weiter vor, hinein in alle Gliedmaßen bis in die tiefsten Muskeln. Die Kälte löscht das Feuer und schwemmt den Schmerz fort. Ich ziehe die Luft ein und merke erst jetzt, wie sehr sie mir gefehlt hat.

»Sally!« Die Stimme meines Vaters.

Ich öffne die Augen und blinzele. Da sind Menschen über mir, um mich, an mir. Schwarze Gestalten rasen an Stahlseilen zu der winzigen Öffnung im Mantel, verschwinden darin, bis sich schließlich der letzte von ihnen durch den winzigen Spalt quetscht.

»Sally, mein Gott, Sally!« Mein Vater geht neben mir in die Knie, zieht mich an seine Brust und ich lasse mein Kinn dort ruhen. Er zittert, bebt und schluchzt, und erst da wird mir klar, dass er weint, weil er wohl dachte, er hätte mich für immer verloren. So wie er Mom verloren hat. Ich will ihn trösten, ihm sagen, dass ich okay bin, aber ich kann es nicht. Jegliche Kraft hat mich verlassen. Meine Arme, meine Beine hängen leblos an meinem Körper. Aber das ist okay. Ich brauche sie gerade nicht. Ich blinzele, um das Bild, das sich mir bietet, scharf zu stellen. Die schwarzen Rebellen sind fort. Fort bis auf einen. Den Schützen. Er kniet keine zwei Meter von mir entfernt. Jemand legt ihm Handschellen an, stößt ihn grob auf den Boden, sodass er mit dem Gesicht auf blanken Stein trifft. Die Augen unter seiner Maske sind schmerzverzerrt, aber offen. Sie suchen und finden meine.

FIREBALL

Fünf Wochen später

Vor uns schleicht ein Motorrad mit Beiwagen die Straße entlang. Okay, nein, es schleicht nicht. Der Fahrer hält sich an das Tempolimit. Das tun wir nicht. Limits sind nicht für uns gemacht. Regeln sind nicht unser Ding.

Jesse schaltet einen Gang runter und der Motor des Driftcars heult auf. Wir überholen die Karre doppelt so schnell wie erlaubt – schweben einfach über seinen Kopf hinweg und landen krachend vor ihm auf der Straße. Ein geiles Gefühl. Einfach davon rauschen. Ich sehe mich nach dem Fahrer um. Wie bekloppt tippt er sich gegen den Helm, dort wo die Stirn ist. Wenn der wüsste, wer wir sind – er würde glatt eine Vollbremsung einlegen und umkehren. Das Weite suchen.

Jesse schweigt mich an. Er hat sich in den Kopf gesetzt, nicht mit mir zu sprechen. Und was sich Jesse in den Kopf setzt, das zieht er durch.

Er hat allen Grund, sauer zu sein. Ich habe es vergeigt. Der

Häuptling hatte mich gewarnt: nie zögern, nie Schwäche zeigen.

Aber ich habe gezögert. Hatte Mitleid. Es hat mich fast mein beschissenes Leben gekostet. Und auch wenn ich noch lebe – und das ist es doch, was man tut, solange einem der Atem die Lungen füllt –, ist an jenem Tag der letzte mickrige Teil meiner Seele gestorben. Ich bin verdammt dazu, ein Gefangener in meinem eigenen Leben zu sein.

Der Wagen zieht die Schnellstraße entlang. Je weiter wir uns von der Stadt entfernen, desto voller wird die Landschaft. Die karge Wüste weicht Büschen, Wiesen und Bäumen. Saftiges Grün ersetzt das Grau der Stadt, das Orange der Wüste. Ich lasse die Fensterscheibe hinunter und lehne meinen Kopf an den Rahmen. Von draußen dringt der Geruch von Harz und feuchtem Holz herein. Der Geruch von Freiheit. Ich schließe die Augen und konzentriere mich auf den Fahrtwind, der meine Stirn in unberechenbaren Abständen rammt. Das wäre eine vortreffliche Foltermethode: Schlafentzug durch Fahrtwind.

Wie krank ist mein Hirn, dass ich jetzt an sowas denke?

Ich war schwach. Der Häuptling konnte meine Schwäche noch nie ertragen. Hätte er mich in die Finger bekommen, er hätte mich mein Versagen spüren lassen. Am ganzen Leib. Vielleicht wäre das sogar eine angemessene Strafe gewesen. Eine, die mir mein schlechtes Gewissen genommen hätte, weil sie mich ausreichend hätte leiden lassen. Anders als dieser Mist hier. Wer weiß, vielleicht hätte er mich sogar getötet. Auch das wäre okay gewesen. Doch diesen Gefallen konnte er uns beiden nicht tun. Und jetzt muss ich damit leben. Leben mit diesen Bildern in meinem Kopf, die jede Nacht wiederkehren, mich aus dem Schlaf reißen. Leben mit dieser Schuld, die an mir haftet, die sich anfühlt, als hätte jemand ein fettes Kreuz auf meine Stirn gelasert, das für jeden sichtbar macht, was ich getan habe.

Jesse ist genervt, weil ich so weich bin. Wir haben versagt, weil ich Mitleid hatte. Was ist nur aus uns geworden? Zu was sind wir geworden?

»Wir kommen zu spät«, nörgelt er und bricht damit sein Schweigegelübde.

»Scheiß drauf.«

Dass wir zu spät kommen, ist ihm egal. Es kotzt ihn nur an, dass ich ihn habe warten lassen.

Eigentlich bin ich lieber zu früh dran als zu spät. Heute Morgen aber hat mir mein Körper nicht gehorcht. Er blieb einfach liegen. Die Erinnerung an ein Leben, das ich vergessen soll, hat ihn festgenagelt. Wie soll das gehen? Wie soll ich vergessen, welche Verpflichtungen ich zurückgelassen habe? Wie soll ich vergessen, dass es Menschen gibt, die mal auf mich gezählt haben, vielleicht bereit dazu wären, es wieder zu tun?

Aber vor allem: Wie soll ich all das zurücklassen, wenn der Typ neben mir nur eines will – zurück?

Jesse macht seinen Job. Er passt auf mich auf. Weil er muss. Nicht weil er will. Er glaubt, dass ich mir alles nur einbilde. Niemand will dich loswerden, hat er gesagt. Er hat ja keine Ahnung. Er weiß nicht, was der Häuptling vorhat. Ich weiß es ja selbst nicht. Ich weiß nur, dass ich weder auf der einen noch auf der anderen Seite stehe. Ich bin meine eigene Seite.

Die Straße biegt ab zwischen Nadelbäumen, wird zu einem einspurigen Weg. Der schlängelt sich einen Berg hinauf, führt aus dem Wald an einer Wiese vorbei. Am Horizont tauchen zwei spitze Rundtürme auf. Das frisch gedeckte Dach eines von Efeu bedrängten Gebäudes, das älter ist als alle, die ich je betreten habe, erhebt sich auf dem Bergplateau. Früher war es ein Kloster, in dem sich Mönche vor Verfolgung versteckten. Jetzt ist es mein Versteck.

2

SALLY

Mein Puls beschleunigt, noch bevor ich ihn sehe, denn ich weiß, was gleich passiert. Jede Nacht derselbe Traum. Gleich ist es vorbei, gleich. Seine Augen sind blutrot und fixieren mich. Da ist die Waffe, da zuckt sein Finger.

Das Klingeln meines Weckers reißt mich aus meinem Albtraum. Schwer atmend setze ich mich auf, wische mir verstohlen eine Träne von der Wange und versuche, mich zu orientieren. Dieser dämliche Albtraum. Nacht für Nacht derselbe Traum.

Ein Therapeut des Kommandariats hatte mir geraten, mit dem Täter zu sprechen. Ich sollte mich meinen Ängsten stellen und dem Attentäter ins Gesicht blicken. Ich schaffte es bis vor die Tür des Besucherzimmers im Gefängnis. Dann keinen Schritt weiter. Ich hatte den Knauf schon in der Hand und wusste: Der Typ, der auf mich geschossen hat, sitzt dahinter, in Handschellen zwar, aber er wäre da. Die Vorstellung war zu viel. Ich zitterte am ganzen Leib und bekam keine Luft. Mein Vater brachte mich nach Hause. Seitdem weiß ich eines: Ich muss diesen Kerl nicht sehen. Ich muss auch nicht wissen, was aus ihm wird. Ich hoffe nur, dass ihn das Kommandariat für den Rest seines Lebens in einer Zelle verrotten lässt.

Mit wirren Haaren und verquollenen Augen schleppe ich mich am nächsten Morgen über den Flur zum Badezimmer. Die Hose meines Schlafanzugs ist zu lang, weshalb ich immer auf den Saum trete, was irgendwann an den Fersen drückt. Der Pyjama ist kariert. Grün, rot und marineblau. Die Farben meiner Schule.

»Guten Morgen, Miss Cooper. Haben Sie gut geschlafen?«

Vor Schreck fällt mir die Uniform aus der Hand. Am Ende des Flures, vor unserer Küchentür, steht Mr. Johnson, Mathe und Psychologie. Was zur Hölle macht der am frühen Morgen in unserer Wohnung? Hektisch raffe ich den Haufen zusammen und presse ihn an meinen Oberkörper.

Er registriert meine wirren Haare und meinen Schlafanzug und grinst belustigt.

»Hmm. Ja, danke«, stammele ich. Für gewöhnlich bleibe ich gern auf einen Plausch mit den Lehrkräften stehen. Es ist noch nicht lange her, da fand ich es irre cool, dass sie bei mir daheim ein und aus gehen. Aber jetzt, mit sechzehn Jahren, ist das anders. Jede Schülerin sollte ein Recht darauf haben, niemals ungeschminkt und im Schlafanzug von einem Lehrer gesehen zu werden! Mit heißem Gesicht verschwinde ich im Bad. Bevor ich die Tür schließe, sagt er: »Schön, Sie gesund wieder hier zu haben, Miss Cooper. Das war sehr tapfer, was Sie da gemacht haben.«

»Danke.« Die Tür schließt mit einem Klicken, per Iris-Erkennung checke ich in den Streaming-Dienst ein, und es startet *Brand new girl* von Chili Heads – meiner Lieblingsband. Ich atme tief durch, lehne meine Stirn an das kühle Türblatt und schließe die Augen. Atmen, nicht daran denken. Nur nicht daran denken. Warum muss die ganze Welt mich auf das einzige Thema ansprechen, an das ich nicht erinnert werden will? Es reicht, dass ich diese bescheuerte Tapferkeitsmedaille in meinem Zimmer aufhängen musste.

Ich putze mir die Zähne und wasche mich. Auf meiner linken Schulter prangt leuchtend rot die Narbe, die mir von dem Vorfall geblieben ist. Keine Ahnung, ob die je verblasst. Ich streiche vorsichtig darüber, aber sie tut nicht mehr weh. Man hatte mir eine winzige Patrone entfernt. Sie war mit einem chemischen Gift gefüllt, das dem Kommandariat unbekannt war. Diese verdammten Rebellen haben ein eigenes Gift entwickelt. Niemand hatte damit gerechnet, dass sie zu so etwas fähig waren. Wie hatte mein Vater gesagt? »Wir haben sie unterschätzt.«

Zum ersten Mal seit den Sommerferien ziehe ich meine Schuluniform an. Der Rock endet knapp über dem Knie. Ich bin gewachsen. »Bestellung aufgeben.« Die Musik unterbricht und ich spreche weiter: »Schuluniform, Rock, zweimal, Länge siebzig Zentimeter.« Ein dezenter Ton sagt mir, dass meine Bestellung aufgegeben ist. Der Blazer sitzt noch immer wie angegossen, er lässt mich gleich aufrechter stehen. Zuletzt binde ich die Krawatte und rücke sie zurecht. Sie ist das Tüpfelchen auf dem I.

Mutters Kette um meinem Hals ist das einzig Persönliche, das ich trage. Sie ist mein Glücksbringer, mein Talisman.

»Musik stopp«, sage ich und gehe zur Tür.

Mit der Hand auf dem Knauf halte ich inne. Aus der Küche dringen laute Stimmen bis ins Bad. Mein Vater diskutiert mit Mr. Johnson. Ich lege das Ohr ans Holz.

Johnson hat sich in Rage geredet: »Wie kannst du ihr das antun?!«

Mein Vater spricht zu leise, als dass ich ihn verstehen könnte.

»Ach? Glaubst du das? Das ist Blödsinn!«

»Beruhige dich, es wird nichts geschehen.« Jetzt verstehe ich auch meinen Vater; er klingt ungeduldig.

»Warum tust du das?«

»Joe und ich vertrauen dem Jungen.«

Ich runzele die Stirn. Wer ist Joe?

Johnsons Stimme wird leiser, aber er hört sich beleidigt an, wie ein kleines Kind. »Tja, ich tue das nicht. Und wenn ich es für nötig halte, werde ich handeln.«

»Fall mir nicht in den Rücken, Patrick. Es ist wichtig, ihn hier zu haben.«

»Es ist Selbstmord.«

Es bleibt eine ganze Weile still zwischen den beiden, dann verabschiedet sich Johnson und seine Schritte hallen über den Flur. Er zieht geräuschvoll die Wohnungstür hinter sich zu. Hoppla, da ist einer sauer! Ich warte zwei Atemzüge, dann gehe ich in die Küche.

Mein Vater sitzt auf einem Barhocker, rührt in seinem Kaffee und schaut ins Leere. Er sieht besorgt aus. Mit seinem dunkelgrauen Anzug könnte er autoritär wirken, doch die fehlenden Schuhe an seinen Füßen zerstören den Eindruck.

»Morgen!«, flöte ich betont fröhlich und gebe ihm einen Kuss auf sein graumeliertes Haar.

»Morgen, mein Schatz.« Sein Mund lächelt, seine Augen aber bleiben matt.

Ich nehme eine Schüssel aus dem Schrank und schütte Haferflocken hinein. »Dad, alles okay?«

»Mhm? Ja.«

Ich kippe Milch dazu und beobachte ihn. »Du hast da diese Falte zwischen deinen Augenbrauen und dein Mund ist nur eine schmale Linie.«

Er seufzt. »Ach, Schulangelegenheiten.«

»Machst du dir Gedanken wegen der beiden neuen Schüler, die heute kommen?«

Er sieht mich aufmerksam an. »Hast du uns gehört?«

»Nein. Es liegt nur nahe.«

Er nickt. »Sie werden sich schwertun mit dem Leben an unserer Schule. Ich hoffe, sie kommen zurecht. Ich hoffe ... alle kommen zurecht.«

»Wenn du möchtest, biete ich ihnen an, mich um sie zu kümmern. Ein bisschen Nachhilfe am Anfang. Ich könnte sie zwischen den Kursen zu den Räumen begleiten ...«

»Danke für dein Engagement, aber ich bezweifle, dass sie das wollen.«

»Ich könnte es ihnen zumindest anbieten.«

»Sie werden dein Angebot nicht annehmen, Schatz«, sagt er mit Nachdruck.

Das ist alles derart merkwürdig. Sein Verhalten, diese Geheimniskrämerei. Den ganzen Sommer über war er so. Ständig fuhr er in die Hauptstadt zu irgendwelchen wichtigen Terminen. Welche wichtigen Termine kann ein Internatsleiter in den Sommerferien schon haben? Irgendwann hatte er mir dann ganz stolz verkündet, er habe zwei neue Mitschüler für meine Klasse gefunden. Gefunden, hatte er gesagt. Als hätten wir welche gesucht. Ganz außer sich war er, dass er es geschafft hatte, zwei Neue in den Abschlussjahrgang zu bekommen. Ich habe nicht verstanden, was daran so toll sein soll.

Da fällt es mir wie Schuppen von den Augen. »Sie sind berühmt! O mein Gott, kenne ich sie?« Ich denke an Brian und Josh Stinton – die Frontmänner meiner Lieblingsband.

Mein Vater lacht. »Nein, so ist es nicht.«

»Aber was ist es dann, Dad? Du tust furchtbar geheimnisvoll mit diesen beiden.«

»Sie hatten ... es nicht leicht. Ich würde mir wünschen, dass sie sich bald wohlfühlen bei uns.«

»Wo ist das Problem?«

»Sie sind es nicht gewohnt, sich an Regeln zu halten.«

»Na, das dürfte lustig werden«, scherze ich, aber mein Vater verzieht keine Miene. »Dad, ich verspreche dir, ich werde mein Bestes tun, damit sie sich hier schnell wie zu Hause fühlen.«

Mein Vater dreht seinen Kaffeebecher auf der Stelle. »Um ehrlich zu sein, Liebes, wäre es mir recht, wenn du dich von ihnen fernhältst.«

»Was? Wieso denn?«

Er schürzt die Lippen. »Es ist dein Abschlussjahr. Du musst dich voll auf die Schule konzentrieren. Wenn du Lehrerin an meinem Internat werden willst, kannst du keine Ablenkung brauchen. Nur die Besten können sich einen Studienplatz außerhalb des Kommandariats aussuchen.«

»Dad, ich bitte dich. Ich bin fokussiert. Ich bin Klassenbeste in allen Fächern. Na ja, nicht in allen … aber fast. Ich muss los. Der Unterricht fängt gleich an.«

Ich hole meinen Rucksack, mache aber noch mal Halt im Badezimmer. »Nur für den Fall, dass es vielleicht doch Brian und Josh Stinton sind, werde ich noch ein wenig Lipgloss auftragen.«

Dad lacht. Doch noch bevor ich die Wohnung verlassen habe, klappert sein Löffel wieder in der Kaffeetasse.

Statt den direkten Weg über die Haupttreppe zu nehmen, biege ich in einen schmalen Korridor ein. Er ist ein bisschen düster und gruselig, weshalb ich ihn nur in Notfällen benutze. Und das hier ist ein Notfall. Ich darf mich am ersten Tag nach den Ferien nicht verspäten – nicht, wenn ich vor dem Unterricht noch mit Emma sprechen will.

Die Absätze meiner Lackschuhe klappern die steile Wendeltreppe hinab – klick-klack, klick-klack. Unten angekommen, blendet mich das Licht im hell ausgestrahlten Flur. Aber ich kenne den Weg und gehe einfach weiter, nutze den Personaleingang in den Biologiesaal, trete auf der anderen Seite des Raumes durch die Tür wieder hinaus und befinde mich in einer anderen Welt.

In der Empfangshalle geht es zu wie in einem Taubenschlag. Schülerinnen und Schüler verabschieden sich von ihren Eltern, begrüßen ihre Freunde, strömen durch die Halle, poltern mit Koffern die uralte Holztreppe hinauf. In der Halle herrscht ein Schwatzen und Rufen, wie man es nur einmal im Schuljahr erlebt. In der Luft hängt eine trübe Wolke aus Parfüm, Schweiß und Essen. Das Internat hat seine Bewohner wieder. Das Leben ist zurück.

Alle wollen nach oben in ihre Schlafräume, die Koffer abstellen und dann in die Klassenzimmer. Emma winkt mir über die Köpfe mehrerer Sechstklässler hinweg zu. Ihr schwarzes Haar hat sie wie immer zu einem lockeren Pferdeschwanz gebunden, ihr Gesicht ist blass, aber die Wangen schimmern rosig. Ich kämpfe mich durch die Menge und falle meiner besten Freundin in die Arme. Sie ist ein ganzes Stück größer als ich, sodass mein Kopf an ihrer Schulter liegt, als sie mich fest an sich drückt.

»Ich weiß, du willst nicht darüber reden, und das ist okay. Ich will nur eine Sache sagen: Ich bin froh, dass es dir gut geht.« Emma lässt mich los und sieht mich aus wässrigen Augen an.

Verlegen beiße ich mir auf die Unterlippe. »Ist okay, danke. Ich hoffe nur, die anderen machen kein Riesending daraus.«

»Glaub mir, alle bewundern dich dafür, dass du dem Präsidenten das Leben gerettet hast. Bestimmt wollen sie deine Geschichte aus erster Hand hören. Aber wenn du das nicht willst, sag mir Bescheid und ich schicke sie weg. Und heute Nachmittag zeigst du mir die Tapferkeitsmedaille, ja?«

»Ach, das dumme Ding. Ich hoffe, ich muss sie nicht im Unterricht präsentieren.« Ich ziehe Emma am Ärmel aus dem Flur Richtung Klassenzimmer und wechsle das Thema. »Stell dir vor: Wir bekommen zwei Neue. Und Dad hat mir nicht verraten, wie sie heißen. Furchtbar geheimnisvoll tut er. Ich glaube, sie sind berühmt.«

»Berühmt?« Neugierig reißt sie die Augen auf und grinst.

»Ja. Oh, und heute Morgen war Mr. Johnson bei uns, und mein Vater und er haben sich furchtbar gestritten.«

»Worum ging es?«

»Keine Ahnung. Um einen Jungen namens Joe oder so. Jedenfalls sind die beiden nicht im Guten auseinandergegangen.«

Die Tür zum Klassenzimmer steht offen und Emma lässt mir den Vortritt. Vorne in der ersten Reihe stehen die anderen in einer Traube zusammen. Martha, Elsa, Sebastian, Corey, Charlotte, über deren Gesicht ich mich am wenigsten freue, und mittendrin Jonah. Er überragt alle und sein blonder Schopf sticht hell heraus. Er sieht mich, lächelt und beginnt zu klatschen. Die anderen drehen sich um, erkennen mich und tun es ihm gleich: Sie klatschen, sie johlen und sie jubeln. Nur Charlotte kneift die Lippen zusammen.

»Unsere Heldin!«

»Ein Hoch auf Sally Cooper, die unserer Schule Ehre gemacht hat!«, ruft Jonah.

»Gute Arbeit, Cooper!«, sagt Brian und klopft mir im Vorübergehen auf die Schulter.

»So muss das sein! Eine von uns rettet den Präsidenten!«

Mein Gesicht wird ganz heiß. Ich will im Erdboden versinken, aber Emma schiebt mich vorwärts, und einer nach dem anderen nimmt mich in den Arm und gratuliert mir. Sogar meine Narbe soll ich zeigen, und auch wenn ich mir dämlich dabei vorkomme, tue ich ihnen den Gefallen.

Jonah hält mich länger als jeder andere und flüstert in mein Ohr: »Ich bin froh, dass es dir gut geht. Ich habe mir große Sorgen um dich gemacht.«

Ich will heulen und ihm ins Gesicht schreien, dass es mir eben nicht gut geht, dass ich eine Scheißangst habe, fix und fertig bin, weil ich nicht mehr schlafen kann, und eine hässliche Narbe auf meiner Schulter prangt, die mich für immer an diesen

Albtraum erinnern wird. Stattdessen sage ich: »Ich bin auch froh. An diesem Abend dachte ich nicht, dass ich mir jemals wieder um Mathe und Nahkampf Gedanken machen müsste.«

Alle lachen.

»Meine Damen und Herren, wenn Sie sich setzen möchten – die Schulglocke hat geläutet.«

Keiner von uns hat bemerkt, dass Mr. Johnson eingetreten ist. Wir stürzen an unsere Plätze, stellen uns hinter den Tischen auf und begrüßen ihn unisono mit einem »Guten Morgen, Mr. Johnson.«

Er gestattet uns kopfnickend, uns zu setzen. Emma und mir gehört der mittlere Tisch in der dritten Reihe. Warum auch immer – seit der fünften Klasse ist das unser Platz. Niemand anderes sitzt dort. In keinem Kurs, in keinem Raum. Immer nur wir. Sally und Emma. Emma und Sally. Emmas schwarzer Zopf wippt um ihren Kopf, als sie sich auf den Stuhl fallen lässt und mir einen »Puh, zum Glück hat Johnson gute Laune«-Blick zuwirft.

Charlotte schreitet nach vorne ans Lehrerpult und überreicht Mr. Johnson das Willkommensgeschenk im Namen des Kurses. Schleimerin.

Ich sehe mich um. Alle Gesichter in diesem Raum sind mir bekannt. Keine Spur von den Neuen. Dabei müssten die doch längst da sein.

Emma lehnt sich zu mir und flüstert: »Ich habe mich für einen Austausch nach Amega beworben.«

Ich reiße die Augen auf. »O mein Gott! Du bist verrückt! Du willst Nayo verlassen?«

»Ich muss hier weg. Da draußen wartet so viel auf uns. Der Krieg ist vorbei, meine Eltern geben mir das Geld – nichts hält mich ab.«

»Also, ich wüsste da schon etwas, das mich abhalten würde.« Und zwar Angst. Aber das kann ich ihr nicht mehr sagen, denn Mr. Johnson wirft uns einen warnenden Blick zu, also reden wir nicht weiter.

Wow, Emma will nach Amega!

Mr. Johnson fliegt mit dem Finger über die Anwesenheitsliste auf seinem Tablet. Sein dunkles, an den Seiten graumeliertes Haar fällt ihm lässig in die Stirn. Der Anzug sitzt perfekt, und trotz aller Strenge strahlt er etwas Lockeres, Kumpelhaftes aus. Die meisten Schülerinnen sind in Mr. Johnson verknallt, manche heimlich, andere halten damit nicht hinterm Berg. Deshalb ist sein Kurs so gut besucht. Außerdem heißt es, er benote diejenigen, die Psychologie bei ihm belegen, in Mathe auffallend wohlwollend. Aus diesem Grund bin ich hier.

»Cooper, Sally?«, fragt er, obwohl er mich schon längst gesehen hat.

Ich erhebe mich und sage: »Anwesend, Sir. Sagen Sie, hätten wir heute nicht zwei neue Mitschüler bekommen sollen?«

»Ja, Miss Cooper. Soweit ich weiß, hätten sie pünktlich zum Unterricht erscheinen sollen.«

Mr. Johnson nickt mit zusammengekniffenen Lippen, dann endet er mit »Wyler, Emma« und beginnt seinen Unterricht. »Ich freue mich sehr, dass Sie sich so zahlreich in meinen Psychologiekurs eingeschrieben haben. Wir werden uns im kommenden Jahr auf den Intergalaktischen Krieg und dessen psychologische Folgen konzentrieren. Deshalb kooperieren wir eng mit Mrs. Chen und ihrem Geschichtskurs.«

Ich lehne mich zu Emma hinüber. »Warum empfängt mein Vater die beiden und nicht Mrs. Chen? Sie ist doch eigentlich für Neue zuständig«, flüstere ich ihr ins Ohr.

Sie zuckt mit den Schultern.

»Ich verteile heute die Themen für Ihre Referate. Der Intergalaktische Krieg hat tiefe Wunden in die Geschichte Nayos gerissen. Wir haben viel Trauer und Leid erfahren, aber auch gelernt, wie wichtig es ist, zusammenzustehen und gegen einen gemeinsamen Feind zu kämpfen. Und natürlich: wie wichtig es ist, zukünftige Bedrohungen rechtzeitig zu erkennen und zu eliminieren. Nutzen Sie die nächsten Tage, um sich Gedanken zu machen, wie Sie Ihr Thema aufbereiten wollen. Aber zunächst werfen wir einen Blick auf den Zeitstrahl. Wer kann mir sagen, wann der Intergalaktische Krieg begann?«

Mein Arm schießt in die Höhe, ebenso Emmas. Wir haben nicht viel gemeinsam, aber diese eine Sache schon: Wir sind verdammt ehrgeizig.

Mr. Johnson ruft mich auf. Ich erhebe mich und sage: »Im Februar 2508 erfolgte der erste Kontakt zu den Schattenjägern. Im März desselben Jahres griffen sie Nayo an.«

»Korrekt. Wann wurde Amega entdeckt? Miss Wyler?«

Emma springt auf wie von einer Nadel gestochen und sprudelt heraus: »2510, Sir, im November. Amega hat nur zwei Monate nach dem ersten Kontakt eine Allianz mit uns gebildet. Die restlichen alliierten Planeten kamen weitere fünf Monate später dazu.«

»Sehr gut, setzen.«

Emmas Wangen glühen rosarot, sie lächelt beseelt und flüstert mir ins Ohr: »Nicht mehr lange und ich spaziere dort durch blaue Wälder und habe Tag und Nacht Sonne.«

»Nur, wenn das Kommandariat den Reparationszahlungen zustimmt«, raune ich ihr zu.

Emma verzieht den Mund. »Das wird es. Die riskieren keinen Streit mit Amega.«

Mr. Johnson erzählt: »Mit dem Beginn der Allianzen war es möglich, die Angriffe auf Nayo zu unterbinden. Die Front verschob sich zurück ins Weltall. Doch bis dahin hatte es zahlreiche Opfer gegeben, und immer wieder gelang es Morsis und den Schattenjägern, einzelne Ortschaften anzugreifen.«

Reflexartig greife ich an den Anhänger an meinem Hals, drehe den Baum zwischen meinen Fingern, ertaste die Äste mit meinen Fingerkuppen. Meine Mutter ist einem dieser späten Angriffe zum Opfer gefallen.

Mit meinem Schicksal bin ich nicht allein. Auf ganz Nayo gibt es Halbwaisen und die sogenannten Elternlosen. Deren Eltern sind entweder tot, oder seit Jahren für das Kommandariat auf Erkundungsmission im All unterwegs. Immer wieder heißt es in den Nachrichten, dass ein elternloses Kind von Rebellen verschleppt wurde. Manche von ihnen werden später beim Klauen erwischt oder bei Schlägereien festgenommen und werden für viele Jahre ins All verbannt. Aber keiner verrät, wo sich die Rebellen verstecken und wer ihnen all die kriminellen Dinge beigebracht hat, mit denen sie den Frieden auf Nayo bedrohen.

Ich hatte Glück, dass mein Vater nie in den Krieg ziehen musste oder auf Erkundungsmission geschickt wurde. Er durfte wie die anderen Lehrkräfte im Internat bleiben.

»Die Kämpfe zehrten an allen alliierten Planeten. Die Ressourcen neigten sich dem Ende zu – sowohl, was Kämpfende und Material, als auch, was finanzielle Mittel anging. Die Allianz drohte zu zerbrechen. Das Kommandariat versuchte, alle Planeten an einem Tisch zu behalten. Denn eines war klar: Wenn Nayo fiele, wäre Amega das nächste Ziel. Danach der Rote Planet. Und immer so weiter.« Mr. Johnson macht eine Pause. »Und dann passierte das Wunder.«

Wir alle wissen, was er meint. Jedes Kind auf diesem Planeten weiß, wem wir den Frieden verdanken.

»Ein Kommandant der Menschenflotte zerstörte das Mutterschiff der Schattenjäger und tötete dabei ihren Anführer. Bei diesem Angriff wurde der Kommandant selbst ... ja, was – ebenfalls getötet? Offiziell gilt er als verschollen. Seit vier Jahren. Wer kann mir seinen Namen nennen?«

Achtzehn Hände schießen in die Höhe.

»Mister Taylor.«

Da passieren zwei Dinge gleichzeitig: Jonah gibt die Antwort und die Tür zum Kursraum wird geöffnet.

»Kommandant George McAllister, Sir.«

Ich drehe mich um. Meine Kinnlade klappt nach unten. Im Türrahmen steht Fireball McAllister. Fireball George McAllister. Der Sohn eben jenes berühmten Kommandanten.

3

FIREBALL

»Ihr könnt euch innerhalb des Gebäudes und auf dem gesamten Grundstück frei bewegen. Aber nicht darüber hinaus. So wie alle anderen auch. Ich kann mich darauf verlassen, dass euer … Hobby unter uns bleibt?«

Peter Cooper überragt mich locker um zwei Köpfe, hat breite Schultern und mir beim Händeschütteln fast die Finger zerquetscht. Aber seine Handinnenflächen sind sanft wie Katzenpfoten und sein Blick ist so offen, dass man nie auf die Idee käme, er könnte Geheimnisse vor einem haben. Aber ich weiß es besser. Er verbirgt etwas vor mir. Ich sehe es an seinem hastigen Blick, an der Kuppe seines Daumens, die an manchen Stellen blutig ist, weil er unablässig mit seinen Nägeln daran kratzt. Er ist ein miserabler Lügner.

»Sicher.« Ich will in den Kurs hineingehen, da legt er eine Hand auf meinen Oberarm.

»Eine Bitte noch.«

Jetzt kommt's.

Er wirft Jesse einen finsteren Blick zu. Aber ich bin es, mit dem er spricht.

»Das sind gute Kids da drinnen. Lasst sie raus aus euren …

Geschäften. Sie wissen nicht, wer ihr seid. Das soll so bleiben. Für den Frieden an dieser Schule.«

Gute Kids. Aha. Wir sind das nicht. Schon klar. Aber warum hat uns der Typ überhaupt hierhergeholt, wenn er sich jetzt ins Hemd macht?

»Aye, aye, Sir«, sage ich und wende mich ab.

Jesse öffnet die Tür. Aus dem Raum schallt mir ein einziges Wort entgegen: »McAllister.«

Na super. Also sind die da drinnen schon geimpft worden, dass ich komme?

Mein Blick springt zu Cooper, der mich aus großen Augen ansieht und mit den Schultern zuckt. Ist es ein Fehler, ihm zu vertrauen? Seit seinem Angebot frage ich mich, ob wir uns nicht beide hintergehen. Wer ist in diesem Spiel der Böse? Ich? Oder Cooper? Ich weiß es nicht und mir pocht der Schädel, wenn ich versuche, eine Antwort darauf zu finden.

Er hat mich in der Hand. Aber er hilft mir, und ich will wissen, warum. Warum gibt mir dieser Kerl eine Chance, wenn kein anderer dazu bereit ist?

Jesse schiebt mich in den Raum und plötzlich ist es wahr: Ich bin Schüler am Internat für Verteidigungswissenschaften – der selbsternannten Eliteschmiede des Kommandariats. Der Versammlung der Präsidenten-Lämmer. Blinde, hirnlose Möchtegern-Kämpfende, für die die Verleihung der Tapferkeitsmedaille einem Ritterschlag gleichkommt.

Der Lehrer am Hologramm-Panel starrt mich an, als sei ich ein Geist. Alle Köpfe drehen sich nach mir um und jedes einzelne Augenpaar beobachtet, wie mich Jesse weiter und immer weiter vorwärts schiebt. Ich hefte meinen Blick auf den Lehrer, blende alles andere aus. Es ist seine Aufgabe, diese verdammte Stille zu beenden. Aber er tut es nicht. Er schweigt und starrt mich weiter an. Was für ein Vollidiot.

SALLY

Mein Vater folgt den beiden in den Raum.

»Bitte entschuldige die Verspätung«, sagt er. »Deine neuen Schüler heißen Jesse Codriguez«, Dad zeigt auf den Typ mit den schmalen Augen und den blauen Haaren – eindeutig ein Ameganer –, »und Fireball McAllister. Das Kommandariat möchte den Kontakt zu Fireball festigen und seine Förderung in den besten Händen wissen. Deshalb darf er ab sofort unser Internat besuchen. Sein Freund Jesse … äh, ist ebenfalls ein großes Talent, das dem Kommandariat aufgefallen ist. Gutes Ankommen, Jungs. Bis später, Patrick.«

»Danke, Peter«, sagt Mr. Johnson und klingt, als verstecke er einen Kaugummi in der Wangentasche. Mein Vater geht, schließt die Tür und es bleibt still im Raum. Fireball McAllister hat die Hände in den Hosentaschen und sieht Mr. Johnson misstrauisch an. Sein dunkles Haar ist einen Tick zu lang für dieses Internat, seine Augen strahlen eisblau und aufmerksam. Er beißt die Backenzähne aufeinander, wodurch sein Kinn noch markanter wirkt. Seine Augen huschen fast feindselig durch den Raum. Er wirkt souverän und gleichzeitig verunsichert. Und er sieht unglaublich gut aus.

Er und sein Begleiter tragen die Schuluniform. Wobei so viele Details falsch sind, dass es mir ein Rätsel ist, wie mein Vater das nicht sehen konnte: Fireball hat seine Krawatte viel zu locker gebunden, Jesse hat sie geknotet, als wäre sie ein Geschenkband, und beiden hängen die Hemden viel zu locker aus der Hose. Die Haare stehen ihnen kreuz und quer von den Köpfen ab. Dieser Jesse überragt Fireball um einen Kopf und seine Schultern sind ziemlich breit. Er sieht sich aufmerksam im Raum um, sieht jedem von uns ins Gesicht. Als er mich anschaut, halte ich den Atem an und starre zurück.

Mr. Johnson sagt noch immer nichts. Was ist mit ihm? Seine Augen sind ganz dunkel, er funkelt Fireball McAllister an, als wäre er unglaublich wütend auf ihn. Die Stille wird schon unangenehm. Er sollte den beiden ihre Plätze zuweisen. Doch er tut es nicht.

»Wollen Sie ein Autogramm?«, fragt dieser Jesse mit den blauen Haaren.

Unser Lehrer taucht aus seiner Starre auf. »Nicht so vorlaut, junger Mann.« Sein Blick schweift durch unsere Reihen und bleibt an meinem Gesicht hängen. Er scheint eine Entscheidung getroffen zu haben. »Mister Taylor und Mister Brewer. Setzen Sie sich nach hinten. Ihr beiden«, er winkt Fireball und Jesse heran, »sitzt da, wo ich euch gut im Blick habe. Ab in die zweite Reihe.«

Jonah und Sebastian stapeln ihren Kram. Jonah schultert seinen Rucksack und sieht mich beim Vorübergehen an – irgendwie wütend und traurig zugleich. In meinem Magen kribbelt es unangenehm. Er hat mich für diese dämliche Charlotte sitzen gelassen und nur eine Woche später hat sie mit ihm Schluss gemacht. Er ist so ein Idiot. Oder besser: Er hat sich zum Idioten machen lassen. Ausgerechnet von der.

Fireball McAllister setzt sich auf Jonahs Platz, direkt vor mir. Geht es nur mir so oder ist es plötzlich schrecklich heiß im Raum? Neben mir schiebt Emma ihr Tablet vor und zurück, vor und zurück.

»Wir sprachen gerade über den Intergalaktischen Krieg und dessen Ende. Kann mir einer von Ihnen beiden sagen, wie die aktuelle Lage zwischen den Planeten aussieht?«, fragt Mr. Johnson.

»Nun, die anderen finden uns alle doof, weil wir ihnen weder Kohle noch Güter für ihre Verluste zugestehen.«

»Mr. Codriguez, unsere Schüler stehen auf, wenn sie etwas sagen.«

»Sportlich.«

Dieser Jesse ist wohl lebensmüde. So respektlos darf niemand mit dem Lehrpersonal sprechen. Der Typ redet sich um Kopf und Kragen!

Mr. Johnson hebt die Augenbrauen. »Mr. Codriguez, ich empfehle Ihnen, sich an das Protokoll zu halten. Sonst sehen wir uns öfter als nur in den Kursen. Haben Sie mich verstanden?«

»Ja, Sir.«

Mr. Johnson fixiert ihn aus dunklen Augen. »Nein, Sie verstehen nicht. Denn Sie sitzen noch immer, während Sie mit mir sprechen. Lassen Sie uns doch heute Nachmittag mit der Benimm-Nachhilfe beginnen. Mr. McAllister, möchten Sie sich uns freiwillig anschließen?«

So schnell wurde noch nie jemand zum Nachsitzen verdonnert. Und McAllister? Könnte ich nur sein Gesicht sehen! Seine Stimme ist ruhig und auf eine erstaunlich unaufgeregte Weise sicher und autoritär: »Gerne, Mr. ...?«

»Johnson.«

»Ich freue mich darauf. Vielen Dank, dass Sie sich die Zeit für uns nehmen, Mr. Johnson.« Seine Stimme klingt wie eine weiche Decke, die sich über eine kalte Schulter legt. Die Haare an meinem Nacken stellen sich auf.

Unser Lehrer lacht. »Das haben Sie falsch verstanden, Mr. McAllister. Ich nehme mir keine Zeit für Sie. Sie sitzen heute Nachmittag nach. Eine Stunde. Und in dieser Stunde dürfen Sie die Hausregeln abschreiben. Von Hand. Die Jahrgangssprecherin erklärt Ihnen gerne Regel Nummer eins. Nicht wahr?« Mr. Johnson sieht mich erwartungsvoll an.

Das Blut schießt mir ins Gesicht. Ich bin so erschrocken, weil er mich aufruft, dass ich nur aus einem Reflex heraus aufstehe und mich erst räuspern muss, bevor ich antworten kann.

Fireball und Jesse drehen sich zu mir um. Jesse zieht die Augenbrauen hoch und grinst blöd, Fireball sieht mich an, als wäre ich die größte Idiotin ganz Nayos – und gerade bin ich das wahrscheinlich auch.

»D-die erste Regel l-l-autet: Sei pünktlich.«

»So ist es.«

Mr. Johnson spricht weiter, doch in meinen Ohren rauscht das Blut so laut, dass ich nichts hören kann. Ich lasse mich zurück auf meinen Stuhl fallen und starre meine Hände an, nur um nicht sehen zu müssen, wie die beiden Jungs vor mir mich noch immer anstarren. Jesse wendet sich endlich Mr. Johnson zu. Fireballs Blick aber bleibt an meinem Gesicht hängen. Verdammt, schau weg, damit ich wieder atmen kann!

Schließlich dreht auch er sich um. Und ich hole tief Luft.

Emma beugt sich dicht an mein Ohr. »Er hat dich ganz lange angeschaut. Kennt ihr euch?«

Benommen schüttele ich den Kopf.

»Ich glaube«, legt sie nach, »er findet dich süß.« Sie zwinkert.

»Ich glaube, ich habe mich gerade zur größten Idiotin gemacht, die er je gesehen hat!«

»Das könnte auch sein.« Emma grinst und knufft mich in

die Seite. »Es macht dich sympathischer, wenn du dich blamierst. Perfekte Menschen mag niemand.«

Mr. Johnson fährt mit dem Unterricht fort. Er erklärt, was ihm bei der Aufbereitung unserer Referate wichtig ist und wie viele Seiten wir abgeben und wie lange wir referieren sollen.

Er verfällt in einen Monolog und ich beobachte die beiden vor mir. Jesse hat die Hände lässig in den Taschen, schreibt nichts mit, fragt aber bei einigen Punkten nach und gibt sogar einen witzigen Kommentar ab, über den alle lachen außer mir, weil ich nicht zugehört habe. Doch da ist noch jemand, der nicht lacht: Fireball McAllister. Er sieht nie auf. Er notiert nichts, hat noch nicht einmal sein Tablet aus der Tasche geholt. Von hinten sieht es aus, als würde er schlafen.

Seine Haltung, seine Art – alles deutet darauf hin, dass er nicht freiwillig hier ist. Was hatte mein Vater gesagt? Das Kommandariat hat sie hierher eingeladen. Wo zum Henker hat dieser McAllister die letzten vier Jahre gesteckt? Und was hat er getan, dass ihn das Kommandariat so spät noch an das Internat holt? Muss ja ein ganz toller Typ sein.

»Ich habe verschiedene Themen zu vergeben. Die meisten können im Alleingang bearbeitet werden, andere in Teamarbeit. Bevor die Schlacht um die besten Themen losgeht, kann ich Sie beruhigen: Ich teile die Themen und die Teams zu.«

Wir stöhnen auf vor Empörung.

»Jaja, ich weiß, aber glauben Sie mir, ich erspare uns allen dadurch viel Aufregung.«

Er geht an sein Tablet und klickt wild darauf herum. Schon bald ploppen bei den Ersten Nachrichten auf – die Themen ihrer Semesterarbeit. Dann hält er inne, nicht lange, aber doch länger als bisher. Er blickt auf, sieht Fireball McAllister an, dann mich. O-oh.

»Dieses Thema wäre doch etwas für Sie beide«, sagt er nach einigen Sekunden. »Mr. McAllister, Miss Cooper.«

Eine neue Nachricht ploppt in meinem Postfach auf.

»Viel Erfolg«, sagt er.

»Danke.« Ich seufze wenig begeistert. Ein Team mit diesem Typ vor mir, der noch nicht einmal sein Tablet auf dem Tisch liegen hat. Na toll! Ich brauche eine gute Note in diesem Fach, eine sehr gute sogar. Sonst kann ich mein Studium vergessen.

Ich lese die Aufgabenbeschreibung in der Mail.

> Trauerbewältigung
>
> Erarbeiten Sie eine Analyse der unterschiedlichen Phasen der Trauerbewältigung. Stellen Sie dem theoretischen Teil einen persönlichen, unter Beachtung des geschichtlichen Hintergrunds des Intergalaktischen Krieges gegenüber und erarbeiten Sie, welche Chancen aus Trauer entstehen.

Das kann nicht sein Ernst sein. Da kann ich ja gleich ein Referat über den Tod meiner Mutter halten. Nein. Nein, dieses Thema kann ich auf gar keinen Fall bearbeiten. Das ... nein. Das geht wirklich nicht. Und dann auch noch mit Fireball McAllister? Sicher nicht.

Die Schulglocke reißt mich aus meinen Gedanken. Jesse und Fireball springen als Erste von den Stühlen. Jesse packt seine Sachen zusammen, Fireball schultert einfach seinen Rucksack und geht. Unsere Blicke begegnen sich. Seine Augen huschen über mein Gesicht, scannen jedes Detail. Ich lächele ihn an. Und was macht er? Er sieht weg und geht einfach weiter.

Emma neben mir prustet. »Okay, ich ziehe meine Vermutung von vorhin zurück. Er hält dich wohl doch eher für die größte Idiotin des Planeten.«

»Sag' ich doch. Aber ehrlich: Was für ein arroganter Blödmann, oder? Ein Referat mit dem – das wird nie funktionieren.«

»Was meinst du?«

»Die Zusammenarbeit mit dem. Und dann dieses bescheuerte Thema. Guck dir das an!« Ich halte ihr mein Tablet vor die Nase, und sie liest die Aufgabe mit hochgezogener Augenbraue.

»Ich glaube, ich verstehe, warum er euch ausgerechnet dieses Thema gegeben hat.«

»Als wären wir hier die Einzigen, die jemanden verloren haben.«

»Da hast du auch wieder recht.«

»Was ist dein Thema?«

»Angstzustände.«

»Auch schön.«

»Jepp. Ein Gute-Laune-Garant.«

»Ich mach das nicht. Ich spreche sofort mit Johnson und versuche ein anderes Thema zu bekommen. Und einen anderen Partner. Darf ich ihm vorschlagen, dass ich mit dir arbeite?«

»Klar!«

»Danke, wünsch mir Glück. Wir treffen uns in der Cafeteria, ja?« Emma überkreuzt Zeige- und Mittelfinger und verlässt den Raum. Ich schultere meine Tasche und gehe vor zum Pult.

Über sein Tablet gelehnt, tippt Mr. Johnson etwas ein. Dann schließt er es, legt es in seine Tasche und sieht mich an. »Miss Cooper, ich freue mich sehr, dass Sie sich dazu entschlossen haben, meinen Psychologiekurs zu besuchen.«

»Danke, Sir. Ich habe mir gedacht, dass mir der Kurs bei meinem Pädagogikstudium helfen könnte.«

»Das stimmt. Aber auch bei vielen Studiengängen des Kommandariats.«

Ich lächele. Mr. Johnson hat es sich zur Aufgabe gemacht, mich vom Kommandariat als Arbeitgeber zu überzeugen, seit ich ihm im letzten Jahr von meinen beruflichen Plänen erzählt habe. Ich bin die Einzige im Jahrgang, die nicht auf einen Ausbildungsplatz im Kommandariat hofft.

»Sir, ich muss mit Ihnen sprechen. Das Thema des Referats … Es tut mir leid, aber ich kann das nicht bearbeiten. Es … es …« Ich stocke und schlucke schwer.

»Sie wollen es nicht bearbeiten wegen Ihrer Mutter?«

Noch nie – nie – hat eine Lehrkraft den Tod meiner Mutter direkt angesprochen. Dass er so selbstverständlich darüber spricht, wo ich noch nicht mal mit meinem Vater darüber rede, trifft mich wie ein Schlag in die Magengrube. Ich nicke stumm und nestele an dem Lebensbaum an meinem Hals.

»Es wird Ihnen guttun, sich mit dem Thema auseinanderzusetzen, glauben Sie mir. Außerdem hat das Thema Potenzial.«

»Potenzial, Sir?«

»Zur Bestnote. Eine glatte Eins kann man nicht mit jedem Thema erreichen. Mit diesem schon.«

»Sir, das wäre natürlich grandios. Aber … mit Fireball McAllister? Er hat sich noch nicht einmal das Thema durchgelesen. Die ganze Arbeit würde an mir hängenbleiben.«

»Er wird sich sicher einbringen. Bleiben Sie dran.«

»Selbst wenn er sich dazu herablässt, mit mir zu arbeiten, habe ich nicht viel Lust, mit einem fremden Menschen über Trauer zu sprechen, Sir. Geschweige denn vor dem ganzen Kurs über meine Mutter.«

»Dabei liegt in der Fremde die Stärke. Wenn Sie schon nicht mit jemandem aus Ihrem näheren Umfeld über den Tod Ihrer Mutter sprechen, dann versuchen Sie es doch mit Mr. McAllister. Nutzen Sie die Chance, Miss Cooper. Ihre Bemühungen werden nicht ungesehen bleiben, ich behalte Sie beide im Auge.«

»Aber Sir …« Mir fällt nichts mehr ein, was ich gegen seine Argumente sagen kann. Ich soll mich meiner Trauer stellen und meine Erkenntnisse vor dem Kurs breittreten. Na, super.

Und das zusammen mit dem berühmtesten Waisen unserer Zeit. Herrlich. Einfach herrlich. Ob sich dieser Typ darauf einlassen wird? Er wirkte vorhin nicht, als hätte er sehr viel Lust, überhaupt mit irgendjemandem zu sprechen – egal über welches Thema. Dieser arrogante Schnösel. Trauert der überhaupt? Fireball McAllister sieht eher so aus, als fände er sich zu cool dafür.

»Sie können gehen, Miss Cooper.«

»Danke, Sir.«

»Das ist unmöglich!«, resümiert Emma und schiebt sich eine Tomatenscheibe in den Mund. Ich habe ihr am Salatbüfett von meinem Gespräch mit Mr. Johnson erzählt.

»Danke für deine optimistischen Worte.«

»Ernsthaft. Dieser Typ ist so verschlossen wie die Marmeladengläser meiner Oma. Der wird nicht ein Wort mit dir wechseln, geschweige denn, sich mit dir über seine Gefühle unterhalten. Welcher Junge würde überhaupt über seine Gefühle sprechen?«

»Keiner.« Ich seufze und lasse mich auf meinen Stuhl fallen. Dieser erste Schultag hat es in sich. Willkommen im Abschlussjahr.

Ich fülle meine Gabel mit Erbsen und Kartoffelbrei, esse und lasse meinen Blick durch den Raum schweifen. Dort in der Schlange zur Essensausgabe steht er. Fireball McAllister. Die Hände in den Hosentaschen, den Blick auf das Büfett gerichtet. Was wohl in seinem Kopf vorgeht? Bestimmt denkt er darüber nach, wie furchtbar das Essen schmecken wird. Dabei ist es besser, als es aussieht. Er wird überrascht sein. Oder er denkt an etwas völlig anderes. An etwas, das weit entfernt ist von diesem Ort, an den er so gar nicht passt, mit seiner losen Krawatte und den verstrubbelten Haaren. Aber zugegeben –

die Schuluniform steht ihm trotzdem ausgezeichnet. Vielleicht geht es mir genauso wie ihm mit dem Büfett. Er denkt, es schmeckt nicht, aber eigentlich ist es lecker. Vielleicht stellt sich heraus, dass man mit ihm sehr gut über Trauer sprechen kann. Vielleicht hat er sogar Lust auf das Thema oder ist besonders schlau und trägt zu unserem Referat Inhalte bei, an die ich nicht gedacht hätte. Im Fremden liegt immer auch eine Chance. Mr. Johnson hat schon irgendwie recht.

»Ich werde es wenigstens versuchen«, sage ich mit Überzeugung in der Stimme.

»Die ganze Arbeit wird an dir hängen bleiben.«

»Ich freunde mich mit ihm an.«

Emma schüttelt den Kopf und verzieht den Mund. »Er wird die gleiche Note bekommen wie du, obwohl er keinen Finger krumm machen wird.«

»Ich gehe es langsam an. Biete ihm meine Hilfe an, zeige ihm die Räume, erkläre ihm, wie die Lehrkräfte ticken, ... Wir verbringen ein bisschen Zeit miteinander. Dann wird er merken, dass ich nett bin und mir den Gefallen tun und mit mir zusammenarbeiten.«

»Da wirst du aber auch einiges von dir preisgeben müssen, wenn du mit ihm über Trauer sprechen willst.«

Emma hat den Kern meines Problems erkannt. Ich hasse es, über mich zu sprechen.

Ich esse weiter, um nicht antworten zu müssen.

Plötzlich dringen laute Stimmen von der anderen Seite der Cafeteria zu uns. Emma und ich sehen auf, genauso wie einige andere, die mitbekommen, dass irgendjemand ziemlich heftig streitet. Im Zentrum der Auseinandersetzung stehen Jonah, Brian und Sebastian aus unserer Stufe. Ich erkenne das Problem sofort: Fireball und Jesse haben sich ausgerechnet auf deren Stammplätze gesetzt.

Die Diskussion ist in vollem Gange. Sebastians Gesicht ist knallrot, er sieht richtig wütend aus. »Verpisst euch endlich!«

»Warum sollten wir?«, fragt Jesse aufgebracht. »Hier stehen keine Namen – weder auf den Stühlen noch auf dem Tisch.«

Jonah geht es ruhiger an. »Ihr konntet das nicht wissen. Jetzt, da ihr es wisst, könnt ihr euren Fehler korrigieren.«

»Fehler?« Jesse sieht Fireball mit hochgezogener Augenbraue an und schüttelt den Kopf. »Vielleicht seid ihr hier die Fehler.«

Sebastian hebt die geballten Fäuste. Jesse ist so schnell aufgestanden, dass sein Stuhl laut über den Boden kratzt und droht, umzukippen. Fireball streckt lässig seine Hand aus und fängt den Stuhl auf.

Jesse hebt Kinn und Augenbrauen und sein Mund macht Bewegungen, die aussehen, als sage er: »Komm her!«

Ich lege mein Besteck zur Seite. »Wir sollten dazwischengehen.«

»Spinnst du?«, fragt Emma. »Die prügeln sich gleich. Lass das die Lehrer machen.«

»Und riskieren, dass die beiden Neuen gleich an ihrem ersten Tag von der Schule fliegen? Mein Vater würde ausflippen!«

Denn jetzt steht auch Fireball auf; er schiebt sich zwischen Jesse und Sebastian.

»Ich geh' da jetzt rüber.« Ich stehe auf und beeile mich, den Tisch der Jungs zu erreichen, bevor es eskaliert. »Hey Jungs, gibt es ein Problem?«

Mit einer eleganten Bewegung lässt Fireball etwas hinter seinem Rücken verschwinden. Sebastian, der nur Zentimeter von ihm entfernt steht, taumelt rückwärts – im Gesicht weiß wie ein blankes Dokument auf meinem Tablet.

»Was ist hier los? Was hältst du da in der Hand?«, frage ich Fireball.

»Nichts«, antwortet er seelenruhig und zeigt mir zum Beweis die leeren Hände.

»Ein M-m-messer«, stammelt Sebastian. »Er hat mich mit einem Messer bedroht!«

»Was für ein Messer?«, verlange ich zu wissen.

»Er lügt«, beharrt Fireball. Er ist die Ruhe in Person. Nichts an ihm verrät, dass Sebastian die Wahrheit sagt. Er hält den Blick, seine Stimme ist selbstbewusst, seine Hände sind leer. Jesse hinter ihm verschränkt die Arme vor der Brust. Sebastian dagegen ist so fertig, dass er wie ein Wahnsinniger wirkt.

»Und ihr?«, frage ich Jonah und Brian. »Habt ihr nichts gesehen?«

»Nein«, sagt Jonah und sieht seinen Freund verwirrt an. »Ich stand die ganze Zeit hinter ihm, keine Ahnung, was da abging.«

»Ich sagte doch: Der hat mich mit einem Messer bedroht! Ist der wahnsinnig?« Sebastians Stimme überschlägt sich und Spucke sammelt sich an seinen Mundrändern.

»Wir beenden das jetzt«, sage ich und meine feste Stimme überrascht mich. »Ihr bleibt hier sitzen. Die Jungs suchen sich einen anderen Platz. Da die beiden neu sind, solltet ihr sie freundlich willkommen heißen. Ist doch kindisch, sich über Sitzplätze zu streiten.«

»Kommt, Leute«, sagt Jonah, »Sally hat recht. Ist doch eh viel zu zugig hier. Lasst uns gehen.« Er sieht mich mit einem merkwürdigen Hundeblick an, als täte es ihm leid, dass ich solchen Ärger mit ihm und seinen Freunden habe. Oder mit ihm, weil er mich für Charlotte verlassen hat?

Ich sehe Jonah, Brian und Sebastian nach – Sebastian, der seine Kumpels fragt: »Wie konntet ihr das Messer nicht sehen?«

Fireball und Jesse sitzen schon wieder auf ihren Plätzen, als ich mich umdrehe. Ich stemme die Hände auf ihren Tisch und beuge mich zu ihnen vor: »Pöbeleien sind an dieser Schule nicht willkommen, merkt euch das.« Ich stoße mich mit zittrigen Armen vom Tisch ab, doch bevor ich gehe, sehe ich Fireball ein letztes Mal an und nicke in Richtung seiner Gabel, die einsam neben seinem Teller liegt. »Ach, und: Wie willst du eigentlich dein Steak schneiden? So ohne Messer.«

Er verengt seine Augen und in diesem Moment kommen sie mir so bekannt vor, dass ich sicher bin, ihn schon einmal gesehen zu haben. Nicht im Fernsehen, nicht in der Zeitung. Nein, woanders. Ich kenne ihn. Nur – woher?

4

FIREBALL

Wir jagen durch den Wald wie junge Füchse. Springen über querliegende Bäume, hechten unter tiefhängenden Ästen durch und rollen uns auf dem weichen Laubboden mit einer Flugrolle ab. Fast zerreißen meine Lungen. Aber ich bin wie berauscht. Nach dem Nachsitzen tut es verdammt gut, sich zu bewegen. Ich bin endlich wieder lebendig. Wenn mir dieses Scheißleben etwas Gutes geschenkt hat, dann das Laufen.

Auf einer Lichtung halten wir an, beruhigen unseren Atem.

»Hier wär' doch gut.«

»Zu weit weg von der Schule«, sage ich.

»Wo willst du dann trainieren – *in* der Schule?« Jesse rollt mit den Augen.

»Warum nicht? Es ist ein riesiges Gebäude. Uralt. Sicher gibt es einen Raum, den niemand je betritt. Wir wären im Trockenen und nicht auf dem Präsentierteller wie hier.« Ich blicke misstrauisch hinauf in die Baumkronen. Dort oben könnte jemand lauern. Oder hinter diesem großen Felsen.

Oder dem Busch da drüben. Bin ich paranoid? Wahrscheinlich. Aber so wird man wohl, wenn man tut, was ich tue.

»Frag doch deinen neuen besten Freund Cooper«, schlägt Jesse vor. »Vielleicht weiß er einen Raum. Eine Folterkammer, ein Verlies ... Irgendwas, das zu deiner miesen Stimmung passt.«

»Sensibel?«, necke ich ihn. »Um deine Frage zu beantworten: Nein, ich frage ihn nicht. Besser, er weiß nicht, dass wir weiter trainieren. Ist nicht gut für unseren Ruf. Los, zurück zur Festung.«

Wir machen ein Wettrennen daraus. Jesse gewinnt. Verdammt. Am Waldrand boxt er mir triumphierend gegen die Rippen und wir spähen hinaus auf die Wiese und zum Internat hinüber. Außerhalb des Gebäudes sind wir leichte Beute. Wenn mich jemand schnappen will, dann hier. Also gehen wir auf Nummer sicher und checken, welche Möglichkeiten zur Deckung es gibt. Solche Dinge müssen wir wissen. Falls es mal ernst wird.

Plötzlich überkommt mich dieses altbekannte Gefühl, dieses Kribbeln im Nacken, das Ziehen in den Zähnen. Es ist das Gefühl, das mich vor Gefahr warnt. Ich sollte dankbar für meine feinen Antennen sein, mein Frühwarnsystem schätzen. Aber ich hasse es, weil es sich viel zu sehr nach Angst anfühlt. Ich beiße mir fest auf die Zähne, um das Gefühl zu vertreiben, doch das hilft nur kurz.

»Was ist?«, fragt Jesse neben mir leise. Er kennt meinen Blick.

Ich hebe die Hand, zeige ihm drei Finger – das Zeichen für ›Wir sind nicht allein‹. Unauffällig sehen wir uns um, Jesse checkt die Baumkronen und Büsche hinter mir, ich das Gebiet hinter ihm. Wer auch immer uns beobachtet – er kann nicht vorhaben, uns zu töten. Sonst wäre schon längst etwas passiert.

Ein Rascheln und ich weiß, wo unser Feind ist. Aber es ist

zu spät: Ein riesiger Kerl mit breitem Kreuz und schwarzem Kapuzenpulli springt aus dem Baumwipfel auf mich und ich stürze zu Boden. Seine Hände legen sich wie Schraubstöcke um meinen Hals und vor meinen Augen tanzen Sterne. Ich versuche ihn von mir zu werfen, aber der Typ lässt sich von meinem Manöver nicht aus dem Konzept bringen. Während ich vergeblich darum kämpfe, ihn loszuwerden, zieht Jesse hoffentlich sein Messer und checkt die Baumkronen, ob noch mehr Angreifer kommen. Um den Kerl auf mir muss ich mich allein kümmern.

Aber verdammt, ich werde diesen Bären nicht los. Er drückt fester zu und schnürt mir die Luft ab. Mir bleibt nicht mehr viel Zeit, bevor ich ohnmächtig werde, das weiß ich aus Erfahrung. Verdammt, Jesse soll mir nicht helfen müssen.

Das bekannte Gefühl setzt ein, das ankündigt, dass ich gleich das Bewusstsein verliere, doch da lässt der Druck um meinen Hals nach und ich schnappe nach Luft. Mit jeder Sekunde wird meine Sicht klarer. Es ist lebenswichtig, dass ich mich schnell zusammenreiße und wieder kampfbereit bin. Aber Jesse hat die Lage im Griff: Er hat den Kerl bei den Kordeln seiner Kapuze gepackt und schnürt ihm damit die Kehle zu. Der Kerl röchelt hilflos und ich sehe endlich sein Gesicht. Das gibt's doch nicht! Wir sind nicht mal einen Tag hier und sie haben uns gefunden.

»Ist gut«, sage ich und rappele mich schwer atmend auf. Bevor Jesse loslässt, schlage ich Kevin meine Faust in den Magen, aber nur halb so stark wie ich könnte.

»Das hast du verdient«, sage ich, als er aufkeucht. »Meine Hose ist ganz dreckig wegen dir.«

Kevin hustet und reibt sich den Hals. Sein dichtes, schwarzes Haar steht ihm wegen des Kampfs wild vom Kopf ab. Er zupft sich den Pullover zurecht und atmet schwer. Seine dichten Augenbrauen lassen ihn ernst wirken, aber er grinst verschmitzt.

Jesse klopft ihm auf die Schulter. »Geschlichen wie ein Kätzchen, Dicker.«

»Gut von mir, scheiße von dir, Codriguez. Wie üblich. Der Häuptling schickt mich, Fireball.«

»Du sollst uns einen Heidenschrecken einjagen?«, fragt Jesse.

»Ich soll machen, dass ihr euch in die Hosen pisst. Hat gut geklappt bei dir, was?« Er gibt Jesse einen Klaps auf den Po und der schlägt ihm die Hand weg.

»Was gibt's?«, frage ich ungeduldig. Ich fasse es einfach nicht, dass der Häuptling mich nach so kurzer Zeit gefunden hat. Wie? Über wen? Hat jemand im Kommandariat gesungen? Oder jemand, der in jeder Minute meines Lebens an mir klebt wie eine Klette und zurück in sein bequemes Bettchen will?

»Ich soll dich lieb grüßen und fragen, wie's dir so geht. Ob du dich wohlfühlst in deinem neuen Zuhause.«

»Kann nicht klagen. Vermisst er mich denn? Ich dachte ja, er meldet sich mal. Aber nein, kein Wort, keine Karte, nichts. Und jetzt, wo ich hier bin, schickt er plötzlich freundliche Grüße – das ist ja ein Zufall.«

»Kein Zufall. Jetzt, wo du hier bist, hat er einen neuen Auftrag für dich.«

»Ach ja?« Glaubt der Alte wirklich, er könne auch hier noch über mich verfügen?

»Die Sache ist die: Ihr seid jetzt Schüler auf dem für das Kommandariat wichtigsten Internat. Zu viele Elternlose kommen hier unter – Elternlose, die bei uns besser aufgehoben wären. Es ist Zeit, dass wir ihnen den Nachwuchshahn abdrehen.«

»Und wie stellt er sich das vor?«

»Du sollst Cooper töten.«

Ich lache. »Ach, soll ich das? Und wieso sollte ich das tun?«

»Du hast dein Gesicht verloren, Fireball. Er sagt, wenn du nicht bald zurück bist, mit Coopers Kopf auf deinem Konto, wird er dich ersetzen müssen, weil dir niemand mehr etwas zutraut.«

Meine Miene ist hart, aber in mir rumort es. Kevin spricht von meinen Freunden, von meiner Familie. Es tut verdammt weh zu hören, dass sie mir nicht mehr vertrauen. Nach all den Jahren.

»Warum Cooper?«, fragt Jesse.

»Weil er der Kopf hinter dem Internat ist. Die Menschen vertrauen ihm. Ist er tot – umgebracht hinter seinen eigenen Mauern – wird niemand mehr sein Kind diesem Internat anvertrauen. Einer stirbt, viele andere sind heimatlos. Leichteres Spiel für uns. Die Familie will wachsen, ihr wisst doch, wie das ist.«

»Was, wenn ich es nicht mache?«

Kevin seufzt. »Er hat gesagt, du würdest das fragen. Ich soll dir ausrichten, dass er dich bestrafen wird, wenn du es nicht tust. Ganz ehrlich, Fireball – von Freund zu Freund: Der plant die Zukunft ohne dich. Ich habe ihn erst neulich mit einem Kerl trainieren sehen – keine Ahnung, wer das ist. Aber ich sag' dir eines: Er bereitet ihn vor.«

Wenn er tatsächlich jemand Neues aufbaut, bedeutet das meinen Tod. Der Neue wird mich umbringen müssen, um den Respekt meiner Leute zu gewinnen. Also, was ist meine Wahl? Ein Kampf gegen den Häuptling, den ich nur verlieren kann, oder ein Mord und die Hoffnung, dass der Häuptling mich danach in Ruhe lässt? Ganz zu schweigen vom Kommandariat, das ganz scharf auf meinen Kopf ist. Ich würde untertauchen müssen für den Rest meines Lebens. Was für ein Leben wäre das?

»Wie viel Zeit habe ich?«

»Eine Woche.«

SALLY

Den ganzen Morgen beobachte ich Fireball McAllister. Das Nachsitzen bei Mr. Johnson hat nichts gebracht. Zur Schuluniform trägt er weiße Sneaker mit roten Streifen – private Schuhe. Das ist verboten! Aber außer mir scheint es niemanden zu stören, zumindest sagt keiner etwas. Das Hemd sitzt wieder nicht, die Krawatte hängt auf halb acht. Und seine Haare sehen aus, als hätte er sie nach dem Schlafen nicht gekämmt oder sie absichtlich verwuschelt. Was hat mein Vater doch gleich gesagt? Sie würden sich schwer tun damit, sich an die Regeln zu halten. Da hat er wohl recht gehabt. Vielleicht brauchen sie noch Zeit, sich an das Leben hier zu gewöhnen. Wenn sie vorher auf einer öffentlichen Schule waren, mussten sie sicher keine Uniformen tragen. Andererseits: Was ist so schwierig daran, eine Schuluniform ordentlich anzuziehen?

Wir haben Mathe. Wieder bei Mr. Johnson. Der betritt den Raum, geht neben mir den Gang entlang und bleibt stehen, als wäre er gegen eine Wand gelaufen.

»Aufstehen!«, bellt er.

Obwohl er mich überhaupt nicht meint, laufe ich knallrot

an. Mir ist die Situation so unangenehm, dass ich am liebsten im Boden versinken würde. Fireball drückt sich in aller Seelenruhe von seinem Stuhl hoch und stellt sich, die Hände hinter dem Rücken verschränkt, neben seinen Platz.

Mr. Johnson betrachtet sein Outfit. »Lassen Sie mich zusammenfassen: Die Haare ungekämmt. Die Krawatte nicht anständig gebunden. Das Hemd nicht in der Hose. Privatschuhe an den Füßen. Erinnern Sie sich überhaupt an einen einzigen Satz, den Sie gestern Nachmittag geschrieben haben?«

»An alle, Sir.« Fireballs Stimme ist fest.

Mr. Johnson nickt mit schmalen Augen und bleibt gefährlich still. Er wendet sich Jesse zu. »Mr. Codriguez, ich würde auch gern einen Blick auf Sie werfen.«

»Sicher, Sir«, sagt Jesse. »In Styling-Fragen bin ich Ihr Mann.«

Alle lachen. Ich wage es nicht. Mr. Johnson bringt mit einem einzigen Blick alle zum Schweigen. »Sie sitzen beide den Rest der Woche nach. Jeden Tag. Für jeden Kleidungsfehler einen Nachmittag. Außerdem werde ich mit Direktor Cooper über Ihr Verhalten sprechen. Und jetzt setzen Sie sich auf Ihre Plätze!« Ein Muskel an Mr. Johnsons Schläfe zuckt. So wütend habe ich ihn noch nicht erlebt.

Was glauben die beiden? Er wird sie fertigmachen.

Mr. Johnson marschiert nach vorn und wirft seine Tasche auf das Pult. »Gut, dann wollen wir mal sehen, wo wir uns nach den Ferien befinden. Mathematisch gesehen.«

Er wirft ein paar Aufgaben über das Hologramm-Panel auf die Präsentationsfläche vor der ersten Reihe. Wiederholung aus dem letzten Schuljahr. Es geht um Körperberechnungen. Panisch durchforste ich mein Hirn nach den Formeln und Regeln. Doch ich bin so aufgewühlt von seinem Wutanfall, dass mir nichts einfallen will. Ich reibe meine verschwitzten Hände an meinem Rock. Emma neben mir setzt sich aufrecht hin. Ich weiß, was jetzt kommt: Sie wird sich melden.

Und schon schießt ihr Arm in die Höhe.

»Ja, Miss Wyler?«

»Darf ich nach vorn kommen und die Aufgaben lösen, Sir?«

»Vielen Dank, aber die Auswahl meiner Opfer treffe ich selbst.« Er lässt den Blick über die Kursteilnehmer schweifen und bleibt an Fireball hängen. Er schmunzelt. »Mr. McAllister.« Bittersüß lächelnd hält er ihm seinen Touchpen hin.

Fireball tritt in den Gang, nimmt den Touchpen entgegen und stellt sich Mr. Johnsons Aufgaben.

Mein Herz beschleunigt. Mr. Johnson will Fireball bloßstellen. Er will ihn bestrafen. Dass die beiden gegen die Schulregeln verstoßen, lässt er ihnen nicht durchgehen. Und das ist gut so. Einerseits. Andererseits ist da ein kleiner Teil in mir, der nicht möchte, dass Fireball Ärger bekommt.

Aber warum nur?

Fireball sieht sich den dreidimensionalen Quader an, liest die Aufgabe, die Zahlen. Er tippt auf die Ecken des Hologramms, um zu erklären, welche Infos er für die Berechnung heranzieht. Er notiert den Rechenweg auf dem Inputpanel, rechnet blitzschnell im Kopf und schreibt die Lösung auf.

Ich tippe die Zahlen in den Taschenrechner meines Tablets. Keine Ahnung, wie er das gemacht hat, aber seine Lösung stimmt. Auch die nächste und die übernächste Aufgabe berechnet er ohne Probleme. Schweigend steht er vorn und streicht mit dem Touchpen über die Figuren des Hologramms. Mr. Johnsons Kinnlade klappt mit jeder richtigen Lösung ein Stück weiter nach unten. Damit hat er nicht gerechnet. Damit hat wohl niemand im Raum gerechnet. Fireball McAllister ist ein verdammtes Mathe-Genie!

Schließlich zieht er auch unter seine letzte Antwort einen Doppelstrich und legt den Touchpen ab. Er klingt furchtbar überheblich, als er fragt: »Werde ich dafür benotet?«

Mr. Johnson schüttelt den Kopf. »Nein«, sagt er leise. »Setzen Sie sich.«

Fireball kommt zurück an seinen Platz. Er hat es geschafft. Ich bin so erleichtert, dass ich aufatme. Neugierig betrachtet er mich. Er muss meine Reaktion bemerkt haben und fragt sich jetzt sicher, weshalb ich erleichtert bin. Wenn er die Antwort darauf weiß, muss er mir unbedingt Bescheid geben, denn ich kenne sie selbst nicht.

Nach Mathe steht Jesse auf, gähnt und streckt sich ausgiebig. Da fällt sein Blick auf Emma. Er stützt sich auf ihren Tisch und nimmt dabei ziemlich viel Platz ein. Für meinen Geschmack lächelt er sie ein bisschen zu überheblich an, als er fragt: »Na, guten Morgen. Wer bist denn du?«

Emma guckt erst mich entgeistert an, dann ihn. »Na, guten Morgen. Ich bin eine Mitschülerin.«

Jesse pfeift durch die Zähne. »Schön, dich kennenzulernen, Mitschülerin. Und wie heißt du?«

Emma beugt sich vor und grinst ihn selbstbewusst an. »Streng dich an, dann kriegst du's raus.«

Jesse greift sich theatralisch an die Brust und verdreht die Augen. »Was für eine Frau!« Er setzt sich an seinen Platz, direkt vor Emma, und beugt sich nah an Fireballs Ohr, flüstert etwas und lacht leise.

Emma und ich können nicht anders: Wir schauen uns an, dann prusten wir los. Sie ist echt die Coolste!

»Doofe Weiber«, schimpft Jesse, streift sich das Schulsakko von den Schultern und hängt es über den Stuhl.

O Gott, nicht doch! Wenn das ein Lehrer sieht, ist der nächste Ärger vorprogrammiert. Ich sehe die Lehrer schon Schlange stehen bei meinem Vater, um sich über die beiden zu beschweren.

»Das darfst du nicht«, warne ich ihn.

Als er sich langsam zu mir umdreht, werden seine sonst

schmalen Augen ganz groß und seine Augenbrauen wandern Millimeter für Millimeter nach oben. Ich halte seinem Blick trotzdem stand.

Wer weiß, schießt es mir durch den Kopf, vielleicht ist das der Anfang einer langen Freundschaft.

»Was darf ich nicht?«, fragt er mit gerunzelter Stirn.

»Du darfst das Sakko nicht ausziehen. Das ist nur im Freien oder nach Schulschluss erlaubt. Zieh es wieder an, bevor du Ärger bekommst.«

»Es ist Pause und die Fenster sind offen«, sagt Jesse.

»Das ist aber nicht dasselbe«, antwortet Fireball mit leiser, rauer Stimme. Ein Schauer wandert über meinen Rücken.

»Zählt es, wenn ich meinen Oberkörper aus dem Fenster hänge?« Die Frage gilt nicht mir, sondern seinem Freund.

Der schüttelt den Kopf. »Vielleicht hilft es, wenn du dich auf die Fensterbank setzt. Dann ist dein Oberkörper im Freien.« Fireballs Stimme klingt ganz kratzig. Wahrscheinlich, weil er so selten spricht.

Ich verdrehe die Augen. »Nein, es zählt nicht. In den Schulregeln steht, dass man sich im Außenbereich, also auf dem Hof oder den Wiesen, aufhalten muss.«

Jesse schaut verwirrt. Fireball zieht einen Mundwinkel nach oben und in meinem Bauch kribbelt es ganz furchtbar.

»Gibt es hier ein Problem?« Jonah steht plötzlich hinter mir. Seine Hände hat er vor der Brust verschränkt und seine sonst so freundlichen Augen sind enge Schlitze. Er sieht bedrohlich aus, fast wie ein Kadett im Palast des Präsidenten.

Fireball und Jesse mustern ihn aufmerksam, sehen ihn sich in aller Ruhe von oben bis unten an, betrachten seine Statur, sein Gesicht, seine Hände, einfach alles.

Es verstreichen einige Sekunden, bevor Jesse antwortet. »Nö.«

»Die Dame hat dich gebeten, dein Sakko wieder anzuziehen.«

»Bist du hier der Chef vom Schulregelkommando?«

»Nein«, raunt Fireball. »Sie ist Justitia und er der kleine Bulle, der für sie die Drecksarbeit macht. Das sieht man doch.«

»Ihr nehmt euch ganz schön wichtig«, kontert Jonah, und die Spannung zwischen den dreien ist fast unerträglich.

Jesse fragt Fireball: »Lass' ich mir das jetzt gefallen, oder was?«

Fireball betrachtet Jonah mit einer Mischung aus Arroganz und Überlegenheit. Dann nickt er.

Jesse rollt seufzend mit den Augen. Aber er greift nach dem Sakko und wirft es über seine Schulter. »Schau, Mäuschen, wenn ich es so halte, dann habe ich es halb an und halb aus. Ein Kompromiss.«

»Sally ist nicht dein Mäuschen«, knurrt Jonah. Der immer freundliche Jonah ist auf einmal gar nicht mehr so freundlich. Plötzlich ist er ganz schön mutig.

Da kratzt Fireballs Stuhl über den Boden. Er ist so schnell aufgestanden, dass Jonah erschrocken zurückweicht.

»Keine Sorge, niemand will dir deine Süße wegnehmen.«

Fireball sieht auf einmal gefährlich aus, wie er sich aufbaut, die Hände zu Fäusten ballt, die Augen zu schmalen Schlitzen verengt. Gar nicht mehr wie der über allem stehende, souveräne Fireball McAllister. Jetzt sieht er mehr aus wie ein brutaler Schläger. Aber das Schlimmste ist: Jonah hat sich gefangen und ballt ebenfalls die Fäuste.

»Es geht nicht um sie.«

»Ach? Dir geht's um ein beschissenes Sakko?«

»Ganz genau.«

»Wenn du sie beeindrucken willst, kauf ihr Blumen. Aber misch dich nicht in Sachen ein, die dich nichts angehen.«

Wann hat das Thema eigentlich vom Sakko zu mir gewechselt?

Jonahs Faust zittert bedrohlich.

Wenn nicht gleich etwas passiert, gehen sich die beiden an die Gurgel. Ich springe auf und zwänge mich zwischen sie.

»Schluss jetzt! Ich gehöre weder zu ihm noch bin ich Justitia – danke für das Kompliment. Mit dem Kompromiss bin ich einverstanden, also warum setzen wir uns jetzt nicht alle wieder auf unsere Plätze, atmen tief durch und … und … trinken was?«

Ich sehe Fireball an, der eindeutig zu nah neben mir steht, also blicke ich zu Jonah, meinem Ex-Freund, der mich für die Klassenschlampe verlassen hat und sich jetzt benimmt, als müsse er mich beschützen. Ich weiß nicht, was ich tun soll, also setze ich mich wieder und hole meine Trinkflasche aus dem Rucksack. Zitternd nehme ich einen Schluck.

Fireball nimmt als Erster Platz. Jonah drückt meine Schulter – so, wie er es früher getan hat, bevor er sich zum Vollidioten gemacht hat. Sind das etwa Annäherungsversuche?

Jesse raunt »Diese Nerds!«, und Fireball lacht leise.

Jonah geht, die beiden Unruhestifter vor uns drehen sich wieder um, und Emma flüstert: »Glaubst du immer noch, dass du ihn für das Referat begeistern kannst?«

Ich kneife die Augen zusammen. »Ja! Das ändert nichts.«

Emma hebt die Augenbrauen. Es klingelt zur nächsten Stunde und Mr. Langdon kommt herein.

Es gibt Lehrer, die mag man so sehr, dass man persönlich verletzt ist, wenn andere sich in ihrem Unterricht nicht benehmen. Mr. Langdon ist einer von ihnen. Deshalb ärgere ich mich, weil Fireball und Jesse wie immer sitzen bleiben, als er den Raum betritt.

Mr. Langdon geht schmunzelnd an den beiden vorbei. »Ah, guten Tag. Sie sind die Neuen. Die, die meinen Kollegen den letzten Nerv rauben.« Er lacht, sodass sich tiefe Fältchen um seine Augen bilden.

»Setzen Sie sich doch bitte«, sagt er zum Kurs. Er zieht seine grüne Cordhose hoch, setzt sich auf den Lehrertisch und lächelt. Ich beneide Mr. Langdon um seine Ruhe und Geduld. Er ist einfach ein toller Mensch.

Er mustert Fireball aus wachen Augen und sagt: »Auch wenn Sie Ihrem Vater wie aus dem Gesicht geschnitten sind: Wer Ihre Mutter kannte, erkennt auch sie in Ihren Zügen. Sie war eine ausgezeichnete Pädagogin. Ich habe sie sehr gemocht.«

5

FIREBALL

Was sagt man darauf? Was sagt man, wenn einem der Stuhl unter dem Hintern weggezogen wird? Dieser Typ mit seinen uralten Cordhosen, den grauen Haaren, die einen ordentlichen Haarschnitt vertragen könnten, und den allzu perfekt geraden Zähnen, sitzt da vorne und wagt es, über meine toten Eltern zu sprechen.

Niemand – niemand – spricht mit mir über meine Eltern. Das wagt keiner.

Jesse sieht mich erwartungsvoll an. Ich sollte kontern, etwas Cooles sagen, aber mir will einfach nichts einfallen. Dieser Typ da vorne kannte meine Mutter. Im Gegensatz zu mir kannte er meine Mutter.

Tausend Fragen schießen mir durch den Kopf. Wann hat er sie kennengelernt? Wie war sie?

Ich muss mit ihm sprechen. Unter vier Augen. Irgendwann.

Jesse flüstert: »Alles klar bei dir, Kleiner?«

»Halt die Klappe!« Ich bekomme die Zähne kaum auseinander. Und Jesse braucht nicht so zu tun, als hätte er mir die Veränderung nicht angesehen. Meine Hände, die ich unter der

Tischplatte zu Fäusten geballt halte, meine roten Wangen. Alle Hormone in meinem Körper sind auf Angriff und Verteidigung gleichzeitig ausgerichtet und Jesse fragt, ob alles klar ist. Arschloch.

Er heißt Langdon. Joseph Langdon. Heute Morgen habe ich seinen Namen im Stundenplan gelesen. Da bedeutete er mir nichts. Jetzt ist das anders.

Mr. Langdon klatscht in die Hände, geht zum Hologramm-Panel und ruft die Unterlagen für seinen Unterricht auf. Tut er nur so oder hat er wirklich keine Ahnung, dass er soeben meine Welt auf den Kopf gestellt hat? Er kann doch nicht so eine Info raushauen und weitermachen, als sei nichts passiert.

Routiniert schwingt er an seinem Hologramm die Grammatikregeln aus dem letzten Jahr hin und her. Er notiert, wie er das Jahr strukturieren will, welchen Stoff wir durcharbeiten.

Mr. Langdon unterrichtet Ameganisch. Das ist gut. Kein Fach, in dem es viel zu diskutieren gibt. Ich beobachte jeden seiner Schritte, keine Bewegung entgeht mir. Wenn er erklärt, läuft er vor dem Hologramm hin und her, sucht Blickkontakt mit den Schülern. Bevor er jemanden aufruft, schiebt er seine dicke Brille die Nase hinauf. Er steht auf einen aktiven Unterricht. Ständig schießen die Arme in die Höhe. Die Mädels hinter mir sind ganz aus der Puste.

Das Läuten der Schulglocke erwischt mich kalt. Ich habe gar nicht auf die Uhr gesehen. Jesse neben mir ist schon längst zum Gehen bereit und tippt ungeduldig mit dem Fuß auf den Boden. Ich raffe meine Sachen zusammen und bücke mich, um sie in meinen Rucksack zu packen. Gerade als ich mich hinunterbeuge, legt sich eine starke Hand auf meine Schulter.

Es ist ein Reflex. Ein Impuls, der mir antrainiert wurde, um mein Leben zu schützen: Ich packe die Hand, stoße sie von mir und springe auf. Vor mir steht Mr. Langdon. Der alte Mann starrt mich aus entsetzten Augen an.

»Hoppla, Verzeihung«, sagt er. Er ist so überrumpelt von meiner heftigen Reaktion, dass er einen Schritt zurückweicht.

»Entschuldigung, ich …« Was soll ich sagen? Beinahe hätte ich ihn mit einem Schlag gegen die Nasenwurzel außer Gefecht gesetzt. Mein Gott, wie krank ist mein Leben, dass ich bei der geringsten Berührung von einem Angriff ausgehe?

»Wir unterhalten uns irgendwann, ja, Mr. McAllister?«

Ich nicke wie ein Idiot. Mr. Langdon flieht so schnell aus dem Kursraum, dass er diesem aufsässigen Blondie von vorhin den Rucksack von der Schulter stößt.

Jesse hinter mir lacht.

»Was gibt's da zu lachen?«, blaffe ich und er ist still. »Pass das nächste Mal besser auf!«

»Sorry, es ging so schnell, ich konnte nicht mehr reagieren.«

»So schnell? Ein alter Mann ist zu schnell für dich? Muss ich mir Sorgen machen?« Ich will seine Antwort nicht hören.

Ich schnappe meinen Rucksack und stürme auf den Flur hinaus. Keine zwei Schritte später tippt mir schon wieder jemand auf die Schulter. Warum zur Hölle macht Jesse seinen Job heute nicht? Wütend fahre ich herum und funkle dem Mädchen, das in der Reihe hinter mir sitzt, wütend ins Gesicht. Ihr dunkler Pferdeschwanz wippt, als sie mit ihrem Gleichgewicht kämpft, um nicht auf mich zu fallen, und ihre stechend grünen Augen sind weit aufgerissen. Wenn sie mich so anstarrt, erinnert sie mich plötzlich an jemanden. Aber an wen?

»Was?«, belle ich.

»Hi«, sagt sie, »ich heiße Sally Cooper.« Sie redet weiter. Irgendwas von Schulsprecherin, Gebäudeführung und noch mehr Blabla. Aber ich höre nicht mehr zu. In meinem Kopf halte ich ihren Namen, drehe ihn hin und her. Sehe ihn mir von allen Seiten an. Sehe sie von allen Seiten an. Sally Cooper. Cooper. Peter Cooper. Die losen Enden verbinden sich in meinem Hirn. Ihr Haar verändert sich: Es wird zu einem Dutt mit einem Diadem davor. Die Uniform wird zu einem Abendkleid, das Gesicht verändert sich. Erst ist es angsterfüllt, dann schmerzverzerrt. Scheiße. Sie ist das Mädchen vom Galaabend! Sie ist das Mädchen, das ich angeschossen habe!

Und sie ist Coopers Tochter. Nicht die Kids an der Schule sind gute Kinder. Sie ist ein gutes Kind. Wir sollen uns nicht von allen fernhalten. Ich soll mich von ihr fernhalten. Aber wieso tut Cooper das? Wieso setzt er mich in einen Raum mit seiner Tochter, die wegen mir fast gestorben wäre? Was für ein Spiel spielt dieser Typ?

Jesse zieht die Augenbrauen hoch und sieht abwechselnd von ihr zu mir. Er hat es auch gecheckt. Mit ihrem schlichten Pferdeschwanz und der unauffälligen Schuluniform habe ich sie nicht erkannt, doch jetzt erinnere ich mich an jedes Detail. Sie ist viel hübscher, als ich sie in Erinnerung habe. Was wahrscheinlich daran liegt, dass sie gerade nicht vor Schmerzen schreit. Dass es seine Tochter war, auf die ich geschossen habe, hat mir Cooper bei einem unserer Gespräche im Knast gesagt. Aber ich dachte, sie wäre älter, schon längst raus aus der Schule. Ich habe sie jedenfalls älter in Erinnerung. Welche Sechzehnjährige verbringt schon ihren Abend mit solchen Anzugaffen und trägt dabei rosa Spitze?

Als ich im Radio gehört habe, dass sie die Tapferkeitsmedaille bekommen hat, war ich froh, dass sie noch am Leben ist und es ihr gut geht. Aber ich hatte nie Gelegenheit, mir das Mädchen anzusehen und ehrlich gesagt war ich froh, es nicht tun zu müssen. Denn seit jener Nacht hat sie sich eingereiht in die Schlange der Menschen, die mich in meinen Albträumen heimsuchen.

Und nun steht sie vor mir – mein größter Fehler – und redet sich um Kopf und Kragen. Warum spricht sie überhaupt mit mir? Hat sie ihr Vater nicht gewarnt? Hat er ihr nicht gesagt, dass sie sich von mir fernhalten muss?

»Was willst du?« Ich frage es mit so viel Ungeduld in meiner Stimme wie möglich. Es funktioniert. Ihr Blick flackert unsicher zwischen Jesse und mir hin und her. Ihre Stimme wird leiser.

»Wir schreiben ein Referat zusammen, erinnerst du dich? Wenn du willst, zeige ich dir, ich meine euch, die Schule.« Sie lächelt mutig. Da tut sie mir leid. Sie versucht, mit mir ein Gespräch zu beginnen, sie will nett sein. Sie hat keine Ahnung, wer ich bin und was ich getan habe. Sonst würde sie das nicht tun. Hier so nah bei mir stehen und anbieten, mit mir Zeit zu verbringen. Ich bin ein schlechter Mensch. Sie ein guter. Sie hat den Präsidenten gerettet. Ich habe versagt, ihn zu töten.

Ich werde sie einfach stehen lassen. Das wird das Beste sein. Wütend sehe ich Jesse an und schimpfe: »Was wollen die heute alle von mir?« Ich drehe mich um und lasse sie tatsächlich einfach stehen. Die Tochter des Direktors abgewimmelt: check!

»Hey! Warte!«

Ist dieses Mädchen stur oder dumm?

»Lass es lieber, Mäuschen«, rät ihr Jesse und ich bete, dass sie seinem Rat folgt. Aber sie tut es nicht.

»Halt die Klappe«, fährt sie ihn an. Darauf pfeift Jesse durch die Zähne.

»Jetzt warte doch mal!«

Ich tue ihr den Gefallen und bleibe stehen, will ihr für einen Moment sogar zuhören. Doch die warnende Stimme des Häuptlings hallt durch meinen Kopf. *Manchmal ist es besser, die Glut zu ersticken, bevor Flammen züngeln.*

Als ich mich umdrehe, steht sie dicht vor mir, so dicht, dass ich direkt in ihr zartes, blasses Gesicht blaffe: »Hör zu, Mäuschen: Das Referat geht mir am Allerwertesten vorbei. Und was deine Schlossführung betrifft: Nein danke! Ich kann mir niemand Langweiligeren vorstellen, mit dem ich meine Zeit vergeuden könnte, als dich.«

Dabei ist das Gegenteil der Fall. Zu gern wüsste ich, warum sie den Präsidenten gerettet hat. Warum sie so ein verdammt mutiger Mensch ist. Ich kenne niemanden, der so schwach und verletzlich aussieht wie sie und sich trotzdem vor eine Kugel wirft oder einen handfesten Streit schlichtet. Und es wagt, mir nach dieser Abfuhr nachzulaufen. Aber jetzt ist ihr Mut fort. Gebrochen. Zerschellt. An mir.

Ich sehe es in ihren Augen. All der Mut, die Entschlossenheit entweichen, fallen einfach aus ihr heraus. Ich bin so kurz davor, mich bei ihr zu entschuldigen. Aber ich tue es nicht. Keine Schwäche zeigen. Nie wieder.

SALLY

Sein Tonfall ist so überheblich, alles an ihm ist überheblich. Es war ein riesengroßer Fehler, ihn anzusprechen. Noch nie habe ich mich so klein und dumm gefühlt wie hier vor Fireball McAllister. Ich starre ihn sprachlos an.

Niemand hat mich je so behandelt wie er gerade. Doch er ist noch nicht fertig mit mir. »Aber renn jetzt bitte nicht heulend zu Daddy, ja?« Dann dreht er sich um und stolziert davon.

Hinter mir wird getuschelt und gelacht. Ich sehe mich um: Meine gesamte Stufe steht da. Sie haben alles mitbekommen. Charlotte streicht sich eine Lachträne aus den Augen, Jonah sieht wütend dem Mistkerl hinterher, der mich so mies abserviert hat, und Jesse hebt die Arme und schenkt mir einen »Ich-habe-dich-gewarnt«-Blick, bevor er Fireball hinterherschlendert.

Eine Hand legt sich sacht auf meine Schulter. »Komm«, sagt Emma, »gehen wir essen. Das beruhigt die Nerven.«

»Charlotte ist die mieseste Schlange überhaupt! Die will sich doch bei den beiden einschleimen mit ihrem fiesen Getue«, schimpfe ich auf dem Weg zur Cafeteria. Ich brauche frische Luft. Ich brauche Essen. Ich brauche Frieden. Und vielleicht ein freundliches Wort. Irgendetwas. Ich glaube, ich brauche jetzt meinen Dad. Nicht den Direktor. Nein, meinen Daddy. Am liebsten würde ich heulen. Stattdessen bin ich sauer auf Miss Perfect aus der ersten Reihe. »Ich wette, sie steht auf ihn.«

»Bestimmt. Mindestens will sie ihn ins Bett kriegen«, sagt Emma.

»Die ist doch nur glücklich, wenn sie von anderen Bestätigung bekommt. Billige Schlampe!«

»Genau. Und wann sprechen wir über den Kerl, auf den du tatsächlich sauer bist?«

Ich bleibe auf dem Schulhof stehen und balle die Fäuste. »Noch nie in meinem Leben hat mich einer so beleidigt, wie dieser Idiot es eben getan hat!« Tränen wollen aus meinen Augen schießen, aber ich schlucke sie herunter und gehe weiter. Zwei Jungs aus der Sechsten springen vor dem Eingang zur Cafeteria zur Seite, weil ich in den Trakt stürme wie eine Elefantenkuh beim Angriff.

»So hat noch niemand – niemand! – je mit mir gesprochen! Was glaubt der, wer er ist? Der kann froh sein, wenn ich ihn nicht rausschmeißen lasse. Schließlich ist mein Vater der Direktor! Ich kann das, wenn ich will – ihn rausschmeißen lassen.«

Emma nickt. Wahrscheinlich ist es klüger, mich jetzt einfach reden zu lassen. Auch wenn ich weiß, dass ich absoluten Mist von mir gebe. Vielleicht bin ich deshalb so sauer auf Fireball: Weil er meinen Vater ins Spiel gebracht hat.

In der Cafeteria ist wenig los. Ich stürme an den Ausgabetresen und reiße ein Tablett vom Stapel. Emma trabt mir stumm hinterher. In der hintersten Ecke des Speisesaals setzen sich Fireball und Jesse an ihren Platz – den, der bis vor Kurzem noch Jonah, Sebastian und den anderen gehörte. Jetzt haben sie ihn belagert.

Ida, die Küchenhilfe, packt mir eine riesige Portion Nudeln auf den Teller – sicher sieht sie, in welcher Verfassung ich bin. Ich lege mir das Besteck und eine Serviette auf das Tablett – nicht so schön gerade wie sonst, eher ein wildes Durcheinander – und gehe mit vollem Tablett zum Obstbüfett. Emma nutzt die Gelegenheit, meiner Wut zu entkommen, und läuft ohne einen Nachtisch zu unserem gewohnten Platz. Ich weiß, ich sollte mich einkriegen, um sie nicht zu verletzen. Wenn ich so wütend bin, sage ich Dinge, die ich nicht sagen will, und Emma ist meine Freundin. Sie kann schließlich nichts dafür, dass Fireball McAllister ein arroganter Idiot ist.

Das Obstbüfett ist ein Trauerspiel. Was zur Hölle ist mit dem Kommandariat los? Können die nicht wenigstens einmal in der Woche etwas anderes als Birnen und Äpfel zur Verfügung stellen? Nie gibt es Beeren! Ich wette, die Crew im Weltall hat jeden verdammten Tag Beeren! Oder isst der Präsident die alle selber auf? Also greife ich, wie jeden Tag, nach einem Apfel.

Da kommt mir eine fremde Hand zuvor, legt sich um meinen schönen rotbackigen Apfel und will ihn mir wegschnappen. O nein! Das lasse ich mir nicht gefallen! Blitzschnell lege ich meine Hand auf die andere und sehe wütend auf.

Neben mir steht Fireball McAllister. Erst blinzelt er ungläubig mit den Augen, dann feixt er mich an. Der Kerl steht so nah bei mir, dass ich ihn riechen kann. Warum erinnert mich sein Duft so an Sommer? Ich entdecke kleine schwarze Punkte in seinen ansonsten eisblauen Augen.

Erschrocken ziehe ich meine Hand weg. »Klaust du mir also auch noch den Apfel, oder was?«

Ich bin selbst überrascht von meinem scharfen Ton. Aber mal ehrlich: Er hat es verdient! Beleidigt und blamiert mich vor meinen Freunden und klaut mir auch noch meine tägliche Portion Obst.

Zu meiner Überraschung wird sein Lächeln breiter. Er nimmt den Apfel und hält ihn mir hin. Aber aus irgendeinem Grund ist mein Körper nicht in der Lage, sich zu bewegen. Der arrogante Blödmann legt ihn wortlos auf mein Tablett.

»Entschuldige«, sagt er und lächelt, sodass sich die Grübchen in seinen Wangen vertiefen. Bis dahin wusste ich nicht einmal, dass er welche hat.

Er geht. Mit wild klopfendem Herzen bleibe ich zurück. Fireball McAllister hat mich angelächelt. Und »entschuldige« gesagt. War diese Entschuldigung jetzt für den Apfel? Oder meinte er damit sein unausstehliches Verhalten von vorhin?

Egal. Er hat mich angelächelt. Randnotiz: Und er geht weg, ohne etwas vom Obstbüfett zu nehmen. Ist Fireball McAllister etwa extra zu mir gekommen, um mir meinen Apfel zu klauen?

6

SALLY

Wenn mich etwas wütend macht, dann ist es kindische Sturheit. Und zurzeit bin ich stinksauer. Es kann doch nicht sein, dass die beiden nach einer Woche auf diesem Internat – einer Woche, in der sie jeden Nachmittag nachsitzen und die Hausordnung abschreiben mussten – immer noch nicht wissen, wie man sich anständig anzieht. Ernsthaft! Was ist ihr Ziel? Wollen sie fliegen? Ist das eine Art Rebellion gegen das Kommandariat? Wohl eher eine Rebellion gegen meinen Vater, schließlich ist das hier seine Schule, es sind seine Regeln und die beiden ignorieren sie einfach.

Jesse treibt es heute auf die Spitze: Statt des obligatorischen Hemdes trägt er ein weißes T-Shirt. Ein T-Shirt!

»Jesse, das wird Ärger geben«, warnt ihn Emma.

Charlotte hat Emma gehört und erhebt sich graziös wie eine Balletttänzerin, schiebt sich das wellige Haar über die Schulter und tritt an Jesses Seite. Fast zärtlich legt sie ihre Arme um ihn.

»Ach, das macht doch Jesse nichts aus. Der braucht das, ein bisschen Nervenkitzel.« Sie zwinkert ihm zu, und er grinst, als wäre Weihnachten ein paar Monate zu früh. Scheint so, als würde sie sich jetzt auf Jesse konzentrieren, denn Fireball hat sie Ende letzter Woche eiskalt abblitzen lassen, wodurch er in meinem Ansehen ein klein wenig gestiegen ist. Ein arroganter Mistkerl ist er trotzdem noch.

»Seid ihr beiden eigentlich zusammen oder so?«, frage ich, bevor ich mich stoppen kann.

»Seit wann so neugierig?«, fragt Jesse und ein belustigtes Grinsen umspielt seinen Mund.

Ich zucke mit den Schultern. »Ich kenne sie nun mal.« Ich zwinkere spöttisch und äffe so Charlotte nach, die meinen Humor nicht teilt.

»Sag mal, wie redest du über mich? Willst du Ärger, Sally?« Charlotte verschränkt die Arme vor der Brust und sieht mich aus zusammengekniffenen Augen an.

»Ach, lass dich nicht ärgern, Schätzchen, soll sie doch denken, was sie will.« Nun zwinkert Jesse ihr zu und die beiden grinsen sich verschwörerisch an.

Ich verdrehe die Augen und spiele mit dem Anhänger an meinem Hals. Die Äste unter meinen Fingerkuppen fühlen sich vertraut an, beruhigend. Seit wann bringt mich Charlottes Verhalten so auf die Palme? Ich kenne sie seit sieben Jahren, ich weiß, wie sie ist. Es sollte mich nicht so ärgern.

Fireball kippelt mit seinem Stuhl und stützt sich mit dem Unterarm auf meinen Tisch.

»Was ist das?« Er zeigt auf den Anhänger in meiner Hand.

»Eine Kette. Das sieht man doch.«

»Warum trägst du den Lebensbaum?«

»Er symbolisiert das Leben auf der Erde«, sage ich, als wäre er dumm, dass er das nicht weiß.

»Es ist das Symbol des Kommandariats. Du trägst es jeden Tag. Warum?«

»Es ist nicht das Symbol des Kommandariats. Details sind dir nicht wichtig, was?«

»Was ist es dann?«

»Das ist privat und geht dich nichts an. Denn stell dir vor: Auch langweilige Streberinnen wie ich haben Geheimnisse. Und jetzt dreh dich wieder um, es klingelt jeden Moment und ich möchte nicht in der Nähe eines Typen gesehen werden, der gleich ziemlich viel Ärger bekommt.«

Da grinst er. Fireball grinst, dass seine Grübchen zum Vorschein kommen und die Fältchen um seine Augen tiefer werden.

Bevor er etwas antworten kann, klingelt es tatsächlich und Mrs. Chen kommt herein. Manchmal frage ich mich, ob die Lehrer vor der Tür stehen und nur warten, bis die Glocke ertönt.

Wir erheben uns von den Plätzen. Alle bis auf zwei. War ja klar.

Mrs. Chen läuft an ihnen vorbei, mustert sie von oben bis unten, winkt dem Kurs, sich zu setzen und sagt: »Ernsthaft, Jungs? Wie lange wollt ihr das noch durchziehen?«

»Bis die Schulordnung abgeschafft wird«, skandiert Jesse.

Der gesamte Kurs lacht.

Haha, denke ich trocken und rolle mit den Augen.

»Okay«, beginnt sie und zupft die Ärmel ihres Blazers in die Länge. »Miss Cooper, sind Sie bitte so freundlich und zeigen Mr. Codriguez und Mr. McAllister den Weg zum Büro des Direktors?« Und an die beiden gewandt: »Mit Ihnen vergeude ich nicht meine Zeit. Ihre Kämpfe können Sie mit anderen Lehrkräften austragen. Mir ist mein Unterricht wichtiger als Ihre pubertäre Antiphase.«

»Gut gesprochen, Mrs. Chen.« Jesse nickt anerkennend.

»Raus. Miss Cooper – entfernen Sie diese beiden Störenfriede aus meinem Unterricht. Sofort.«

Ich warte an der Tür auf die beiden. Merkwürdigerweise haben sie es jetzt nicht so eilig, aus dem Raum zu kommen, wie sonst.

Ich gehe mit schnellen Schritten voran und sie folgen mir, die Hände tief in den Hosentaschen.

»Ist es weit?«, fragt Jesse.

Ich wiege den Kopf hin und her. »Kommt auf die Begleitung an.«

»Ach, Kleiner, da hast du uns keinen Gefallen getan, die Cooper-Maus zu verärgern. Sie ist nachtragend.«

Fireball antwortet darauf gar nicht. Aber dann, als ich nicht mehr mit einer Antwort rechne, sagt er: »Irgendwann verzeiht sie mir.« Er sagt es mit absoluter Überzeugung.

»Mag sein«, sagt Jesse, »aber im Moment würde sie dir gerne eine Ohrfeige geben. Und der beste Rat in Bezug auf Frauen, den ich dir geben kann, Kleiner, lautet: Wenn dich eine Frau ohrfeigen will, lass sie. Sei ein Gentleman und lass sie dir so richtig eine zimmern.«

»Ich dachte, dein bester Rat sei, einer Frau Aufmerksamkeit zu schenken?«, hakt Fireball nach und klingt dabei spöttisch.

»Das auch, ja. Ich würde sagen, erst die Aufmerksamkeit, dann die Ohrfeige. Vielleicht kannst du mit Ersterer Letzteres verhindern. Verstehst du, mein junger, unerfahrener Freund?«

Der Flur, der zum Büro meines Vaters führt, liegt im Erdgeschoss. Es ist ein fensterloser, recht dunkler Gang mit schwerem Teppich und – was ich als Kind furchtbar gruselig fand – Fackeln an der Wand. In diesen Fackeln brennt natürlich kein echtes Feuer. Irgendwann wurden sie an die elektrischen Leitungen angeschlossen und mit Nano-LEDs bespickt. Aber trotzdem …

Vor dem Büro meines Vaters sitzt Mrs. Sullivan an ihrem Schreibtisch. Ich kenne sie, seit ich fünf Jahre alt bin. Als ich klein war, nannte ich sie Tante Sully und fand es zum Schießen, dass unsere Namen ganz ähnlich klangen. Es war eine Umstellung, als ich Schülerin am Internat wurde und zu ihr ganz offiziell Mrs. Sullivan sagen musste. Aber dafür bin ich die einzige Schülerin, für die sie immer ein Bonbon in der Schublade hat.

»Mrs. Sullivan«, unterbreche ich die kleine Frau mit der kantigen Hornbrille bei der Arbeit. Sie blickt mich über den Rahmen ihrer Brille streng an. »Mrs. Chen bat mich, diese beiden Herrschaften zum Direktor zu bringen.«

Tante Sullys kritischer Blick fliegt über Fireballs und Jesses Erscheinung. Jesses T-Shirt, Fireballs Krawatte, die Sneaker an Fireballs Füßen – ach, es gibt so viel, was an den beiden nicht stimmt.

»Die Neuen«, stellt sie trocken fest und schürzt die Lippen. »Vielleicht braucht es einfach jemanden, der ihnen zeigt, wie man eine Krawatte richtig bindet.«

Jesse seufzt und nickt andächtig. »Hat Ihr Chef denn Zeit für uns?«, fragt er.

»Das werden wir gleich wissen. Warten Sie hier.«

Ich bleibe einfach stehen, obwohl es mich nichts angeht, was mein Vater zu ihnen sagt. Aber das hier ist so viel spannender als Geschichte bei Mrs. Chen.

Tante Sully steht auf und geht zur Tür meines Vaters. Sie klopft sacht an, wartet auf sein »Ja, bitte« und verschwindet dann in seinem Büro. Als die Tür wieder aufgeht, steht mein Vater im Rahmen.

Auch er betrachtet die beiden von oben bis unten, seufzt schwach und sagt: »Was ist so schwer daran, sich anständig anzuziehen?«

»Ich bin der Meinung, es ist uns schon hoch anzurechnen, dass wir diese Kluft überhaupt tragen«, sagt Jesse und tippt auf das Emblem des Internats auf seinem Sakko.

Mein Vater lässt die Schultern hängen und sieht Fireball an. Es ist ein Blick, wie ich ihn noch nie an ihm gesehen habe: flehend.

Fireball zuckt mit den Schultern. »Jesse ist das Hemd

zerrissen, alle anderen Hemden sind in der Wäsche. Und von den Schuhen bekommt man Blasen.«

»Dann lasst euch in der Ausstattungskammer Sachen geben, die euch passen«, schlägt mein Vater vor.

»Wir tragen keine Uniform.« Fireballs Stimme ist wie immer ruhig. Er sagt es mit einer kalten Endgültigkeit, die mir die Haare im Nacken aufstellt.

Mein Vater zieht die Augenbrauen zusammen. »Jungs, euer Verhalten stiftet Unruhe unter euren Mitschülern und dem Lehrpersonal. Wenn ihr nicht den Rest des Jahres nachsitzen wollt, gewöhnt euch an die Uniform. Außerdem müsstet ihr doch ein gewisses Interesse daran haben, an diesem Internat bleiben zu dürfen, oder nicht?« Er sieht Fireball verschwörerisch an. »Ihr könnt gehen.«

Ich wende mich Richtung Flur, doch mein Vater hält mich auf. »Moment, Sally, ich möchte dich noch unter vier Augen sprechen.«

Mein Vater winkt mich in sein Büro. Bevor er die Tür hinter uns schließt, sehe ich noch Fireballs Gesicht. Eine tiefe Falte gräbt sich in seine Stirn, als er beobachtet, wie ich mit meinem Vater in dessen Büro verschwinde.

Dad setzt sich an seinen Tisch und fährt sich mit den Händen übers Gesicht, als wäre er furchtbar müde.

»Die hast du ja glimpflich davonkommen lassen.«

Er seufzt und schüttelt den Kopf. »Kein Tag vergeht, an dem nicht irgendein Lehrer vor meinem Schreibtisch steht und sich über die beiden beschwert. Wie geht's dir, meine Süße?«

»Gut. Warum behältst du sie hier, wenn sie dir solche Sorgen bereiten?«

Mein Vater zögert eine Sekunde. »Fireball ist der Sohn von George McAllister.«

»Ich weiß. Jeder weiß das. Na und? Deshalb kann er sich doch an die Regeln halten wie alle anderen auch.«

Dad schüttelt den Kopf. »Nach dem Tod seines Vaters hat

das Kommandariat ihn hängen lassen. Er ist verbittert und traurig. Erst, wenn wir seinen Respekt gewonnen haben, wird er sich einfügen. Wir müssen viel Geduld mit ihm haben.« Er blickt auf seine Hände. Warum habe ich das Gefühl, dass er noch mehr dazu zu sagen hätte?

»Wen meinst du mit wir?«

Erschrocken sieht er mich an, als hätte ich ihn bei einer Unachtsamkeit ertappt. Aber dann fängt er sich wieder. »Ich sehe das Internat als Teil des Kommandariats. Es wäre unsere Aufgabe gewesen, ihm eine Familie zu sein.«

»Und Jesse?«

Dad lacht. »Tja, Jesse. Jesse kommt im Paket.«

Bevor ich über die Bedeutung dieses Satzes nachdenken kann, spricht mein Vater weiter: »Hör zu, Sally, Mr. Johnson hat mir erzählt, dass er dich zusammen mit Fireball in ein Projekt gesteckt hat. Wie läuft es denn so?«

»Puh!« Ich lasse mich auf einen der Stühle vor seinem Schreibtisch fallen. »Es läuft gar nicht. Ich habe ihn angesprochen, aber er hat mich richtig mies abblitzen lassen. Seitdem spreche ich nicht mehr mit ihm.«

»Ich hatte dich gewarnt. Fireball ist nicht hier, um Freundschaften zu schließen.«

»Das ist ein ganz merkwürdiger Typ, wenn du mich fragst. Ich hatte Mr. Johnson um ein anderes Thema gebeten, aber keine Chance. Mir wäre ja schon geholfen, wenn ich wenigstens nicht mit Fireball zusammenarbeiten müsste. Meinst du, du könntest …?«

Ich verziehe die Lippen, denn was ich gerade tue, ist absolut tabu.

Mein Vater schmunzelt. »Du weißt, dass das nicht geht. Aber … es wird dich freuen zu erfahren, dass ich es versucht habe.«

»Ehrlich? Und?«

»Da hören die guten Nachrichten auf. Mr. Johnson hatte

gute Argumente, weshalb ihr beiden zusammenarbeiten solltet.«

Ich sacke wie eine Marionette, der die Fäden durchgeschnitten wurden, in den Stuhl zurück. »Was für Argumente sollen das sein?«

»Er glaubt, du kannst Fireball helfen.«

»Helfen?«

»Sich hier im Internat besser einzufinden. Fireball hat ein Problem mit dem System. Er braucht ein Vorbild, das ihm zeigt, dass es hier gar nicht so schlimm ist, wie er denkt.«

»Und das soll ich sein? Oh, Dad, das ist keine gute Idee. Fireball denkt, ich bin die langweiligste Person im Sonnensystem. Der wird nie ...«

»Du bist nicht langweilig, du bist fokussiert. Und wir sind überzeugt davon, dass ihm genau dieser Gegenpol gut tun wird.«

»Gegenpol?«

»Sally, du musst dich nicht mit ihm anfreunden. Arbeite mit ihm, zeig ihm, welche Möglichkeiten es am Internat gibt. Sicher findet er eine Arbeitsgruppe, für die er sich begeistern kann. Was weiß ich, Bogenschießen, Schach ... keine Ahnung.«

»Schach?«

»Schatz, du bist die einzige Schülerin, die ich mit dieser Aufgabe betrauen kann. Hilfst du mir? Ich kann Fireball nicht mehr lange vor den Lehrern verteidigen. Aber es ist wichtig, dass er hierbleibt. Es ...« Er seufzt. »Kann ich auf deine Hilfe zählen?«

»Was ist mit Jesse? Wir sprechen die ganze Zeit nur von Fireball.«

»Um Jesse mach dir keine Sorgen. Er wird Fireballs Beispiel folgen.«

Ich sehe meinen Dad aufmerksam an. Irgendwas stimmt mit diesen beiden nicht, mit der ganzen Geschichte. Aber ich belasse es dabei – vorerst. Vielleicht rückt Dad irgendwann mit mehr Informationen raus. »Gut. Ich helfe dir. Ich sehe, was ich tun kann.«

Was ist hier los? Warum ist es so wichtig, dass Fireball am Internat bleibt? Weshalb streitet sich mein Vater mit dem gesamten Kollegium, um einen Jungen hierzubehalten, der nicht mehr ist als der Sohn eines berühmten Kommandanten?

Ich verlasse Dads Büro und ziehe sorgfältig und gedankenverloren die Tür zu.

Tante Sully sitzt auf ihrem Drehstuhl und beobachtet mich. »So nachdenklich?«

»Was ist das mit dem McAllister-Jungen? Warum hat mein Vater so einen Narren an ihm gefressen?«

Sie zuckt mit den Schultern. »Ich habe keine Ahnung. Aber niedlich ist er.«

»Wie bitte?«

»Der McAllister-Junge. Pass da auf, Liebes, ja?«

Sie zieht die Schublade auf und reicht mir mein Bonbon.

FIREBALL

Triff mich an der Ruine.

Seine Nachricht erreicht mich fünf Minuten vor dem Klingeln. Ich zeige sie Jesse unter der Tischplatte und versenke das Tablet unauffällig in meiner Hosentasche.

Was wird er tun? Was wird er sagen? Durch meinen Körper rauschen Stresshormone und ich beiße meine Zähne so fest aufeinander, dass mein Kiefergelenk schmerzt. Was soll ich tun? Zu Cooper gehen? Auf keinen Fall. Der würde am Ende ins Verderben laufen und dem Häuptling gegenübertreten. Schaf trifft Wolf. Nicht zum Treffpunkt gehen? Nein, ich muss wissen, was sein nächster Schritt ist. Ich muss mich ihm stellen.

Schweigend raffen wir unsere Sachen zusammen und verlassen als Erste den Raum.

»Was hat er vor?«, fragt Jesse und klingt dabei so angespannt, wie ich mich fühle.

»Keine Ahnung.«

»Keine Ahnung? Also mir fällt da was ein. Du hattest einen Befehl. Jetzt sind wir schon über eine Woche hier und es ist nichts passiert. Er wird seiner Forderung mehr Nachdruck verleihen, das hat er vor.«

Jesse hat recht. Der Häuptling will mich zwingen. Die Frage ist: wie?

»Sei nicht so verdammt nervös«, sage ich möglichst cool, aber so ganz kaufe ich mir das selbst nicht ab.

Wir joggen zur Ruine, immer darauf bedacht, nicht von jemandem entdeckt zu werden, der uns aufhalten könnte. Ein verwachsener Pfad führt zu der Stelle, wo früher ein kleines Cottage oder ein Lager gestanden haben muss. Das Dach ist in den letzten Jahren eingestürzt, die Wände zusammengefallen. Heute kriecht das Moos an den Bruchstücken hinauf. Der Häuptling sitzt auf einer halbhohen Mauer, entspannt, ein schwarzes Messer mit breiter Klinge in der einen, einen Stock in der anderen Hand. Alles an ihm ist grau: seine Kleidung, sein Haar, seine Augen, seine Haut. Die Nase ist so krumm, dass ich sicher bin: Sie wurde ihm nicht nur einmal gebrochen. Leider nie von mir. Auf dem Kopf prangt seine riesige Federkrone. Damit schmückt er sich. Dabei ist er ein Niemand. Ein tyrannischer Niemand. Nur mein schlimmster Albtraum und der Mensch, der mir Befehle gibt.

Mir krabbelt die Angst in den Magen. Er schnitzt eine Spitze in den Ast, spitz genug, um mich damit aufzuspießen.

Wir kündigen uns an, indem wir auf ein paar trockene Äste treten. Gelangweilt sieht er auf.

»Du lässt mich warten?«

»Cooper beobachtet mich. Ich kann nicht einfach aus dem Unterricht verschwinden.«

Der Häuptling steht auf und mustert mich aus seinen grauen Adleraugen.

»Womit wir beim Anlass meines Besuchs wären. Du ignorierst meine Befehle?«

»Ich bin auf Bewährung. Wenn ich etwas anstelle, hocke ich für die nächsten vierzig Jahre in einem Raumgleiter und öle die Antriebe.«

»Und wenn du es nicht tust? Glaubst du im Ernst, ich lasse dir das durchgehen?«

»Nein. Aber das ist mir egal. Du willst mich bestrafen? Bitte schön, hier bin ich.«

Ich lege die Hand um den Ast, den er mir an die Brust drückt. »Töte mich. Hier und jetzt.«

Jesse neben mir tritt unruhig auf der Stelle.

Doch der Häuptling lässt den Ast sinken. »Den Gefallen tue ich dir nicht. Wir wissen beide, dass ein Mord an dir mein Ende als Häuptling bedeuten würde. Die Gesetze der Rebellen verbieten es.«

»Wenn dir Cooper so wichtig ist, dann schick doch jemand anderes, der den Job für dich erledigt. Ich tue es nicht.«

Blitzschnell ergreift er meine Schulter, zieht mich an sich und rammt mir sein Knie in den Magen. Ich keuche auf, und Jesse bewegt sich instinktiv, tut aber nichts. Er beschützt mich vor allen Gefahren. Aber nicht gegen seinen Häuptling.

Dicht an meinem Ohr sagt der alte, graue Mann: »Du wirst es tun. Ich will, dass du Cooper tötest. Tust du es nicht, stirbt das Mädchen.«

»Was für ein Mädchen?«, bringe ich mühsam heraus.

»Seine Tochter. Du hast sie schon einmal gerettet. Wenn du deinen Job nicht machst, sorge ich dafür, dass deine dumme Rettungsaktion im Palast umsonst war. Er oder sie. Es ist deine Entscheidung.«

Er lässt von mir ab und geht, während ich mich gekrümmt gerade noch so auf den Beinen halten kann.

»Ach, und ...« Er bleibt stehen und runzelt die Stirn. »Gestern gab es einen bedauerlichen Unfall. Dieser Junge, wie heißt er noch gleich ... Eric, glaube ich. Ja genau, Eric. Er kam ums Leben. Dumme Sache. Du wolltest ihn doch fit machen für Außeneinsätze. Tja. Da hast du wohl auch versagt.« Er schüttelt den Kopf. »Dass ich mich so in deinen Fähigkeiten täuschen konnte. Du bist nun mal nicht dein Vater. Die Fußspuren, die er hinterlassen hat, sind einige Nummern zu groß für dich. Du bist eine Enttäuschung auf ganzer Linie, Fireball. Zu dumm, dass ich das erst jetzt erkenne.«

Ich möchte mich am liebsten gegen ihn werfen, ihn zu Boden reißen und totschlagen, diesen arroganten Mistkerl.

Er nickt Jesse zu und wendet sich von uns ab, verschwindet zwischen den Bäumen in den Wald. Er hat mich einen Versager genannt, eine Enttäuschung. Von meinem Vater gesprochen. Ich schlucke meinen Stolz runter und denke an das, was jetzt wirklich wichtig ist.

Eric. Eric ist tot. Der Häuptling wollte mich bestrafen. Er hat es getan. Er hat einen unserer Leute geopfert, um mir zu zeigen, dass er trotz allem der Boss ist. Verdammte Scheiße!

Eric war erst zwölf. Noch ein Kind. Und Sally Cooper? Sie wird sterben, wenn ich nicht ihren Vater töte. Ich muss es tun. Cooper würde mir die Pistole reichen, wenn er wüsste, dass ihr Leben gegen seins steht.

Ich lehne mich an eine Ruinenwand, atme tief ein und aus. Ein und aus. Es hilft nicht.

Jesse steckt die Hand in die Innentasche seines Sakkos und fischt eine zerknüllte Zigarettenpackung und ein Feuerzeug heraus. Er zündet eine Kippe an, zieht daran und reicht sie an mich weiter.

Ich inhaliere tief. Der Rauch brennt in meiner Lunge. Aber ich huste nicht. Die Zeiten sind vorbei, in denen ich husten musste. Ein toter Rebell, eine Zigarette. Das ist das Ritual. Seit vier verdammten Jahren. Nein, ich huste nicht mehr.

»Was hast du jetzt vor?«

Ich gebe Jesse die Kippe zurück. »Weiß nicht.«

Er schnaubt ungeduldig. »Du weißt nicht? Bring ihn einfach um und die Geschichte hat ein Ende.«

»Ein Ende? Den Rest meines Lebens müsste ich mich vor dem Kommandariat verstecken und mich vor dem Häuptling fürchten. Was für ein Leben soll das sein?«

»Was ist *das* für ein Leben?« Er zeigt auf den Wald und meint damit sicherlich das Internat und alles, was damit zusammenhängt. »Du hast dich an das Kommandariat verkauft. Zu welchem Preis? Zieh deinen Job durch, verdammt, ich hab' keinen Bock, mir noch länger diese Gehirnwäsche anzuhören!«

»Glaubst du, mir macht das Spaß in diesem Irrenhaus? Aber wenn du es so schlimm findest, dann verpiss dich doch! Ich halte dich nicht auf, du bist mir nichts schuldig.«

Er setzt sich auf einen Felsen und nimmt einen tiefen Zug. »Ich lass' dich nicht hängen, Mann. Ich hab' einen Eid auf dein Leben geschworen. Außerdem – du hattest recht: Der Häuptling will dich loswerden. Aber das darf er nicht. Er darf sich nicht gegen die Regeln des Rebellen-Clans stellen.«

Es ist, als würde ein Stein von meinem Herzen genommen. Ja, wir sind zusammen durch die Hölle gegangen und zurück – mehrmals. Trotzdem: Dass Jesse noch immer zu mir hält, trotz des Bocks, den ich im Palast geschossen habe, bedeutet mir viel. Viel mehr, als er vermutlich denkt.

»Ich mache mir Sorgen, Kleiner. Eric ist tot. Was, wenn meine Schwester die Nächste ist? Oder Ginger Robyn?«

»Sie sind auch meine Freunde. Ich lasse nicht zu, dass ihnen oder irgendjemand anderem etwas passiert. Ich überleg' mir was.«

Cooper töten und für den Rest meines Lebens in einem Hideout hausen oder Cooper am Leben lassen und seine

Tochter in Sicherheit bringen. Aber was bedeutet schon Sicherheit, wenn der Häuptling hinter einem her ist?

Ich strecke meine Hand nach der Kippe aus und Jesse reicht sie mir. Ein tiefer Atemzug. Lang ausatmen. Ich hole tief Luft. Da bricht in den Büschen hinter uns ein Zweig.

7

SALLY

»Ja, meine Herren, ihr seid so richtig in Schwierigkeiten.«

Beide sehen mich erstaunt, aber nicht halb so erschrocken an, wie ich gehofft hatte.

Jesse gibt ein Geräusch von sich, das wie »uff« klingt. Fireball sieht mich an, als wäre er zu müde, um irgendetwas gegen diese Situation tun zu wollen.

»Was zur Hölle macht ihr da?«

»Eine rauchen«, sagt Jesse knallhart.

»Das sehe ich. Wisst ihr nicht, dass ihr dafür von der Schule fliegen könnt? Seid ihr wirklich so dumm oder wollt ihr unbedingt wieder dahin zurück, wo ihr hergekommen seid?«

Statt einer Antwort zieht Jesse noch mal an der Zigarette.

»Was ist euer Problem?«

Fireball stößt sich von der Wand ab und kommt mir bis auf wenige Zentimeter nahe. »Was ist deins?«

»Meins? Ich habe kein Problem! Ich bringe mich nicht in Schwierigkeiten so wie ihr, obwohl es hier Menschen gibt, die verdammt viele Probleme wegen euch haben.«

Sein Blick wandert meinen Hals hinunter zu meiner Schulter, dorthin, wo meine Narbe prangt. Ist meine Bluse etwa verrutscht? Schnell verschränke ich die Arme vor meiner Brust und habe so hoffentlich das hässliche Ding verborgen.

»Warum stört es dich, dass wir uns nicht an die Regeln halten? Es sind doch nicht deine, oder?«

»Nein, doch, also irgendwie schon. Das hier ist die Schule meines Vaters. Er … er bekommt verdammt viel Ärger euretwegen. Ihr könntet ihm ein bisschen mehr Dankbarkeit dafür zeigen und euch so benehmen, wie es sich gehört, statt ständig Ärger zu machen.«

Jesse verschränkt die Arme vor der Brust und grinst.

»Wie gehört es sich denn?«, fragt Fireball. »Definiere anständiges Benehmen.«

Ich werde richtig wütend. »Mach dich nicht über mich lustig! Du weißt genau, was ich meine. Würdet ihr euch ein bisschen anstrengen, würdet ihr merken, dass es hier gar nicht so schlimm ist. Warum schließt ihr euch nicht einer AG an?«

Jesse gluckst vor Lachen.

»Einer AG?«, fragt Fireball und verzieht amüsiert die Augenbrauen.

Ich überlege fieberhaft, welche Arbeitsgruppen den beiden gefallen könnten. »Ihr seid offensichtlich gerne an der frischen Luft. Es gibt eine Umwelt-AG. Die brauchen immer jemanden. Morgen ist zum Beispiel eine Campus-Aufräum-Aktion.«

»Eine Campus-Aufräum-Aktion?«, fragt Jesse und lacht sich schlapp. »Was räumt ihr denn auf? Vollgekritzelte Lernkarten?«

»Ach, sei doch nicht so überheblich! Wir sind nun mal zielorientiert. Apropos zielorientiert.« Ich sehe Fireball fest in die Augen. »Wir haben ein Referat zu bearbeiten. Du und ich. Ich brauche dringend eine verdammt gute Note, sonst kann ich mein Studium vergessen.«

»Du bist die Tochter des Direktors. Das Kommandariat lässt dich studieren, was du willst.«

Ich lache trocken. »Eben nicht. Ich will Lehrerin werden.

Verstehst du? Kein Beruf, den man beim Kommandariat lernt. In allen anderen Fächern bin ich auf mich allein gestellt – kein Problem. Nur mit diesem einen machst *du* mir Schwierigkeiten. Willst du tatsächlich dafür verantwortlich sein, dass ich meinen Studienplatz nicht bekomme?«

Er zuckt mit den Schultern. »Das ist deine Sache.«

Dieser verdammte Mistkerl! Er zwingt mich ja förmlich dazu, ihn zu erpressen. Wie gut, dass ich bereits etwas gegen ihn in der Hand habe. Ich fische mein Tablet aus meiner Blazertasche und öffne es an der Entsperrung. Die Seiten öffnen sich, sodass es viermal so groß wird. Ich öffne die Galerie und rufe das Hologramm auf, das ich von den beiden aufgezeichnet habe. Fireballs Augen werden immer größer, je mehr er sieht.

»Gut. Dann also anders: Ich habe dieses Hologramm, das euch beim Rauchen zeigt. Ich habe sogar die Geruchsdaten hinterlegt. Dafür fliegt man ohne Verwarnung von der Schule. Ist es jetzt deine Sache?« Mein Herz schlägt wie verrückt. Ob er mir das Tablet wegnehmen wird? Ob er mich schlagen wird? Es würde mich nicht wundern, immerhin ist das hier ein knallharter Bestechungsversuch. Meine Hand zittert.

Obwohl er die Hände lässig in den Hosentaschen hat, spüre ich seine Anspannung. Es scheint so, als wäre mein Vater nicht der Einzige, der nicht will, dass Fireball vom Internat fliegt. Interessant.

»Okay. Wann soll ich wo sein?«

Ein breites Lächeln zaubert sich auf mein Gesicht – ich kann nichts dagegen tun. Fireball McAllister erklärt sich zu einer Zusammenarbeit bereit. Wenn auch nicht ganz freiwillig. Ich bin meinem Ziel ein gutes Stück näher gekommen.

Schnell packe ich das Tablet zurück in meine Tasche. »Ich erwarte dich morgen um achtzehn Uhr im Psychologie-Raum. Bring dein Tablet mit.«

Ich mache auf dem Absatz kehrt und laufe mit wild

pochendem Herzen so schnell wie möglich zurück ins Internat. Nicht, dass sie mich doch noch überrumpeln und mir das Tablet abnehmen. Andererseits: Seit über fünf Jahren trainiere ich Selbstverteidigung. Im Nebenfach, okay. Aber ich bin nicht wehrlos. Nicht ganz, jedenfalls.

Emma bietet mir ohne ein Wort ihren Concealer an. Wir haben letzte Nacht ewig telefoniert und einen Schlachtplan ausgearbeitet, wie ich heute mit Fireball umgehen soll. Und obwohl wir wirklich jede mögliche Reaktion von ihm durchgespielt haben – inklusive Anbrüllen auf dem Flur oder Petzen bei meinem Vater – lag ich trotzdem noch ewig wach.

Ich lasse mich neben sie an unseren Tisch im Bio-Saal fallen und seufze. »So schlimm?«, frage ich und deute auf meine Augen.

»Schlimmer. Ich kann es immer noch nicht glauben, dass du Fireball erpresst hast, mit dir zu arbeiten. Du böses Mädchen.« Sie grinst breit und nimmt mich in den Arm. »Ich bin stolz auf dich!«

»Ich habe ein schlechtes Gewissen. Ich sollte ihm sagen, dass ich ihn nicht verpfeife.«

Emma schüttelt energisch den Kopf. »Bist du verrückt? Dann lässt er dich bestimmt hängen! Nein, nein, mach mal schön so weiter. Dem wird sein Spruch von wegen ›langweilige Streberin‹ noch leidtun. Das Einzige, was ich mich frage, ist: Warum tun die beiden alles, um vom Internat geschmissen zu werden, aber dann ist es ihnen doch so wichtig, eben nicht zu fliegen? Was soll das?«

»Frag mich was Leichteres. Mein Vater hat gesagt, es würde ihnen schwerfallen, sich an Regeln zu halten.«

Emma fährt sich mit der Zunge über die Oberlippe. »Lass

uns das mal strategisch angehen. Was wissen wir über die beiden? Wo kommen sie her?«

»Keine Ahnung. Wo hat sich der Sohn des berühmtesten Kommandanten des Universums in den letzten Jahren versteckt? Und wo kommt dieser Ameganer her?«

»Lass uns mit dem Ameganer anfangen.« Emma ruft auf ihrem Tablet die Geschichts-App auf und ein Zeitstrahl-Hologramm erscheint über unserem Tisch. »Wahrscheinlich kam er als Kind hierher. Als einige Ameganer:innen nach Nayo gezogen sind, um kürzere Strecken zur Front zu haben.«

»Das ist möglich. Aber weshalb ist er nicht wieder zurück mit seiner Familie? Warum hat Amega sie nicht nach Hause geholt, so wie alle anderen ihrer Leute?«

Emma kaut auf ihrer Lippe. Dann reißt sie die Augen auf: »Seine Eltern sind gefallen! Oder sein Vater oder die Mutter hat sich in einen Menschen verliebt.«

»Das bringt uns nicht weiter.«

Sie lässt das Hologramm verschwinden. »Stimmt. Okay, das ist ein weiteres Geheimnis, das es zu lüften gilt. Vielleicht bekomme ich es aus ihm heraus? Er wollte doch wissen, wie ich heiße.« Sie zwinkert.

»Charlotte lässt dich niemals an ihn heran.«

»Och, das entscheidet doch nicht Charlotte. Okay, nächste Frage: Woher kennen sich die beiden? Sie kannten sich schon vor dem Internat, oder?«

»Bestimmt«, sage ich. »Ich meine, sicher wissen wir das nicht, aber so vertraut, wie die miteinander umgehen, ist es sehr wahrscheinlich. Tja, und woher kennen sie sich? Aus der Schule?«

Emma kaut auf ihrem Touchpen. »Ist dir aufgefallen, dass Jesse älter ist als Fireball?«

»Er ist älter als wir alle hier, würde ich sagen.«

»Also ist er mindestens einmal sitzengeblieben. Was macht

jemand, der auf einer öffentlichen Schule sitzengeblieben ist, auf einem Eliteinternat des Kommandariats?«

Ich zucke mit den Schultern. »Er kann wohl etwas ziemlich gut, das fürs Kommandariat wichtig ist.«

»Was kann das sein? Im Nahkampf-Intensivkurs ist er bisher nicht aufgefallen. Mit Schusswaffen geht man erst in der Ausbildung am Kommandariat um.« Im Gegensatz zu mir ist Emma mit Fireball und Jesse im Intensivkurs. Ich bin so eine Niete in Nahkampf, dass ich den Kurs nur einmal in der Woche als Nebenfach besuche.

»Wenn Jesse keine Eltern mehr hat«, sagt Emma langsam, »sind beide Elternlose ...« Sie lässt den Satz in der Luft hängen. Wir denken sicherlich beide das Gleiche. Wenn sie tatsächlich Elternlose sind und sich zudem über alle Regeln hinwegsetzen, besteht die Möglichkeit, dass sie ...

Da wird die Tür zum Bio-Saal aufgerissen. Emma und ich sehen erschrocken auf. So früh vor dem Unterricht haben wir mit niemandem gerechnet.

Fireball betritt den Raum. Jesse bleibt im Türrahmen stehen, gähnt und streckt sich ausgiebig. Fireball geht an mir vorbei, setzt sich auf den Platz vor mir, den ihm Mr. Mack mit den Worten zugewiesen hat: »Mein Kollege hat mir einen Rat gegeben.« Fireball holt sein Tablet aus der Tasche.

»Guten Morgen«, sage ich betont freundlich.

»Ja, klar«, mault Jesse. Er setzt sich und sieht mich aus zusammengekniffenen Augen an. »Hast du ein schlechtes Gewissen, weil du dich auf die böse Seite der Macht geschlagen hast, oder weshalb bist du so scheiße freundlich?«

»Nein, habe ich nicht«, lüge ich. »Aber mein Vater hat mir Benehmen beigebracht - im Gegensatz zu euren.«

Erst als ich es mich sagen höre, wird mir klar, wie gemein das war. Fireballs Vater ist tot. Meine Wangen glühen. Ich schlage meine Hände vor meinen Mund und presse ein »Entschuldigung« heraus. »Das ... das war blöd.«

Fireball reagiert überhaupt nicht. Er starrt nur auf das Tablet, das er in den Händen hält, und tut so, als würde er lesen. Aber ich bin mir sicher, dass er das eben gehört hat.

Jesses Blick klebt an mir. »Tatsächlich hatte mein Vater selbst kein gutes Benehmen. Deiner, Kleiner?« Jesse grinst.

Fireball ignoriert ihn und scrollt stumm über den Bildschirm.

»Finde nur ich den Reim witzig?«, frotzelt Jesse.

»Nein, ich auch«, sagt Emma und schießt hinterher: »Ist dein Vater tot?«

Jesse blinzelt überrascht; ob wegen der persönlichen Frage oder weil sie mit ihm spricht, ist mir nicht klar.

»Seit acht Jahren«, sagt er in einem für ihn sehr ernsten Ton.

»Tut mir leid«, sagt sie, aber es klingt nicht so. Ich glaube eher, dass sie gerade abwägt, ob Jesse ein Rebell sein könnte oder nicht. Ich tue das auch. Könnten Fireball und Jesse Rebellen sein? Auch wenn sie komisch sind ... aber Diebe? Brutale Schläger? Gar Mörder? Ich weiß nicht. Ich kann sie mir nicht so vorstellen.

»Was ist passiert? «, fragt sie weiter.

Jesses Gesicht wird ernst, jeglicher Schalk hat ihn verlassen. Fireball neben ihm legt sein Tablet zur Seite.

Jesse zuckt mit den Schultern. »Irgendwann ...« Er macht mit seinen Händen eine Bewegung, als wäre der Geist seines Vaters in den Orbit entschwunden. Wir kleben an seinen Lippen, aber er sagt nichts mehr. Stattdessen grinst er irgendwann. So ein Idiot!

»Ich finde nicht«, sage ich zu Jesse, »dass der Tod der Eltern eine Entschuldigung für schlechtes Benehmen oder schlecht gebundene Krawatten sein kann. Dein Vater schämt sich wahrscheinlich in Grund und Boden wegen seines verzogenen Sohnes.«

Da springt Jesse so plötzlich auf, dass ich erschrocken

zurückweiche. Fireball reagiert blitzschnell und hält seinen Freund am Arm fest, bevor der mich ... ja, was? Schlagen, erwürgen, wie einen kleinen Käfer zerquetschen kann?

»Halt den Mund«, droht Jesse mit einer solchen Wut im Blick, dass sich alles in mir zusammenzieht. »Red‘ nicht von Dingen, von denen du keine Ahnung hast! Du glaubst, mein Vater würde sich für mich schämen? Ich sag' dir eins: Es ist genau andersherum. Ich bin froh, dass er tot ist. Und mir ist scheißegal, ob er sich für mich schämen würde oder auf mich stolz wäre. Denn im Gegensatz zu deinem Leben ist in meinem nicht mein Vater das Maß aller Dinge. Ich muss meinen Vater nicht stolz machen, um stolz auf mich zu sein. Darin, Mäuschen, unterscheiden sich unsere Welten.«

Fireball legt ihm eine zweite Hand auf die Schulter. »Lass gut sein, Jesse.«

Auf Jesses Wangen tauchen rote Flecken auf und an seinem Hals pulsiert die Schlagader. Aber er hört auf seinen Freund, dreht sich um und richtet seinen Kragen.

»Ich könnte es euch zeigen«, sage ich kleinlaut.

Fireball dreht sich zu mir um. »Was zeigen?«

»Wie man eine Krawatte bindet. Das ist schnell gelernt. Wirklich.« Ich stehe auf und trete in den Gang. Zwei Sekunden lassen sie mich stehen, aber dann ...

Fireball steht auf und stellt sich so dicht vor mich, dass ich einen Hauch seines Dufts einatme. Sein Duft erinnert mich an etwas Bestimmtes im Sommer. Er erinnert mich an ... Lindenblüten. Frische Lindenblüten. Jede Pore kann ich sehen, sogar die kleinen Fältchen neben seinen Mundwinkeln. Zu gerne würde ich mal sehen, wie er aussieht, wenn er lacht.

»Darf ich? «, frage ich leise und hebe die Hände. Er nickt und hält ganz still. Mit zittrigen Fingern löse ich den lieblosen Knoten aus seiner Krawatte. Mein Herz pocht bis zum Hals.

»Du nimmst beide Enden ... so.« Ich spüre seinen Blick auf meinem Gesicht, aber ich wage es nicht, ihn anzusehen. »Legst die eine Seite über die andere und ziehst sie durch. Und dann …«

Aber weiter komme ich nicht. Fireball nimmt meine Hand und zieht sie fort. »Jetzt fällt's mir wieder ein. Danke.«

Er lässt meine Hand los und setzt sich. Verdutzt sehe ich Emma an. Die zuckt bloß mit den Schultern. Und Jesse kneift die Augen zusammen und sieht zwischen Fireball und mir hin und her.

FIREBALL

»Hör auf, so bescheuert zu grinsen!«

Er denkt noch nicht mal daran. Jesse geht, mit diesem fetten Grinsen auf dem Gesicht, für das ich ihm am liebsten eine reinhauen würde, neben mir die Treppe hinauf.

»Sie ist süß«, sagt er.

»Wer?«

Darauf lacht er. »Lustig, wie du dich dumm stellst. Aber okay, machen wir ein Spiel daraus: die Cooper-Maus. Ich wusste nicht, dass du ein Auge auf sie geworfen hast. Dumm nur, dass sie das Druckmittel des Häuptlings ist. Das macht die Sache etwas kompliziert, findest du nicht?«

»Ich habe kein Auge auf sie geworfen! Hör auf mit dem dummen Geschwätz.«

»Ich bitte dich! Was sollte das mit der Krawatte? Ist sie dir zu nah gekommen?«

Ich halte ihm unsere Zimmertür auf und nicke in den Raum.

Jesse grinst. »Oha, ein Gespräch unter vier Augen. Aber du weißt ja: Bei mir sind deine Geheimnisse sicher.«

Ich verdrehe die Augen und schließe die Tür hinter uns.

»Sally Cooper, richtig?«, beginne ich. »Sie ist die Tochter von wem?«

»Direktor Peter Cooper, Sir.«

»Korrekt. Du erinnerst dich, dass ich einen Plan brauche? Und dass dieser Plan vorsieht, als freier Mann aus diesem Internat zu laufen?«

Er zieht die Augenbrauen zusammen. Er blickt es nicht.

»Äh … Und was genau ist jetzt der Plan?«

»Sie wird mir das Alibi liefern.«

Seine Augenbrauen lichten sich. »Jetzt wird's spannend.«

»Sie mag mich. Ich werde mich mit ihr anfreunden, sie wird mich zu sich nach Hause einladen. Dort kann ich es tun, wenn sie schläft. Und später wird sie sagen, ich wäre die ganze Zeit bei ihr gewesen. Es gibt kein besseres Alibi.«

Er schnalzt mit der Zunge und wirft sich auf sein Bett. »Das ist krank.«

»Es ist der einzige Weg.«

»Kleiner, an sich ist der Plan gut. Sehr gut. Aber … glaubst du wirklich, dass du das kannst? Ich meine: Würdest du mit ihr abhauen und dabei Kopf und Kragen riskieren – joa, das passt zu dir. Aber die Nummer, nee. Das kannst du nicht«

»Es geht nicht darum, ob ich es kann, Jesse. Ich muss. Es ist der einzige Weg. Sie wäre nie sicher, solange ihr Vater noch lebt. Das wissen wir beide.«

Er zieht sich das Kissen unterm Kopf weg und presst es sich vor die Brust. »Krasser Scheiß. Also die Cooper-Maus als Alibi. Das wird einfach. Sie steht auf dich.«

Ich weiß, dass er recht hat. So wie sie mich anstarrt, so wie sie rot anläuft. Es ist immer dasselbe. Nur diesmal gibt es einen gewaltigen Unterschied: Ich mag sie auch. Sally Cooper ist hübsch und schlau und mutig und darf nicht sterben. Sie spukt in meinem Kopf herum, wenn ich aufstehe und wenn ich abends ins Bett gehe. Hoffentlich kommen wir uns näher. Hoffentlich nicht. Denn eines ist klar: Wenn sie erfährt, wer ich bin, was ich getan habe und noch tun muss, ist der Traum vorbei.

SALLY

Gleich achtzehn Uhr. Und er ist nicht da. Ich sortiere die Unterlagen vor mir. Schiebe mein Tablet zurecht. Streiche meinen Rock glatt. Einatmen, ausatmen. Vor dem Fenster huscht ein Vogel vorbei. War das ein Rabe? Oder eine Krähe? Ich kann diese Viecher einfach nicht auseinanderhalten.

Er kommt nicht. Fliegt er lieber von der Schule, statt sich mit mir zu treffen? Findet er mich wirklich so ätzend?

Da geht die Tür auf, so plötzlich, dass ich zusammenzucke.

Fireball spickt herein und sieht mich fragend an.

»Bin ich zu spät?« Er schließt die Tür hinter sich und bleibt unschlüssig stehen.

»Nein. Setz dich.« Ich schiebe ihm den Stuhl neben mir zurück. Das ist geplant. Ich möchte, dass er an meiner Seite sitzt. Ein psychologischer Trick, damit er unbewusst glaubt, dass er mir vertrauen kann.

Er kommt zu mir, stellt seinen Rucksack auf dem Stuhl ab und schnappt sich einen Stuhl von einem anderen Tisch. Er stellt ihn vor der mir gegenüberliegenden Tischkante auf und setzt sich.

Mist.

»Danke, dass du gekommen bist.«

Er lächelt verschmitzt. »Das hast du nicht geglaubt, was? Dass ich komme.«

Er sieht so süß aus, wenn er lächelt. Das tut er viel zu selten. »Stimmt. Ich wollte gerade gehen.«

»Petzen bei Daddy.«

Ich überspiele seinen fiesen Spruch, tue einfach so, als hätte er mich nicht gekränkt. Dieser arrogante Blödmann. »Das hätte ich nicht gemacht. Ich weiß nicht, warum, aber es ist meinem Vater wichtig, dass du hier bist. Also … lass' ich dich in Ruhe.«

»Du lässt mich in Ruhe? Da muss ich jetzt wohl Danke sagen.«

Meine Wangen werden warm. »Schon irgendwie. Ist immer gut, die Tochter des Direktors auf seiner Seite zu haben. Andere Lehrer schätzen meine Meinung sehr.« Ich wackle mit den Augenbrauen.

Er lächelt und nickt. »Da schau an, die langweilige Streberin hat Humor. Da habe ich mich wohl getäuscht.«

»Du kannst ja richtig nett sein.«

Er wiegt den Kopf hin und her. »Wenn ich das will, bekomm' ich das hin.«

Er grinst breit und schaut mir lange in die Augen, zu lang. Schnell schaue ich weg und räuspere mich. »Okay, lass uns zur Sache kommen. Ich habe die Trauerphasen recherchiert. Es sind fünf Stück. Erst der Schock, dann der Widerstand …«

»Moment mal. Können wir erst mal klären, wie du dir unsere Zusammenarbeit vorgestellt hast?«

Ich seufze. »Naja, die Sache mit der theoretischen Betrachtung ist einfach. Such dir einfach zwei der Phasen aus und definiere sie, ich mache die anderen drei. Das Problem ist eher der praktische Teil …«

»Auf die Gefahr hin, dass du mir den Kopf abreißt, aber: Was genau ist noch mal unsere Aufgabe?«

Ich fasse es nicht. »Wir sollen die Phasen von Trauer erklären und dann unsere eigenen Erfahrungen damit einsortieren. Und festhalten, welche Chancen sich aus Trauer ergeben.«

Er lacht bitter. »Chancen? Verstehe. Das ist der Teil, auf den das Kommandariat besonders viel Wert legt.«

»Was? Was redest du da?«

»Ach nichts. Was schlägst du für den praktischen Teil vor?«

»Wir tauschen unsere Erfahrungen aus.«

»Hast du denn Erfahrungen mit dem Thema?«

Er hämmert den Nagel mit einem einzigen Hieb in den Stamm. Ich sehe auf meine Finger, die ich unruhig knete. Er ist direkt. Aber irgendwie hat es etwas Leichtes, dass er mich so ohne Vorbehalte fragt. Er weiß es nicht. Woher auch? Ich hole tief Luft und lasse es raus.

»Meine Mutter starb im Krieg. Sie war zur falschen Zeit am falschen Ort.«

Als ich aufsehe, sieht er bestürzt aus, sein Gesicht ist beinahe schmerzverzerrt. »Das wusste ich nicht. Tut mir leid.«

Ich nicke stumm.

»Da hat er sich ja die zwei Richtigen ausgesucht für dieses angenehm leichte Thema.«

»Dein Sarkasmus ist tröstlich.«

Er lächelt. »Die Sache ist die: In den letzten vier Jahren hat mich das Kommandariat zu sechs verschiedenen Psychiatern geschickt, die mit mir über Trauer sprechen sollten. Wusstest du das?«

Ich räuspere mich, um diesen unangenehmen Kloß in meinem Hals loszuwerden. »Nein, ich hatte keine Ahnung.«

»Mhm. Die meisten haben mich auf einen Stuhl gesetzt oder auf eine Couch gelegt. Und ich sollte erzählen. Wie hast du es dir vorgestellt? Soll ich mich hinlegen?« Er grinst.

Dankbar, dass er einen lockeren Ton anschlägt, wage ich ein Lächeln. »Ich habe einen Fragenkatalog vorbereitet. Damit habe ich womöglich einen vollkommen revolutionären Ansatz.«

Er lacht. »O ja, außergewöhnlich. Was ist die erste Frage?«

»Rate.«

Er legt die Stirn in Falten. »Oh, ich weiß: Fireball, wie geht es dir heute?« Er sagt es in einem gespielt sorgenvollen Ton.

Ich beobachte ihn mit hungrigem Interesse. Er ist so ganz anders als im Unterricht. Noch nie habe ich ihn scherzen sehen. Selbst mit Jesse nicht. Wenn ich an Fireball McAllister denke, habe ich einen schweigsamen Typen vor Augen, der mit düsteren Blicken um sich wirft. Aber dieser Fireball McAllister ist ganz anders. Er ist lustig. Und offen. Und ehrlich. Auf einmal weiß ich, dass er mir gerade sein wahres Ich zeigt. Alle Anspannung weicht aus meinem Körper. Er schafft es, dass ich mich in seiner Gegenwart wohlfühle.

»Nein, da liegst du falsch. Es ist keine Frage. Ich dachte, ich erzähle dir zuerst meine Geschichte. Das ist wohl nur fair, da ich deine schon kenne.«

Er nickt. »Tja, die Story kennt tatsächlich jedes Kind. Aber glaub mir: Hätte ich die Wahl, ich würde nicht wollen, dass jeder x-Beliebige weiß, was meinen Eltern passiert ist. Du musst es mir also nicht erzählen, wenn du nicht willst.«

Ich lächele. »Danke. Ich möchte aber.«

Dann erlaube ich mir, in die Vergangenheit abzutauchen. In eine Zeit, an die ich nie denken will, weil es zu sehr wehtut, weil ich Angst habe, in dasselbe bodenlose Loch zu stürzen wie damals. Aber ich hole tief Luft und stürze mich hinein.

»Ich war acht, als meine Mutter starb. Sie war zu Besuch bei meiner Tante.« Ich hefte den Blick fest auf das Tablet vor mir. Er denkt bestimmt, dass es mir leichtfällt, davon zu erzählen, denn mein Ton ist unbekümmert. »Sie wollte nur eine Nacht bleiben. Nur eine Nacht, stell dir vor. In den Abendstunden durchbrachen die Schattenjäger die Verteidigungslinie. Von dem Ort, in dem meine Tante lebte, blieb nichts übrig.«

Ich sehe ihn an, um seine Reaktion abzuschätzen. Seine blauen Augen ruhen auf meinem Gesicht. Er bleibt still, sieht mich einfach nur an.

»Ich habe noch ein Video von ihr, in dem sie mir eine gute Nacht wünscht und sagt, dass sie in ein paar Stunden zurück sein wird.«

Wenn ich jetzt weiterspreche, werde ich weinen. Also breche ich ab. Erzähle nicht mehr davon, wie zwei Männer vom Kommandariat am Morgen vor der Tür standen, schwarze Schärpen um die Brust. Ich erzähle nicht, wie ich aus dem Internat rannte, in den Wald lief und dort brüllte und brüllte, bis ich mich übergab. Und auch nicht, dass ich stundenlang auf dem feuchten Waldboden lag, bis sie mich fanden, unterkühlt, und in ein Krankenhaus brachten. Die Wahrheit ist: Ich habe noch nie jemandem davon erzählt. Noch nie.

»Wie hast du es erfahren?«, fragt er leise.

Ich warte. Warte darauf, dass ich sprechen kann, ohne zu weinen. Und nach drei tiefen Atemzügen bin ich so weit. Von der Sorglosigkeit in meiner Stimme ist allerdings nichts mehr übrig.

»Wir frühstückten gerade.«

Eine Träne läuft über meine Wange und ich breche ab. Ob er das Prozedere auch kennt? Ob sie vor seiner Tür auch standen, die Männer mit den schwarzen Schärpen? »Sie sagten, es habe keine Überlebenden gegeben. In Elliott.«

Ich sehe auf meine Finger, die ganz rot sind, weil ich sie so heftig durchknete.

Nach einer ganzen Weile sagt er: »Mein Vater war in Elliott. Danach war er nicht mehr derselbe. Er war schockiert und traurig, dass so viele ihr Leben verlieren mussten.«

Mir fällt nichts ein, was ich dazu sagen könnte, also bleibe ich still. Das macht mich nervös, denn wir sollten die Zeit nutzen und uns um das Referat kümmern. Stattdessen bringe ich kein Wort mehr heraus. Er steht auf, läuft um den Tisch und nimmt seinen Rucksack vom Stuhl. Schweigend setzt er sich neben mich und legt vorsichtig, als warte er darauf, dass ich ihn wegstoße, seine Hand auf meine Schulter. »Tut mir leid.«

Da kann ich nicht mehr an mich halten. Ich weine. Ich weine so sehr, dass ich unkontrolliert schluchze. Was passiert mit mir? Ich habe mich seit acht Jahren nicht so gehen lassen. Es fühlt sich an wie damals. Doch diesmal bin ich nicht allein. Fireball legt seinen Arm um mich, drückt mich an sich und streicht mir sacht über den Arm. Diesmal falle ich nicht. Nein. Diesmal lehne ich mich bei jemandem an und der Duft von frischen Lindenblüten mischt sich mit meinen düsteren Gedanken.

8

FIREBALL

Ganz plötzlich löst sie sich aus meiner Umarmung. Setzt sich aufrecht hin, wischt mit den Fingern unter ihren Augen entlang und schnieft ein letztes Mal. Sie räuspert sich und setzt eine perfekte Maske auf.

»Entschuldige«, sagt sie gefasst.

»Kein Problem.«

Ein Blick auf ihr Tablet und sie macht weiter, als wäre nichts gewesen. Unglaublich, wie sie von einem Zustand in den anderen springt. Als hätte sie eine Tarnkappe, die sie sich überzieht und damit alle Gefühle ausschaltet. Sie ist wie ich – keine Schwäche zeigen. Und scheitert doch. Wie ich.

Sie streicht sich eine Strähne aus dem Gesicht. Ihre Wimpern sind ganz feucht von den Tränen. Ihre Haut sieht zart aus, sie sieht zart aus. Ich könnte es nicht ertragen, wenn ihr jemand so weh tun würde, wie ich es getan habe.

»Lass uns darüber sprechen, wie wir uns direkt nach der Nachricht gefühlt haben. Das war die Schockphase. Wie war das bei dir? Wie hast du reagiert?«

Überrascht von der persönlichen Frage lehne ich mich zurück.

»Muss ich alle deine Fragen beantworten?«

»Nein.«

Sie ist enttäuscht. Das schnelle Blinzeln, der geöffnete Mund verraten sie. Sie braucht zwei Sekunden, dann hat sie sich wieder im Griff. Sie ist tough. Leicht zu durchschauen, aber tough.

»Mir ist nur wichtig, dass du sie ehrlich beantwortest. Wenn du nicht ehrlich sein kannst, ist es besser, du antwortest nicht. Sonst verzerrt es das Ergebnis.«

»Okay. Ich verweigere die Aussage.«

Ein rosa Schimmer zieht sich über ihre Wangen bis hinunter zu ihrem Hals. Ihre Finger verkrampfen sich. Ich kann sie lesen wie ein Buch. Nachdem sie sich zu diesem Punkt so vor mir geöffnet hat, hat sie eine Gegenleistung erwartet. Trotzdem bleibt sie gefasst und sucht auf ihrem Tablet nach einer neuen Frage.

»Träumst du von deinem Vater?«

»Träumst du von deiner Mutter?«

Sie nestelt unruhig an der Kette um ihren Hals.

»Ständig«, flüstert sie. Ihre Augen werden wieder feucht. Es ist, als hätte ich einen Knopf gedrückt. Sie spricht nicht weiter, wahrscheinlich, weil sie sonst heulen würde.

Ich ertrage es nicht, sie so verletzlich zu sehen. Dann rede eben ich, wenn sie es nicht kann. »Ich träume, dass mein Vater noch lebt. Und dass ich ihn finden muss.«

Ihre Pupillen machen einen kleinen Tanz, als sie darüber nachdenkt, was ich gerade gesagt habe. »Das könnte daran liegen, dass er nie gefunden wurde. Du kannst nicht abschließen.«

Sie wäre eine gute Psychiaterin. Sie ist furchtbar analytisch.

»Hat mein Therapeut auch gesagt.«

»Welcher von den sechs?«

»Der eine, mit dem ich gesprochen habe.«

»Hat er dir geholfen?«

»Er hat mir geholfen, meine Gedanken für mich zu behalten. Das Kommandariat hatte es nicht gern, wenn ich darüber gesprochen habe, dass mein Vater noch leben könnte.« Ich versuche ein Lächeln. »Es waren solche Aussagen, die mich in die Behandlungszimmer der Therapeuten gebracht haben.«

»Und dann?«

»Und dann habe ich aufgehört, Dinge zu sagen, die sie nicht hören wollen. Da haben sie mich für gesund erklärt. Problem gelöst.«

Ich schenke ihr mein gewinnendstes Lächeln. Aber sie steigt nicht darauf ein.

»Fireball ...«, sagt sie grübelnd. »Wie kam dein Vater auf den Namen? Er ist so außergewöhnlich.«

»Der Tag, an dem meine Mutter starb, war der Tag, an dem sich Amega, der Rote Planet und die Zwillingsplaneten dem Kampf gegen die Schattenjäger angeschlossen haben. Es war ein Kämpfer vom Roten Planeten, der meine Mutter gefunden und so wenigstens mein Leben gerettet hat. Sein Name war Fyreball Starligtnyg. Mein Vater hat ihm seine Dankbarkeit ausgedrückt, indem er seinen einzigen Sohn nach dessen Retter benannt hat. Nicht schlecht, die Geschichte, was?«

»Dein Vater war ein toller Mann.« Sie weicht meinem Blick aus und zupft ihren Rock zurecht. »Ich habe damals Bilder der Trauerfeier gesehen«, sagt sie, ohne aufzuschauen.

Natürlich hat sie das. Wer hat das nicht? Es lief rauf und runter auf allen Streams. Ich kenne die Bilder, die gesendet wurden. Ich, zwölf Jahre alt, mit verheulten Augen in der ersten Reihe, die schweißnasse Hand meiner Tante umkrallt meine. Keine Ahnung, was bei der Trauerfeier gesagt wurde. Ich kann mich nicht erinnern. Aber ihre verschwitzte Hand auf meiner, die werde ich nie vergessen.

»Es muss schlimm für dich gewesen sein. Die ganzen Kameras, die Journalisten.«

Was will sie hören? Dass mir das Kommandariat Beruhigungsmittel geben ließ, damit ich vor den Kameras nicht heule? Dass ich nach der Trauerfeier vier Wochen lang das Haus nicht verlassen habe? Dass ich meine Tante angebrüllt habe, weil mir ihre Scheißtrauer so auf die Nerven gegangen ist?

»Ich kann mich nicht erinnern. Ich war sauer, dass es überhaupt eine Trauerfeier gegeben hat. Mein Vater ist verschollen, nicht tot.«

Sie legt den Kopf schräg. Ich weiß, was jetzt kommt. Ich hasse Leute, die das zu mir sagen.

»Es wäre schön, wenn es so wäre. Aber die Chance, ihn lebend zu finden, Fireball, ist zugegeben gering.«

»Es hat nie eine Suchaktion gegeben.«

»Aber die Bilder.« Ihre Stimme ist ganz sanft und tatsächlich tut es so weniger weh, die Wahrheit des Kommandariats zu hören. »Die Bilder waren eindeutig. Wie dein Vater seinen Starfighter direkt auf das Mutterschiff zugesteuert hat. Es gab eine enorme Explosion.«

»Und dann? Was zeigen die Bilder dann?«

»Das Mutterschiff transferiert zurück in die Galaxie der Schattenjäger.«

»Genau! Man hat nie gesehen, was zerstört wurde, es gab keine Wrackteile, nichts. Gut möglich, dass die Zerstörung durch die Transferierung abgeschwächt wurde ...«

Was tue ich hier? Es geht nicht darum, dass Sally Cooper mir glaubt. Niemand glaubt mir. Ich raufe mir die Haare. »Und, was denkst du? In welcher Trauerphase bin ich?«

Sie beugt sich zu mir und legt ihre Hand auf meine. Ganz fest. Nicht zaghaft, nein, bestimmend, kein Zweifel daran, dass sie es nicht so meint, keine Chance, ihre Hand einfach abzuschütteln. Es ist wie ein Ausrufezeichen. Da liegt meine Hand und die nehme ich nicht eher weg, bis ...

Ja, was? Bis ich geheilt bin? Bis diese verdammten

Albträume aufhören? Bis diese lähmende Trauer mich nicht mehr überkommt? Bis ich bereit bin, ihr alles zu gestehen? Zu gestehen, was ich ihr angetan habe und was ich ihr noch antun muss?

Es klopft einmal hart an der Tür und sie wird aufgerissen. Als hätten wir uns an einem heißen Stein verbrannt, ziehen wir unsere Hände zurück. Zu spät. Jesse hat es gesehen. Grinsend lehnt er am Türrahmen. »Die Zeit ist um. Kommst du, Kleiner? Oder ... braucht ihr noch einen Moment?«

SALLY

Die Veränderung in Fireballs Gesicht ist beängstigend. Von dem Schreck, den uns Jesse bereitet hat, hat er sich schnell erholt – schneller als ich. Seine Augen werden einen Tick schmaler, seine Schultern steif. Er zieht eine Augenbraue hoch.

»Wie lief es mit der Umwelt-AG?«, fragt Fireball und klingt dabei hart.

»Wir haben ein paar Kippenstummel gefunden. An der Ruine. Keine Lernkarten.« Jesse zwinkert mir zu.

Fireball steht auf und schnappt sich seinen Rucksack.

»Sind wir fertig?« Sein Tonfall ist so distanziert, dass es in meiner Brust sticht.

»Für heute«, bekomme ich heraus.

Stumm schultert er seinen Rucksack und geht zur Tür.

»Wir sehen uns am Montag, okay?«, rufe ich ihm nach. »Gleiche Zeit, selber Ort?«

Er brummt im Gehen und zieht die Tür zu.

Noch lange bleibe ich sitzen. Irgendetwas tut mir weh. Aber was? Ich spüre noch immer seinen Arm um meine Schultern, seine Hand unter meiner. Sehe seinen Blick, der ganz weich, ganz schwach war. Rieche den Duft von frischen Lindenblüten, der den Raum füllt. Sein Duft hat sich für immer in meine Nase gelegt und ich weiß, dass es Fireball sein wird, an den ich denke, wenn ich in Zukunft unter Linden entlangspaziere. Er hat sich in mich hineingebrannt, seine Spur hinterlassen. Fireball McAllister hat all meine Mauern eingerissen. Viel zu viel habe ich heute von mir preisgegeben. Mehr, als ich wollte.

Es ist Freitag. Wochenende. Zeit, nach Hause zu fahren. Für die anderen natürlich, nicht für mich. Als ich jünger war, habe ich die Wochenenden gehasst. Während die anderen – sogar die Lehrkräfte – wegfuhren, heim zu ihren Familien und Freunden, blieb ich allein zurück. Hatte niemanden zum Spielen, niemanden zum Reden. Jetzt sind wir älter. Wir spielen nicht mehr. Jetzt erzählen sie von wilden Partys und Clubnächten, wenn sie zurückkommen. Ich war noch nie auf einer Party außerhalb dieser Schule. Geschweige denn in einem Club.

Heute nutze ich die Wochenenden für mich. Meistens lese ich oder schreibe Gedichte. Mein Vater bringt mir oft aus der Stadt einen neuen Gedichtband mit, und Emma habe ich ein selbstgeschriebenes zu ihrem letzten Geburtstag geschenkt. Ansonsten schlendere ich durch die Gänge der Schule, laufe über das Gelände, ohne einer Menschenseele zu begegnen. Ich habe Ruhe vor der Welt.

An diesem Wochenende ist das anders. Zwei Fremdkörper schwirren irgendwo auf dem Gelände herum, beschränken meine Wege. Ob Fireball und Jesse wieder in ihrer Raucherecke sitzen? Oder ob sie sich ein neues Versteck gesucht haben?

Die Sonne drückt stumm durch die emporragenden Fenster im Erdgeschoss. Ich habe kein Ziel, schlendere einfach durch die Gänge und beobachte meine Mitschüler, die wie Bienen im Stock umherschwirren und sich für ihren Besuch zu

Hause fertigmachen. Dort an der Treppe versucht ein kleiner Junge, seinen Koffer hinunterzuwuchten, aber der Koffer ist so schwer, dass er ihm fast runterfällt. Jonah springt die Treppen hinab, sieht den Kleinen und trägt ihm kurzerhand den Koffer.

Jonah ist ein guter Mensch. Ja, er hat mich verlassen. Er hat einen Fehler gemacht. Und trotzdem: Er ist ein guter Mensch. Man muss ihn einfach mögen. Er entdeckt mich, winkt und ändert die Richtung, in die er gehen wollte. Stattdessen kommt er zu mir.

»Na, du Heldin, schaust du, ob du jemandem das Leben retten musst?«

»Tja, es ist ein harter Job. Eine Superheldin wie ich ruht sich niemals aus.«

»Würdest du denn auch mich retten, wenn ich in Not wäre?«

»Selbstverständlich. Ich behalte dich im Auge.«

Er lacht. »Hast du Pläne fürs Wochenende?«

»Nein, nicht wirklich. Ich muss mich um Mathe kümmern. Ich bin ja leider nicht so ein Mathegenie wie Fireball.«

Fireball, der in der letzten Stunde schon wieder mündlich geprüft wurde und schon wieder eine verdammt gute Show abgeliefert hat. Wie macht er das bloß? Vielleicht sollte ich ihn um Nachhilfe bitten.

»Fireball, ja ... Stimmt es, dass die beiden auch hierbleiben?«

»So hat es Jesse gesagt. Und mein Vater hat es bestätigt.«

»Dann bist du ja doch nicht so alleine an diesem Wochenende.« Er sieht auf seine Schuhe und schlägt mit einem Fuß gegen den anderen.

»Glaub mir, die beiden sind die Letzten, mit denen ich meine Zeit verbringen möchte. Und das gilt sicher umgekehrt genauso.«

Er schüttelt den Kopf. »Ich würde gerne wieder meine Zeit mit dir verbringen.« Sein Blick wandert zur Eingangstür, die offensteht. »Meine Großeltern sind da. Ich muss los. Pass auf dich auf, ja? Die beiden sind irgendwie ... Ich weiß nicht. Halt dich einfach fern von ihnen, okay?«

Ich verspreche es, und er lächelt zum Abschied, bevor er die Treppe hinuntergeht, raus in den Innenhof. Da kommt Emma und nimmt mich, einen Rucksack über der Schulter, in den Arm.

»Ich bitte dich ein letztes Mal: Komm mit! Übernachte bei mir. Mein Bruder wird achtzehn – das wird eine mega Party. Komm mit und wir tanzen mal so richtig ab.«

Ich verdrehe die Augen. »Vergiss es, Emma. Partys sind nicht mein Ding.«

»Wie willst du das wissen? Du warst noch nie auf einer richtigen Party. Glaub mir, diese Freak-Galas auf dem Internat sind nicht mit dem wahren Leben vergleichbar. Ich kann dir die Welt da draußen zeigen, wie sie wirklich ist.« Sie wackelt mit den Augenbrauen und lächelt mich verschwörerisch an. »Na los, schnapp dir deine Sachen und dann ab mit uns – hinaus in die Freiheit.«

»Ich kann nicht. Mein Dad hat bestimmt Pläne für uns. Außerdem hätte ich ihn vorher fragen müssen. Es geht wirklich nicht, Emma. Nächstes Mal, okay?«

Emma lässt die Schultern hängen und verzieht den Mund. Ein tiefer Seufzer beendet das Thema. »Schade. Ich werde dich vermissen. Bis Montag.«

»Ich dich auch.«

Sie geht und lässt mich mit schlechtem Gewissen zurück. Sie hat wirklich enttäuscht ausgesehen, dass ich mal wieder nicht mit ihr gehen will. Sie fragt mich fast jedes Wochenende seit über einem Jahr, ob ich mit ihr komme, und jedes Mal sage ich Nein. Sollte ich ihr nachlaufen und sie dieses eine Mal doch begleiten?

Nein. Ich frage sie am Montag, ob wir nächstes Wochenende etwas zusammen unternehmen. Dann kann ich das auch mit meinem Vater absprechen.

Zufrieden mit meinem Plan laufe ich weiter die Gänge entlang. Im Gebäude wird es stiller und stiller. Irgendwann schlägt die schwere Eingangstür nicht mehr zu, die Sonne wirft lange Schatten durch die Fenster.

Ich schließe unsere Wohnungstür auf. Es ist Zeit fürs Abendessen, doch mein Vater telefoniert im Wohnzimmer und es klingt, als müsse ich heute alleine essen. Leise trete ich näher heran. Er hat das Hologramm seines Gesprächspartners ausgeschaltet und sich den Ton aufs Ohr geholt. Ich kann also nur hören, was er sagt.

»Ich komme«, meint er geschäftig. »Nein, ich weiß, aber das ist ein Problem und wir müssen darüber sprechen. Sag ihm, ich bin übers Wochenende in der Stadt. Er kann jederzeit zu mir kommen ... Danke. Bis gleich.« Er legt auf und beißt sich auf die Unterlippe.

»Du lässt mich allein? Bis Sonntag?«

Überrascht sieht er auf. »Ja, Schatz, tut mir leid. Es gibt Probleme und es ist notwendig, dass ich übers Wochenende in die Hauptstadt fahre.«

Seit dem Vorfall mit dem Präsidenten hat er mich nachts nicht allein gelassen. Und jetzt gleich für zwei Nächte. Ich werde sterben vor Angst.

»Kann ich nicht mitkommen?«

»Tut mir leid, das geht nicht. Ich ... Es geht nicht.«

»Ach komm, Dad – ich würde dich nicht stören. Ich würde ein bisschen durch die Stadt bummeln und am Abend einen Film streamen. Du würdest mich gar nicht zu Gesicht bekommen.«

»Nein.«

Er lässt mich einfach stehen und geht ins Schlafzimmer, holt seinen Koffer aus dem Schrank und legt ihn auf sein Bett.

»Dad?«

»Hm?« Er packt schon die ersten Hemden ein.

»Was gibt es denn für ein wichtiges Problem?«

Er packt unbeirrt weiter und geht überhaupt nicht auf meine Frage ein. »Nichts, worüber du dir deinen Kopf zerbrechen müsstest. Mach dir keine Sorgen, du bist ja nicht allein im Haus. Ein paar der Lehrer sind hier, der Hausmeister ...« Er packt weiter.

»Fireball und Jesse.«

Für einen winzigen Moment hält er inne. »Genau. Du schaffst das schon. Es tut mir wirklich leid, aber die Person, die ich treffe, will mich nur allein treffen. Wenn du dabei bist, kommt sie vielleicht nicht. Und das wäre schlecht.«

»Wer ist es denn? Jemand vom Kommandariat?«

Er schließt seinen Koffer und sieht mich ernst an. »Das kann ich dir nicht sagen.« Er gibt mir einen Kuss auf die Stirn und geht in den Flur, um sich seine Schuhe anzuziehen und den Schlüssel zu nehmen.

»Wenn es gar nicht geht, frag doch Sully, ob du bei ihr übernachten kannst.«

»Okay.« Sicher nicht. »Bleibst du wenigstens noch zum Essen?«

»Nein, tut mir leid. ... Oh, Zahnbürste ...« Er schlüpft ins Badezimmer und schimpft, weil ihm in der Hektik das Rasierwasser aus der Hand fällt.

Mir ist der Hunger vergangen. Ich will nicht alleine essen. Es gibt einen verdammt großen Unterschied zwischen allein sein und einsam sein. An diesem Wochenende bin ich verdammt einsam.

»Na, dann viel Erfolg, ich geh' spazieren.«

»Alles klar, bis Sonntag. Wenn es schneller klappt, komme ich früher heim.«

Mein Vater drückt mir noch einen Kuss auf die Stirn, dann verlasse ich die Wohnung. Meine Schritte hallen über den düster werdenden Flur. Ich gehe in den Wald und komme an der Ruine vorbei. Fast wünsche ich mir, Fireball und Jesse dort zu treffen – ich bin gerade in der Stimmung, ich würde glatt nach einer Kippe verlangen. Aber sie sind nicht da. Ein bisschen enttäuscht gehe ich weiter.

Es ist so still im Wald, dass ich selbst die leisesten Geräusche höre: Zweige brechen, Blätter rascheln, Eichhörnchen keckern. Irgendwo über mir ruft ein Kauz.

Es wird immer dunkler und ich kann kaum mehr etwas sehen. Die Taschenlampe an meinem Tablet wirft einen lausigen Lichtkegel, und ich stolpere ständig über Wurzeln und Äste, aber ich laufe weiter. Immer weiter. Weg von dem Ort, an dem ich der einsamste Mensch der Welt bin.

Wenn Wochenende ist, bin ich allein. Wenn Wochenende ist, denkt niemand an mich. Dann sind sie alle zu Hause, treffen ihre Freunde, machen Ausflüge mit ihren Eltern, feiern Geburtstage und Partys. Und ich? Ich latsche durch einen dunklen Wald und werde wohl eher einem Wildschwein als einem Menschen begegnen. Ich hätte doch mit Emma gehen sollen.

Ob Fireball und Jesse mitbekommen haben, dass ich in den Wald gegangen bin? Ob sie mir folgen würden, wenn ich lange genug nicht zurückkomme? Ob sich Fireball Sorgen um mich machen würde? Ich rufe die Erinnerung an ihn herauf. Spüre die Wärme seiner Hand, die auf meiner Schulter liegt, erinnere mich an seinen Duft, seine Augen, seine Grübchen.

Ich bin so verdammt einsam. Ein intimes Gespräch mit einem fremden Kerl, der – zugegeben – ziemlich gut riecht, und ich verliere mich. Ich war immer gern allein, habe mich voll auf die Schule konzentriert. Jetzt sehne ich mich nach Gesellschaft, wünsche mir, dass ich in einem düsteren Wald auf zwei Typen treffe, die ich nicht leiden kann, und fürchte mich zugleich davor, dass sie tatsächlich hier sein könnten. In meinem Zimmer hängt eine lächerliche Tapferkeitsmedaille, starrt mich an, als müsste ich jemand sein, der ich nicht bin.

Eine Tapferkeitsmedaille für mich, ein einsames Mädchen, das Angst in der Dunkelheit hat und nicht allein schlafen kann. Jemand mit so einem Ding sollte sich nicht einsam fühlen. Nein, jemand wie ich sollte jedes Wochenende zu einem gesellschaftlichen Ereignis eingeladen sein. Der Präsident sollte mich einladen, oder nicht? Habe ich nicht verdient, noch einmal auf eine seiner Partys zu gehen, weil ich ihm das Leben gerettet habe?

Aber was sollte ich dort? Es ist nicht diese Art von Gesellschaft, die ich vermisse. Es sind Freunde. An den Wochenenden vermisse ich meine Freunde.

9

FIREBALL

Sally Cooper verlässt das Gebäude an einem Freitagabend in Schuluniform. Vom Dach aus kann ich ihr Gesicht nicht erkennen, aber ihre Schritte sind fest. Ich würde sagen, sie ist sauer. Aber auf wen? Oder weshalb?

Sie verschwindet durch das hintere Tor in der Klostermauer und ich sehe ihre Gestalt bis in den Wald hineinlaufen. Was hat sie vor? Macht sie das öfter? Wenn ja, muss ich sie dazu bringen, den Quatsch zu lassen, sonst stapfen wir bald zu zweit durch den Morast, nur um sicherzugehen, dass sie da draußen nicht von einem meiner Leute angegriffen wird.

Was hat sie nur an sich, dass ich sie nicht aus dem Kopf bekomme? Sie gibt die mustergültige Streberin, aber langweilig ist sie nicht. Ganz und gar nicht. Obwohl ich ihr die Gefühle von ihrem Gesicht ablesen kann, bleibt sie mir ein Rätsel. Ich glaube nicht, dass sie weiß, wer ich bin und was ich getan habe. Was ich ihr angetan habe. Und ich bete, dass sie es niemals erfährt. Was würde sie tun? Weinen? Schreien? Nie wieder mit mir sprechen?

Schreien wäre okay. In meiner Welt wird viel geschrien und

gebrüllt. Weinen ... nicht so gern. Aber das würde sicher vorbeigehen. Nie wieder mit mir sprechen? Das wäre schade. Sehr schade. Seit Montag habe ich das Gefühl, als hätte ich ein verdammt spannendes Buch aufgeschlagen, aber nur die ersten zehn Seiten gelesen. Ich will mehr, ich will das ganze Buch lesen, am besten sofort. Noch nie hat mich jemand so in seinen Bann gezogen wie Sally Cooper. Verdammt. Wie auch immer ich ihren Vater töte, ich muss es so machen, dass sie keinen Verdacht schöpft.

Aus der Ferne fährt ein Motorrad auf den Campus zu. Ich hätte es nie bemerkt, wenn ich nicht zufällig hier oben sitzen würde. Der Fahrer fährt langsam und macht einen Kilometer vor dem Internat seinen Scheinwerfer aus. Mein Herzschlag beschleunigt. Wer ist das? Was hat er vor? Ist Sally etwa schon in Gefahr? Nein, zu früh. Und sie ist im Wald. Dort ist sie wahrscheinlich sogar sicherer als hier.

Ich entdecke das Motorrad an der Mauer wieder, es wird wahrscheinlich dort versteckt. Ich weiß es nicht, kann nichts sehen, nehme es nur an. Sekunden später tritt eine große, schlanke Gestalt durch das Tor und schleicht durch die Schatten. Die Art zu gehen kommt mir bekannt vor, aber das muss nichts heißen. Es ist nicht lange her, da wusste ich, meine Leute stehen hinter mir. Heute rechne ich damit, dass der Häuptling ihnen den Auftrag geben könnte, mich zu töten, und sie würden es tun. Nicht nur, weil ich ein Versager bin, nein, auch weil ich sie im Stich gelassen habe. Weil ich mich lieber in einem Internat des Kommandariats verstecke und nicht zu Potte komme, den Direx zu töten, statt an ihrer Seite zu sein. Und neue Anschläge auf den Präsidenten zu planen.

Ich klettere durch die Dachluke und springe auf den Flur. Wer auch immer gerade versucht, ins Gebäude zu kommen, wird noch ein paar Minuten brauchen. Genug Zeit, um Jesse zu holen.

Leise mache ich die Tür zu unserem Zimmer auf. Jesse keucht auf dem Boden – er macht seine hundert Liegestützen.

»Werd fertig, wir haben unangekündigten Besuch.«

»Ist das dein Ernst? Jetzt?« Er sinkt auf die Knie und befühlt seine Oberarme. »Noch zwei und ich hätte die hundert voll gehabt. Wie soll ich mit Pudding in den Oberarmen kämpfen?«

»Tja, schlechtes Timing. Komm schon.«

Auf dem Weg zum Treppenhaus halten wir uns in den Schatten. Was würde ich jetzt für eine Waffe geben! Aber meine Burkley 600 liegt noch immer weggesperrt in der Asservatenkammer des Kommandariats. So viele Jahre habe ich keinen Schritt ohne sie getan, unzählige Male hat sie mir das Leben gerettet. Und jetzt schleiche ich durch einen immer düsterer werdenden Flur und kann nur hoffen, dass wir den Kerl zuerst entdecken und nicht er uns.

Da hören wir Schritte. Jemand kommt die Treppe hinauf, langsam, vorsichtig.

Ich gebe Jesse ein Zeichen, dass er sich hinter der anderen Seite der Balustrade positionieren soll. Er versteht und schleicht rüber, ohne ein Geräusch zu machen.

Die Schritte kommen näher und näher. Ich kauere hinter dem Geländer und beruhige meine Atmung, damit sie mich nicht verrät. Dann endlich erscheint ein Kopf. Leider erkenne ich das Gesicht nicht, denn die Person hat ihren schwarzen Kapuzenpulli hochgeschlagen.

Plötzlich bleibt sie stehen. Sie lauscht, nein, sie spürt. Rebellen können das, spüren, ob jemand in der Nähe ist. Jahrelanges Meditationstraining schärft die Sinne. Wer auch immer das ist, er ist schon lange dabei. Das könnte gut sein für mich. Einige meiner engsten Freunde sind erfahrene Rebellen.

Der Typ hebt langsam die Arme. »Nicht schießen, ich komme in Frieden.«

Ich erkenne die Stimme sofort. Es ist Mark – mein Cousin!

Jesse und ich lösen uns gleichzeitig aus der Deckung.

»Was machst du hier?«, will ich wissen.

»Hi, Männer, wie geht's?«

»Super, danke. Bist du gekommen, um Small Talk zu halten?«

Er nimmt die Kapuze vom Kopf und sieht mich von oben bis unten an. Seine dunklen Haare haben denselben Farbton wie meine, seine Augen aber sind stechend grün. Das letzte Mal, dass ich ihn gesehen habe, war im Palast des Präsidenten.

»Ich bin gekommen, um dich abzuholen.«

»Abzuholen? Um was zu tun?«

»Um dich bei deinen Leuten blicken zu lassen. Um ihnen zu zeigen, dass es dich noch gibt und dass sie dir noch immer wichtig sind.«

»Ist das eine Falle? Habt ihr vor, mich vor Publikum fertigzumachen?«

»Fireball, ich bitte dich! Ich bin's! Du bist wie ein Bruder für mich. Ich würde dich nie in eine Falle locken.«

»Ach nein?«, fragt Jesse. »Auch nicht, wenn es dir der Häuptling befiehlt?«

»Halt du dich da raus«, befiehlt Mark, obwohl er Jesse gleichgestellt ist. Aber er fühlt sich für mich verantwortlich, aus Schuldgefühlen, weil er mir damals den ganzen Schlamassel eingebrockt hat. »Du würdest nicht mit der Wimper zucken und ihn töten, wenn du den Befehl erhalten würdest«, behauptet Mark.

»Alter, ich bin hier! Ich bin mit ihm hier in diesem ätzenden Internat. Was machst du? Dem Häuptling die Schuhe lecken?«

»Genug jetzt! Mark, komm zur Sache – was willst du?«

»Wir verabschieden uns heute Nacht von Eric. Jeder weiß, wie wichtig er dir war. Ginger Robyn geht es verdammt schlecht, sie war dabei, als es passiert ist. Macht sich Vorwürfe. Sie braucht jemanden, der ihr sagt, dass sie nichts falsch gemacht hat. Uns glaubt sie nicht.«

»Als würde noch irgendein Rebell Wert auf mein Wort legen.«

Mark tritt ein paar Stufen höher und kommt so noch näher an mich heran.

»Du hast es verbockt, ja, klar. Aber du bist noch da, nicht irgendwo im Universum. Das ist für die meisten Grund genug, die Hoffnung auf einen baldigen Generationswechsel nicht aufzugeben. Aber wenn du dich heute nicht blicken lässt, verlierst du ihr Vertrauen. Ganz sicher.«

»Wo ist der Häuptling?«

»In der Zentrale. Mit seinen Anhängern. Heute Nacht sind nur die da, die auf deiner Seite stehen.«

»Wie kannst du dir da sicher sein?«

»Mann, Fireball, du hast ja keine Ahnung, was gerade in der Zentrale los ist. Seit deiner Verhaftung sind alle in Aufruhr. Dass dich der Häuptling nicht rausgeholt hat, war für alle das klare Zeichen, dass er dich loswerden will. Glaubst du, das nehmen wir so hin?«

»Also stimmt es, was Kevin sagt? Er baut jemand Neues auf?«

Mark sieht mich irritiert an.

»Jemand Neues? Davon weiß ich nichts.«

Jesse stützt die Unterarme auf dem Geländer ab. »So hat er es uns erzählt. Er hat wohl jemanden gesehen, mit dem der Häuptling trainiert.«

»Einer von uns?«

»Nein.«

Mark zieht die Stirn in Falten und sein Blick huscht nachdenklich umher. Dann sieht er mich an. »Also, was ist? Kommst du mit?«

Ich nicke. »Lasst uns gehen.«

Aber Jesse hebt die Arme. »Sorry, Jungs, ich gehe niemals ungeduscht zu einer Party! Ich stinke wie ein Schwein vom

Training und hab' bei den Mädels einen Ruf zu verlieren. Ich treffe euch dort.«

»Ich schicke dir die Koordinaten«, sagt Mark. »Wir nehmen euer Driftcar. Ich stell' dir mein Motorrad auf den Parkplatz.«

Und schon sind wir unterwegs – Mark und ich – auf dem Weg zu meiner Familie.

SALLY

Der Mond ist fast voll und hängt weit oben am Himmel wie eine Laterne. Ich trete aus dem Wald, und das Internat ragt mächtig und düster vor mir empor. Durch ein kleines Nebentor gelange ich in den Innenhof. Da sehe ich eine schwarz gekleidete Person mit Helm, die an einem der Motorräder hantiert, die auf dem Parkplatz stehen. Driftcars sind rationiert und nur Mitarbeitende des Kommandariats können legal welche kaufen. Alle anderen fahren Motorrad. Und wer sich das nicht leisten kann, der klaut sich eins.

»Hey!«, rufe ich, und der Typ dreht sich erschrocken um. »Was wird das, wenn es fertig ist?«

Der Kerl steht auf und nimmt den Helm ab. Es ist Jesse.

»Ich mache einen Ausflug.«

»Ist das deine Maschine?«

Er zögert einen Moment. »Ja.«

»Warum glaube ich dir nicht?«

»Weiß nicht.«

»Vielleicht, weil du ein Messer in der Hand hältst und lose Drähte aus der Maschine lugen?«

Er sieht überrascht an sich hinunter. »O ja, das könnte sein.«

»Jesse?! Was für einen Mist baust du jetzt schon wieder? Wo willst du hin?«

»Ich sagte doch: Ich will einen Ausflug machen.«

»Um diese Uhrzeit?«, frage ich.

»Na, hör mal – ich bin volljährig.«

»Pff! Seit wie vielen Tagen?«

Er lächelt verschmitzt. »Neidisch, Cooper-Mäuschen?«

Ich trete näher. »Ein bisschen. Wo ist dein Boss?«

Jesse reißt die Augen auf. Er sieht mich an, als wäre ich ein Gespenst. Was habe ich nur gesagt, das ihn so aus der Fassung bringt?

»Ich meine Fireball. Ihr seid doch sonst immer zusammen unterwegs. Warum auf einmal so allein?«

Er stellt sich aufrechter hin und kratzt sich am Hinterkopf. »Also, um ehrlich zu sein: Fireball ist schon seit einer halben Stunde weg.«

Jetzt bin ich es, die die Augen aufreißt. »Was? Wo ist er hin? Dürft ihr das überhaupt? Das Gelände verlassen? Hat mein Vater nicht …«

»Uiuiui, ganz ruhig, Mäuschen, alles gut. Dein Vater wird gar nicht mitbekommen, dass wir weg sind.«

Ich sehe ihn vielsagend an. »Entschuldige, aber ist dir klar, mit wem du gerade sprichst?«

»Du verpfeifst uns nicht.«

»Und das sollte ich nicht tun, weil …?«

Er schürzt die Lippen.

Ich gehe an ihm vorbei auf die Maschine zu. Sie ist wunderschön. Pechschwarz, sicher richtig schnell. Ich denke an meinen Vater. Was der wohl dazu sagen würde, wenn ich mit so einem Ding führe? Hm, andererseits ist es ihm wahrscheinlich egal. Der trifft sich lieber mit irgendwelchen Leuten, statt sich um seine Tochter zu kümmern. Ich streiche über den Sitz, über das Gehäuse. Dann steht mein Entschluss fest.

»Nimm mich mit.«

»Was? Nein! Nein, auf keinen Fall.«

»Bitte, Jesse! Du machst doch nur einen Ausflug. Ich halte auch ganz bestimmt meinen Mund.«

»Nein, Cooper, wirklich nicht.«

»Bitte, Jesse! Lass mich hier nicht allein zurück!«

Ich sehe ihn traurig an, und er hat tatsächlich Mitleid mit mir. Na, da schau an, Jesse Codriguez hat also eine sensible Seite.

»Hör zu, Cooper-Mäuschen, ich sag' dir die Wahrheit: Fireball und ich sind auf eine Party eingeladen. Er ist schon dort, ich fahr' jetzt da hin. Glaub mir, das ist nicht der richtige Ort für dich.«

»Wie kommst du darauf, dass eine Party nicht der richtige Ort für mich ist?«

»Na, also ...« Er zeigt auf mich, auf meine Kleidung, meine Haare. Ich glaube, er spricht es nicht aus, um ein Gentleman zu sein, aber klar, er hat schon recht: Ich bin nicht richtig angezogen für eine Party.

»Dann warte einen Moment, ich ziehe mich um und dann los.«

»Vergiss es. Ich komme sowieso schon zu spät.« Er zieht sich den Helm über und setzt sich auf die Maschine.

»Bitte, bitte, bitte«, flehe ich.

Er startet den Motor.

»Jesse, bitte! Ich hab' ... ich hab' ... alleine ... Angst.«

Er lacht mich knallhart aus. »Ernsthaft, Cooper, du bist die schlechteste Schauspielerin, die ich je gesehen habe! Dir fällt nichts Besseres ein, als auf die Tränendrüse zu drücken? Ich nehm' dich doch nicht mit, weil du rumheulst!«

Er lässt den Motor aufheulen und will losfahren, da springe ich vor das Motorrad und halte den Lenker fest.

»Dann nimm mich mit, damit ich nicht sofort meinen Vater anrufe!«

Er legt den Kopf schief und öffnet das Visier. »Mit Daddy drohen kannst du. Ist das dein einziges Druckmittel, um an deine Ziele zu kommen?«

»Bei euch beiden brauche ich kein anderes.«

Er seufzt und schlägt sich mit der Faust auf den Oberschenkel. Kopfschüttelnd steigt er vom Motorrad und schimpft dabei irgendetwas, das klingt wie »verzogenes Kommandariatsmäuschen« und »der Kleine wird mich umbringen«. Er öffnet die Box am Rücksitz und holt einen zweiten Helm heraus. Mit Schwung drückt er ihn mir an die Brust.

»Danke, Jesse. Tief in deinem Herzen bist du ein guter Mensch.«

»Hör auf, mich zu beleidigen.«

Ich ziehe das Gummi aus meinem Haar und setze den Helm auf. Jesse hilft mir, ihn zu schließen. Dann steige ich hinten auf und klammere mich an ihm fest wie ein Äffchen. Er startet den Motor und ruft: »Du weißt nicht, worauf du dich einlässt, Mäuschen.« Dann dreht er den Motor auf, düst vom Campus und ich stecke vermutlich im zweitgrößten Abenteuer meines Lebens.

Wir verlassen den Wald und fahren durch die Einöde. Jesse fährt schnell, aber sicher. Ich kann sogar meine Arme um seine Taille ein wenig entspannen, da die Straße hier draußen fast nur gerade verläuft. Ich blicke nach oben und kann wieder einmal nur darüber staunen, wie klein ich bin und wie riesig das All über uns. Die Satellitenbänder ziehen ihre Bahnen, der Schutzgürtel des Kommandariats spannt sich über der Stadt bis weit über den Horizont hinaus, wie ein gigantischer, blinkender Regenbogen aus Metall. Er wurde nach den Angriffen durch die Schattenjäger gebaut und beherbergt das Kommandariat. Einmal um ganz Nayo, wie ein Gürtel um einen dicken, runden Bauch, spannt sich das

Bauwerk und ist mit den modernsten Techniken ausgestattet. Er ist Lande- und Startfläche für die Flüge ins Weltall. Damit niemand an den neunhundert Meter hohen Pfeilern emporklettert, sind sie von Zäunen umringt und stehen zudem unter Spannung. Wer ins Kommandariat will, kommt nur mit Helifliightern oder Transportflügen hinauf. Einzig Pfeiler One – das Hauptquartier des Kommandorats – ist vom Boden aus erreichbar.

Nach zwanzig Minuten erreichen wir die Vororte der Hauptstadt. Die ersten Hochhäuser mit ihren bunten, hell erleuchteten Werbereklamen tauchen auf. Von links reicht mir ein animiertes Model aus einem Plakat heraus einen Parfümflakon und ein süßer Duft steigt mir in die Nase. Ich drehe mich weg und das Hologramm zieht sich zurück, senkt sich direkt zur nächsten Frau hinab, die auf dem Gehweg dahinschlendert. Der Lärm der Stadt spült sich in meine Ohren: Sirenen, Hupen, Lachen, Musik, Werbebotschaften. Ich sinke ein in eine Welt, die meiner nicht fremder sein könnte. Die Straßen sind vollgestopft, auf den Gehwegen strömen Menschen umher wie Ameisen. Es ist Freitagabend.

Ein Gedanke bohrt sich in meinen Kopf: Während ich jedes Wochenende in meinem Internat hocke, pulsiert hier draußen das Leben. Hier beginnt eine Freiheit, die ich nicht kenne. Eine Welt, in der man in der Menge untergeht. Aber ich bekomme nichts davon mit.

Allerdings ist das heute anders. Heute stecke ich mittendrin. Meinen Körper flutet eine Euphorie, wie ich sie nur von dem Abend der Übergabe dieses lächerlichen Stück Blechs kenne. Ja, damals habe ich mich noch darüber gefreut. Damals dachte ich, die Medaille würde alle meine Wunden heilen. Ich dachte, sie würde meine Albträume und Ängste verschwinden lassen. Das hat sie nicht getan.

Ich atme tief ein und sauge die Stadt hungrig auf. Ich lächele, so froh bin ich, für eine Nacht Teil dieses Lebens zu sein. Ich bin mittendrin, nicht mehr versteckt irgendwo da draußen. Nein, ich bin hier. Ich bin am Leben.

»Wir sind gleich da«, ruft Jesse. Einige Querstraßen später biegt er ab, und wir landen schließlich in einem dunklen Industriegebiet.

»Bisschen gruselig hier«, sage ich.

Er lacht. »Willst du absteigen?«

»Bist du irre? Ohne dich gehen meine Überlebenschancen in dieser Gegend gegen Null.«

»Woher willst du wissen, dass deine Überlebenschancen durch mich steigen? Könnte es nicht sein, dass ich dich hergebracht habe, um dich zu töten?«

Ich überlege kurz. Dann schüttele ich den Kopf. »Nee. Mir würdest du nichts tun.«

Das Leben der Stadt liegt hinter uns, hier in dieser Gegend herrscht Dunkelheit und Stille. Vor einer Lagerhalle macht er halt und wir steigen ab.

»Ich hätte dir neulich zu gerne wehgetan.«

»Hab' ich gemerkt. Tut mir leid. Ich … ich hatte wirklich keine Ahnung, wovon ich rede. Dein Vater war nicht so ein cooler Typ wie du, oder?«

»Nein, war er nicht. Er hat viel getrunken. Bei uns auf Amega gibt es keinen Alkohol, verstehst du? Er war von dem Zeug total besessen. Leider hat es ihn nicht witziger gemacht, im Gegenteil.«

»Er war aggressiv?«

Jesse nickt. »Gegen mich und meine jüngere Schwester, ja.«

»Und eure Mutter?«

»Hat ihn verlassen, weil sie nicht von Amega wegwollte. Nach Amega-Gesetz kommen die Kinder zu dem Elternteil, das Arbeit und Wohnung aufweisen kann. Meine Mutter hatte damals keinen Job.«

»Was macht sie heute? Habt ihr Kontakt?«

»Nein. Brauchen wir auch gar nicht.«

Ich warte, aber er sagt nichts mehr. Also nestele ich an dem Gurt des Helms.

»Warte, ich helf' dir.« Er nimmt mir den Helm ab und ich schüttele meine Haare, die sicher ganz platt an meiner Stirn kleben. Dann will ich sie mir wieder hochbinden, aber Jesse sagt: »Lass sie so. Und nimm diese bescheuerte Krawatte ab.«

Da hat er wohl recht. Ich entwirre geschickt den Knoten und stopfe das Ding in meine Blazertasche.

»Und noch einen Blusenknopf öffnen. Oder besser zwei.«

»Ist das ein Scherz?«, frage ich.

»Es sieht bescheuert aus, ohne Krawatte bis zur Kehle zugeknöpft zu sein. Vertrau mir, Cooper, du wirst es nicht bereuen. Und du willst doch, dass Fireball dich schick findet.« Er zwinkert blöd.

Ich öffne die oberen zwei Knöpfe. »Was soll das jetzt heißen? Ich tue das doch nicht, um Fireball zu gefallen. Die fünf Minuten hättest du mir noch geben können, damit ich mich umziehen kann. Dann würde ich jetzt nicht so peinlich auffallen.«

Da lacht Jesse laut. »Das hätte keinen Unterschied gemacht, glaub mir. Und damit eines klar ist: Du bist nicht eingeladen. Gut möglich, dass du gleich wieder gehen musst.«

»Das ist in Ordnung. Solange ihr beide mich begleitet.«

Wieder lacht er. Aber jetzt will ich vor allem eines wissen: Wo ist Fireball?

FIREBALL

Der Bass hämmert mir den Schädel weg. Die Lichtershow schickt helle Blitze durch die Halle. Ich habe eine halbe Stunde gebraucht, um mich vom Eingang bis an die Bar zu kämpfen: Hände schütteln, umarmen, winken. Es tut gut, unter meinen Leuten zu sein. Ich hasse, was wir tun, aber ich liebe, wer wir sind. Und Mark hatte recht: Alle freuen sich, mich wiederzusehen, klopfen mir auf die Schulter und sagen mir, dass sie auch lieber auf das beschissene Internat gegangen wären, statt ins Weltall verbannt zu werden.

Ich nippe an meiner Flasche und beobachte all die Menschen, die irgendwie meine Familie sind. Heute Nacht tragen sie schwarz. Das ist ein so ungewöhnliches Bild für eine Party mit diesen Verrückten, dass es mich schmerzhaft daran erinnert, weshalb wir feiern. Wir trauern nicht um die Toten. Wir feiern ihr Leben. Aber was gibt es zu feiern, wenn ein Zwölfjähriger stirbt? Noch dazu einer, der es so schwer bei uns hatte wie Eric.

Eric, der als Achtjähriger mit blutender Nase und verquollenen Augen auf meinem Schoß lag und heulte wie ein kleines

Kind. Rückblickend war er das auch, ein kleines Kind. Mit acht Jahren darf man noch heulen, wenn einem die Kameraden ins Gesicht schlagen. Mit zwölf darf man das nicht mehr. Zumindest nicht als Rebell. Das habe ich schnell gelernt. Mit zwölf darf man aber auch nicht sterben.

Die Eingangstür am anderen Ende der Halle geht auf. Von der höher gelegenen Bar aus habe ich einen perfekten Blick auf den Eingang. Jesse betritt die Halle und hält jemandem die Tür auf. Ich verschlucke mich an meinem Bier. Es ist Sally Cooper. Was zur Hölle macht sie hier?

Heiße Wellen durchströmen meinen Körper. Nichts könnte hier so fehl am Platz sein, ein größeres Fremdobjekt, als dieses zarte Wesen mit ihrer blütenweißen Bluse.

Sie trägt die Haare offen und sieht damit ziemlich heiß aus, gar nicht mehr so brav und streng wie sonst. Sie fallen ihr in langen Strähnen auf die Schultern und den Rücken, umrahmen ihr Gesicht. Mit großen Augen sieht sie sich um. Vor ihr tanzt Marty, ein Einhundert-Kilo-Bär mit fünfzig Tattoos und zehn Piercings am Körper. Ally wirft sich in seine Arme. Sie trägt nichts außer einem Top, einem Minirock, unter dem mehr hervorblitzt als angemessen, und Killerboots, die ihr bei ihrem letzten Einsatz das Leben gerettet haben. Sie tanzen engumschlungen und machen mit ihren Hüften Bewegungen, die sogar mir nach all der Zeit peinlich sind.

Jesse bietet Sally eine Kippe an. Seine Art von Humor.

Keine zwei Meter neben ihnen tanzt Tina. Ihr schulterlanges, schwarzes Haar wippt im Takt und ihre blasse Haut scheint im Discolicht wie weiße Tapete. O nein, sie hat Jesse und Sally entdeckt und bewegt sich auf die beiden zu.

Tina quatscht Jesse an und betrachtet Sally von oben bis unten so abfällig, wie nur sie es kann. Nein, meine Liebe, Sally ist nicht wie du. Sie tanzt nicht barfuß über ein Lagerfeuer und prügelt sich mit Typen, die stärker und größer sind als sie. Ich bezweifle, dass Sally Cooper jemals auch nur eine Ohrfeige ausgeteilt hat.

Sally streckt ihr die Hand entgegen. Tina ignoriert sie. Ich kenne niemanden, der so respektlos ist wie sie.

Sally ist sowas von fehl am Platz. Sie muss hier weg. Sofort. Sie hätte niemals kommen dürfen. Was hat sich Jesse dabei gedacht?

Mein Körper setzt sich automatisch in Bewegung. Mit weiten Schritten und zusammengezogenen Augenbrauen marschiere ich auf ihn zu, stoße alle zur Seite, die mir im Weg sind, ignoriere die, die mich ansprechen. Mit jedem Schritt wächst die Wut in meinem Bauch. Jesse sieht mich, erkennt meine Laune. Hastig schickt er Tina mit Sally weg und setzt eine Unschuldsmiene auf. Er ahnt, was ihm droht.

»Ich weiß, was du sagen willst«, bremst er mich, aber es ist zu spät, ich bin auf hundertachtzig, »aber sie hat mich gezwungen, sie mitzunehmen. Sie hat gedroht, ihrem Vater zu sagen, dass wir abgehauen sind. Ich hatte keine Wahl.«

»Erzähl mir keinen Bullshit!«, brülle ich über den wummernden Beat hinweg und stoße ihn vor die Brust.

In einer kapitulierenden Geste hebt er die Hände.

»Sie gehört hier nicht her! Sie wird eins und eins zusammenzählen! Sie wird etwas hören, jemand wird etwas sagen, und dann? Verdammt, du gefährdest meinen Plan!«

»Deinem Plan kann doch nichts Besseres passieren, Kleiner! Sie ist hier. Du kannst sie dir gleich vornehmen. Sie wird sicher gerne mit dir zurückfahren.«

Ich raufe mir die Haare. Ich will nicht, dass Sally Cooper erfährt, dass ich ein verdammter Rebell bin. Kommandariatstreue wie sie hassen Rebellen wie mich. Ich will nicht, dass sie mich hasst. Aber das kann ich Jesse nicht sagen.

»Wenn sie erfährt, dass ich es war, der auf sie geschossen hat, ist mein Plan hinüber. Dann sitzen du und ich auf dem Internat fest, hast du mich verstanden? Und jetzt geh und stell sicher, dass sich keiner verquatscht, während ich ihr ein Taxi rufe.«

Ich sehe den Mädels wütend nach – Tina, die die Leute grob zur Seite schiebt, und Sally, die versucht, niemanden beim Tanzen zu stören. Sie ist wie ein Häschen, das aus Versehen in die Höhle eines hungrigen Löwen gefallen ist. Nur dass in dieser Höhle nicht nur ein Löwe wohnt, sondern dazu ein paar Hyänen, Schlangen, Aasgeier und Tina! Und das Schlimmste: Jeden Moment könnte der Häuptling an alle hier eine Nachricht mit ihrem Gesicht darin schicken. Was mache ich dann?

Jesse folgt den Mädchen, und ich will zurück zur Bar gehen, als ich jemandem gegen die Brust remple. Mark. »Seid ihr wahnsinnig, die Cooper-Tochter hierherzuschleppen?«

»Entspann dich, sie ist in fünf Minuten auf dem Heimweg.«

»Fünf Minuten? Ist klar. Ich hau lieber ab.«

»Mark – jetzt lass dir doch den Abend nicht verderben.«

»Vergiss es! Hab' eh noch was zu tun. Eins noch: Ruf meine Mutter an, sie macht sich Sorgen.«

Und schon verschwindet er. Tante Mary. Verdammt. Um sie mache ich mir ein andermal Gedanken. Jetzt muss ich sehen, dass Sally von hier verschwindet. Andererseits hat Jesse recht: Es ist eine verdammt gute Gelegenheit, ihr näherzukommen.

10

SALLY

Ich blicke zurück und sehe noch, wie Fireball Jesse heftig gegen die Brust stößt und wild in meine Richtung gestikuliert. Jesse hebt beschwichtigend die Hände.

»Coole Schuhe«, schreit mir Tina ins Ohr.

Hat mir das Mädchen, das mir noch nicht einmal die Hand schütteln wollte, eben ein Kompliment gemacht?

»War ein Scherz. Sie sind scheiße.« Sie grinst mich herausfordernd an.

»Ich finde dein Top auch hässlich«, gebe ich zurück. »Sieht billig aus.«

Ich erschrecke vor mir selbst. Seit wann kann ich fies sein?

Tina verengt die Augen, packt grob meinen Arm und zieht mich weiter durch den Saal. Wir sind in einer alten Lagerhalle, sieht aus, als wäre hier früher etwas hergestellt worden. Verrostete Maschinen stehen im Raum und an den Wänden, ein Fließband zieht sich quer durch das Gebäude. Ich habe nicht viel Zeit, mir alles anzusehen, denn Tina hat es eilig. Jesse hatte sie gebeten, mich nach draußen zu bringen. Naja, er hat es ihr vielmehr befohlen. Er wollte Fireball suchen und dann mit ihm nachkommen.

Wir kämpfen uns durch die wabernde Meute der Tanzwütigen. Von links tanzt mich ein Typ an. Ich weiche ihm aus und pralle dabei gegen ein Mädchen, das mich wütend ansieht. Plötzlich ist mir alles zu viel. Es ist zu dunkel, zu laut, zu eng, zu stickig. Tina schubst die Leute grob beiseite. »Weg da! Aus dem Weg!«

Sie ist wie eine Katze. Klein, hübsch anzusehen, zierlich. Aber keine von diesen niedlichen. O nein. Sie ist eine von denen, die dich anfauchen und dir die Haut zerkratzen. Die will definitiv nicht schmusen.

Endlich spuckt uns die Menge aus und wir kommen an einer Tür an, über der ein Exit-Schild leuchtet. Tina öffnet sie und wir treten hinaus in die frische Luft.

Das tut gut. Ich atme tief ein. Nicht sehr viel länger und ich hätte da drinnen eine Panikattacke bekommen.

Die Tür fällt hinter mir ins Schloss und sofort sind die Bässe nur noch gedämpft zu hören. Vor mir sitzen auf gestapelten Paletten und umgedrehten Holzkisten sechs Jugendliche. Sie hocken um ein Lagerfeuer, das wohlige Wellen Wärme in meine Richtung schickt. Es knistert und knackt und in der Luft liegt der Duft von Kohle und verbranntem Holz. Die Atmosphäre hier draußen ist eine ganz andere als drinnen. Drinnen wird getanzt, getrunken und gefeiert. Hier … hier ist es leise, still und irgendwie bedrückt. Plötzlich höre ich ein tiefes Knurren. Hinter einem Jungen, der mit dem Rücken zu mir sitzt, taucht der enorme Kopf eines Hundes auf. Er hat die Ohren angelegt, fletscht die Zähne und knurrt mich an.

Tina lässt mich los. »Viel Spaß dann.« Sie grinst und lässt mich allein stehen. Der Junge vor mir hebt einen Zeigefinger und der Hund gibt Ruhe. Sein riesiger Kopf taucht wieder hinter seinem Herrchen ab.

Tina begrüßt jeden am Lagerfeuer mit einem coolen Handschlag, der aussieht wie eine lang einstudierte Choreografie. Sie hockt sich zwischen zwei Jungs, die im Gegensatz zu ihr muskulös und groß sind. Daneben sitzen ein Mädchen und ein Junge, die mit einer Plastikschüssel beschäftigt sind. Am Ende der Reihe sitzt ein Typ, der bestimmt schon volljährig ist, neben einem Mädchen, das vielleicht so alt ist wie ich. Er hält sie im Arm, den Blick auf das Feuer fixiert, sie hat den Kopf gesenkt und wischt sich mit dem Handrücken über die Wange.

Weint sie etwa?

Ihre Haare sind so blau wie Jesses, ihre Nase klein und spitz. Ob sie seine kleine Schwester ist? Auf jeden Fall ist sie Ameganerin. Plötzlich schaut sie auf und sieht mich aus geschwollenen, hoffnungsvollen Augen an. Sie erkennt, dass ich nicht die Person bin, die sie erwartet hat, und senkt den Kopf wieder. Auch wenn sie da sitzt wie ein Häufchen Elend – ihre Kleidung ist genauso skandalös wie die der anderen. Stiefel bis über die Knie, Shorts, ein T-Shirt mit dem Wort darauf, das mit »F« beginnt und mit »K« aufhört. Die Haare hat sie sich nach oben gestylt wie eine Messerklinge.

Unbeholfen, unsicher und vollkommen auf mich allein gestellt, steuere ich auf die Gruppe zu. Wo soll ich mich hinsetzen? Am besten so weit weg von dieser Tina wie möglich. Und von dem Köter.

Hoffentlich kommen Fireball und Jesse bald.

»Wir haben übrigens Besuch«, sagt das böse Kätzchen in die Stille.

Alle sehen auf, ein paar von ihnen mustern mich von oben bis unten, nur die Blauhaarige spart sich die Mühe.

»Können wir dir helfen?«, fragt der Typ, der sie im Arm hält. Er hat dichtes, schwarzes Haar, buschige Augenbrauen und strahlt eine angenehme Ruhe aus.

Ich räuspere mich und streiche meinen Rock glatt. »Ich heiße Sally. Ich bin mit Jesse hier. Wir … kennen uns aus dem Internat.«

Der Junge hebt eine Augenbraue. Irgendjemand zischt durch die Zähne, Tina flüstert laut: »Das ist die mit der Tapferkeitsmedaille. Ihr wisst schon. Wir haben sie in den Nachrichten gesehen.«

Sie kichert und ein paar heben die Augenbrauen. Jetzt schaut sogar die Blauhaarige auf und fragt: »Was macht sie hier?«

»Das wird uns Jesse sicher gleich erzählen.«

Der Typ neben der Blauhaarigen deutet auf einen Platz direkt vor mir: »Du kannst dich dorthin setzen.« Er zeigt ausgerechnet auf den Platz neben dem Riesenköter. »Ich heiße Kevin. Das sind Ginger Robyn, Tina hast du ja schon kennengelernt, neben ihr sitzen Chris und Lasse, da drüben Philine und der Typ neben dir ist Jack.«

Ich hebe grüßend die Hand, aber keiner entgegnet die Geste. Nur Tina verzieht ihr Gesicht zu einem fiesen Grinsen und verdreht die Augen.

»Willst du etwas essen?«, fragt Kevin. »Wir machen Stockbrot.«

Ich setze mich neben Jack, der mich mit seinen kurzen blonden Haaren und seinem offenen Lächeln an Jonah erinnert. Sein Hund stellt die Ohren auf und sieht mich aufmerksam an.

Das Mädchen, das Philine heißt, verteilt den Teig und ein paar Äste. Jeder der Anwesenden zieht ein Messer aus der Hose, der Brusttasche oder sonst woher. Manche haben ein winziges Taschenmesser, andere richtig große mit breiter, mattschwarzer Klinge. Ob man dafür einen Waffenschein braucht?

»Soll ich?«, fragt Jack.

»Danke schön«, flüstere ich und reiche ihm meinen Ast. Geschickt schnitzt er eine Spitze an das Ende und gibt ihn mir zurück.

»Ist der gefährlich oder will der nur spielen?«, frage ich.

Er sieht seinen Hund prüfend an und krault ihm das enorme Maul. »Trille ist eine ganz liebe.« Ich werfe der Hündin einen skeptischen Blick zu. »Jedenfalls solange ich dabei bin.«

Er krault sie hinter dem Ohr und sie legt sich hin, den Kopf auf den Pfoten.

»Süß«, sage ich und wage nicht, mich zu bewegen.

Hinter mir wird die Musik lauter und ebbt wieder ab.

»Jesse«, sagt Kevin und sieht dabei nicht wirklich glücklich aus.

»Kevin«, begrüßt ihn Jesse knapp. Das blauhaarige Mädchen springt auf und fällt Jesse in die Arme. Er hält sie eine Weile ganz fest.

Mir ist das furchtbar unangenehm. Irgendetwas Schlimmes ist passiert. Etwas furchtbar Trauriges. Ich glaube, deshalb sind Fireball und Jesse hier. Und ich glaube, aus demselben Grund bin ich vollkommen fehl am Platz.

Sie schluchzt in seinen Armen. Er lässt sie los, drückt ihr einen Kuss auf die Stirn und führt sie mit ernstem Gesicht zurück zu ihrem Platz. Auch er nimmt sich einen Ast und quetscht sich damit zwischen das weinende Mädchen und Kevin, der sich auf die Lippe beißt. Stumm beginnt Jesse zu schnitzen, und auch Kevin sagt kein Wort, nur seine Kieferknochen mahlen.

»Jesse«, sagt Tina über das Knistern des Lagerfeuers hinweg. »Magst du uns deine Freundin nicht vorstellen?«

Jesse blickt auf. Sieht erst Tina, dann mich und dann wieder Tina an. »Das ist nicht meine Freundin«, klärt er auf. »Sie gehört zu Fireball.«

Ich werde knallrot. Ich spüre es. Ich spüre die Hitze, wie sie sich von meinem Hals an aufwärts über mein gesamtes Gesicht verteilt.

»Wir sind Klassenkameraden«, erkläre ich. »Mehr nicht.«

»Das glaub' ich dir, dass da nicht mehr ist«, sagt Tina und mustert mich von oben bis unten und auf ihrem Gesicht liegt eine Mischung aus Ekel und Belustigung.

Sagt mir dieses verzogene Miststück eben durch die Blume, dass ich nicht hübsch genug bin für Fireball?

»Warum? Ich bin schlau und kleide mich nicht wie eine Nutte. Vielleicht findet er mich ja deshalb interessant.«

Tina springt auf, aber Chris und Lasse halten sie fest, sodass sie nicht auf mich losgehen kann. »Willst du mir etwa ins Gesicht sagen, dass ich aussehe wie eine Nutte? Dir ist dein Leben wohl nicht viel wert!«

Ich zucke zurück und Trille springt auf, knurrt mich an, aber Jack hebt den Finger und schnalzt mit der Zunge, und sofort ist sie wieder still. Mein Herz pocht mir bis zum Hals. Ich schlucke schwer.

»Ruhig Blut, Kurze«, geht Jesse dazwischen. »Das Mäuschen will nur spielen.«

»Das Mäuschen sollte besser zu Hause spielen. Bevor ihr etwas zustößt.«

»Lass ihr das Abenteuer.«

»Warum hast du sie mitgebracht?«

Jesse nimmt sich die Schüssel, die auf dem Boden steht, reißt ein Stück Teig ab und knetet es in seinen Händen. Er steckt es auf die Spitze seines Stocks und hält ihn über das Feuer.

»Ey! Ich hab' dich was gefragt!«, brüllt ihn Tina an, dass es quer über den Hof schallt.

»Und ich werde es dir nicht sagen«, antwortet Jesse in aller Ruhe. »Es geht dich nichts an.«

»Wenn es um Fireball geht, geht es mich sehr wohl etwas an! Also: Was macht sie hier?«

Kevin räuspert sich. »Vielleicht wird Jesse zu späterer Stunde damit herausrücken. Wenn wir«, er deutet mit dem Kopf dezent in meine Richtung, »wieder unter uns sind.«

Tina setzt sich, den Blick auf Jesse geheftet. Mein Puls beruhigt sich allmählich.

Ich sehe weg und bemerke, dass mich Jack beobachtet.

»Gott, ich werde hoffentlich keinen Geleitschutz brauchen, um hier wieder wegzukommen.«

Er schüttelt den Kopf, ohne eine Miene zu verziehen. »Schau nur, dass Jesse oder Fireball da sind, dann wird sie dir nichts tun.«

Er hält seinen Stock mit dem Brot über das Feuer und betrachtet es stumm. Ist das sein Ernst? Es sollte eigentlich ein Scherz sein.

Ich schlucke schwer und suche nach einem Thema, über das wir uns unterhalten können. »Trefft ihr euch oft hier?«

Jack bleibt stumm. Ob er mich nicht gehört hat?

Mit großer Verspätung antwortet er doch noch: »Früher haben wir das öfter gemacht, ja. Aber woanders. Seit einer Weile nicht mehr.«

»Es gibt also einen Anlass für euer Treffen heute?«

Er nickt und schaut auf seine Hände, zwischen denen er den Ast dreht. »Ja.« Mehr sagt er nicht.

Wir halten unser Stockbrot ins Feuer und sehen zu, wie der Teig allmählich dunkler wird.

Trotz des warmen Feuers fröstelt es mich. Ich schlinge meinen Blazer enger um mich, aber die Kälte kriecht von dem Betonboden meine Beine hinauf.

Jack fragt mich über das Internat aus. Staunt darüber, dass wir Cola in Automaten haben und jeder von uns sein eigenes Tablet. Über sich erzählt er wenig. »Ich gehe in eine Schule in der Stadt. Ganz normal.«

»Gehst du auf die Schule, in die Fireball und Jesse früher gegangen sind?«

»Ja.«

»Die anderen hier auch?« Ich blicke in die Runde. Seit Jesse da ist, wird mehr gelacht. Auch wenn das blauhaarige Mädchen neben Jesse noch immer verquollene Augen hat und nicht mehr als ein Schmunzeln zustande bringt.

»Nein.«

»Woher kennt ihr euch?«

»Sowas ergibt sich halt.«

Ich lächele ihn aufmunternd an. Erst lächelt er mich offen an, dann bekommt er den Mund kaum auf. Was soll denn das? Ich will wissen, wie es kommt, dass manche von ihnen – wie Kevin – eindeutig älter und andere – wie Tina – viel jünger als Fireball und Jesse sind. Ich habe nur Freunde in meinem Alter.

»Tina zum Beispiel ist Jesses Schwester.«

Mir fallen beinahe die Augen aus dem Kopf.

»Sie ist seine Schwester?!« Ich muss mich beherrschen, um es nicht laut zu wiederholen. »Ich dachte, es wäre sie.« Ich zeige verstohlen auf das verheulte Mädchen. Jack zuckt mit den Schultern.

Ich beobachte Tina. Ja, jetzt sehe ich die Ähnlichkeiten. Die gleichen schmalen Augen, das gleiche spitze Kinn.

Wieder geht die Tür auf, laute Musik dringt zu uns. Das verweinte Mädchen hebt den Kopf, springt schluchzend von der Bank auf und stürzt dem Neuankömmling entgegen. Es ist Fireball. Er fängt die Blauhaarige in seinen Armen auf und hält sie ganz fest.

Sie weint so laut und erlösend, dass alle still sind und zu Boden sehen.

»Ist ja gut«, sagt er zärtlich, und ich denke daran, wie ich gestern in seinen Armen geweint habe. Das fühlt sich merkwürdig an, zu wissen, dass ich nicht die Einzige bin, die er tröstet. So merkwürdig, dass mir tief drinnen in meiner Brust etwas wehtut.

»Ich konnte nichts tun!« Das Mädchen schluchzt. »Mütze stand plötzlich da und …«

»Ich weiß. Niemand konnte etwas tun. Komm.«

Er führt sie zurück zu ihrem Platz, wo sie sich hinsetzt und die Stirn auf ihren Handballen ablegt. Mir fällt auf, dass alle hier Fireball beobachten – alle bis auf Jesse. Der blickt wie versteinert ins Feuer. Doch auch Fireball würdigt ihn keines Blickes. Er klopft Kevin auf die Schulter, sieht sich um und entdeckt mich.

Ich schäme mich. Ich schäme mich, hier zu sein, denn mir ist klar, dass ich nicht hier sein sollte. Und dass Jesse Ärger mit ihm bekommen hat, weil er mich hierhergebracht hat. Aber jetzt ist es zu spät.

Fireball wechselt ein paar Worte mit der Blauhaarigen und drückt ihre Schulter. Dann kommt er endlich zu mir, sein Blick ist dabei wie versteinert. In meinem Magen kribbelt es ganz furchtbar unangenehm. Ganz dicht beugt er sich an mein Ohr und fragt: »Was willst du trinken?«

»Ähm … eine Cola?«

Er schmunzelt leicht. »Cola ist vom Kommandariat rationiert. Wie wäre es stattdessen mit einem Apfelsaft?«

Ich spüre, wie ich rot werde. Dass es Softgetränke nicht bei privaten Veranstaltungen gibt, hatte ich ganz vergessen. Im Internat gibt es das Zeug wie Wasser.

»Ja, klar, das wäre wunderbar.«

Fireball dreht sich zu Jack und sagt: »Und du – pass gut auf.« Er sieht ihn merkwürdig an, so als hätte der Satz eine tiefere Bedeutung. Jack greift sich beherzt an die Brust.

Mein Herz rast, als Fireball wieder hineingeht. Er bringt mir etwas zu trinken. Das heißt, er wird gleich wiederkommen. Hoffentlich beeilt er sich! Vielleicht setzt er sich sogar zu mir.

»Und? Brechen Fireball und Jesse viele Regeln am Internat?«, setzt Jack das Gespräch fort.

»Alle.« Ich verdrehe die Augen.

Die nächsten Minuten verbringe ich damit, mich auf das Gespräch mit Jack zu konzentrieren, während ich die ganze Zeit über hoffe, dass Fireball zurückkommt. Ständig geht die Tür auf und zu. Jedes Mal denke ich, dass er es ist. Aber keine Spur von ihm. Ich werde ganz verrückt – wo steckt der Kerl? Zum x-ten Mal geht die Tür auf und Sekunden später berührt mich jemand am Arm. Sofort wird mir heiß. Als ich mich umdrehe, blicke ich in das Gesicht eines Mädchens mit wallenden, roten Haaren.

»Sally?«

»Ja?«

»Ich soll dir den hier bringen.« Sie reicht mir eine Flasche Apfelsaft.

Ich glaube, man kann mir die Enttäuschung vom Gesicht ablesen. Schnell bedanke ich mich, lächele und nehme einen Schluck. Soll das bedeuten, er kommt nicht? O nein! Ich will mich nicht die ganze Nacht mit einem fremden Typen unterhalten, der – zugegeben – sehr nett ist, aber mich überhaupt nicht interessiert. Ich will in Fireballs Nähe sein. Ich kenne doch nur ihn. Und Jesse. Aber der tut einen Teufel, sich mit mir zu unterhalten.

Tina grinst mich blöd an. Sie hat mich beobachtet. Und meine Reaktion auf die Apfelsaft-Botin sicher richtig gedeutet. Mist.

So geht das noch eine ganze Weile. Tür auf, Tür zu, kein McAllister. Irgendwann schaue ich nicht mehr auf, wenn die Tür klappert. Mein Herz klopft nicht mehr wild, wenn die Musik von drinnen lauter wird. Er kommt nicht wieder.

Trille legt irgendwann ihren schweren Kopf auf meine Füße und schließt die Augen. Ihr warmer Kopf wärmt mich, aber der Rest von mir ist komplett durchgefroren. Das Lagerfeuer ist warm, ja, aber von hinten umarmt kalter Wind meinen Rücken. Ich ziehe immer wieder den Blazer enger um meinen Oberkörper, doch ich bin hoffnungslos durchgefroren und das Stockbrot ist auch längst alle. Obwohl das Gespräch mit Jack witzig ist, möchte ich nur noch nach Hause.

Da legt sich eine Hand auf Jacks Schulter und eine Stimme, die ich gut kenne, befiehlt mit ruhiger Autorität: »Danke, Jack. Du kannst gehen.«

Mein einziger Gesprächspartner seufzt und sieht mich bedauernd an. »Es war schön, dich kennenzulernen, Sally.«

»Danke, dass du dich mit mir unterhalten hast«, sage ich

mit einem Unterton, der Fireball so viel sagen soll wie ›im Gegensatz zu dir‹.

Jack steht auf, was Trille veranlasst, ihren warmen Kopf von meinen Füßen zu nehmen und mit ihm ins Gebäude zu gehen. Sofort zieht kalte Luft an meine Füße.

»Darf ich?«

Ich rutsche zur Seite, obwohl der Platz für Jack ausreichend war. Fireball hält eine Decke auf seinem Arm und legt sie mir um die Schultern, bevor er sich setzt.

»Danke«, flüstere ich möglichst cool. In mir drin sieht es anders aus: Fireball McAllister hat mir eine Decke gebracht und sie mir um den Rücken gelegt. Ha, Tina – schau genau hin!

Er setzt sich so nah neben mich, dass ich seinen Oberschenkel an meinem spüre. Merkwürdig. Jack saß nicht so dicht bei mir.

Fireball ist ganz warm. Ich kann seinen Duft riechen – die Lindenblüten. Ich schließe die Augen und sauge ihn in mich auf. In meinem Magen kribbelt es.

So sitzen wir eine Weile stumm nebeneinander. Er hat die Hände in den Hosentaschen vergraben, ich wickele mich fest ein in die warme Decke.

Um uns herum erzählen, scherzen, lachen die anderen. Ich schmunzele höflich, ohne viel mitzubekommen. Denn tatsächlich lausche ich jedem Atemzug, den Fireball neben mir macht. Er lacht nicht. Nie. Er sitzt nur da, folgt den Gesprächen, antwortet, wenn er gefragt wird, lacht aber nicht. Lächelt noch nicht einmal.

Aber irgendwann beugt er sich zu mir. »Und, gefällt es dir hier?«, fragt er mich leise, sodass keiner sonst es hören kann.

Ich lächele ihn an. »Ich saß noch nie an einem Lagerfeuer.«

Er hebt die Augenbrauen. »Dann hat sich dein Besuch ja gelohnt.« Und schließlich tut er es doch. Er lächelt.

»Es tut mir leid«, sage ich leise. »Ich hätte nicht kommen sollen. Ich habe Jesse gezwungen, mich mitzunehmen. Es ist so, dass ... Du hast bestimmt davon gehört, dass der Palast in den Sommerferien überfallen wurde?«

Er nickt langsam und starrt dabei ins Feuer.

»Ich war das Mädchen, das angeschossen wurde.« Mein ganzer Körper ist steif, ich bin kurz davor heftig zu zittern, aber ich presse meine Arme an meinen Körper und versuche stillzuhalten.

Fireball wirft mir einen Seitenblick zu, sein Blick wandert von meinen verkrampften Fingern über meine Arme bis hinauf zu meinem Kiefergelenk. Ob er sieht, dass ich nicht gerne über diesen Abend spreche? Er fragt nicht nach, er sagt nichts, starrt nur wieder stumm ins Feuer. Nein, ich will nicht über den Abend sprechen. Weder mit meinem Vater noch mit einem Therapeuten, geschweige denn meinen Freunden. Aber Fireball ...

»Naja, seitdem ... Ich bin einfach ungern allein, weißt du. Vor allem nachts. Und mein Vater ist das erste Mal über Nacht fort, also ...«

Sein Blick löst sich, er wirkt überrascht. »Ist er das?«

Es reißt mich ganz aus meinem Redefluss, dass er nach meinem Vater fragt. »Ähm, ja.«

Wieder nickt er nur stumm.

»Kennst du dieses Gefühl?«

»Welches?«

»Angst.«

Er schweigt lange, lächelt, wird wieder ernst. Schließlich sieht er mir fest in die Augen und sagt: »Angst ist nichts Schlechtes. Dir wurde etwas Schreckliches angetan. Dafür solltest du dich nicht schämen. Niemals. Du solltest wütend sein auf denjenigen, der dir das angetan hat.«

Meine Augen werden plötzlich feucht. »Das bin ich. Sehr sogar. Aber die Angst überwiegt die Wut.«

»Tja. Bei mir ist das umgekehrt.«

Für zwei, vielleicht drei Sekunden sehen wir uns fest in die

Augen. Ich verliere mich in dem nachdenklichen Ausdruck in seinem Gesicht, will meine Hand ausstrecken und ihn berühren. Aber ich tue es nicht. Ich traue mich nicht. Und auch er bewegt sich nicht.

Dann verstreicht der Moment, das Feuer knistert wieder, die Hitze wärmt meine Wangen und Tinas lautes Lachen drängt an mein Ohr.

Fireball sieht sich unter den anderen um. Alle scheinen in Gespräche vertieft und nicht weiter an uns interessiert zu sein. Dann ruht sein Blick wieder auf meinem Gesicht, und er sagt: »Es ist schön, dass du da bist. Es war nur ... keine gute Idee, ausgerechnet heute zu kommen.«

Ich blinzele, als wäre ich gerade aus einer Trance aufgewacht. Irgendwie funktioniert mein Hirn nur auf Sparflamme, wenn er mich ansieht.

»Wegen ihr?« Ich nicke mit dem Kopf in die Richtung des weinenden Mädchens, das sich in der letzten Stunde beruhigt hat und gerade sogar ein Lächeln zustande bringt.

Fireball folgt meinem Kopfnicken und räuspert sich. »Ginger Robyn hat etwas Schlimmes erlebt. Deshalb sind wir heute hier. Damit sie nicht allein ist.«

»Ihr seid wegen ihr vom Internat weg?«

»Ja. Es war ... wichtig, dass wir heute hier sind. Auch wenn es dein Vater wahrscheinlich nicht gerne sieht.«

Mein Mund ist trocken. Ich schlucke schwer und nicke. Mehr bekomme ich nicht zustande.

Fireball reibt seine Handflächen aneinander. »Sie ist nicht so hart im Nehmen wie manch andere hier.«

»Du meinst Tina?«

Er schmunzelt. »Die hat einen bleibenden Eindruck bei dir hinterlassen, was?«

»Sie ist ... besonders, ja.«

»Sie ist gefährlich. Sie bricht dir die Nase, bevor du ›Verzeihung‹ sagen kannst.«

»Dann wäre ich manchmal gerne wie sie. Als du so ätzend zu mir warst, hätte ich dir gerne die Nase gebrochen.«

Sein Blick wird ernst, fast schon düster, und er sagt: »Es ist nicht gut, wenn du in meiner Nähe bist. Wir sollten keine Freunde sein.«

»Ich hatte dich nicht gefragt, ob du mein Freund sein willst. Wir müssen ein Referat zusammen halten, deshalb war ich nett zu dir.«

»Stimmt. Johnsons Referat.«

»Johnson ist nicht so ätzend, wie du denkst. Wenn er sieht, dass man was lernen will, ist er fair.«

»Ich finde ihn gar nicht ätzend. Im Gegenteil.«

Ich lächele ihn ungläubig an. »Ich bitte dich! Ihr hasst euch. In jeder Stunde versucht er, dich fertigzumachen.«

»Stimmt. Aber du bist die, die sich das zu Herzen nimmt. Wieso?«

Ich spüre, wie mir die Hitze ins Gesicht steigt. »Wieso? Keine Ahnung. Weil ich es unangenehm finde, Ärger zu bekommen?«

»Du bekommst wohl nicht oft Ärger?«

»Nein. Tatsächlich nie.« Ich verziehe den Mund, und er lacht ein wenig. Kleine Fältchen bilden sich um seine Schlupflider. Mann – schade, dass er das so selten tut. »Was ist dein Trick? Wie bleibst du so locker dabei?«

Er runzelt die Stirn. »Es ist kein Trick. Es ist nur so, dass es mir egal ist. Ich habe nichts zu verlieren. Johnson wird mir nicht wehtun. Er kann sich auch nicht bei meinen Eltern beschweren.«

»Er könnte dafür sorgen, dass du das Internat verlassen musst. Und das ist wohl nicht in deinem Interesse, wie ich gemerkt habe. Was würde passieren, wenn du das Internat verlassen müsstest?«

Ein Klingeln unterbricht uns. Es kommt von Fireballs Tablet. Er beantwortet den Anruf per Knopfdruck und eine männliche Stimme ruft aus dem Apparat: »Ich stehe hier. Wo ist mein Fahrgast?«

»Einen Moment. Sie kommt gleich.«

Er beendet das Gespräch, zieht kurz die Augenbrauen zusammen und sieht plötzlich verärgert aus. Er steht auf und sieht mich ernst an.

»Das ist dein Taxi.«

»Das hat aber lange gedauert.«

Er zuckt mit den Schultern. »Ich bin nicht früher dazu gekommen, anzurufen. Der Fahrer weiß, wohin er dich bringen soll, die Fahrt ist bezahlt.«

Plötzlich ist er nicht mehr der nette Fireball, mit dem ich mich eben flüsternd unterhalten habe. Er ist wieder der arrogante, bestimmende Fireball, der ganz genau weiß, dass alle Augen gerade auf uns gerichtet sind.

Ich erhebe mich mit hochgerecktem Kinn, falte die Decke ordentlich zusammen und lege sie auf die Bank. Dabei sehe ich weder Fireball noch die anderen an. Deren Gespräche sind verstummt. Alle Blicke liegen auf mir.

Ich schaue in die Menge, ohne die Gesichter wirklich wahrzunehmen, mache einen kleinen Knicks, für den ich mich schäme, noch bevor ich mich umgedreht habe, und verabschiede mich. Jesse und Kevin sagen leise »Tschüss«.

Fireball ist bereits ein paar Schritte vorgegangen, die Hände tief in den Hosentaschen. Ich folge ihm, frierend so ohne Decke, überrascht vom plötzlichen Aufbruch, enttäuscht über Fireballs unnachvollziehbaren Sinneswandel.

Zielstrebig geht er auf ein Tor zu und bleibt stehen. »Unsere Party soll nicht auffliegen, deshalb wartet das Taxi ein bisschen abseits. Du gehst die Straße runter und kreuzt drei Querstraßen. An der vierten gehst du nach links. Da wartet der Fahrer und bringt dich nach Hause.«

»Okay. Dann ... gute Nacht.« Ich kann ihn nicht ansehen. Fireball McAllister schmeißt mich raus. Von einer Party, auf die ich nie eingeladen war, okay, aber trotzdem. Er schmeißt mich raus.

Ganz dicht gehe ich an seinem Arm vorbei durch das Tor, bin ihm nah, rieche noch einmal die Lindenblüten.

Er sagt: »Noch was.«

Abwartend sehe ich ihn an. Wird er mir doch noch etwas Nettes zum Abschied sagen? Vielleicht eine Berührung ...

»Tu mir den Gefallen und petz nicht bei Daddy.«

Es fühlt sich an, als hätte er einen Eimer eiskaltes Wasser über mir ausgekippt.

»Das hatte ich nicht vor«, hauche ich und will gehen, da schlingt Tina ihre Arme um seine Schultern, hält ihn ganz fest, und er lässt es zu.

Sie feixt mich an, zwinkert und sagt: »Das Bettchen ruft. Schlaf gut, Mäuschen.« Dann macht sie einen theatralischen Knicks und knallt mir das Tor vor meiner Nase zu.

Wie benommen laufe ich los, immer die Straße entlang, immer weiter. Ich wische mir schnell eine Träne von der Wange. Und dann noch eine.

11

SALLY

Die Uhr auf meinem Schreibtisch zeigt 01:24 Uhr. Ich drücke das Kissen fester an meine Brust, presse die Augen zu und versuche, wenigstens ein bisschen Schlaf zu bekommen. Doch in meinen Ohren dröhnt noch immer der Bass. Ich höre Tinas bescheuertes Lachen und Fireballs kratzige Stimme. Wenn ich die Augen schließe, sehe ich die Flammen des Lagerfeuers, das Piercing in Tinas Bauchnabel, Fireballs blaue Augen und ihre Arme, die sich um seine Schultern schlingen, so, als gehörten sie zusammen. Und – wie blöd bin ich! – wahrscheinlich tun sie das sogar.

Ich werfe die Bettdecke zurück.

01:28 Uhr. Wem mache ich etwas vor? Egal, wie sehr ich mir einrede, dass unsere Welten nicht unterschiedlicher sein könnten und obwohl alles an seinen Freunden ›Gefahr‹ kreischt, kann ich dennoch nicht aufhören mir vorzustellen, wie es wäre, wenn ich dazugehören würde. Wenn ich solche Klamotten tragen würde. Wenn ich in der Halle tanzen würde. Sicher hätte mir Fireball meinen Apfelsaft dann selbst gebracht.

Ja, gerade eben sehnt sich jede Faser meines Körpers

danach, dorthin zurückzugehen und so richtig wild abzufeiern. Und ich würde es tun … wäre da nicht mein Kopf. Denn der schreit ziemlich laut: Pass auf – mit denen stimmt etwas nicht!

Ich weiß, mein nerviges Hirn hat recht. Ich habe heute Nacht Leute gesehen, denen möchte ich nicht allein im Dunkeln begegnen. Und ganz ehrlich: Ich weiß nicht, was Fireball zwischen denen verloren hat. Aber er ist ein Teil von ihnen, und so, wie es wirkte, sogar ein ziemlich wichtiger.

Ich muss irgendjemandem davon erzählen, sonst werde ich wahnsinnig. Ich rufe die einzige Person an, die mir in den Sinn kommt.

Emma geht nach dem fünften Klingeln ran. »Sally?«, fragt sie überrascht in den Hörer.

»Hi, entschuldige, dass ich so spät anrufe.«

»Was ist los? Ist alles okay?«

»Ich hatte den schlimmsten Abend meines Lebens«, jammere ich.

Im Hintergrund spielt laute Musik. Ich kann Stimmen hören, Lachen.

»Warte, ich geh' kurz vor die Tür«, ruft Emma, und kurze Zeit später sind die Hintergrundgeräusche leiser. »So, jetzt. Was ist los? Wo bist du?«

»Ich bin daheim in meinem Bett. Aber … ich war mit Fireball und Jesse auf einer Party.«

Stille.

Dann: »Auf einer Party? Mit Jesse und Fireball? Wo?«

»Ich weiß nicht, wo. Irgendwo im Industriegebiet. In einem Lagerhaus oder so.«

Wieder schweigt sie eine Weile, dann: »Du warst in der Hauptstadt? Allein? Bist du wahnsinnig?«

»Nicht allein. Mit Fireball und Jesse. Also, genauer genommen habe ich Jesse gezwungen, mich mitzunehmen.«

Ich erzähle ihr alles. Von Tina, Jesse, Jack und seinem Killerköter, dem weinenden Mädchen, Fireball, der sich kaum blicken ließ und mich am Ende ganz schön fies abserviert hat. Zum Schluss laufen mir die Tränen die Wangen hinunter. Ich schluchze in den Hörer.

Emma dagegen ist so still, dass ich irgendwann frage: »Bist du noch dran?«

»Ja«, antwortet sie knapp.

»Was denkst du?« Warum sagt sie denn nichts?

»Keine Ahnung.«

»Wie, keine Ahnung? Ist das nicht merkwürdig?«

»Mhm. Ich weiß nicht.«

»Emma! Sie treffen sich nachts in einer Lagerhalle mit Jugendlichen, die aussehen wie Gruftis, um mit denen Party zu machen.«

»Sally«, in ihrer Stimme liegt Ungeduld, »nur weil sich jemand für eine Party zurechtmacht, muss er kein Grufti sein.«

»Du weißt nicht, wie die aussahen!«

»Und du weißt nicht, wie man auf einer Party aussieht.«

Autsch. Das hat gesessen.

»Warum bist du so gemein? Was ist los?«

Sie seufzt. »Sally, ich kann einfach nicht fassen, dass du mich nur Stunden vorher versetzt, um dann mit zwei dir völlig fremden Menschen auf einem Motorrad mit unbekanntem Ziel davonzufahren! Dir hätte sonst was passieren können!«

»Mein Dad hat mich alleine gelassen, obwohl ich ihn gebeten hatte, dazubleiben oder mich mitzunehmen. Ich wollte ihm eins auswischen. Glaub mir, das war eine total spontane Aktion.«

»Das war eine totale Scheißaktion, Mensch! Nicht nur, dass du es vorziehst, mit Fireball und Jesse auf eine Party zu gehen, auf die du noch nicht einmal eingeladen warst. Du könntest jetzt in irgendeinem Graben liegen! Nein, du rufst mich auch noch an und glaubst wirklich, dass ich jetzt Mitleid mit dir habe, nachdem du mich versetzt hast! Nicht nur dieses eine Mal, sondern zum hunderttausendsten Mal. Aber hey – du hattest ja Zoff mit deinem Vater, also ab in die Stadt mit Jesse auf einem Motorrad. Fahren wir ins Industriegebiet, wo ich abgestochen werden könnte. Kein Problem!«

Ich setze mich aufrecht in mein Bett. »Emma, sei doch nicht sauer. Nächstes Wochenende wäre ich mit dir mitgegangen. Wirklich!«

»Ach, wirklich? Na, da freue ich mich aber! Jetzt, wo du mit denen unterwegs warst, traust du dich mit deiner besten Freundin in die große Stadt. Na, danke für dein Vertrauen. Ich befürchte nur, dass du dich auf meinen Partys ziemlich langweilen wirst, jetzt, nachdem du so eine wunderbare Erfahrung im Industriegebiet gemacht hast. Was für ein Bullshit, echt! Nächstes Wochenende kannst du gerne wieder mit Fireball und Jesse um die Häuser ziehen. Von mir bekommst du jedenfalls keine Einladung mehr.«

»Sei doch nicht so sauer. Es war eine total spontane Entscheidung …«

»Eine spontane Entscheidung, die richtig dumm war! Und verletzend. Warum hast du nicht gleich bei mir angerufen, als du mit deinem Vater Zoff hattest? Dir ist klar, dass ich umgedreht wäre und dich abgeholt hätte, oder?«

»Emma … Es tut mir leid. Nein, daran habe ich nicht gedacht.«

»Nein, hast du nicht. Mann, ich muss so dumm sein, echt. Du willst deine Zeit gar nicht mit mir verbringen, oder? In der Schule bin ich dir recht, aber danach – tja, was danach? Bin ich dir peinlich? Ist es das?«

Ich runzele die Stirn. »Wie kommst du denn auf sowas? Das ist Unsinn!«

»Unsinn, ja?« Sie seufzt. »Miss Dirextochter haut mal wieder einfach drauf, ohne an die Gefühle anderer Menschen zu denken. Du bekommst eine Tapferkeitsmedaille und zeigst sie mir nicht. Du hast Zoff mit Fireball und heulst dich darüber bei mir aus. Jesse greift dich um ein Haar an, aber hey – fahr mit ihm ins Ungewisse. Echt, Sally, mach doch was du willst, aber nicht mehr mit mir. Und jetzt entschuldige mich. Da wartet eine Party auf mich. Auf die bin ich sogar eingeladen, stell dir vor.«

Es klickt, und die Leitung ist tot.

FIREBALL

Sally Cooper sah bemitleidenswert aus, als sie das Gelände verlassen hat. Ich glaube, ich war ein richtig mieser Idiot. Es hat sich so angefühlt. Dabei bin ich es gewohnt, harte Entscheidungen zu treffen, Menschen vor den Kopf zu stoßen. Es war mir immer egal. Über die Wut, die Enttäuschung der anderen konnte ich immer hinwegsehen. Aber ihr Gesicht Freitagnacht verfolgt mich. Diese Enttäuschung, dieser Verrat. Wahrscheinlich spricht sie nie wieder mit mir. Verdammter Mist.

»Autschah!« Jesses Rechte trifft mich unerwartet. Ich nehme die Fäuste hoch und decke meinen Kopf.

»Autschah? Wie niedlich. Du bist nicht bei der Sache. Was ist los, Kleiner?«

»Nichts, mach weiter.«

Er täuscht eine Linke an und schlägt mit der Rechten zu. Mitten auf die Nase. Aber diesmal bin ich voll da. Ich packe seine Faust, drehe mich an ihr vorbei und nutze seinen Schwung, um ihn mit einem satten Wumpf auf den Boden zu werfen. Ha!

Keuchend liegt er vor mir.

Im Keller des Internats sind wir fündig geworden. Es gibt eine unverschlossene Tür im Erdgeschoss, die niemand beachtet. Sie führt direkt in die Katakomben. Das Grundwasser läuft in Rinnsalen die Wände hinab. Verstaubte Weinflaschen lagern im hinteren Teil des Raumes, in dem wir trainieren. Es gibt kein Fenster, dafür eine nackte Glühbirne, die hässlich gelbes Licht in den Raum wirft. Es ist arschkalt, aber nach dem Warm-up merke ich davon nichts mehr. Der Raum ist perfekt.

Es wurde aber auch Zeit, dass wir endlich wieder trainieren. Freitagnacht hat mich Tina zu einem Kampf herausgefordert. Ich habe abgelehnt. Vor meinen Leuten. Klar, es war spät, ich hatte getrunken und selbst auf Trauerfeiern von Rebellen ist es unangemessen, sich zu prügeln. Jesse hatte die Situation mit einem lockeren Spruch aufgelöst, dennoch: Ich habe gekniffen. Ich wusste es. Und die anderen haben es sicher bemerkt.

Ich reiche Jesse meine Hand und helfe ihm auf die Beine.

»Lass uns noch mit dem Messer üben«, schlage ich vor.

Er nickt, geht an seinen Rucksack und wirft mir ein Kampfmesser mit mattschwarzer Klinge zu. Ich fange es am Griff und wiege es hin und her. Schwer und kalt liegt es in meiner Hand. Nicht meine Lieblingswaffe. Einmal steckte mir so ein verdammtes Ding im Oberschenkel.

Was Sally sagen würde, wenn sie wüsste, wer ich bin und was ich getan habe? Nach Freitagnacht macht sie sich bestimmt Gedanken. Sie ist nicht blöd, und wir haben uns nicht viel Mühe gegeben, zu verbergen, wer wir sind.

»Kleiner?«

»Hm?«

Jesse rollt mit den Augen. »Was ist los, verdammt? Wo steckt dein Kleinhirn?«

Ich blicke auf das Messer in meiner Hand.

»Ich befürchte, ich hab' es vergeigt mit dem Cooper-

Mädchen. Ich werde einen anderen Plan brauchen, wenn sie mir nicht mehr vertraut.«

»Ach, auf einmal zweifelst du an deinem Plan?«

»Der Plan war genial. Nur hast du dafür gesorgt, dass sie Dinge gesehen hat, die sie besser nicht hätte sehen sollen. Nach der Show wird sie mir nicht mehr vertrauen.«

»Du hast sie weggeschickt. Hättest du sie dabehalten, wärt ihr sicher knutschend in irgendeiner Ecke gelandet. Ich hab' gesehen, wie sie dich angeschmachtet hat.«

»Wäre sie noch länger geblieben, hätte sie eins und eins zusammengezählt. Tina ist keine zehn Minuten später über das verdammte Lagerfeuer gerannt und hat sich mit Jack geprügelt.«

Jesse lacht. »Sie ist ein Engel, mein Schwesterherz. Und was das Cooper-Mäuschen betrifft«, er zeigt mit der Messerspitze auf mich. »Wart's ab. Sie ist dir verfallen. Wenn du ihr ein bisschen Honig ums Maul schmierst, ist sie wieder anhänglich wie ein kleines Hundebaby, vertrau mir. Und dann sieh zu, dass du deinen Job erledigst. Ich will endlich wieder in einer anständigen Halle trainieren. Sonst fange ich an, vor jedem Training in diesem deprimierenden Weinkeller eine Flasche zu köpfen. Und das ist – genetisch bedingt – eine sauschlechte Idee.«

Er geht in Kampfposition. Ich verdränge Sally Cooper aus meinem Kopf und konzentriere mich auf den Kampf.

Jeder hat seinen eigenen Kampfstil. Seinen ganz persönlichen Touch. Kevin kämpft wie ein Bär. Jack wie ein Luchs. Tina ist mehr die Hyäne. Jesse aber kämpft wie ein Hund. Er verzieht den Mund, als würde er die Zähne fletschen. Geht in eine tiefe Stellung und setzt zum Angriff an. Hat er sich einmal auf seine Beute geworfen, lässt er nicht mehr los.

Und ich? Ich bin der Löwe.

Van Dengen, Cliggsworth, Higginson. Sogar Archie Bennett steht in Coopers Bücherregal. Es ist Montagmorgen, noch vor der ersten Stunde, und mir gehen die Augen über bei dieser Bibliothek, die Cooper in seinem Büro versammelt hat. Er hat sie alle, die großen Kampfstrategen unserer Zeit. Nicht digital, nein, richtig schick und teuer als Bücher. Das ist irre! Ich kenne so einen Anblick nur aus dem Büro meines Vaters.

Ein Band von Anne Marie Smith springt mir ins Auge. Brandneu. Gerade will ich danach greifen, da geht die Tür auf. Schnell lasse ich meine Hand wieder fallen.

»Tu dir keinen Zwang an, Fireball. Welches interessiert dich?«

»Smith.«

Er nickt. »Bring es mir in einwandfreiem Zustand zurück.«

Überrascht sehe ich ihn an. Weil ich seiner Aufforderung nicht folge, tritt er neben mich, zieht das Buch aus dem Regal und drückt es mir an die Brust. Er steht so dicht neben mir, ich könnte ihn am Nacken packen. Es würde keine zehn Sekunden dauern. Seine senile Sekretärin würde nichts mitbekommen. Ich könnte ihr sagen, dass Cooper nicht gestört werden will, meine Sachen zusammenpacken und verschwinden, bevor überhaupt jemand checkt, dass der Direktor tot ist. Nur ein kurzer Schlag in den Nacken.

Aber was würde das bringen? Die Alte da draußen wüsste, dass ich der Letzte bin, der bei ihm war. Also wäre mir das Kommandariat wieder auf den Fersen. Außer … außer ich finde einen Weg, es wie einen Unfall aussehen zu lassen. Es müsste so aussehen, als wäre er unglücklich gestürzt. Gegen die Tischkante, gegen das Regal … Jeder noch so schlechte Anwalt könnte genug Zweifel an meiner Schuld säen, dass ich freigesprochen werden müsste.

Mein Puls beschleunigt, meine Hände schwitzen. Da bringt Cooper mehr Distanz zwischen uns und setzt sich hinter seinen Schreibtisch. Der Moment ist verstrichen, die Chance vertan. Nicht, dass ich ihn nicht noch immer töten könnte. Er ist unbewaffnet. Aber es würde nicht ohne Kampf und ohne Lärm gehen. Damit wäre die Hoppla-er-ist-gestürzt-Ausrede dahin. Nein, jetzt ist nicht der Augenblick.

»Setz dich, Fireball. Wie war dein Wochenende?«

»Angenehm, danke.«

»Ihr habt das Grundstück verlassen.«

Also hat Sally doch gepetzt. Verdammt. Habe ich sie tatsächlich falsch eingeschätzt? Hatte Jesse recht – hätten wir ihr Angst einjagen sollen, damit sie die Klappe hält?

Aber noch hat Cooper keine Beweise auf den Tisch gelegt. Also pokere ich, bis er mich in der Falle hat.

»Nein«, antworte ich gelassen. Eine meiner Spezialdisziplinen: lügen. Darin bin ich verdammt gut. Ich habe mich oft gefragt, weshalb ich so ein guter Lügner bin. Irgendwann habe ich meine Antwort gefunden: Ich lüge so gut, weil mir egal ist, ob ich beim Lügen erwischt werde. Denn es ist so, wie ich Sally gesagt habe: Es gibt nichts, das ich verlieren könnte. Alles, was ich habe, alles, was ich bin, hat keinen Wert. Mein Leben ist wertlos. Deshalb ist es egal, ob eine meiner Lügen auffliegt. Es ist bedeutungslos.

Cooper mustert mein Gesicht. Prüft es auf Anzeichen, dass ich nicht die Wahrheit sage. Aber ich bin Profi. Das weiß er und gibt es auf, Dinge in meinem Gesicht zu lesen, die dort nicht stehen. Ich mache keine Fehler. Nicht beim Lügen.

»Sally sagt, sie habe euch das ganze Wochenende über nicht gesehen.«

Also hat sie uns doch nicht verpfiffen. Ich hatte recht: Sally Cooper ist ein ehrlicher Mensch.

»Wir haben sie auch nicht gesehen.«

»Wie kommt das? Kein gemeinsames Mittagessen? Ihr hättet euch doch wenigstens zu den Mahlzeiten sehen müssen.«

»Sir, mit Verlaub. Dass Ihre Tochter uns nicht gesehen hat,

muss nicht zwangsläufig bedeuten, dass *wir* das Grundstück verlassen haben.«

»Was willst du andeuten?«

Ich lächele mein gewinnendstes Lächeln. »Nichts. Ich zerschlage nur Ihre Argumentationskette.«

»Gut. Ihr habt also nicht an der Trauerfeier eines gewissen …«, er tippt auf seinem Tablet herum, »Eric Schumacher teilgenommen?«

»Nein.« Verdammte Axt – woher weiß er von der Trauerfeier?

»Mhm. Dann ist ja gut. Du weißt, du kannst immer zu mir kommen, Fireball. Meine Tür steht dir offen. Egal, um was es geht, wenn es etwas gibt, über das du sprechen willst, ich höre zu.«

Er sieht mich eindringlich an. Etwas, worüber ich mit ihm sprechen will? Tja, da wäre schon etwas. Aber wie soll ich es ihm sagen: Naja, es ist so, dass ich Sie umbringen soll, aber irgendwie komme ich mir schäbig dabei vor, schließlich haben Sie mich vor der Verbannung ins Weltall bewahrt und geben mir die Chance, mich vom Häuptling zu befreien. Außerdem habe ich Ihre Tochter angeschossen, und obwohl Sie das wissen, haben Sie mich mit ihr in einen Raum gesteckt – warum zur Hölle tun Sie mir das an? Es reicht mir, dass sie mich jede Nacht in meinen Albträumen heimsucht. Ach, und wo wir gerade über Ihre Tochter sprechen: Wenn ich Sie nicht töte, stirbt Ihre Tochter. Also wären Sie so freundlich und würden mir eine Waffe besorgen?

»Nein, Sir. Alles in Ordnung.«

Er nickt und zieht dabei die Augenbrauen zusammen, als wäre er mit meiner Antwort unzufrieden. »Danke, das war alles. Einen schönen Tag noch, Fireball.«

Ich drücke das Buch fest an meine Hüfte und verlasse den Raum. Kann es sein, dass Cooper von meinem Auftrag weiß? Aber nein, das ist unmöglich. Davon wissen nur eine Handvoll

Leute, mich und den Häuptling eingeschlossen. Die anderen drei gehören zum inneren Kreis, sie würden nie etwas verraten.

Ich bin verdammt spät dran und jogge die Treppe hinunter. Als ich von der letzten Stufe springe, kommt plötzlich Sally um die Ecke. Sie hat überhaupt nicht damit gerechnet, dass ihr jemand entgegenkommen könnte und prallt gegen meine Brust wie ein Medizinball. Bevor sie rückwärts umfällt, schießen meine Arme nach vorn und ich halte sie fest.

»Entschuldigung«, sprudelt es aus ihr heraus. Sie sieht auf, erkennt, gegen wen sie gelaufen ist, und sofort verdunkelt sich ihr Blick.

Ja, ich war Freitagnacht wohl doch so ein mieser Idiot, wie ich dachte. Sally Cooper ist jedenfalls richtig sauer auf mich. Ihr Blick spricht Bände.

»Dir auch einen schönen guten Morgen, Cooper.«

»Cooper?«, faucht sie.

Ich lache dämlich und fahre mir mit der Hand durch die Haare. In ihrem Gesicht steigt die Wut auf – die Falten auf ihrer Stirn werden immer tiefer, rote Flecken erscheinen auf ihrem Hals.

»Cooper?!«, schimpft sie los. »Du nennst mich bei meinem Nachnamen? Geht's noch? Ich bin weder deine Lehrerin noch irgendeiner deiner merkwürdigen Freunde!«

»Wie soll ich dich dann nennen?« Ich versuche, zu klingen wie Jesse, wenn er flirtet. Wenn er so klingt, schmelzen die Mädels dahin.

Bei Sally Cooper klappt das nicht. Oder ich habe es nicht drauf.

»Nenn mich gefälligst bei meinem Namen, Fireball!«

Sie stürmt in den Raum. Ich bleibe wie geohrfeigt stehen. Ihre Stimme klingelt in meinen Ohren. Fireball. Wenn sie meinen Namen sagt, klingt er ganz anders. Nicht so gefährlich.

Selbst wenn sie wütend ist. Wenn sie ihn sagt, klingt er nach Leben, nicht nach Tod.

Jesses Lachen reißt mich aus meinen Gedanken. Er lauert neben der Tür und hat alles mitbekommen.

»Das war erbärmlich, Kleiner.« Er legt einen Arm um meine Schultern, leitet mich in den Kursraum und spricht so leise in mein Ohr, dass nur ich ihn hören kann. »Du musst das anders anstellen. Wenn sie dich mit zu sich nehmen soll, dann musst du ihr Komplimente machen, nett sein. Wenn du es schaffst, dass sie dich mit zu ihr nimmt, dann: Jackpot! Und wenn sie schläft: Patscheng!«

»Patscheng?«

»Patscheng. Kopf ab. Oder wie auch immer du Cooper erledigen willst.«

12

SALLY

Ich trete an unseren Tisch, stelle meine Tasche auf den Boden und hole mein Tablet heraus.

Emmas Kopf zuckt in meine Richtung, aber sie überlegt es sich anders und sieht mich nicht an. Keine von uns beiden sagt etwas.

Plötzlich berührt etwas meinen Arm. Nur ganz kurz, flüchtig. Ich sehe auf. Fireball geht an mir vorbei und setzt sich auf seinen Platz. Was war das denn eben? Ist er aus Versehen an mir hängen geblieben? Sind die Gänge plötzlich nicht mehr breit genug? Ist er betrunken und schwankt?

Oder hat er mich mit Absicht berührt? Meinen Arm gestreift, um mir damit etwas zu sagen? Meine Gedanken schweifen zurück zu Freitagnacht. Als wir eng beieinandersaßen, ich seinen Duft riechen konnte, seine Wärme an meinem Oberschenkel spürte. Dann wiederum sehe ich ihn, wie er mich zum Tor bringt und sich von Tina umarmen lässt und ich weiß: Dieser Gang ist einfach nicht breit genug für uns beide. Erschöpft lasse ich mich auf meinen Stuhl sinken.

Wieder fasst mich jemand an. Diesmal legt sich eine Hand fest auf meinen Arm. Überrascht sehe ich auf.

Es ist Jonah.

Er kniet sich neben mich und fragt: »Wie war dein Wochenende?« Eine untypische Sorgenfalte gräbt sich in seine Stirn.

»Gut, danke.«

»Keine Begegnungen der … merkwürdigen Art?« Er reckt das Kinn in Richtung der beiden Jungs am Tisch vor mir.

Ach, daher weht der Wind. Fireball lehnt sich auf seinem Stuhl zurück. Belauscht er uns gerade?

»Ähm. Nein.«

»Haben sie dich in Ruhe gelassen?«

Emma neben mir rückt ihr Tablet vor und zurück, vor und zurück. Jedes Wort zwischen uns kann sie hören. Sicher kreischt sie innerlich: »Sally war auf einer Party mit denen!«

Da dreht sich Fireball um und sieht Jonah aus zusammengekniffenen Augen an. »Kein Haar haben wir ihr gekrümmt.«

»Dann ist ja gut«, entgegnet Jonah und strafft die Schultern.

»Wenn dir so wichtig ist, mit wem sie ihr Wochenende verbringt, verbring du es doch mit ihr!«

»Das ist eine ausgezeichnete Idee, McAllister, das werde ich tun.«

»Moment mal!«, unterbreche ich die beiden. »Mit wem ich mein Wochenende verbringe, entscheide ich immer noch selbst!«

Ich wollte nur ausdrücken, dass sie nicht über mich reden sollen, als wäre ich nicht anwesend. Doch kaum sind die Worte aus meinem Mund, weiß ich: Ich habe Jonah gekränkt. Habe ihn bloßgestellt vor Fireball, den er ganz offensichtlich nicht ausstehen kann.

»Oh, entschuldige«, sagt Jonah wütend, »wie konnte ich so naiv sein zu hoffen, du würdest wieder Zeit mit mir verbringen wollen?«

»Jonah, so war das nicht gemeint!«

Aber es klingelt, und schon betritt Mr. Johnson das

Zimmer. Na toll! Meine Woche fängt gerade so gut an, wie die letzte geendet hat.

Fireball steht mit dem Rest des Kurses auf – das erste Mal, seit er auf dieser Schule ist. Sogar Jesse starrt ihn verdutzt an. Doch statt den Blick auf Mr. Johnson zu richten, hat Fireball jemand anderen im Visier: Jonah.

Ich habe keine Ahnung, worüber Mr. Johnson während der Stunde referiert. Meine Gedanken schweifen immer wieder ab. Das zwischen mir und Jonah war schön und er ist mir wichtig. Ich war immer gerne in seiner Nähe. Ich fühle mich wohl mit ihm. Jetzt ist er sauer auf mich. Zu Recht. Und wieso? Wegen dieses blöden McAllisters! Wie biege ich das zwischen uns nur wieder gerade? Und Emma! Was soll ich mit Emma machen? Wie konnte es so weit kommen, dass meine beste Freundin denkt, sie wäre mir nicht wichtig?

Aber das Schlimmste ist: Immer und immer wieder bleibt mein Blick an dem Nacken vor mir hängen. Warum hat er Jonah dazu gedrängt, das Wochenende mit mir zu verbringen? Weil er mich nicht noch einmal auf einer seiner Partys sehen will? Super. Also gehe ich ihm doch auf die Nerven, und er hat sich am Freitag nur aus Mitleid mit mir unterhalten.

Noch vor drei Wochen habe ich mich auf mein letztes Schuljahr gefreut. Mir nach dem Überfall Normalität und Ablenkung gewünscht. Tja, Ablenkung habe ich bekommen … Meine beste Freundin spricht nicht mehr mit mir, Jonah habe ich ebenfalls vertrieben, und statt Lernstoff geistert das Gesicht des Typen vor mir in meinem Kopf herum. Und will einfach nicht mehr verschwinden. Sally Cooper, konzentrier dich! Es ist dein Abschlussjahr!

Die Schulglocke läutet. Emma steht auf und geht ohne ein Wort.

Fireball steht, den Rucksack über der Schulter, an seinem Tisch und sieht ihr nach. Dann schaut er mich an. Was liegt da in seinem Blick? Mitleid? Verständnis? Reue?

»Komm, Kleiner, ich brauch Kaffee!« Jesse gähnt und schubst Fireball voran.

Vor dem Mittagessen würde ich mich am liebsten selbst ohrfeigen. Wer bitte ist so blöd und setzt sich in jeder verdammten Stunde neben ein und dieselbe Person? Emma schafft es tatsächlich, mir für den Rest des Tages die kalte Schulter zu zeigen. Was zur Hölle ist nur mit uns passiert? Ich rufe sie an, um ihr von meinem furchtbaren Abend mit Fireball und Jesse zu erzählen, und sie wird so sauer, dass unsere sechsjährige Freundschaft zerbricht. Ich hab' es so richtig verbockt.

Ich könnte hoch in unsere Wohnung gehen und dort essen. Andererseits würde ich mich damit komplett abschotten. Und Jonah ... Er hat mich in den letzten Stunden nicht mal angesehen. Ich muss mich bei ihm entschuldigen.

Zusammen mit dem Rest der Stufe zu essen, hat durchaus Vorteile. Man bekommt viel mehr von den anderen mit. Und so stelle ich fest: Ich bin nicht die Einzige, bei der sich gerade alles um Fireball und Jesse dreht. Charlotte lenkt das Thema sofort auf die beiden, als sie ihr Tablett auf dem Tisch abstellt: »Habt ihr gesehen? Sie sind aufgestanden.«

»Ja, und Fireball hat sogar was mitgeschrieben.«

»Woher der Sinneswandel wohl kommt?«

»Ich hab' Fireball heute Morgen aus dem Büro vom Direx kommen sehen – der hat bestimmt Ärger bekommen.«

Alle sehen mich an. Ich habe mir zum Glück gerade eine Fuhre Nudelsalat in den Mund geschoben und zucke nur mit den Schultern. Okay, das ist der Nachteil an einem Mittagessen mit dem Rest der Stufe: Sie verlangen Insider-Informationen.

Mein Blick fällt auf Jonah, der gerade ans Büfett geht. Das ist meine Chance, mich bei ihm zu entschuldigen. Ich springe von meinem Stuhl auf und passe ihn an der Salattheke ab. »Jonah?«

»Sally.« Er pickt sich zwei Gurkenscheiben aus dem Salat. Nicht einen Blick hat er für mich übrig. Noch eine Person, die ich gekränkt habe.

»Jonah, ich möchte mich entschuldigen. Das sollte vorhin nicht so klingen, als würde ich keine Zeit mit dir verbringen wollen. Das kam völlig falsch rüber.«

Endlich sieht er mich an. Honigbraune Augen hat er. Ich erinnere mich. Ich habe sie immer gerne angesehen, kurz bevor wir uns geküsst haben. Mein Gott, das ist erst ein paar Monate her. Bis er fand, dass Charlotte die bessere Wahl wäre. Idiot. Naiver, netter Idiot.

Eine blonde Strähne hängt ihm in die Stirn. Ich streiche sie zurück und endlich lächelt er. So nah waren wir uns lange nicht.

»Das ist schön. Denn ... ich wollte dich tatsächlich fragen, was du davon hältst, ein Wochenende mit mir zu verbringen?«

Ein ganzes Wochenende? Bei ihm oder hier? Will er wieder mit mir zusammenkommen? Will er mich küssen? Emma wäre stinksauer, wenn ich wieder mit ihm zusammenkäme. Und Fireball? Er müsste es unbedingt mitbekommen, vielleicht würde er eifersüchtig werden und merken, dass er sich nicht nur aus Mitleid oder wegen eines Referats mit mir unterhalten wollte. Vielleicht würde er erkennen, dass ...

»Du willst nicht. Ich sehe es an deinem Blick.«

»Nein! Nein, das ist es nicht. Ich bin nur ... ich bin überrascht. Ähm ... Warum?«

»Warum, fragst du?« Er lacht. »Warum wohl, Sally? Du bist hübsch, du bist klug. Ich war der dümmste Idiot, mich von dir zu trennen. Das wissen wir beide. Ich könnte mich jeden Tag dafür ohrfeigen, dass ich mit dir Schluss gemacht habe. Ich will wieder Zeit mit dir verbringen.« Abwartend sieht er mich an.

»Ich bin gerade sprachlos«, gebe ich zu.

»Ich dachte, du wüsstest es.«

»Was?«

»Dass du mir noch immer wichtig bist. Glaub mir, ich wäre gerne an deiner Seite gewesen, als es dir schlecht ging. Ich wäre gerne für dich da gewesen. Und dann letztes Wochenende ... Das war nicht einfach für mich. Zu wissen, dass du mit Fireball und Jesse unter einem Dach alleine bist, das ... das hat mich fast umgebracht. Ich hasse es, jeden Tag dabei zusehen zu müssen, wie er nur einen Meter vor dir sitzt. Ich hasse es, dass er mit dir an dem Psychologie-Referat arbeiten darf. Jeden Tag muss ich mit ansehen, wie er mit dir spricht, und ich hasse es.«

»Du redest von Fireball?«

»Natürlich. Von wem sonst? Ich bin nicht blind, Sally. Ich sehe, wie du ihn anschaust. Du ... du magst ihn.«

Ich schüttele den Kopf. »Nein. Nein, glaub mir, Jonah. Da ist nichts. Es ist ... Mr. Johnson hat mir eine gute Note in Aussicht gestellt, wenn wir das Referat anständig hinbekommen. Nur deshalb bin ich nett zu ihm. Er muss mir helfen, verstehst du? Außerdem hofft mein Vater, dass Fireball und Jesse sich durch meinen Einfluss fügen und endlich so verhalten, wie es sich an dieser Schule gehört. Ich habe ihm versprochen, mich um die beiden zu kümmern.«

Jonah nickt langsam. »Verstehe. Da hast du ja heute deinen ersten Erfolg verbucht. Er ist aufgestanden. Bei jedem einzelnen Lehrer.«

Ich lächele matt und weiche seinem Blick aus. »Ja, ich gehe heute unter wehenden Fahnen und werde von allen Seiten mit Glitzer beworfen.«

Er lacht. Endlich.

»Sind wir wieder Freunde?«

Er senkt den Blick und lacht bitter. »Ich hab' alles weggeworfen, nicht wahr? Das mit uns, das war etwas Besonderes, und ich habe es einfach ...« Er macht eine wegwerfende Geste und schüttelt betrübt den Kopf. »Kann es jemals werden wie zuvor?«

»Das weiß ich nicht«, flüstere ich.

»Gib uns eine Chance, es herauszufinden. Verbring ein Wochenende mit mir. Bitte.«

So werden wie davor? Ohne dass Fireball McAllister in meinem Kopf herumspukt? Das klingt utopisch! Ich meine: Ich will mich mit Jonah treffen, um Fireball eifersüchtig zu machen – was ist nur aus mir geworden? Andererseits war es auch sehr schön mit Jonah.

»Okay. Aber wir bleiben hier, einverstanden?«

Darauf zieht er die Augenbrauen hoch. »Du glaubst doch nicht wirklich, dass ich mich mit deinem Dad anlege und dich von hier entführe?« Jetzt strahlt er. Er nickt mir noch einmal zu und geht an den Tisch unserer Stufe.

Ich seufze und fasse mir an die erhitzten Wangen. Meine Hände sind ein wenig kühl. Hoffentlich reicht das, um mir die Röte aus dem Gesicht zu treiben.

»Das war ja süß. Geht ihr jetzt miteinander?«

Mir stockt der Atem. Hinter mir steht Fireball, zieht mit der Gabel Salatblätter aus der Schüssel und lässt sie auf seinen Teller fallen.

»Das geht dich ja wohl gar nichts an. Jonah und ich sind Freunde.«

»Wenn es mich nichts angeht, warum erzählst du es mir dann?«

Ich seufze genervt.

»Und was zwischen dir und Emma los ist, geht mich wahrscheinlich auch nichts an.«

»So ist es.«

Da lehnt er sich dicht an mein Ohr. So dicht, dass ich seinen Atem an meinem Hals spüre, als er flüstert: »Ich würde auch gerne ein Wochenende mit dir verbringen. Allerdings nicht hier.«

Ein Schauer läuft über meinen Rücken. Bevor ich Luft holen kann, ist Fireball schon wieder weg. Ich sehe mich nach ihm um. Doch stattdessen entdecke ich Jonah, der an seinem Platz steht. Sein wütender Blick folgt jemandem, der sich von mir entfernt. Weiter und weiter. Ich kann mir denken, wen er beobachtet.

NAHKAMPF. Ich hasse diesen verdammten Kurs. Ich behaupte, Bauchkrämpfe zu haben. Nicht im Ernst lasse ich mich heute auf die Matte werfen und mir gegen den Brustkorb treten, wenn mich Emma ignoriert, Fireball irgendwas zwischen genervt und interessiert ist, und mein Ex-Freund wieder mit mir zusammenkommen will. O nein, Sir!

Mit einem Geschichtsbuch aus der Bibliothek setze ich mich auf die Tribüne. Von hier aus hat man einen ausgezeichneten Blick auf die Schüler des Nebenfachkurses, aber auch auf die, die Nahkampf im Hauptfach belegen. Mr. Kanwu teilt die Paare ein. Jesse soll mit Sebastian kämpfen, Fireball wird ausgerechnet Jonah zugeteilt.

Bevor sie sich auf der Matte aufstellen, winkt mir Jonah zu. Hinter ihm steht Fireball und beobachtet ihn aus schmalen Augen. Plötzlich sieht er mich an, guckt mir sekundenlang in die Augen. Ich sammele all meinen Mut und erwidere seinen Blick. Er soll zuerst wegschauen.

Aber das tut er nicht. Er steht nur da und sieht mich an. Ganz ernst, verzieht keine Miene, mustert mich nur. Ich bekomme eine Gänsehaut und bin drauf und dran wegzusehen, da ruft Mr. Kanwu: »McAllister! In die Formation!«

Fireball läuft rückwärts, den Blick immer noch auf mir, grinst mich schief an und dreht sich endlich um.

Was sollte das denn? Ich verstehe überhaupt nichts mehr. Ich schüttele den Kopf und sehe zu Emma. Die dreht sich im selben Moment weg. Keine Ahnung, ob sie das eben gesehen hat. Verdammt, wie gerne würde ich Fireballs Verhalten jetzt mit ihr analysieren.

Ich vertiefe mich in mein Buch. Laut Unterrichtsplan sind wir in Geschichte erst beim Dritten Weltkrieg. Aber ich bin es leid auswendig zu lernen, wann welches Land wo eine Atombombe abgeworfen hat und in welcher Reihenfolge die Länder und Kontinente binnen lächerlicher zehn Jahre unbewohnbar wurden. Ich überblättere auch die Seiten, in denen erklärt wird, wie das Kommandariat die Politik ablöste und seither ein Präsident das Oberhaupt der Menschheit ist. Für mich wird es erst ab dem Kapitel spannend, in dem die Schattenjäger Nayo zum ersten Mal angreifen, denn das war der Anfang des Krieges. Die Menschen mussten lernen, sich zu verteidigen. Gegen einen Feind, der in den Schatten des Universums lauert und von dort aus ohne Erbarmen zuschlägt. Ohne Kinder zu verschonen, ohne Zeit für eine Evakuierung zu geben. Etwa zu der Zeit begann ein junger Mann seine Ausbildung beim Kommandariat, dessen Namen damals niemand kannte und dem jetzt ein ganzes Kapitel in meinem Buch gewidmet ist: George McAllister. Verzeihung, Kommandant George McAllister. Über ihn steht in meinem Buch:

> Noch bevor der erste alliierte Planet gefunden wurde, trat McAllister seine Stelle als Rekrut an. Kaum achtzehn Jahre alt.

Daneben ist ein Bild von ihm abgedruckt. Er steht hinter einem Rednerpult, ein Baby in einer Trage vor den Bauch geschnallt. Das Bild trägt den Untertitel:

Kommandant George McAllister im Alter von einundzwanzig Jahren mit seinem Sohn.

Ich lese weiter.

Seine Ansätze revolutionierten die bis dahin verfolgte Kampfstrategie erfolgreich, seine Anforderungen an die Ausbildung der Kadetten galten als übermenschlich, aber erwiesen sich als effektiv.

Im Eiltempo erklomm McAllister die Karriereleiter. Leutnant, Oberst, Kommandant – in weniger als fünf Jahren. Doch er war nie ein Schreibtischheld. George McAllister beteiligte sich an zahlreichen Schlachten, zum Beispiel an der Schlacht um Elliott und der Schlacht um den äußeren Grenzposten IV.

Eigentlich ist es ein Wunder, dass Fireballs Vater so lange überlebt hat. Gegen die Schattenjäger zu kämpfen, war ein Himmelfahrtskommando. Das weiß jeder. Ein Treffer im Weltall und deine Chancen zu überleben liegen bei eins zu einer Million. Zwei Absätze weiter geht es um die Alliierten Planeten.

Doch Nayo hatte Glück. Zwei Kundschafter fanden Amega, das wiederum Kontakt zu drei weiteren Zivilisationen hatte. Sie alle erklärten sich bereit zu helfen. 2510 drängten sie die Front zurück in die Milchstraße. Für die Menschheit war der Krieg ferner denn je – nur noch als Sternschnuppen am Nachthimmel zu sehen.

2515 entschied Kommandant George McAllister die Schlacht für uns. Seine letzten Sekunden wurden von einem der wenigen Satelliten aufgezeichnet, die noch nicht zerstört worden waren. Er zeigt die von den Schattenjägern eingekesselten Piloten, dann den Starfighter des Kommandanten, der zielsicher und ohne zu zögern das Mutterschiff der Schattenjäger ansteuert. Beide verschwinden in einem Feuerball. Kurz vor der Kollision leitete das Mutterschiff, in dem sich Morsis, der Anführer der Schattenjäger, aufhielt, die Transferierung in die eigene Dimension ein. Das zeigen Flackererscheinungen in den Aufzeichnungen unserer Satelliten. Doch es war zu spät. Das Ausmaß der Zerstörung lässt sich anhand der Bilder nur erahnen, denn schon eine Sekunde später waren sowohl das Mutterschiff als auch der Starfighter des Kommandanten transferiert.

Ob Fireballs Vater wusste, dass er sterben würde? Bestimmt. Er muss gewusst haben, dass er seinen Sohn niemals wiedersehen wird. Trotzdem ist er mitten hinein in das Mutterschiff der Schattenjäger geflogen. Direkt auf die Kommandokapsel zu. Hinein ins Auge des Feindes.

Zurück blieb nur ein riesiger Feuerball. Und ein Junge, kaum zwölf Jahre alt. Die letzten Worte des Kommandanten sollen seinem Sohn gegolten haben.

Ein Schrei reißt mich aus dem Text. Erschrocken blicke ich hinunter auf die Matte. Dort krümmt sich Fireball auf dem

Boden. Mit schmerzverzerrtem Gesicht hält er sich den Bauch. Was zum Henker ist passiert?

Jonah klopft ihm beiläufig auf die Schulter und geht von der Matte, lässt Fireball liegen, als würde der nur simulieren. Mr. Kanwu bückt sich zu ihm hinunter. Nur langsam setzt sich Fireball wieder auf, hustet, massiert sich den Bauch.

Okay, wenn er sitzen kann, stirbt er nicht. Ich sollte schnell weiterlesen und so tun, als hätte ich von dem Vorfall nichts mitbekommen. Nicht, dass er denkt, ich würde mir Sorgen um ihn machen.

Seit diesem Tag leben wir in Frieden. Morsis und die Schattenjäger gehören der Vergangenheit an. Am Ende haben fünf Planeten, acht Millionen Menschen, zwölf Millionen Ameganer, fünfzehn Millionen Rubroner und je zwei Millionen Bewohner der Zwillingsplaneten gegen die Schattenjäger gekämpft. Die fünf Planeten haben zusammen zehn Millionen Kämpfende verloren. Am Ende aber war es ein Mensch, George McAllister, der den Krieg beendet hat, und das Kommandariat, angeführt vom Präsidenten, hat es sich zur Mission gemacht, Nayo vor einer erneuten Gefahr aus dem Weltall zu beschützen.

»Spannende Lektüre?«

Mir fällt vor Schreck das Buch aus der Hand. Es bleibt offen auf dem Boden liegen. Schnell bücke ich mich und hebe es auf, aber Fireball hat genug gesehen. Er hebt eine Augenbraue.

»Recherche für unseren Termin heute Abend?«

»Vielleicht.«

»Vielleicht?«

Ich seufze. »Ja.«

Ich fasse es nicht. Nach dem, was Freitagnacht passiert ist, grinst er mich an, als wäre nie etwas gewesen. Ich will, dass er damit aufhört. Also haue ich ihm einen Schnipsel aus dem Text an den Kopf: »Stimmt es, was da steht? Die letzten Worte deines Vaters galten dir?«

Sein Lächeln stirbt. Mir sticht das schlechte Gewissen in die Brust. Meine Gemeinheit hat ihn getroffen.

Er zieht ein Handtuch aus seiner Tasche, setzt sich neben mich und wischt sich den Schweiß von der Stirn.

»Ich weiß nicht«, sagt er. »Auf der Trauerfeier wurde es so gesagt, aber … ich glaube, das Kommandariat hat sich die Story nur ausgedacht. Für die Medien. Futter für ihre Berichterstattung.«

»Wie kommst du darauf?«, frage ich leise. Die Vorstellung, dass sich jemand so etwas ausgedacht haben könnte, ist entsetzlich.

Er beobachtet die unten andauernden Kämpfe mit zusammengekniffenen Augen, das Handtuch um seinen Hals, die Haare ganz zerzaust und nassgeschwitzt.

»Mein Vater hat etwas getan, das ich absolut nicht verstehen kann. Wer stürzt sich in den Tod in dem Wissen, dass er damit sein Kind zur Vollwaise macht und …« Er schüttelt den Kopf, als wolle er nicht weitersprechen. »Der Vater, den ich kannte, der hätte so etwas nicht getan. Der hätte mich nicht im Stich gelassen.« Er versucht ein Lächeln, aber es misslingt kläglich, und er sieht trauriger aus, als ich ihn je zuvor erlebt habe. »Tja. Falsch gedacht.«

Da fällt mir wieder ein, dass ich eigentlich stinksauer auf ihn bin. Ich drücke das Geschichtsbuch fest an meine Brust, stehe auf und schultere meine Tasche.

»Tut mir leid für dich, Fireball«, sage ich in dem abweisendsten Ton, den ich aufbringen kann, und ich muss sagen: Er gelingt mir verdammt gut. »Bis nachher. Ich hoffe, ich kann mich darauf verlassen, dass du kommst.« Ich drehe mich um und gehe.

»Sally?«

Zögernd bleibe ich stehen. Wehe, er sagt mir jetzt unseren Termin ab.

»Wegen Freitag … Es war nur zu deinem Besten, weißt du.«

Zu meinem Besten? Mein Adrenalinspiegel überschlägt sich und die Wut platzt aus mir heraus: »Pah! Es war noch nie zu irgendjemandes Besten, ihn wie Dreck zu behandeln. Du warst überheblich und … und … und hast mich sehr verletzt. Und ich finde, das solltest du wissen. Also lass mich nachher ja nicht hängen.«

Wow. Zum ersten Mal in meinem Leben habe ich genau das gesagt, was ich sagen wollte, in dem Moment, in dem ich es sagen wollte.

Fireball sieht aus, als hätte ich ihm eine Ohrfeige verpasst. Dass meine Worte bei ihm so viel Wirkung zeigen, damit habe ich nicht gerechnet. Gut so. Er soll wissen, dass er mir wehgetan hat.

13

FIREBALL

Der Regen prasselt gegen die Fensterscheibe. Er läuft in dicken Rinnsalen das Glas hinunter. Ich sehe zu und denke an einen Abend vor vielen Jahren. Als ich am Schreibtisch in meinem Kinderzimmer saß, auf den Regen hinter meinem Fenster starrte und Tante Mary meinen Koffer auspackte. Ich wusste es damals nicht, aber es waren die letzten Stunden meines alten Lebens. Nein, das stimmt nicht. Es waren die letzten Stunden ohne Todesangst. Ich sollte sie wirklich anrufen. Aber was sollte ich ihr sagen?

Die Tür springt auf und Jesse stürzt herein. »Es regnet!« Seine gute Laune ist zum Kotzen. »Lass uns gehen.«

»Ich kann nicht, ich muss zu meinem Termin mit Sally Cooper.«

»Ich dachte, dein Plan ist hinfällig?«

»Noch lange nicht. Du hattest recht: Wenn ich mir ein bisschen Mühe gebe, kann es noch klappen. Alles, was ich brauche, ist ein wenig Zeit mit ihr.«

»Aber nicht heute. Heute wird trainiert.«

»Ich kann nicht.«

»Komm schon, Kleiner! Wir warten seit Tagen auf Regen!

Wir brauchen das verdammte Training. Ich spüre es in meinen Gliedern, Mann! Mein Fleisch ist schwach, der Geist ist willig.«

»Mein Fleisch ist stark und mein Geist auch. Und trotzdem habe ich einen Termin mit ihr. Außerdem: Wenn ich nicht auftauche, rennt sie zu ihrem Daddy. Dann gibt's wieder Ärger.«

»Seit wann hast du keinen Bock auf Ärger? Außerdem wäre das vielleicht die Chance, endlich in die Pötte zu kommen. Du weißt schon: Patscheng. Komm schon!«

»In einer Stunde komme ich.«

»In einer Stunde ist der verdammte Regen weg. Jetzt, Kleiner, wir müssen jetzt laufen gehen.«

Prüfend sehe ich in den Himmel. Er hat recht. Es wird bald wieder aufhören. Und wir müssen dringend ein bisschen im Regen trainieren. Es ist viel effektiver, mit nassen, schweren Klamotten zu sprinten und zu kämpfen als mit trockenen. Mist. Dabei war ich so gespannt auf unseren zweiten Termin. Ob sie sich wieder weinend in meine Arme legt? Bei der Erinnerung daran kribbelt mir der ganze Rücken. Was zum Henker ist das denn für ein Gefühl?

Aber Jesse hat recht und ich hatte mir geschworen, keine Schwäche mehr zu zeigen. Vielleicht können wir den Termin verschieben. Vielleicht kann ich sie überzeugen, dass ich mich in der Uhrzeit vertan habe. Sie wird furchtbar wütend sein, wenn ich nicht komme. Ich habe sie am Freitag schon so mies abserviert. Zum zweiten Mal. Ich sollte nicht alle meine Credits bei ihr verspielen.

Aber dieser eine muss es noch sein. Ich muss fit bleiben. Nur so kann ich sie beschützen.

Was macht man mit seinem schlechten Gewissen? Man trägt es spazieren. Ich weiß, ich habe Mist gebaut. Ich war mit Jesse trainieren und habe Sally versetzt. Keine Ahnung, ob sie je wieder ein Wort mit mir wechseln wird. Wahrscheinlich schon. Sie findet mich attraktiv und interessant.

Es tut mir so schrecklich leid, dass ich sie versetzt habe, dabei sollte es mir nur um den verdammten Auftrag gehen. Ich sollte nicht froh sein, dass ich ihrem Vater kein Stück nähergekommen bin. Je länger er lebt, desto mehr bringe ich sie in Gefahr. Aber vor allem sollte ich nicht zulassen, dass es mir leidtut, sie versetzt zu haben.

Ich gehe die Treppen hinunter, raus auf den Platz, der ganz silbern scheint, weil der Mond heute so voll ist. Weit will ich mich nicht vom Gebäude entfernen. Ohne Jesse im Schlepptau fühlt es sich anders an, unsicher. Aber er bleibt im Gebäude, hat den Korridor zu ihrer Wohnung im Blick, falls der Häuptling die Geduld verliert und sich an ihr vergreift. Jesse müsste das nicht tun. Er tut es trotzdem, weil ich ihn darum gebeten habe. Weil er mein Freund ist.

Meine Schritte knirschen über die Kieselsteine. Am offenen Tor atme ich tief ein und lasse den Blick über den endlosen Nachthimmel schweifen. Von hier kann man die Lichter der Hauptstadt und den Security Belt sehen. Er ist ein glimmender Regenbogen am dunklen Nachthimmel.

»Erschrick dich nicht.«

Natürlich tue ich es trotzdem. All meine Muskeln sind angespannt, ich mache einen Satz zurück und hebe sogar die Arme in Abwehrhaltung vor meinen Körper.

Auf einem Stein an der Klostermauer sitzt Langdon. Der arme Kerl muss denken, dass ich ein durchgeknallter Freak bin. Schon wieder hätte ich ihm fast eine reingehauen.

»Verzeihung, Sir«, murmele ich und nehme die Hände runter.

Er lächelt trotzdem. »Kannst du auch nicht schlafen?«

»Nein, Sir.«

Er rutscht auf dem Stein zur Seite und bietet mir einen Platz an. »Setz dich, Junge.«

Vielleicht hat er recht. Vielleicht ist das der richtige Augenblick für das Gespräch, das wir dringend führen sollten. Das ich dringend mit ihm führen muss.

Ich setze mich, die Hände tief in den Taschen meiner Hose vergraben.

»Du hast sicher ein paar Fragen«, sagt er.

Tausende. Wo beginnt man, wenn man nicht weiß, wo? Am Anfang. Das wird das Beste sein.

»Woher kannten Sie meine Mutter?«

»Während ihrer Zeit als Referendarin war ich ihr Mentor.«

»Sie waren auch auf der Central High?«

»Ja. Aber das ist schon lange her.«

»Dann kannten Sie auch meinen Vater? Er war doch Schüler zu der Zeit.«

»Er war ein einzigartiger Schüler. Fleißig, ein ruhiger Kerl, gleichzeitig sehr beliebt. Du erinnerst mich an ihn. Ihr seid euch sehr ähnlich.«

»Ich bin nicht beliebt.«

»Nein, das lässt du nicht zu, nicht wahr? Keiner darf den unnahbaren McAllister Junior ansprechen. Warum nicht, Fireball? Wovor hast du Angst?«

Kein Wort werde ich ihm sagen. Es geht ihn nichts an, dass nicht ich es bin, der Angst hat, sondern dass es die anderen sind, die Angst vor mir haben müssen. Es ist zu ihrem eigenen Schutz. Wenn sie wüssten, wer ich bin und was ich tue, würden sie nicht in einem Raum mit mir sein wollen.

»Wie war sie so, meine Mutter?«

Er lacht schwach. »Sie war wunderbar. Sie hatte ein Talent dafür, Schüler zu erreichen. Hatte Humor und wurde von allen geschätzt. Eine Schande, dass sie so jung sterben musste.«

Sie starb, weil die Schattenjäger wieder mal die Front überschritten hatten. Sie beschossen das gesamte Viertel und die

Schule, in der meine Mutter gearbeitet hat. Hochschwanger hat sie dabei geholfen, die Kinder in Sicherheit zu bringen und wurde selbst angeschossen. Es hatte eine Not-OP gegeben, bei der sie mich geholt haben. Ich habe überlebt, meine Mutter nicht. Meine Tante hat mir einmal von den Plänen meiner Eltern erzählt. Sie wollten das Haus ausbauen, mehr Kinder bekommen. Nichts davon ist passiert. An dem Haus hat mein Dad nie etwas verändert, mehr Kinder hat es nicht gegeben, nicht einmal eine andere Frau. Er hatte wohl genug mit mir und seiner Arbeit zu tun.

»Haben Sie mitbekommen, wie die beiden zusammengekommen sind?«

Langdon zieht die Augenbrauen zusammen. »Nein, und ja. Es war nicht offensichtlich. Sie hat ihr Bestes getan, es zu verbergen. Aber während ich ihren Unterricht beobachtet habe, konnte ich spüren, dass da etwas ist. Die Art, wie sie im Unterricht versucht hat, nicht zu oft zu ihm zu sehen, ihn nicht zu oft aufzurufen. Ich habe sie damals gewarnt, ihr gesagt, sie solle sich auf nichts einlassen. Puterrot ist sie geworden, hat ihre Tasche gepackt, und an den folgenden Tagen sah sie aus wie ein wandelnder Zombie. George ebenso. Ich nehme an, meine Worte haben ihr damals zugesetzt, und sie hatte beschlossen, sich von George zu trennen. Aber das haben sie wohl beide nicht lange ausgehalten. Kurze Zeit darauf war wieder eitel Sonnenschein. Da wusste ich, sie würde lieber die Schule wechseln, als George zu verlieren.«

»Sie haben nicht mehr versucht, die beiden zur Vernunft zu bringen?«

»Vernunft. Liebe hat nichts mit Vernunft zu tun, Fireball. Sie passiert einfach, ob man will oder nicht. Und wenn sie einmal da ist, wird man sie so leicht nicht mehr los. Bei den beiden war es so. Ohneeinander wären sie unglücklich gewesen.«

»Mein Vater war unglücklich ohne sie.« Ich stocke. Was

rede ich da? Ich sollte die Klappe halten, bevor ich noch etwas Dummes sage. So etwas wie: Mein Vater hat sich in den Tod gestürzt, weil ich ihm nicht wichtig genug war.

Er sieht mich von der Seite an und legt seine Hand auf meinen Nacken. Eine Geste, die freundlich gemeint ist, mir aber einen Schauer über den Rücken jagt. Hätte er vor, mich zu töten – jetzt wäre die optimale Gelegenheit. Ich schließe die Augen und schlucke schwer. Vertraue, Fireball. Nicht jeder will deinen Tod. Vertraue!

»Sie haben sich sehr auf ihr Baby gefreut«, sagt er, rüttelt an meinem Nacken und nimmt die Hand endlich weg.

Ich atme tief ein. Er hat mir nichts getan. Natürlich nicht. Ich bin so ein Freak.

»Genau wie dein Vater hatte auch deine Mutter revolutionäre Ideen. Aber darüber kann dir Direktor Cooper mehr erzählen – oder hat er das bereits getan?«

»Cooper kannte meine Mutter?«

»Direktor Cooper kannte deine Mutter, ja. Hat er dir das nicht gesagt?«

Er drückt sich mühsam von dem Stein hoch und braucht ein paar Schritte, bis das Humpeln nachlässt, bis die Glieder wieder geschmeidig laufen.

»Jetzt, da ihr für die Lehrer aufsteht, magst du dir vielleicht das mit der Kleiderordnung auch noch mal überlegen. Wegen so einer Kleinigkeit wie einer korrekt sitzenden Krawatte bricht man sich doch keinen Zacken aus der Krone, mhm?«

Ich nicke und er geht, lässt mich hier sitzen unter dem Sternenhimmel, allein mit meinen Gedanken.

SALLY

Ich habe eine Tapferkeitsmedaille in meinem Zimmer. Und verdammt, ja – ich habe sie mir verdient. Nicht nur, weil ich dem Präsidenten das Leben gerettet habe. Nein. Auch, weil ich jeden Tag, in jeder Stunde neben meiner ehemals besten Freundin sitze und wir uns anschweigen wie Feinde. Ich habe sie mir auch verdient, weil ich jeden Tag einen Kerl sehen muss, der mich nicht nur beleidigt, sondern zudem versetzt hat – obwohl er weiß, wie wichtig das Referat für mich ist.

Fireball McAllister kann mir sowas von gestohlen bleiben. Erst unterhält er sich mit mir, tut freundlich, dann lässt er mich hängen. Eine halbe Stunde habe ich im Kursraum gesessen und auf ihn gewartet. Dieser verdammte Mistkerl glaubt tatsächlich, er könne sich alles erlauben. Aber nicht mit mir!

In den Pausen stehe ich sofort nach dem Klingeln auf und gehe nach hinten in die letzte Reihe. Dort freut sich Jonah immer über meine Gesellschaft. Da Fireball Jonah anscheinend genauso wenig leiden kann wie Jonah ihn, scheint mir das die richtige Strafe.

Am Mittwochmorgen will ich Mr. Johnson um ein neues Referatsthema bitten. Doch er kommt nicht allein. Er und Mrs. Chen treten gemeinsam vor den Kurs.

»Meine Damen und Herren, es freut uns, Ihnen mitteilen zu können, dass wir in fünfzehn Minuten zu einem pädagogischen Ausflug aufbrechen werden«, sagt Mr. Johnson.

Ein Ausflug. O Gott, eine weitere Hürde in meiner Mission, nie wieder ein Wort mit Fireball zu wechseln, und außerdem ein weiterer Stich in die Brust, weil ich nicht mehr mit meiner ehemals besten Freundin spreche.

»Packt für zwei Tage, nehmt bequeme Kleidung und Schuhe mit«, sagt Mrs. Chen. Alle springen auf und packen ihre Schulsachen zusammen.

»Mr. McAllister«, ruft Mrs. Chen, »auf ein Wort.«

Irgendwie ergibt es sich, dass Jesse und ich gemeinsam als Letzte das Zimmer verlassen. Und ich bemerke, dass auch Jesse beim Rausgehen die Ohren spitzt. Doch alles, was ich höre, ist Mrs. Chen, die mit unnatürlich hoher Stimme sagt: »Wir stellen es Ihnen frei, Mr. McAllister …«

Ich will gerade zurücksehen, um zu verstehen, was Fireball antwortet, da zieht Jesse grinsend die Tür zu.

»Wer lauscht denn da?«

Ich setze mein gewinnendstes Lächeln auf. »Tja. Wenn du bitte sagst, könnten wir unsere Lauschbruchstücke zusammensetzen.«

»Lass gut sein, Cooper, gleich erfahre ich es sowieso aus erster Hand.«

»Schön für dich«, sage ich und hoffe, dass er mir meine Enttäuschung nicht anmerkt.

Eine halbe Stunde später steigen zwanzig aufgeregte Teenager in ein Shuttle des Kommandariats. Das Geschnatter hallt unerträglich in meinen Ohren. Ich kann diesem Ausflug nichts Positives abgewinnen, denn erstens scheint Emma in Elsa binnen kürzester Zeit eine neue beste Freundin gefunden zu haben und zweitens bin ich eine der Ersten im Shuttle und habe deshalb freie Sicht auf die letzte Reihe. Dort kauert wie ein Häufchen Elend Fireball, den Kopf auf die Hand gestützt, den Blick nach draußen gerichtet. Neben ihm sitzt Jesse wie ein Bodyguard, der achtgibt, dass keiner seinem Schützling zu nahekommt. Sie sind ein merkwürdiger Anblick. Ja, die Gelegenheiten, bei denen ich Fireball habe lächeln sehen, kann ich an einer Hand abzählen. Ich habe ihn auch schon traurig erlebt. Aber das hier, das ist anders. Man könnte meinen, Fireball hätte Angst, und Jesse mache sich Sorgen. Dieses Bild ist so verstörend, dass ich mich möglichst weit weg von ihnen setze, damit mein Helferdrang mich nicht dazu bringt, sie anzusprechen.

Die Schüler strömen ins Shuttle wie eine Horde Hühner. Emma geht an mir vorbei, während Elsa ohne Punkt und Komma auf sie einschnattert. Jonah ist der Einzige, der neben meinem Platz stehen bleibt. »Komm mit nach hinten. Setz dich zu uns.«

»Nein, ich möchte die Zeit nutzen und lernen. Das kann ich vorne besser.« Ich tippe auf das Geschichtsbuch.

Die Wahrheit ist: Ich will weder in Fireballs noch in Emmas Nähe sein. Weder will ich seinen Duft einatmen noch seine Stimme hören, seine Augen sehen oder Emma mit ihrer neuen besten Freundin beobachten müssen. Niemand setzt sich neben mich, außer …

»Ist bei Ihnen noch frei, Miss Cooper?«

»Aber ja, Mrs. Chen, setzen Sie sich.«

Na toll. Ein Shuttletransport ins Unbekannte neben meiner Geschichtslehrerin. Und ich Streberin habe nichts weiter als mein verdammtes Geschichtsbuch zum Lesen dabei.

Ich glaube, den anderen kommt die Fahrt nicht halb so lang vor wie mir. Sie singen Wanderlieder und spielen Mensch gegen Kreatur: Für dieses blöde Kartenspiel bin ich wirklich nicht in der Stimmung. Da bin ich scheinbar nicht die Einzige. Fireball und Jesse sitzen unbeweglich da und starren aus dem Fenster.

Zwei Stunden dauert es, bis der Shuttlefahrer den Blinker setzt und wir vom Highway abfahren. Ich lese den Ortsnamen auf dem Schild. ›Freedom Heights‹ steht da.

Ich reiße die Augen auf.

Mein Gott! Jetzt weiß ich, weshalb Fireball die ganze Fahrt über so still war. Jetzt weiß ich, was Mrs. Chen meinte, als sie sagte: »Wir stellen es Ihnen frei, Mr. McAllister …«

Kann es sein, dass sie Fireball gedroht hat? Komm mit auf den Ausflug oder verlass das Internat – so einfach wäre es. Ich habe selbst erlebt, wie schnell er nachgibt, wenn man ihm mit dem Rausschmiss aus dem Internat droht.

Unser pädagogischer Ausflug führt uns zur Gedenkstätte für George McAllister. Denn das ist Freedom Heights: die Gedenkstätte des berühmtesten Kommandanten der Welt. Hier fand die Trauerfeier für ihn statt. Kein Wunder, dass Fireball dasitzt wie ein Häufchen Elend.

Mrs. Chen wartet, bis alle das Shuttle verlassen haben. Geduldig bleibe auch ich auf meinem Platz sitzen. Als Letzte kommen Fireball und Jesse an uns vorbei. Fireball holt ein schwarzes Basecap aus seinem Rucksack und zieht es tief in sein Gesicht. So gewappnet steigt er aus dem Shuttle.

Mr. Johnson zählt durch, und Mrs. Chen gibt uns eine geschichtliche Einordnung. »Von dem tödlichen Angriff zeugt ein Videobeweis, der belegt, wie das Mutterschiff zerstört wurde. Obwohl sie sich noch in ihre Zone zurücktransferierten, konnten die Schattenjäger die Vernichtung ihres Anführers Morsis nicht mehr verhindern. Letztlich kostete es ein einziges Menschenleben, um Morsis zu töten und die Schattenjäger für immer zu vertreiben.«

»Was für ein Schwachsinn.«

Es ist so still, dass ich eine Grille zirpen höre.

»Was war das eben?«, fragt Mrs. Chen in die Gruppe.

Tut sie nur so oder hat sie seine Stimme tatsächlich nicht erkannt? Ich würde sie unter Hunderttausenden heraushören.

»Ich sagte, das ist Schwachsinn.«

»Begründen Sie Ihre Aussage, Mr. McAllister.«

»Es gibt keinen Videobeweis, der einen tödlichen Angriff zeigt.«

»Doch, selbstverständlich. Vielleicht wurde er Ihnen bisher vorenthalten …«

»Nein. Ich habe das Filmmaterial zigmal angesehen. Es dokumentiert nur, dass es eine Explosion gegeben hat. Danach sieht man nichts mehr. Denn beide Raumschiffe sind transferiert. Fertig. Kein Beweis, dass irgendjemand ums Leben gekommen ist.«

Mrs. Chen räuspert sich angestrengt. »Mr. McAllister. Ich verstehe, dass Sie das Thema sehr persönlich nehmen …«

»Mit Verlaub, Ma'am. Sie sprechen über meinen Vater. Ich nehme es nicht persönlich. Es ist persönlich.«

»Gut, ich glaube, so kommen wir nicht weiter. Meine Damen, meine Herren, Sie kennen alle die Details …«

»Was soll das heißen: Hier kennen alle die Details? Wie kommen Sie dazu, so etwas zu sagen? Waren Sie dabei? Haben Sie mit jemandem gesprochen, der dabei war?«

Mrs. Chen seufzt. »Mr. McAllister« Ihre Nasenlöcher weiten sich gefährlich. »Es ist an der Zeit, dass Sie jetzt still sind. Sonst sehen wir uns nach dem Ausflug im Büro des Direktors wieder – mit der Empfehlung einer Suspendierung. Haben Sie mich verstanden?«

»Sie wollen mich dafür bestrafen, dass ich …«

Mr. Johnson stärkt Mrs. Chen den Rücken. »Ruhe jetzt, McAllister, Sie stören die Veranstaltung.«

Ich zucke zusammen. Fireball schüttelt den Kopf, verschränkt die Arme vor der Brust und bleibt still.

Mrs. Chen spricht weiter über einen Mann, den sie nicht kennt, den sie nie getroffen hat, dessen Sohn aber hier in unseren Reihen steht und sicher so einiges von dem berühmten Kommandanten erzählen könnte.

Ich sehe mich um. Alle beobachten Fireball. Da komme ich mir blöd vor. Ich will ihn nicht auch so dämlich anstarren. Also hefte ich meinen Blick auf Mrs. Chen, die nun erklärt, dass die Leiche von George McAllister nie gefunden wurde, weshalb es statt eines Begräbnisses eine Trauerfeier und statt eines Grabes eine Gedenkstätte gibt.

»Nun gehen wir gemeinsam hinauf und sehen sie uns an. Außerdem hat man von dort eine wunderschöne Aussicht.«

»Wir gehen da hinauf wie Touristen?«, frage ich. Die Vorstellung, hier herumzulaufen und die Aussicht zu genießen, ist mir zuwider. Das ist doch kein Vergnügungspark!

»Nein, nicht wie Touristen. Wie ein Kurs, der Geschichte hautnah erlebt. Wenn Sie mir bitte folgen möchten.«

Ich weiß nicht, woran es liegt. Vielleicht daran, dass Fireball recht hat und Mrs. Chen ihm Unrecht tut, oder vielleicht an der traurigen Geschichte dieses Ortes. Aber plötzlich überkommt mich eine Schwermut. Plötzlich scheint mir die Situation mit Emma unlösbar, Fireballs Schicksal unfair und mein eigenes unerträglich.

Mr. Johnson überholt mich. »Schlau von Ihnen, sich mit ihm zu solidarisieren. Es gefällt mir, wie Sie Ihr gemeinsames Projekt vorantreiben.«

Er geht zügig weiter. Sprachlos sehe ich ihm hinterher. Was denkt dieser Mann von mir? Glaubt er ernsthaft, ich wäre so berechnend?

Wir marschieren los. Fireball und Jesse lassen sich zurückfallen und keiner hindert sie daran. Ich würde gerne neben Fireball gehen, ihm zur Seite stehen und alle wütend anschauen, die ihn gerade verstohlen beobachten. Aber ich laufe vorne bei Chen und Johnson. Weit weg von ihm. Schließlich gibt es keinen Grund für mich, ihm beizustehen. Das hat er mir Montagabend deutlich gemacht, als er mich versetzt und es noch nicht einmal für nötig gehalten hat, mir die Sache zu erklären, geschweige denn sich zu entschuldigen. Ich bin ihm egal, also ist er es mir auch. So einfach ist das.

Wir besteigen einen Berg, der von einer saftigen Wiese bedeckt ist. Hier und da liegen Felsen auf der Erde, als hätte sie jemand wie Würfel dort hingeworfen, aber nie aufgehoben. Bald erreichen wir die ersten Bäume. Sie spenden uns Schatten und einige meiner Mitschüler machen Rast und trinken aus ihren Flaschen.

Ich kann nur an Fireball denken und an das, was ihm gerade durch den Kopf gehen muss. Dass er vor den Augen all seiner Schulkameraden seiner schlimmsten Angst, seiner tiefsten Trauer begegnen muss. Denn wenn ich etwas über Fireball gelernt habe, dann, dass er sich vor seiner Trauer fürchtet. Deshalb hält er an dem Glauben fest, sein Vater könne noch leben. Weil der Gedanke, er könnte tatsächlich tot sein, ihn zu sehr schmerzt. Er will nicht in dieses dunkle Loch fallen. Ich weiß es, weil es auch mir so geht. Wegen eben dieser Angst vor dieser alles mit sich reißenden Trauer gehe ich nicht zum Grab meiner Mutter.

Nach einer Stunde lichten sich die Bäume und wir erreichen unser Ziel. Es ist tatsächlich wunderschön: Der Gipfel ist eine weite Lichtung, deren Wiese bedeckt ist mit einem Meer aus Gänseblümchen. In ihrer Mitte ragt ein marmornes Kreuz weiß strahlend in den Himmel, der Sonne entgegen.

Ich erkenne den Ort wieder. Vor vier Jahren war er in allen Medien. Doch damals standen hier weiß bezogene Stühle und vor dem Kreuz war eine Bühne aufgebaut. Von der Wiese war kaum etwas zu sehen, da alles vollstand mit Menschen, die schwarz gekleidet waren, die Damen mit Hüten auf dem Kopf, die Herren mit Taschentüchern in der Brusttasche. Auf einem der Stühle vor der Bühne saß ein Junge mit verbitterter Miene und roten Augen. Seine Hände lagen flach auf seinen Oberschenkeln. Auf einer lag die Hand seiner Tante. Es war eine sanfte Geste, die mich damals zu Tränen rührte. Heute hier zu sein, an jenem Ort, und mich daran zu erinnern, beschwört das Mitgefühl wieder herauf. Ich bleibe stehen und wische mir verstohlen über die Augen.

Die anderen gehen weiter. Sie gehen zum Kreuz, fotografieren sich davor. Nein, sie lachen nicht. Das tun sie nicht. Sie flüstern miteinander. Keiner spricht Fireball an. So viel Respekt zollen sie ihm und seinem Vater dann doch.

»Alles okay, Sally?«

Jonah hat zu mir aufgeholt. Ich zucke mit den Schultern, sage aber nichts. Ich kann nicht.

»Merkwürdige Atmosphäre, was?«

»Ja.«

Schräg hinter Jonah, keine vier Meter von uns entfernt, taucht Fireball auf.

Ich erschrecke, weil er plötzlich so nah bei uns ist. Ich glaube, er sieht zu Boden. Vielleicht hat er die Augen geschlossen. Ich weiß es nicht. Sein Basecap verdeckt sein Gesicht. Was, wenn ich einfach zu ihm gehe? Ihn in den Arm nehme? Ihm sage, wie leid es mir tut, was ihm passiert ist?

Da ergreift Jonah sanft meine Hand. »Wenn du willst, können wir da rübergehen. Da ist es schattiger und wir können uns hinsetzen.«

Keine Ahnung, warum, aber ich lasse meine Hand in seiner liegen.

»Okay«, flüstere ich.

Hand in Hand gehen wir weg von Fireball und dem

marmornen Kreuz und setzen uns auf einen Felsen, den Blick in den Wald gerichtet.

»Das hier nimmt dich ganz schön mit, oder?«

Statt einer Antwort schluchze ich stumm.

»Harte Woche«, presse ich heraus.

Jonah rutscht näher zu mir und legt seinen Arm um mich. Ich schließe die Augen und lehne meinen Kopf an seine Schulter.

14

FIREBALL

Ich bin heiß aufs Training. Jesse wollte es lassen, wollte lieber mit den anderen im Hostel feiern. Ich nicht. Nein, ich will den ganzen Scheißärger rauslassen. Ich will irgendetwas kaputtschlagen, meinen ganzen Frust loswerden. Ich will spüren, dass ich noch lebe, verdammt.

»Ist das weit genug?«, fragt Jesse. Wir sind auf einer düsteren Lichtung in der Nähe der Unterkunft, man kann die Lichter noch sehen. Wir kennen den Wald nicht und die Geduld des Häuptlings kann jeden Tag zu Ende gehen. Es kann nicht mehr allzu lang dauern, bis er Sally angreifen lässt. Nicht zu wissen, wann das sein wird, macht mir Sorgen. Große Sorgen.

»Ja.«

»Was zuerst?«

»Nahkampf.«

»Oje.«

»Was soll das heißen ›oje‹?«

»So wie du drauf bist, tust du mir weh.«

»Du hast mir auch schon oft wehgetan. Stell dich nicht so an.«

Wir nehmen unsere Kampfpositionen ein. Jesse stürzt mutig auf mich los, aber ich heble ihn mit einer Drehung von den Füßen und werfe ihn hart zu Boden. Keuchend bleibt er liegen.

»Du machst es mir zu einfach.«

»Du bist zu sauer«, stöhnt er.

»Steh auf, nochmal. Diesmal richtig.«

Diesmal macht er es richtig. Er nimmt mich in den Schwitzkasten, ich kann mich befreien, doch er tritt mir in den Magen. Wieder der Magen. Verdammt! Jonah hatte mich beim Nahkampftraining in der Schule genau dort geschlagen, wo mir der Häuptling bei unserem letzten Zusammentreffen einen Tritt verpasst hatte. Ich war abgelenkt gewesen wegen Sally, der es ganz offensichtlich seit Tagen nicht gut geht. Und der Typ kämpft besser als er aussieht. Jesse dagegen sieht genauso aus, wie er kämpft. Und er hat Spaß dabei.

Hustend stolpere ich einige Schritte zurück und knalle mit dem Rücken gegen einen Baum. Jesse stürzt sich auf mich, bevor ich wieder zu Atem komme. Seine Energie benötigt meine volle Aufmerksamkeit. Ein Fehler und er hat mich. Ein Fehler und ich könnte tot sein. Nicht beim Training mit Jesse. Im wahren Leben.

Er setzt eine Reihe von Kombinationen gegen meinen Bauch. Ich spanne meine Muskeln an und stecke die Schläge ein. Der ganze miese Tag zieht an mir vorbei. Chen, das Kreuz, mein Vater, Sallys Hand in Jonahs, Sally in Jonahs Armen.

Doch plötzlich ist da etwas anderes. Etwas, das mich ablenkt. Wir sind nicht allein. Keine Ahnung, was mich das denken lässt. Ich weiß es einfach. Es ist ein Gefühl. Ein vages Gefühl. Trotzdem bin ich mir sicher.

»Stopp!«, befehle ich und hebe die Hand.

Jesse hört sofort auf. »Was …?«

Er folgt meinem Blick. Da tauchen zwischen den Bäumen, vielleicht sechzig oder siebzig Meter von uns entfernt, drei vermummte Gestalten auf und schleichen auf das Hostel zu. Sie wissen nicht, dass wir hier sind, haben uns nicht gehört.

Es ist, als hätte ich einen Schalter umgelegt. Mein Körper spannt sich an, mein Blick wird fokussiert, mein Hirn arbeitet auf Hochtouren. Ich gebe Jesse ein Zeichen, dass er sich von der anderen Seite anschleichen soll, während ich die Typen hinhalte. Geräuschlos macht er sich auf den Weg, in einem weiten Bogen um sie herum.

Ich gebe mir keine Mühe dabei, leise zu sein. Es knackt und knistert, als ich auf sie zugehe und die drei drehen sich überrascht nach mir um.

»Hoppla, wurden wir erwischt? Und das ausgerechnet von Fireball McAllister. Ich hatte so sehr gehofft, dich hier zu treffen.« Der Typ in der Mitte zieht seine Maske vom Kopf und grinst mich an. Sein blondes Haar steht ihm kreuz und quer vom Kopf, sein Grinsen ist schief und entblößt eine Zahnlücke – ein Schneidezahn fehlt ihm. Seine Augenbrauen sind ungewöhnlich buschig und durch das Abziehen der Maske nach oben geschoben. Ich schätze ihn auf Mitte zwanzig. Kein Rebell. Vielleicht ein Kadett. Ein kleiner, dummer Kadett. Aber was wollen er und seine Leute hier? Sind sie wegen mir hier?

»Dann komm her, ich geb dir ein Autogramm und ihr könnt euch wieder verpissen.«

Ich sehe mir jeden der drei ganz genau an. Sie sind durchtrainiert, breite Schultern, langsam. Der Linke hat eine verdammt langsame Reaktionsspanne – er hat sich als letzter umgedreht, als ich sie auf mich aufmerksam gemacht habe.

»Leider umfasst mein heutiger Auftrag nur das Mädchen. Dich würde ich mir am liebsten auch gleich vorknöpfen, aber deine Zeit ist noch nicht gekommen.«

Heiße Wellen fluten meinen Körper. Es geht also los. Sally soll sterben.

»Du kriegst sie nicht«, sage ich und es klingt wie eine Drohung.

Er lacht. »Was? Du kleiner Scheißer willst dich mir in den Weg stellen?« Er kommt langsam auf mich zu. »Du hast keine Ahnung, wer ich bin.«

»Unwichtige Menschen merke ich mir nicht.«

Diesmal schnaubt er nur amüsiert. »Du hast mich noch nie getroffen. Trotzdem weiß ich alles über dich. Deine Stärken, deine Schwächen. Einfach alles. Also merk dir besser meinen Namen, du wirst ihn jammern, wenn ich dich langsam töte. Ich heiße Gust. Gust Jackson.«

»Wer bist du, Gust Jackson, dass du es wagst, mir zu drohen?«

Er lächelt breit. »Ich bin der nächste Häuptling«

Jetzt ist alles klar. Vor mir steht der Kerl, der mich ersetzen soll. Wenn ich sterbe, übernimmt er meinen Platz.

Ich balle die Hände zu Fäusten. »Wenn das so ist, solltest du die Gelegenheit nutzen und mich heute herausfordern, statt ein wehrloses Mädchen zu töten. Ihre Leiche bringt dir nichts, meine bringt dir alles.«

Seine Augenlider flattern. Er denkt angestrengt nach. Alles klar, der Häuptling hat ihm noch kein grünes Licht für ein Duell mit mir gegeben. Weil ich besser bin als er. Noch.

»Du hast Angst vor mir. Schlauer Junge.«

»Das habe ich nicht. Der Häuptling bereitet mich ausgezeichnet auf dich vor.« Er zwinkert und eine alte Angst keimt in mir auf, eine Angst, die sich vor vier Jahren wie ein Saatkorn in meinen Körper gelegt hat. Damals begrub ich es unter Erklärungen, Ausflüchten und dummer Ignoranz. Doch jetzt, nur weil dieser Typ so dämlich grinst, springt plötzlich eine riesige Pflanze der Angst aus der Erde, mit einem dicken Stängel und saftigen Blättern.

Der Häuptling hat mir nicht alles beigebracht.

Es gibt noch mehr, von dem ich wissen sollte. Ich habe es geahnt. Jetzt weiß ich es. All die Jahre hat der Häuptling dafür gesorgt, dass ich keine Chance haben würde, wenn es hart auf hart käme. Jetzt wird sich also zeigen, ob es so ist.

»Dann lass uns herausfinden, ob er dir schon genug beigebracht hat«, sage ich. »Ein kleiner Testkampf unter Feinden.«

»Liebend gern, du arroganter Rebell.«

Gust Jackson grinst und schnipst mit den Fingern. Die beiden Kämpfer hinter ihm formieren sich und greifen mich ohne ein weiteres Wort an. Aber da kommt Jesse. Er versperrt den beiden den Weg. Sehr gut. Jesse kümmert sich um die zwei, ich mich um Gust.

»Ich hab' mich schon gefragt, wo dein Babysitter bleibt. Ohne den bist du doch nichts wert.«

Gust rennt auf mich zu, tritt nach mir, versucht mich zu packen, aber ich kann seinen Händen ausweichen. Es ist gruselig, wie wir beinahe geräuschlos in der stillen Nacht kämpfen. Man hört Äste knacken, Fäuste aufschlagen, manchmal ein Keuchen. Aber ich glaube nicht, dass im Hostel irgendjemand etwas davon mitbekommt. Da schlägt er mir hart in den Bauch, genau an dieselbe Stelle, und ich muss einen Moment innehalten, um wieder zu Atem zu kommen. Ist es Zufall, dass er genau diese Stelle trifft? Oder ist das wieder einer dieser Pläne, die der Häuptling von langer Hand vorbereitet hat?

Da packt mich jemand von hinten an der Kehle, hält mich fest.

Einer der Typen ist Jesse entwischt.

Gust Jackson visiert mich an, er will mein Gesicht zu Brei schlagen. Ich werfe die Beine nach oben und treffe ihn am Hals. Dieser Möchtegern-Rebell stolpert gegen einen Baum. Doch bevor ich mich von dem Typ hinter mir lösen kann, kommt schon der Nächste. Was ist mit Jesse? Ich versuche, beide loszuwerden und schwinge den Kerl hinter mir über meine Schulter. Der Effekt bleibt nicht aus: Ich treffe den dritten Angreifer und beide sind für zwei Sekunden ausgeschaltet. Nicht genug Zeit, um zu Jesse zu laufen, der reglos am

Boden liegt, denn da steht Gust wieder vor mir, ein Messer in der Hand.

»Das ist lächerlich«, provoziere ich ihn, aber ich habe eine Scheißangst, dass er mir das Ding durch den Hals zieht.

Gust schüttelt den Kopf. »Ich rieche deine Angst bis hierher. Ich weiß, das Messer ist nicht deine Paradedisziplin. Tja. Meine schon.«

Ich warte ungern darauf, was mein Gegner als Nächstes tut. Also tue ich etwas. Ich werfe mich auf ihn. Er geht zu Boden und ich hocke mich auf seinen Brustkorb, hebe meine Faust und schlage auf sein Gesicht ein. Blut spritzt, unter meinen Knöcheln knirscht es. Gust brüllt wie ein wütender Bär und wirft mich von sich, als wäre ich nur ein Welpe für ihn. Mit einem Satz bin ich wieder auf den Beinen. Gust ebenso; das Messer hoch über seinen Kopf haltend rennt er auf mich zu. Obwohl sein Gesicht voller Blut ist und seine Augen tränen, sticht er blind auf mich ein. Ich will zur Seite springen, sehe jedoch im letzten Moment, dass sich einer der Typen erholt hat und sich auf mich wirft. Mir bleibt nur der Rückzug nach hinten. Ein schneller Schritt, noch einer, plötzlich prallt mein Rücken gegen einen Baum. Scheiße. Ducken. Zu spät. Ich kann mich nur noch zur Seite drehen. Gusts Messer rast in meine Schulter und pinnt mich am Baum fest. Mein Schrei hallt durch den Wald. Wie ich Messer hasse, verdammt nochmal.

Sein Kumpel hält mich fest, keine Chance, mich zu wehren.

Gust kommt mir so nahe, dass kleine Blutspritzer in meinem Gesicht landen, als er sagt: »Du Scheißkerl hast mir die Nase gebrochen.«

»Es macht dich schöner.«

Er dreht das Messer in meiner Schulter und ich schreie, obwohl ich es nicht will und wünschte, mir würde der Arm abfallen, damit ich diesen Schmerz nicht mehr ertragen muss.

»Ich werde dich nicht einfach töten. Ich werde dich leiden lassen.«

Hinter Gust rappelt sich Jesse auf, versucht, seine Sinne zusammenzubekommen. Hoffentlich gelingt es ihm noch rechtzeitig. Der dritte von Gusts Leuten liegt noch immer bewusstlos auf dem Waldboden. Den hab' ich ordentlich erwischt. Der andere kann Jesse von seiner Position aus nicht sehen. Unser Glück.

»Ich töte dich nicht heute Nacht, o nein. Das ist zu einfach. Erst sollst du leiden. Verabschiede dich von denen, die du liebst. Denn ich bringe sie vor dir um. Ich werde dich so leiden lassen, dass du mich anflehen wirst, endlich sterben zu dürfen.«

In meinem Kopf tanzen Gesichter. Tina. Tante Mary. Mark. ... Aber es gibt eines, das klarer vor meinem inneren Auge steht als alle anderen: Sallys.

»Vergiss es. Auf dieser Welt gibt es niemanden, der mir etwas bedeutet.«

Er lacht und zieht das Messer aus meiner Schulter.

»Das wird sich zeigen. Halt ihn gut fest.« Der Typ neben mir packt mich fester und noch bevor ich meine Muskeln anspannen kann, rast Gusts Faust in meinen Magen. Dann die nächste. Er schlägt eine Kombination nach der anderen.

Irgendwann steht Jesse endlich parat, er kommt so schnell aus dem Nichts, dass der Typ hinter mir keine Warnung mehr rufen kann. Jesse zieht Gust einen Stein über den Kopf. Ich spüre, wie sich die Griffe um meine Handgelenke lockern, reiße mich los und will mich auf ihn stürzen. Stattdessen falle ich um wie ein Sack Kartoffeln. Alles um mich herum wird schwarz.

SALLY

Die Lehrer haben uns Schülern die Zimmeraufteilung überlassen. Da Emma lächerlich kichernd mit Elsa in den Wohntrakt gegangen ist, bleibe ich unschlüssig neben meiner Tasche stehen. Dann tue ich mich also mit der Letzten zusammen und teile mir mit wem auch immer ein Zimmer. Und wenn es Mrs. Chen sein sollte – mir doch egal.

Aber wir sind eine ungerade Zahl an Schülerinnen und es gibt nur Zwei-Bett-Zimmer. Ich bleibe übrig und bekomme ein Zimmer für mich allein.

»Komm und häng mit uns ab«, sagt Jonah nach dem Abendessen. »Im Keller gibt es einen Billardtisch und Dart. Sicher wird auch ein bisschen getanzt.« Er zwinkert mir zu und deutet so unsere Tanzstunden an, für die ich bis vor ein paar Wochen noch gebrannt habe.

»Du bist lieb, Jonah, aber ich bin todmüde. Ich gehe lieber gleich ins Bett.« Ich gehe lieber ins Bett, als den Abend in der Nähe von Fireball und Emma zu verbringen.

»Falls du es dir anders überlegst …«

»Dann komme ich sofort runter. Auch wenn ich schon meinen Schlafanzug trage.«

Er grinst. »Gerne im Schlafanzug. Ich bin sicher, auch darin siehst du toll aus.« Ich werde knallrot. Mehr als küssen und umarmen lief zwischen uns nicht. Es hatte sich irgendwie nie ergeben. Außerdem wollte ich nicht, und gerade, als ich zu mehr bereit war, kam Charlotte dazwischen. Vielleicht hat er sich deshalb auf sie eingelassen – weil ich zu prüde war?

Bin ich denn die Einzige, der es wichtig ist, dass ihr erstes Mal schön wird, besonders? Ich will nicht bereuen, es mit irgendwem getan zu haben, der mich dann verletzt. Und was Jonah betrifft, hatte ich letztlich recht. Leider.

Ich weiß schon, was da unten gerade läuft. Sie hören Musik, tanzen, trinken eingeschmuggelten Alkohol. Ein paar sitzen bestimmt knutschend in einer Ecke. Jesse wahrscheinlich. Ob Fireball auch ...?

Ich höre den Beat aus dem Keller. Trotzdem: Ich bin wirklich müde und lege mich ins Bett. Bei geschlossenen Augen ist die Musik sogar noch lauter. Wumm, wumm, wumm-wumm. Irgendjemand brüllt. Ein Schrei aus voller Kehle. Wow, die schlagen aber ganz schön über die Stränge. Ob ich vielleicht doch runtergehe? Aber ich habe schon Zähne geputzt und mich abgeschminkt.

Nochmal schreit jemand. Wenn die so weitermachen, beenden Chen und Johnson die Party früher als ihnen lieb ist.

Wumm-wumm, wumm-wumm. Ein paar Minuten geht das so. Wumm-wumm, wumm, wumm – klirr.

Was war das?

Das Geräusch kam von draußen. Haben sie die Party etwa vor das Gebäude verlegt? Die sind wohl wahnsinnig! Das gibt auf jeden Fall Ärger. Wieder knirscht es vor dem Haus. Verdammt, wer läuft da herum? So, wie es klingt, jemand, der zu viel Alkohol getrunken hat.

Ich werfe die Decke von mir, steige aus dem Bett und reiße wütend meine Tür auf. Am Ende des Ganges bewegt sich ein breiter, unförmiger Schatten. Er sieht aus wie ein Mensch, er bewegt sich wie ein Mensch, aber er könnte auch ein buckliges Monster sein. Meine Augen gewöhnen sich allmählich an die Dunkelheit und ich erkenne besser, was da vor sich geht: Ein Mensch stützt einen anderen. Dieser andere kann sich kaum auf den Beinen halten.

»Sagt mal, geht's noch?!«, zische ich. »Wie kann man sich denn so betrinken?«

Die Stimme, die mir wütend etwas zuraunt, gehört Jesse! »Jaja, geh wieder schlafen!«

Da merke ich, dass etwas absolut nicht in Ordnung ist. Ich spüre es in meinem Magen, bevor ich es sehe. Ich höre es an Jesses gepresstem Tonfall. An Jesse hängt Fireball, doch etwas stimmt nicht mit ihm.

»Moment ...« Ich trete näher zu den beiden. Fireball hat die Augen geschlossen und hängt völlig kraftlos an Jesses Schulter.

»Sag mal – ist der betrunken?«

Jesse zieht eine Augenbraue hoch. »Ja. Ja, er ist betrunken. Und jetzt geh wieder ins Bett, Mäuschen.«

Ich kann es nicht fassen. Ja, Fireball hatte sicher einen schweren Tag, aber sich so gehen zu lassen? Auf der Party letzten Freitag hat er doch auch nicht getrunken, oder? Irgendetwas stimmt hier nicht. Mich überkommt eine starke Unruhe. So ähnlich wie damals, als die Männer vom Kommandariat vor unserer Tür standen, mit ihren schrecklich neutralen Gesichtern. Damals wusste ich es auch: Etwas stimmt nicht. Ich habe es gespürt. Und jetzt spüre ich es wieder. Ich trete näher heran und erkenne Fireballs Gesicht. Es ist voller Blut.

»Was ist mit ihm?«, frage ich entsetzt und springe Jesse zur Seite, um Fireball zu stützen. Ich nehme seinen Arm und will ihn über meine Schulter legen, da schreit er auf vor Schmerzen.

»Pscht!«, zischt Jesse. »Lässt du uns in dein Zimmer? Ich glaub' nicht, dass ich es mit ihm bis in den zweiten Stock schaffe.«

»Natürlich.«

»Geh und mach die Tür auf.«

»Was hast du vor? Er muss sofort zu einem Arzt.«

»Geh schon!«

Die Art, wie Jesse diese beiden Worte sagt, lässt keinen Zweifel: Er hat auch Angst. Ein weiteres Widerwort, ein Zögern meinerseits und er rastet aus. Ich sehe es in seinen Augen.

»Komm.« Ich renne die paar Schritte zu meinem Zimmer, halte ihnen die Tür auf und sehe hilflos dabei zu, wie Jesse Fireballs Körper vorsichtig auf dem nächsten Bett ablegt. Fireball stöhnt vor Schmerzen und krümmt sich, die Arme vor dem Bauch verschränkt. Jesse läuft quer durch den Raum, lässt die Rollläden runter und knipst die Lampe auf dem Nachttisch an.

Da erst sehe ich es: überall Blut. Nicht nur auf Fireballs Gesicht, nein, es ist an seinen Händen, seinem Pulli, seiner Hose. Jede Menge Blut.

»Mein Gott, was ist passiert?«

»Hast du einen Schlüssel für das Zimmer?«

»Jesse, wir müssen sofort einen Arzt rufen.«

Er packt mich grob bei den Schultern. »Hast du einen Schlüssel?«, raunt er so aggressiv, dass ich Angst vor ihm bekomme. »Ja.«

»Ich muss nochmal los.«

»Holst du Hilfe?«

»Ja.«

»Und was mache ich mit ihm? Bis ein Krankentransport kommt, wird es ewig dauern.«

»Im Badezimmer gibt es einen Erste-Hilfe-Schrank. Tu, was nötig ist.« Jesse lässt mich los und geht ans Bett. Er beugt sich über Fireball und redet mit ruhiger Stimme auf ihn ein. »Ich hole Hilfe. Sally ist da, sie kümmert sich um dich. Nippel mir hier ja nicht ab, verstanden?«

Er verlässt das Zimmer, ohne eine Antwort von Fireball zu erhalten.

15

SALLY

Jesse geht, und ich schließe die Zimmertür hinter ihm ab. Kurz bin ich unentschlossen, was ich tun soll. Im Internat hatten wir natürlich Erste-Hilfe-Kurse. So etwas gehört zu unserer Ausbildung. Aber ganz ehrlich: Ich musste noch nie irgendjemandem auch nur ein Pflaster aufkleben! Das Adrenalin schießt durch meine Adern und ich denke nicht mehr, ich funktioniere nur.

Ich sprinte die paar Schritte ins Badezimmer, greife mir das Erste-Hilfe-Set und Handtücher und bin in weniger als zehn Sekunden zurück am Bett. Fireball liegt da, die Augen fest zusammengepresst, die Lippen ganz weiß. Auf seiner Stirn steht Schweiß und klebt Blut.

»Fireball«, sage ich leise und berühre ihn sanft an der Stirn. »Sag mir, wo du Schmerzen hast.«

Ich warte, doch er antwortet nicht. Seine Lippen sind ganz spröde, seine Wangen glühen. Noch einmal sprinte ich ins Bad, schnappe mir ein Handtuch und lasse kaltes Wasser darüber laufen. Dann laufe ich zurück zu ihm.

»Ganz ruhig, alles wird gut«, wiederhole ich wie ein Mantra – mehr für mich als für ihn – und tupfe ihm mit dem Handtuch die Lippen, die Stirn und die Wangen ab. Er zieht die Luft hörbar ein.

»Fireball, was tut dir weh? Was kann ich tun?«

Mühsam presst er hervor: »Schulter.«

In dem schwachen Licht der Nachttischlampe kann ich kaum etwas erkennen. Doch ich untersuche seine Schulter genauer. Quer über sein Schulterblatt ist sein T-Shirt aufgeschlitzt. In der Dunkelheit habe ich nicht gesehen, dass der schwarze Stoff feucht ist vom vielen Blut.

Ich fische eine Schere aus dem Verbandset und mache kurzen Prozess mit dem Shirt. Ich schäle seinen Oberkörper aus dem Stoff und Fireball stöhnt leise auf. Er hat starke Schmerzen. Seine Schulter sieht fürchterlich aus. So als wäre ihm ein Stück Fleisch herausgerissen worden. Das Blut sickert aus der Wunde wie Wasser aus einem Schlauch, der nicht richtig abgedreht wurde.

»Was ist nur passiert, Fireball?«

Er antwortet nicht.

»O Gott – o Gott – o Gott«, wiederhole ich ständig und ermahne mich dann, doch die Klappe zu halten, denn Fireball soll nicht merken, dass ich vollkommen überfordert bin mit der Situation. Er soll keine Angst haben müssen.

Aber noch nie habe ich eine solch schlimme Wunde versorgt. Ein Pflaster, ein Druckverband – das würde ich hinkriegen. Aber das hier, nein, das hier ist etwas völlig anderes. Kein Erste-Hilfe-Schrank der Welt genügt für diese Verletzung. Ich atme tief durch. Die Blutung stoppen. Wichtig. Die Wunde desinfizieren. Auch wichtig.

Hektisch durchsuche ich die Sachen, die ich gefunden habe. Ich finde ein Mittel zum Desinfizieren von Wunden, überfliege die Packungsbeilage und richte den Sprühkopf der Flasche auf die Wunde. »Kann sein, dass das brennt.«

Fireball beißt ins Kissen, um nicht laut zu schreien. Er krallt sich an der Bettdecke fest und sein ganzer Körper spannt sich an. Er tut mir so leid. Aber ich habe erst einen kleinen Teil der Wunde desinfiziert. Und so tief, wie sie ist, bin ich überzeugt, dass es besser ist, wenn ich das hier durchziehe. Oder muss man stark blutende Wunden nicht desinfizieren? Ich weiß es nicht – ich weiß es einfach nicht!

»Schhhh, gleich vorbei«, rede ich ihm gut zu. Und doch zittern meine Hände, als ich ihm noch weitere drei Mal das Zeug in die Wunde sprühe und er vor Schmerzen fast wild wird.

Als es vorbei ist, schluchzt er und atmet, als wäre er hundert Meter gesprintet. Ich weiß, dass das, was als Nächstes kommt, nicht leichter wird, also verliere ich keine Zeit. Ich drücke ihm zwei Wundauflagen auf die Verletzung. Sein Körper krampft sich unter mir zusammen, und ich glaube, er würde mich am liebsten vom Bett stoßen. Vorsichtiger rolle ich einen Verband um seinen Arm und die Schulter, schnappe mir aus meiner Tasche eine meiner Blusen, fixiere sie darunter und knote sie über der Wunde zu.

Als ich fertig bin, sackt er schlaff zusammen, vollkommen durchgeschwitzt, am Ende seiner Kräfte.

Ich untersuche seinen Oberkörper. Mag sein, dass er vor allem Schmerzen an der Schulter hat, doch das kann nicht alles sein. Sein Bauch ist ein einziger roter Fleck!

Ich lege ein feuchtes Handtuch quer über seinen Bauch und er keucht auf. Mehr kann ich nicht tun.

Irgendwann in den letzten Minuten muss ich geweint haben, denn mich kitzelt Feuchtigkeit an den Wangen und um die Lippen. Ich wische mir die Tränen aus dem Gesicht und lege meine Hand auf seine. Die andere lege ich ihm auf die heiße, verschwitzte Stirn. Langsam beruhigt sich sein Atem. Er schluckt schwer und ich streiche mit dem feuchten Handtuch über seine Stirn, seine Wangen und seine Lippen.

»Nochmal«, krächzt er.

Also wiederhole ich es. Eine ganze Weile sitze ich so da.

Kühle sein Gesicht, halte seine Hand. Er wird ruhiger. Schläft vielleicht sogar ein. Ich streichele seine Finger in meiner Hand und frage mich, wer ihm das angetan hat. Ich sehe Emma vor mir, die sagt: ‚Wenn sie Elternlose sind, dann …' Was, wenn wir recht hatten?

Ich ziehe die Luft scharf ein und sehe mich erschrocken um. Doch mein Kopf ist nur von meiner Hand gerutscht, ich war kurz eingenickt. Wir sind noch immer allein. Ich kneife die Augen zu, um die Müdigkeit zu vertreiben.

Wachbleiben, Sally! Du musst aufpassen. Aufpassen, dass Fireball am Leben bleibt. Ist er noch am Leben?

Er beobachtet mich aus halboffenen Augen. Sein Gesicht sieht furchtbar aus – vollkommen verquollen, voller Blut und Blutergüsse.

»Leg dich zu mir«, flüstert er. Seine Stimme ist nicht mehr als ein leises Krächzen.

»Alles gut, ich bin nur kurz eingenickt. Möchtest du etwas trinken?«

Er nickt. Ich stehe auf und hole aus dem Bad ein Glas Wasser. Er versucht sich aufzurichten, scheitert aber kläglich. Stöhnend fällt er zurück auf die Matratze. Ich setze mich an seine Seite, helfe ihm, den Kopf anzuheben und halte ihm das Glas an den Mund. Er trinkt einen winzigen Schluck und sinkt schlaff zurück ins Kissen.

Als ich aufstehen will, greift er nach meiner Hand. »Leg dich zu mir«, wiederholt er.

»Dann schlafe ich ein«, protestiere ich sanft.

»Na und? Du verpasst schon nichts.«

»Ich habe Angst, dass ich dir weh tue.«

»Mach dir nicht so viele Gedanken.« Er macht Anstalten, zur Seite zu rutschen, aber der Versuch ist erbärmlich. Ich bin wirklich müde. Mir ist ganz schwindelig und schlecht. Wenn ich nur ein paar Minuten schlafe, ist es danach sicher besser. Nur ein paar Minuten.

Vorsichtig, um ihm nicht weh zu tun, lege ich mich neben ihn. Ich bin ihm so nah, kann jede Wimper um seine geschlossenen Augen sehen, jeden Riss in seinen Lippen. Seine Hand tastet nach meiner und als er sie gefunden hat, verschränkt er seine Finger mit meinen.

»Da sollte deine Hand immer sein«, sagt er.

Sanft streiche ich mit meinem Daumen über seinen Handrücken. Seine Hand fühlt sich kühl an.

Er öffnet die Augen ein wenig, hat aber Mühe, sie offen zu halten. Trotzdem lächelt er. »Erzähl mir von deiner Halskette.«

Überrascht greife ich danach. »Warum interessiert sie dich?«

»Weil sie dir gehört.«

Hm. Das muss ich erstmal sacken lassen. Weil sie mir gehört.

»Meine Mutter hat sie mir geschenkt. Als ich ein kleines Mädchen war. Sie ist ein Erbstück, seit Generationen in der Familie. Der Anhänger zeigt den Lebensbaum. Heute ist er das Symbol des Kommandariats. Das war allerdings nicht immer so. Mom hat mir erklärt, dass Nayo ein ganz besonderer Planet ist. Wegen seines Wassers, seiner Luft und seiner Bäume. Dass die Schattenjäger deshalb kämen, um uns von hier zu vertreiben und den Planeten selbst zu beziehen. Und dass es sich lohnt, für unsere Heimat mit all ihrem Wasser, ihrer Luft und ihren Bäumen zu kämpfen. Wenn ich traurig bin, dass sie tot ist, fahre ich die Äste und Blätter entlang und denke daran, dass sie starb, weil wir einen so schönen Planeten haben.«

»Deine Mutter war eine kluge Frau.« Fireball krümmt sich. Sein ganzer Körper bebt. Er presst die Lider zusammen und hält die Luft an.

Nach einer gefühlten Unendlichkeit, in der ich nicht weiß,

wie ich ihm helfen soll, entspannt er sich, sackt erschöpft ins Kissen und atmet schwer.

»Warum bist du nur auf den Ausflug mitgekommen?«

»Wegen dir.«

Ich seufze.

»Was ist passiert, Fireball?«

Er lächelt schwach, schließt die Augen und bleibt stumm.

»Lieber nicht antworten statt zu lügen«, flüstere ich.

Er nickt.

Lautes Klopfen weckt mich.

»Ich bin es, Jesse, lass mich rein!«

Jesse. Mit dem Notarzt. Endlich. Ich sehe Fireball an, doch ihn hat das Klopfen an der Tür nicht geweckt. Er ist blass. Unnatürlich blass. Ist er etwa tot? Aber nein, seine Finger liegen warm in meinen.

»Ich komme!« Mit zitternden Händen schließe ich die Tür auf. Jesse stößt mich beiseite und stürzt mit drei Teenagern zum Bett, die allesamt vollbeladen sind mit medizinischer Ausrüstung.

Seine Begleiter, zwei Jungen und ein Mädchen, versammeln sich um Fireball. Das Mädchen beugt sich über ihn und checkt seine Vitalwerte. Sie trägt die blonden Haare zu einem Zopf, ein weißer Haarreif bändigt lose Strähnchen. Sie wirkt unglaublich zart und blass, elfengleich. Ihre Handgriffe sind sicher und ruhig – sie weiß, was sie tut, das sehe ich gleich.

Wenn sie feststellt, dass er tot ist, bin ich schuld! Weil ich eingeschlafen bin, weil ich nicht aufgepasst habe.

»Wie geht es ihm?«, fragt Jesse neben mir. Er klingt nervös. So kenne ich ihn gar nicht. Er pirscht vor dem Bett auf und ab und weiß nicht, wohin mit seinen Händen.

»Lebt«, sagt das Mädchen. »Wir müssen ihn von hier wegbringen.«

»Dann los«, kommandiert Jesse.

»Erst müssen wir ihn stabilisieren. Kümmere du dich um das Mädchen.«

Sie meint mich.

»Sie ist okay.«

Das elfengleiche Mädchen hält in ihrer Bewegung inne.

»Jesse. Es geht nicht um das Mädchen. Es geht um dich. Du bist panisch. So will ich dich nicht hier haben.«

Jesse bläst die Wangen auf, packt mich am Oberarm und zieht mich vor die Tür. Er will sie zuknallen, bremst sich aber in letzter Sekunde.

»Wie geht es ihm?«, verlangt er flüsternd Auskunft.

»Ich weiß es nicht. Schlecht. Ich habe seine Schulter notdürftig versorgt. Ich wusste nicht, was ich mit seinem Bauch machen kann, deshalb habe ich nichts unternommen.«

»Was ist mit seinem Bauch?«

»Der ist ganz rot und blau.«

Er neigt den Kopf. »Innere Verletzungen?«

»Keine Ahnung.«

»Und sein Kopf? Gehirnerschütterung? Schädelfraktur? Irgendwas?«

»Woher soll ich das wissen?«

Jesse rauft sich die Haare und knurrt wütend.

»Mann, ich bin schließlich keine Ärztin!«

»Wärst du mal besser, verdammt. Lern was Anständiges, Mädchen, nicht nur diese Kommandariatsscheiße!« Er stützt sich auf den Knien ab und atmet tief durch. »Mann, wenn ihm was passiert ...« Er atmet mehrmals tief ein, fängt sich dann aber wieder. »Hat jemand was gemerkt?«

»Ich glaube nicht. Nein.«

»Gut. Hiervon darf keiner was erfahren. Du musst die Klappe halten, Cooper, verstanden?«

»Ja.«

»Ich meine das sehr ernst: Kein Wort zu niemandem. Nichts von dem, was heute passiert ist, was du heute gesehen hast, darf irgendjemand erfahren. Nicht deine Kicherfreundin, nicht dein Daddy – niemand. Ist das klar?«

Er sieht aus, als wisse er nicht, ob er mir Zuckerbrot oder Peitsche anbieten soll. Ich nicke. Ich weiß nicht, weshalb ich nichts sagen darf, aber es ist ihm wirklich wichtig, also verspreche ich es – ich behalte diese Nacht und all das Furchtbare, das passiert ist und das ich gesehen habe, für mich.

»Wobei hat er sich so schwer verletzt? Was habt ihr gemacht?«

»Er ist vom Baum gefallen.«

»Verkauf mich nicht für dumm. In was für einen Mist seid ihr hineingeraten? Waren das Sebastian und die anderen?«

Jesse gibt einen zischenden Laut von sich. »Als ob die uns was anhaben könnten.« Er wirkt fast beleidigt, dass ich den Jungs so etwas zutraue.

»Wer kann es dann?«

Er tritt näher an mich heran, sieht mich mit seinen dunklen Augen ernst an. »Je weniger du weißt, desto besser für dich. Vertrau mir.«

»Okay. Aber was sind das für Kids?« Ich nicke zu meinem Zimmer, wo gerade Jugendliche in unserem Alter Fireball versorgen. »Ich dachte, du kommst mit einem Notarztteam zurück.«

»Sie kümmern sich um ihn«, sagt er knapp.

»Das sind noch Kinder, Jesse!«

»Sie verstehen mehr von Medizin als du.«

»Das ist nicht schwer. Bringen sie ihn in ein Krankenhaus?«

»Ja.«

»Du lügst.«

Die Tür geht auf. Die Jungen tragen eine Liege, auf die sie Fireball geschnallt haben. Er ist noch immer blass und nicht bei Bewusstsein. Um seine Nase wird die Haut blau und glänzt wegen der Schwellung. Das Mädchen läuft neben ihm, einen Tropf in die Höhe haltend. Sie laufen schnell und Jesse und ich müssen uns beeilen, um mit ihnen Schritt zu halten.

»Geh wieder ins Bett, Mäuschen«, befiehlt Jesse.

»Ins Bett! Und du?«

»Ich begleite sie. Und wehe, du erzählst irgendjemandem ein Sterbenswörtchen!«

»Und was sage ich den Lehrkräften? Morgen früh fällt auf, dass ihr weg seid. Sie werden wissen wollen, was passiert ist.«

»Lass dir was einfallen«, rät er. »Oder behaupte, du hättest nichts mitbekommen.«

»Jesse«, raune ich ihm hinterher. »Mein Bett ist voller Blut! Kein Mensch glaubt mir, dass ich von nichts weiß.«

Sie haben die Tür erreicht.

»Lüg einfach.«

Die fünf verschwinden in die Dämmerung des Morgens. Ich stehe noch da, keine Ahnung, wie lange. In der Ferne surrt irgendwann der Motor eines Heliflighters, kaum zu hören. Er taucht über den Baumwipfeln auf, dreht eine Runde über dem Wald und fliegt davon.

Im Wald, im Haus ist alles ruhig. Nur die Fragen in meinem Kopf rufen laut durcheinander.

16

FIREBALL

Schmerz überstrahlt alle Sinne. Ich höre nichts, ich sehe nichts, ich rieche nichts. Ich fühle nur diesen Schmerz. Er strahlt von meiner Schulter über den Arm bis in die Fingerspitzen.

Jemand stöhnt.

Bin das ich?

»Alles gut. Ich habe die Dosis erhöht. Schlaf weiter.«

Ava. Es ist ihre Stimme. Sie ist da. Das ist gut.

»KLEINER?« Jesse räuspert sich. Seine Stimme klingt gar nicht nach ihm. Sie klingt besorgt. »Kleiner, wach auf.«

Ich kneife die Augenlider fester zusammen. So müde. So unendlich müde. »Zu früh.« Meine Stimme ist heiser.

»Von wegen. Der Wecker hat schon vor Stunden geklingelt. Wir müssen los.« Jetzt klingt er schon mehr wie er selbst. Bestimmt hat er einen Mundwinkel nach oben gezogen.

»Wohin? Schule?«

»Lass ihn in Ruhe, Jesse. Fireball, mach die Augen auf. Du

bist auf der Krankenstation. Wir haben dich aufgeweckt. Es ist Zeit, dass du deine Genesung in die Hand nimmst.«

Ich stöhne. Ich hasse diesen Moment. Diesen ätzenden Moment, wenn sie die Dosis herabsetzen und du aus dem tiefsten, entspanntesten Schlaf überhaupt auftauchst. Denn das bedeutet, dass die Schmerzen anfangen. Dass die Therapie beginnt. Und dass ich bald wieder Teil der Maschinerie sein werde. Funktionieren muss. Kämpfen muss. Töten.

Ich öffne die Augen. Mein linker Arm ist taub. Ich bewege die Finger. Es funktioniert.

»Bleibende Schäden?«, frage ich.

»Wird die Therapie zeigen. Die Nerven sind verletzt, aber ich konnte sie stimulieren. Jetzt ist ein guter Zeitpunkt, mit der Reha zu beginnen.«

»Danke, Ava.«

»Wie immer gerne.« Sie streicht mir über den gesunden Arm und lächelt mich an. Sie sieht aus wie ein Engel mit ihrem blonden Haar, dem weißen Haarreif und der weißen Bluse. »Du hast uns ganz schön Kummer bereitet in den letzten Tagen. Schön, dass du wieder da bist.«

Sie verlässt den Raum und lässt mich mit Jesse allein.

»Was ist passiert?«

»Wir haben im Wald trainiert.«

»Am Internat?«

»Freedom Heights. Schulausflug. Hostel. Klingelt's?«

Wie aus einem Nebel tauchen die Bruchstücke meiner Erinnerung auf.

Sally, die Mrs. Chen wütend fragt, ob wir wie Touristen an der Gedenkstätte meines Vaters umherlaufen.

Sally, die Hand in Hand mit Jonah fortläuft.

Sally, die mich ängstlich ansieht.

Sallys Finger zwischen meinen ...

»So langsam kommt es wieder, ja.«

Ich sehe mich um. Ich kenne den Raum. Ziemlich gut

sogar. Die Erkenntnis überfällt mich wie ein Schlag in den Nacken. Ich will aufspringen, aber ich kann nicht. Mein Oberkörper und meine Beine sind am Bett fixiert.

»Wir sind in der Zentrale?! Ist er hier? Wir müssen sofort weg ...«

»Es ist zu spät, Kleiner.«

Jesse presst die Fingerspitzen seiner Hände aneinander. »Der Pilot hat die Seiten gewechselt. Er hat uns direkt hierher gebracht statt ins Safe House. Ava und die anderen stehen unter Arrest.«

»Und du?«

»Auch.«

»Was ist mit Sally? Ist sie in Sicherheit?«

»Denk schon. Keine Ahnung. Ich habe nichts von ihr gehört. Oder über sie. Es gibt keinen offiziellen Angriffsbefehl an die Rebellen. Hat es nie gegeben.«

»Und ich? Was hat er mit mir vor?«

Statt einer Antwort sieht er weg und reibt seine Handflächen gegeneinander.

Ich beiße die Zähne fest zusammen.

Jesse steht auf und tigert durch den Raum. »Verdammt, Kleiner, ich weiß nicht mehr, was ich glauben soll! Er ist der Häuptling. Er braucht dich, damit er abgelöst werden kann. Aber du sagst, er würde das gar nicht wollen. Und Tina und Ginger Robyn glauben das auch. Aber es ist Tradition, dass der alte Häuptling abdankt, wenn sein Nachfolger volljährig wird. Ich verstehe das alles nicht. Was hat er vor?«

Ich hebe meinen Kopf und rede eindringlich auf ihn ein: »Er will an der Macht bleiben. Lieber sieht er mich tot und baut einen neuen Nachfolger auf, den er dann noch leichter loswerden kann als mich. Du musst mich hier rausholen, bevor es zu spät ist.«

»Warum freut er sich nicht auf seinen Ruhestand? Ist doch geil, kann er Party machen den ganzen Tag. Er ist einer von uns, verdammt. Wenn wir uns untereinander nicht vertrauen können, wem dann?«

Im nächsten Moment geht die Tür auf und der graue Wolf persönlich steht im Türrahmen. Mein Magen verkrampft sich und ich ertrage es plötzlich nicht, so hilflos hier im Bett zu liegen. Vor dem Häuptling sollte man niemals hilflos sein.

»Raus.«

Er brauchte noch nie viele Worte. Jesse wirft mir einen verunsicherten Blick zu, aber verlässt pflichtbewusst den Raum. Der Häuptling wartet, bis die Tür ins Schloss fällt, dann tritt er an mein Bett.

»Guten Tag, Fireball. Bleib ruhig liegen.«

Er drückt seinen Finger gegen die Wunde an meiner Schulter. Ich schreie vor Schmerzen und falle zurück ins Bett. Er nimmt den Finger weg und beugt sich dicht zu mir hinunter.

»Und jetzt unterhalten wir uns in Ruhe. Darüber, warum du dich meinen Befehlen widersetzt und darüber, wie du hier wieder lebend rauskommen willst.«

SALLY

Drei Tage. Drei Tage ohne ein Lebenszeichen. Weder von ihm noch von Jesse. Alle fragen sich, wo die beiden sind. Ich frage mich nur, ob Jesses Fernbleiben vom Internat bedeutet, dass Fireball es nicht geschafft hat. Dass er tot ist, weil ich nicht wusste, was zu tun ist.

Es regnet in Strömen. Wie Bindfäden fallen die Tropfen auf den Boden, bilden matschige Pfützen auf dem Hof. Als ich klein war, bin ich mit Gummistiefeln an den nackten Füßen um den Brunnen gehüpft – von Pfütze zu Pfütze.

Ich ziehe meine Kapuze über den Kopf und überquere den Hof. Vor dem Tor gibt es einen großen Stein, der unter einem kleinen Dachvorsprung neben der Mauer liegt. Dort setze ich mich hin und atme tief durch. Bei gutem Wetter kann man die Hauptstadt von hier aus sehen. Heute lässt das triste Grau keinen Blick auf die Hochhäuser zu. Nur ein Teil des Security Belts schaut über die Wolken hinaus, die blinkenden Lichter sind das einzig Helle am Himmel an diesem Tag. Ich bin gefangen in einem düsteren, nassen Morast.

Obwohl Samstag ist, ist Emma im Internat. Den ganzen Tag

schon taucht sie wie zufällig dort auf, wo ich gerade bin. In der Bibliothek, in der Cafeteria, auf dem Campus.

Sie will mit mir reden, schon klar. Und ich will das auch, denn ich vermisse sie. Aber ich befürchte, dass sie nur mit mir sprechen will, weil sie ahnt, dass ich weiß, was mit Fireball und Jesse los ist. Sie kennt mich. Sie merkt, wenn ich ein Geheimnis habe.

Ich habe das Bettzeug im Wald versteckt und behauptet, dass von Anfang an nur eines der beiden Betten bezogen war. Das gab ganz schön Ärger zwischen den Besitzern der Unterkunft und Mrs. Chen, aber sie vertraut mir und hat für meine Aussage gebürgt. Den Plastik-Bezug auf der Matratze konnte ich einfach abwischen. Niemand hat etwas bemerkt, noch nicht einmal die dunklen Schatten unter meinen Augen. Niemand außer Emma. Sie hat gesehen, dass etwas nicht stimmt. Sie hat gesehen, dass ich lüge. Vielleicht hat sie sogar bemerkt, dass es mir schlecht geht.

Seit drei Tagen ist mir kotzübel. Ich kann weder essen noch schlafen. Der Unterricht zieht an mir vorbei, quälend langsam. Ich habe solche Angst, dass Fireball es nicht geschafft hat.

Allerdings hat mein Vater Verdacht geschöpft. Mrs. Chen und Mr. Johnson hatten ihn noch vor Ort telefonisch darüber informiert, dass die beiden fehlen. Direkt nach unserer Rückkehr hat er mich dazu befragt, ob ich wisse, wo Fireball und Jesse seien, ich wäre so blass, ich könne ihm alles anvertrauen. Da habe ich ihm erzählt, dass ich mich mit Emma zerstritten habe. Kein Sterbenswörtchen habe ich über die Jungs verloren.

Doch auch Dad macht sich Sorgen um Fireball und Jesse. Es hat ein Gespräch gegeben zwischen ihm, Mrs. Chen und Mr. Johnson. Tante Sully hat mir erzählt, dass es laut zwischen ihnen geworden ist. Er muss außer sich gewesen sein, weil Fireball und Jesse nicht zum Internat zurückgekehrt sind. Mein Vater wird nie laut – nie! Am Freitag kam er persönlich in den

Unterricht und fragte, ob jemand etwas über ihren Verbleib wisse. Ich habe versucht, so unschuldig wie möglich auszusehen. Emma neben mir hat ihr Tablet auf und ab, auf und ab geschoben.

Natürlich habe ich mir meine Gedanken gemacht. Solche Verletzungen zieht man sich nicht bei einem Sturz zu. Nein, Fireball ist nicht gestürzt. Ich kann zwei und zwei zusammenzählen. Seine merkwürdigen Freunde. Dieses ominöse Ersthelferteam. Seine Verletzungen. Ich habe einen Verdacht. Aber wenn ich damit recht habe, wäre das furchtbar. Es wäre furchtbar, weil es bedeuten würde, dass Fireball und Jesse verbannt gehören. Weit weg von diesem Planeten. Aber das kann nicht sein. Fireball kann kein schlechter Mensch sein. Oder doch?

Und mein Vater? Was weiß er? Weshalb hat er sie ans Internat geholt? Sein Streit mit Mr. Johnson zu Beginn des Schuljahres. Es passt alles zusammen. Mein Vater deckt die beiden. Oder nicht? Steckt etwas ganz anderes dahinter?

Es gibt nur eine Möglichkeit, das herauszufinden. Wenn ich die Wahrheit wissen will, muss ich es riskieren. Auch wenn mein Dad furchtbar wütend auf mich sein wird, wenn ich auffliege. Egal. Ich muss wissen, wer Fireball McAllister wirklich ist.

Ich stehe auf, wende mich dem Tor zu und schreie laut auf. Neben mir im Regen steht, die Kapuze über den Kopf gezogen, Emma. Durch meinen Schrei aufgeschreckt schreit auch sie. Einen Moment atmen wir tief durch, um uns von dem Schock zu erholen. Dann prusten wir los.

»Du hast mich zu Tode erschreckt«, schimpfe ich lachend.

»Tut mir leid«, sagt sie und wischt sich Lachtränen weg.

Wir grinsen noch einen Moment, dann sehen wir uns an. Ich muss an unser Telefonat denken, an das, was sie zu mir gesagt hat, an das, was ich gesagt habe.

»Es tut mir leid, Sally. Aber ich war echt sauer.«

»Mir tut es auch leid. Ich … Du bist meine beste Freundin, Emma. Ich bin nur einfach … ziemlich kompliziert.«

Sie sieht zu Boden und das Regenwasser läuft von ihrer Kapuze.

»Schon okay. Irgendwie mag ich dich ja auch deswegen. Du redest auch nicht pausenlos. So wie Elsa. Die redet sogar, wenn die Lehrer sprechen.« Sie verdreht die Augen.

»Tja, Miss Wyler, da sind Sie an meiner Seite besser aufgehoben«, scherze ich.

Sie grinst schelmisch.

Wir sehen uns an, lächeln, und ich weiß, dass es wieder okay ist. Wir haben unsere Freundschaft zurechtgeschüttelt, haben einen Gang weitergeschaltet.

»Und du glaubst wirklich, dass Fireball mit Jesses Schwester zusammen ist?«

Ich seufze. »Sieht so aus.«

»Ihr würdet besser zusammenpassen.«

Erst nicke ich gedankenverloren, dann sinken ihre Worte in mein Hirn. »Fireball und ich? Neineinein! Wir sind nicht …«

»Jaja, ihr seid nicht verliebt, ich weiß schon. Aber ich sage dir eins: Ich habe gesehen, wie er dich und Jonah an der Gedenkstätte beobachtet hat. Und ich sag's mal so: Es war ihm nicht egal, dass dich Jonah in den Arm genommen hat. Genauso, wie es ihm nicht egal war, dass du seine Krawatte gebunden hast.«

»Du hast nicht gesehen, wie er mich bei der Party rausgeschmissen hat. Das war unmissverständlich: Ich habe gestört.«

»Mag sein, dass du dort gestört hast. Aber ich bezweifle, dass er etwas gegen ein Date zu zweit hätte. Frag ihn doch einfach mal.«

»Komisch. So was Ähnliches hat er an dem Abend auch gesagt. Er meinte, es wäre schön, dass ich da bin, nur sei das Timing schlecht. Habe ich ganz vergessen.«

Emma grinst und wackelt mit den Augenbrauen. Ich lache und nehme sie fest in den Arm. »Du hast mir gefehlt.«

»Du mir auch«, sagt sie und drückt mir einen Kuss aufs Haar. »Was ist – sollen wir einen Film anschauen?« Sie sieht mich erwartungsvoll an.

»Heute?«

»Ja, klar! Was willst du sonst machen bei dem Regen?«

Ich beiße mir auf die Unterlippe. Es täte uns wirklich gut, den Abend gemeinsam zu verbringen. Aber es gibt etwas, das ich unbedingt erledigen muss, unbedingt wissen muss, solange mein Vater noch fort ist, denn er bleibt an diesem Wochenende schon wieder in der Stadt.

»Emma, tut mir leid, ich ... ich habe mir für heute Abend was vorgenommen. Und das ... das möchte ich alleine machen. Sorry, aber meine Pläne stehen schon länger fest.«

»Verstehe. Schade.«

»Ja, schade. Aber morgen ist auch noch ein Tag und da machen wir auf jeden Fall was.«

Ihr Lächeln kehrt zurück. »Na gut. Das wird komisch werden, so alleine heute Abend. Ich war noch nie übers Wochenende im Internat. Schon ein bisschen gruselig.«

Nein, ich werfe mein Vorhaben nicht über den Haufen. Mein Plan steht fest.

Wir gehen zusammen durch den Regen und die Pfützen zurück zum Hauptgebäude.

»Sally, du weißt was wegen Fireball und Jesse, stimmt's?«

Sie sieht mich vorsichtig an.

Ich nicke. »Ja. Nicht viel und ich darf nichts sagen. Das habe ich versprochen.«

»Aber du machst dir Sorgen.«

Tränen steigen in meine Augen. »Große Sorgen, ja.«

Statt weiter zu bohren, hakt sie sich bei mir ein. »Es wird bestimmt alles gut«, sagt sie leise.

»Das hoffe ich.« Ein dicker Kloß klemmt in meinem Hals

und ich schlucke schwer. Immerhin habe ich jetzt meine Freundin zurück. Das ist schon mal ein Pluspunkt und vielleicht der erste Schritt in Richtung Normalität.

Es ist still im ganzen Gebäude. Hier und da knackt das alte Holz der Dielen – jedes Mal bleibe ich stocksteif stehen und lausche. Wenn mich der Hausmeister entdeckt, wie ich in diesem Gang – strümpfig und mit einer Taschenlampe bewaffnet – umher streune, komme ich ziemlich in Erklärungsnot. Ja, ich halte eine Taschenlampe. Aber nein, ich brauche sie nicht. Noch nicht. Ich kenne die Flure hier. Ich würde das Büro meines Vaters mit verbundenen Augen finden.

In der anderen Hand halte ich Dads Ersatzschlüssel. Mein Vater hat immer einen Ersatzschlüssel in der Wohnung – falls er seinen verliert. Er hat mir nie gezeigt, wo er ihn aufbewahrt, aber ich kenne meinen Dad und bin seine Verstecke systematisch durchgegangen. Der Schlüssel lag in der Schublade seines Nachttischschranks. Als ich die Schublade geöffnet hatte, habe ich darin zwei Dinge entdeckt:

Erstens: den Schlüssel – juhu.

Zweitens: eine Waffe – o Schreck.

Mir schoss die Angst in die Glieder. Mein Hirn setzte aus und ich wollte mein Vorhaben schon abbrechen, denn da schienen plötzlich andere Fragen dringender: Warum besitzt mein Vater eine Waffe? Warum bewahrt er sie in seinem Nachttischschrank auf? Wo hat er sie her?

Mühsam verdrängte ich das Durcheinander in meinem Kopf. Schickte es bis auf Weiteres an einen Ort, den ich für diesen Moment verschloss. Ich nahm den Schlüssel an mich und machte mich mit weichen Knien auf den Weg.

Mein schlechtes Gewissen quält mich. Noch immer. Aber es geht um Leben und Tod, rede ich mir ein. Fireball könnte tot sein, soviel ich weiß. Und wenn sich mein Verdacht tatsächlich bestätigt – sind wir hier alle in Gefahr.

Der Schlüssel passt und die Bürotür gleitet lautlos auf. Ich sehe mich noch einmal auf dem Gang um und schlüpfe dann hinein. Der Schrank mit den Schulakten steht ganz hinten am Fenster. Ich will die erste Schublade aufziehen, aber sie klemmt. Nein, sie klemmt nicht. Der Schrank ist abgeschlossen. Was soll das? Der Schrank ist nie abgeschlossen! Zigmal habe ich meinen Vater beobachtet, wie er beiläufig eine Akte herausfischt.

Mein Herz rennt einen Marathon. Was nun? Mein Unterfangen aufgeben? Die Mission vertagen?

Nein! Wer weiß, wann sich solch eine Gelegenheit wieder bietet? Mit wenigen Schritten bin ich am Schreibtisch meines Vaters. Die Schubladen sind nicht abgeschlossen. Ich leuchte mit der Taschenlampe hinein – kein Schlüssel. Wie eine Geheimagentin taste ich die Unterseiten der Böden ab – und werde fündig.

Was zur Hölle?

Mein Vater hat einen kleinen Schlüssel mit Klebeband unter dem Boden der untersten Schublade befestigt. Seit wann macht mein Vater so etwas? Hat es einen Einbruch in sein Büro gegeben? Traut er jemandem zu, die Schulakten zu stehlen? Oder hat er Sorge, dass sich jemand für Fireballs und Jesses Akten interessieren könnte? Wenn ja, dann läge er damit gar nicht mal so falsch.

Ich fische den Schlüssel hervor und probiere ihn am Aktenschrank. Er passt. Mit verschwitzten Fingern drehe ich ihn um.

Die Schublade rollt geräuschvoll nach vorn, so laut, dass mir das Herz in die Hose rutscht. Wenn das jemand gehört hat, Sully oder der Hausmeister, die ihre Wohnungen nur ein Stockwerk höher haben, machen sie sich jetzt auf den Weg hierher.

Egal! Vielleicht reicht die Zeit, um zu erfahren, was ich wissen muss.

Die Ordner sind alphabetisch sortiert. Ich sehe Jesses Akte, ignoriere sie jedoch. Ich interessiere mich nur für eine. Unter M wie McAllister ist sie eine der Ersten. Ich ziehe sie heraus und setze mich auf den Boden, die Taschenlampe auf den Ordner gerichtet.

Die Akte ist dick. Ungewöhnlich dick im Vergleich zu den anderen.

Obenauf liegen seine Zeugnisse.

»Das gibt's nicht«, flüstere ich. Lauter Einsen. Der Kerl hat in jedem Fach immer nur Einsen. Er hat eine entsprechende Schulkarriere hinter sich: zweimal eine Stufe übersprungen. Die erste und die sechste. »Du bist nach dem Tod deines Vaters in eine neue Klasse gekommen. Schau an.«

Jetzt wird es spannend. Denn jetzt kommen die Seiten, die in normalen Schulakten nicht drin sind. Mir zittert die Hand. Auf dem ersten Blatt steht in großen Lettern:

Urteil des Kommandariats über den Angeklagten

Fireball George McAllister

»Was zur Hölle hast du getan?«

Da steht er, der Abschnitt, der alles erklärt, der meine schlimmsten Befürchtungen bestätigt. Der macht, dass ich mir die Hand vor den Mund halte und still weine, weil mir gerade alles zu viel wird.

Fireball McAllister wird schuldig gesprochen in den folgenden Punkten:

a) Mitgliedschaft in einer illegalen Vereinigung (näher: Rebellen Clan),

b) Mordversuch am Kläger, Präsident Anthony Dwaine,

c) schwere Körperverletzung an der Zivilistin Sally Anne Cooper.

Der Angeklagte wird zu einer lebenslangen Verbannungsstrafe verurteilt. Diese ist auf Bewährung ausgesetzt. Die Bewährungsauflagen sehen vor, dass Fireball McAllister

1. die Mitgliedschaft in der oben genannten illegalen Vereinigung beendet,

2. keine weitere Straftat begeht und

3. Schüler des Internats für Verteidigungswissenschaften bis zum Bestehen des Abiturs bleibt.

Nach Beendigung seiner Ausbildung im Internat wird die Bewährung erneut überprüft.

Mein Blick hüpft immer und immer wieder zurück zu den Anklagepunkten.

Mordversuch an Präsident Anthony Dwaine. Schwere Körperverletzung an Sally Anne Cooper.

Plötzlich liege ich wieder auf dem Präsidenten. Vor mir kniet der Typ mit der Maske. Seine Augen waren nie rot wie in meinen Albträumen. Seine Augen waren blau. Eisblau.

Fireball.

Fireball hat auf mich geschossen!

17

SALLY

Ich kann mich nicht erinnern, wie ich zurück in mein Zimmer gekommen oder wann ich eingeschlafen bin; ich glaube, es wurde schon hell. Ein Klopfen an meiner Tür weckt mich aus einem komatösen Schlaf.

»Schatz? Bist du krank?«, fragt mein Vater und schaut vorsichtig ins Zimmer.

Meine Augen fühlen sich geschwollen an und tränen.

»Nein.« Meine Stimme klingt, als wäre ich letzte Nacht auf einer Party gewesen und hätte geraucht und Alkohol getrunken.

Leise tritt er ein und setzt sich auf meine Bettkante. »Was ist mit dir? Es ist ungewöhnlich, dass du um diese Uhrzeit noch im Bett liegst.« Er betrachtet mich genauer. »Hast du geweint?«

»Wie spät ist es?« Ich huste wie ein alter Mann am frühen Morgen, um meine Stimmbänder zu ölen.

»Nach fünf am Nachmittag. Ich habe eben Emma getroffen, die sagte, du hättest nicht auf ihr Klingeln reagiert.«

»Ach. Emma. Wir waren verabredet.« Mühsam setze ich mich auf und greife mir an die pochenden Schläfen.

»Es freut mich, dass ihr euch wieder vertragen habt. Was ist mit dir? Du hast doch nicht etwa Liebeskummer?« Er lacht unsicher.

Wie kommt er darauf, mich das zu fragen? Mein Vater wäre der Letzte, mit dem ich über Liebeskummer sprechen würde. »Ich habe keinen Liebeskummer, nein, Dad.«

Erleichtert atmet er auf. Ob er wirklich wissen wollen würde, wenn ich Liebeskummer hätte? Wir sprechen nie über solche Themen. Ich glaube nicht, dass er überhaupt mitbekommen hat, dass ich mit Jonah zusammen war. Genauso wenig wie ich mitbekomme, ob er jemand Neues hat. Würde er es mir sagen? Oder würde er darüber genauso schweigen wie ich?

»Was ist es dann? Du siehst schrecklich aus.«

»Es ist nichts.« Ich reibe mir die verquollenen Augen.

»Okay«, sagt er gedehnt. »Dann sag mir nur eines: Hat es mit Fireball und Jesse zu tun?«

Seine Stimme klingt wachsam. Er ahnt etwas. Oder weiß er längst Bescheid?

Ich schließe die Augen. Auf mich wartet jede Menge Ärger, deshalb sollte ich wirklich besser den Mund halten. Andererseits: Was mein Vater getan hat, ist so viel schlimmer als mein kleiner Einbruch in sein Büro letzte Nacht.

»Warum hast du das getan, Dad?«

»Was getan?«

»Warum hast du Fireball an die Schule geholt?«

Früher habe ich seinen Namen einfach so gesagt. Er hat mir nichts bedeutet. Jetzt aber bedeutet er vor allem eines: Angst.

Mein Vater wird blass. Seine Lippen öffnen sich, seine Augen werden groß. Aber er fängt sich wieder und tut ahnungslos. »Was meinst du?«

»Dad! Ich weiß, wer er ist. Er ist ein Rebell. Nicht irgendein Rebell. Verdammt, dieser Typ hat auf mich geschossen! Wie konntest du den Kerl hierherholen? Das ist mein Zuhause, hier sollte ich mich sicher fühlen können. Und was machst du?«

Lange bleibt er still. In einem bemüht ruhigen Tonfall fragt er: »Hat er es dir gesagt?«

»Es ist doch vollkommen egal, woher ich es weiß! Warum ist er hier, Dad?«

»Ich dachte, es täte euch beiden gut, einander kennenzulernen.«

»Was?! Uns beiden?«

»Fireball ist kein Mörder. Was er getan hat, belastet auch ihn.«

»Er wollte den Präsidenten erschießen«, protestiere ich.

Mein Vater nimmt meine Hände in seine und sieht mich eindringlich an. »Eines musst du verstehen: Ja, Fireball ist ein Rebell, und ja, er wollte den Präsidenten umbringen. Aber Fireball war noch ein Kind, als er zu dem gemacht wurde, was er heute ist.« Er holt tief Luft und scheint zu überlegen, wie er es mir am besten erklären kann. »Nach dem Tod seines Vaters hatte er vollkommen den Halt verloren. Bei seiner Tante wollte er nicht bleiben, ist stattdessen zurück in das Haus seiner Eltern. Er war ein einsamer, wütender Junge, und die Rebellen hatten verdammt gute Argumente. All die Jahre hat er geglaubt, das Richtige zu tun, für die richtige Sache einzustehen. Bis ihm das mit dir passiert ist. Du warst sein größter Fehler.«

»Warum vertraust du ihm?«

»Als er gesehen hat, dass er einen unschuldigen Menschen angeschossen hatte – dich –, hat er nicht gezögert, dir das Gegengift zu verabreichen. Er musste wählen zwischen deinem Leben und seiner Freiheit und er hat sich für dich entschieden. Jemand, der das tut, ist kein schlechter Mensch. Du willst wissen, warum ich ihm vertraue? Deshalb. Weil er ein guter Mensch ist. Er hat eine Chance verdient.«

»Der Typ, der auf mich geschossen hat, sitzt im Unterricht direkt vor mir!« Ich bin so wütend, dass ich ihn anschreie.

»Er wird dir nichts tun.«

»Mr. Johnson und du, ihr habt vor dem ersten Schultag gestritten. Mr. Johnson glaubt, Fireball und Jesse sind gefährlich, hab' ich recht? Weiß er, dass Fireball auf mich geschossen hat?«

»Ja, er weiß es. Und ja, er traut ihnen nicht.«

»Warum soll ich ein Referat mit Fireball schreiben? Das ist doch kein Zufall.«

Mein Vater schaut mich ernst an. »Nein, das war es nicht. Aber ich hätte es nicht zugelassen, wenn ich darüber informiert gewesen wäre.«

»Was bezweckt Mr. Johnson damit?«

Mein Vater zieht die Augenbrauen zusammen. »Nun, ich denke, er bezweckt, dass Fireball dich besser kennenlernt.«

»Und warum sollte er das?«

Mein Vater betrachtet unsere Hände auf meinem Schoß. »Mr. Johnson will mich schützen. Er hofft, dass Fireball mir nichts antun wird, wenn er dich mag. Aber er schätzt ihn vollkommen falsch ein. Ganz unabhängig von dir würde Fireball mir nichts tun. Es gibt keinen Grund, sich Sorgen zu machen.«

»Dir was antun? Wie kommt ihr darauf?«

»Wir hatten damit gerechnet, dass Fireball von seinem Vorgesetzten einen Auftrag bekommt, sobald der Wind davon bekäme, dass Fireball hier ist. Mein Informant hatte mir diese Befürchtung bestätigt.«

»Was für ein Auftrag soll das sein? Und wer ist wir?«

Mein Vater lässt meine Hände los und steht auf. Er stützt sich auf meiner Schreibtischplatte ab und starrt aus dem Fenster. »Wer wir ist, musst du nicht wissen. Was den Auftrag betrifft, ist es wahrscheinlich besser, wenn du es weißt. Ich bin ein strategisches Ziel für die Rebellen. Wenn mir etwas zustößt – am besten hier auf dem Gelände des Internats – wäre der Ruf der Schule zerstört und die wichtigste Nachwuchsquelle des Kommandariats würde versiegen.«

»Du würdest ersetzt werden. Es würde weitergehen wie zuvor.«

»Eben nicht. Ich bin das Gesicht des Internats. Wer sein Kind hierher bringt, vertraut mir und dem Schutz dieser Mauern. Deshalb soll mich Fireball aus dem Weg schaffen. Hier im Internat.«

»Moment – er soll dich ermorden?«

Mein Vater nickt. Mir stockt der Atem. Für einen Moment fühlt es sich so an, als würde das Bett unter mir beben. »Seit wann weißt du das?«, hauche ich.

»Meine Quelle hat mich zwei Tage, nachdem Fireball und Jesse im Internat ankamen, darüber informiert.«

»Mein Gott, Dad! Du könntest tot sein! Du hast deinen eigenen Mörder ins Internat geholt.«

»Ich könnte tot sein. Ich bin es aber nicht. Fireball hat es nicht getan und das aus gutem Grund. Er vertraut mir. Und er glaubt mir. Ich habe ihm versprochen, ihn aus den Fängen des Rebellen Clans zu befreien, und je länger er hier auf dem Internat ist, weit weg von seinem Boss, desto stärker wird sein Vertrauen in mich. Desto besser kann ich ihm helfen.«

»Jetzt ist er aber nicht hier.«

»Richtig. Meine Quelle sagt, dass er lebt, aber er kann mir nicht sagen, wo er sich aufhält.«

»Und Jesse?«

»Jesse ist, wo Fireball ist. Finden wir den einen, haben wir auch den anderen.«

Ich senke den Kopf.

»Du weißt etwas, Sally. Ich sehe es dir an, seit sie fort sind. Warum vertraust du dich mir nicht an? Vielleicht hilft es mir, die beiden zu finden und zurückzuholen.«

»Ich musste Jesse versprechen, nichts zu sagen.«

»Mit deinem Schweigen machst du alles schlimmer. Bitte, erzähl mir, was du weißt!«

»Ich weiß doch auch nicht viel. In der Nacht im Schullandheim habe ich Geräusche gehört. Die anderen haben im Keller gefeiert und nichts mitbekommen. Fireball war schwer verletzt und Jesse hat ihn bei mir gelassen. Ich sollte mich um ihn kümmern, bis Hilfe kommt. Gegen vier Uhr kam er zurück mit drei anderen Kids – Dad, die waren nicht älter als ich! Und Fireball ging es schlecht, wirklich, wirklich schlecht.« Tränen sammeln sich in meinen Augen und rollen jetzt über meine Wangen. »Meinst du ... meinst du wirklich, dass es ihm gut geht? Als sie ihn weggebracht haben, sah er aus, als ... als wäre er ...«

Ja, Fireball mag auf mich geschossen haben, und ja, er mag der Kerl sein, der mich in meinen Albträumen heimsucht, aber er ist doch auch Fireball. Er ist auch der Typ, der neben mir am Lagerfeuer saß und dessen Finger sich mit meinen verschränkten und der gesagt hat, dass sie da hingehören – meine Finger in seine.

»Wenn es stimmt, was du sagst, dann ist er bei seinem Boss. Das ist schlecht. Es ist schlecht, dass er verletzt wurde. Und noch schlechter, dass er so lange fort ist. Mit jedem Tag, den er fehlt, befürchte ich, wird er sich mehr von uns entfernen. Schlimmer noch: Ich kann sein Fehlen nicht mehr lange vor dem Kommandariat verschweigen. Wenn er nicht bald hier auftaucht, verstößt er gegen seine Bewährungsauflagen und wird verbannt. Ganz davon abgesehen, dass auch ich jede Menge Ärger bekommen würde.«

»Denkst du denn, er kommt wieder?«

Mein Vater nickt. »Auf jeden Fall. Die Frage ist nur, was er tun wird, wenn er zurückkommt.« Mein Vater atmet ein, als würde er noch etwas sagen wollen. Aber er schluckt den Gedanken hinunter und sagt: »Ruh dich jetzt aus. Ich sage Emma, dass du krank bist.«

»Dad, kann ich dich etwas fragen?«

»Sicher.«

»Wenn du keine Angst vor Fireball hast, was soll dann die Waffe in deinem Nachttischschrank?«

Mein Vater beugt sich zu mir herunter und küsst mein Haar. »Fireball hat mit gefährlichen Menschen zu tun. Ich vertraue ihm. Aber nicht den Menschen, mit denen er sich umgibt.«

»Jesse.«

»Jesse. Und jede Menge andere. Du solltest etwas essen, Schatz.«

Mein Vater verlässt das Zimmer. Leise zieht er die Tür hinter sich zu.

ICH RECHERCHIERE den ganzen Abend über die Rebellen. Was ich finde, ist mager. Es heißt, es gibt einen Clan, der alle Rebellen vereint. Wie viele das sind – man weiß es nicht. Wer sie ausbildet – man weiß es nicht. Wo sie sich verstecken – man weiß es einfach nicht. Sie verlangen vom Kommandariat den Rückzug aus dem Universum. Wollen, dass die Ressourcen, die das Kommandariat in die Erkundung des Universums steckt, der Bevölkerung zukommen. Sie werfen dem Präsidenten vor, die Menschen auf Nayo in Armut und Entbehrungen leben zu lassen und alle Mittel der Erkundung des Weltalls zuzuschieben. Das Kommandariat wiederum wirft ihnen Terrorismus, Verrat und Unruhestiftung vor. Die Mitgliedschaft im Clan kann diese Jugendlichen bis zu vierzig Jahre Verbannung ins Weltall kosten.

Ich weiß nicht, was ich davon halten soll. Als die Schattenjäger angegriffen haben, traf es uns aus heiterem Himmel. Wir waren so unvorbereitet und schutzlos wie ein Ameisenhaufen, der einfach niedergebrannt wird. Das Kommandariat hat versprochen, dass das kein zweites Mal passiert und wir das Universum und unsere Nachbarn besser kennenlernen sollten, um Gefahren rechtzeitig zu erkennen. Damals wollten das alle. Und dass das nur mit Entbehrungen geht, war jedem klar. Jetzt werden Straftäter nicht mehr in Gefängnissen gehalten, sondern nach ihrer Verhandlung für viele Jahre ins Weltall verbannt. Sie arbeiten dort an den Maschinen, während Kadetten und Wissenschaftler das Weltall erforschen und nach fremden Lebewesen suchen.

Die Rebellen werfen dem Kommandariat vor, die Menschen auf dem eigenen Planeten zu vernachlässigen. Sie behaupten, das Kommandariat ziehe seine Kadetten ab, weshalb die Kriminalität auf Nayo steigen würde. Leider finde ich nirgendwo eine Statistik über die Kriminalitätsrate, um mir ein Bild zu machen. Außerdem behaupten sie, der Präsident und die führenden Köpfe des Kommandariats wären nur auf ihren eigenen Vorteil aus und schickten alle, die ihnen in den Weg kommen, auf unbestimmte Zeit auf Expeditionen ins Weltall. Die Oberen der Gesellschaft würden auf Kosten der Bevölkerung in Saus und Braus leben und mit ihrer Gangart Familien auseinanderreißen.

Ich erinnere mich an den Palast. An das goldene Besteck und die goldenen Teller, die Stoffbahnen an den Wänden, den ganzen Prunk.

Rebellen sind für etliche Überfälle und Diebstähle verantwortlich. Die Beute verteilen sie angeblich im Volk, damit die Leute sich Nahrung und Kleidung kaufen können. Tatsächlich gibt es Orte und Stadtteile, in denen die Rebellen gerne gesehen sind und von denen vermutet wird, dass sich dort Rebellen vor dem Gesetz verstecken.

Das Kommandariat konnte ein paar von ihnen schnappen – nicht viele – und hat über sie nur zwei Dinge herausgefunden: Aktive Rebellen sind immer Kinder oder Jugendliche, die keine Eltern oder nur noch einen Elternteil haben; was aus den inaktiven wird, weiß man nicht, glaubt aber, dass eine Dunkelziffer davon im Kommandariat untergekommen ist und dort die aktive Generation deckt. Daran, dass sich der Rebellen Clan ausgerechnet diese Kinder schnappt, ist das Kommandariat wohl selbst schuld – das sehe sogar ich ein. Sie haben die Kinder im Stich gelassen, um Expeditionen ins Weltall zu finanzieren. Sie haben Waisenhäuser und Kinderheime geschlossen, Hilfen für Pflegefamilien gestrichen. Kinder, die acht Jahre oder älter sind, werden sich selbst überlassen. Ihnen wird das Haus oder die Wohnung der Eltern überschrieben und fertig. So hat sich das Kommandariat seine eigenen Feinde geschaffen. Verdammt gefährliche Feinde. Denn die Rebellen beherrschen eine traditionelle Kampfkunst, die seit Jahrzehnten nirgendwo mehr gelehrt wird und kaum noch jemand kennt. Sie haben eine außergewöhnliche Reaktionsfähigkeit, sind unglaublich schnell, sprechen in der Regel vier oder mehr der alten Sprachen fließend und kennen die Stadtpläne der größten Städte Nayos auswendig. Sie wissen, wie man sich effizient von einem Ort zum nächsten bewegt und fliegen einen Starfighter genauso sicher wie sie Driftcars und Motorrad fahren – dabei sind sie oft noch keine sechzehn Jahre alt. Sie agieren immer aus dem Hinterhalt und alle, die bisher gefangen genommen werden konnten, sind entweder blutige Anfänger oder aber sie wurden gegen eine horrende Kaution entlassen und sind nie wieder auf der Bildfläche aufgetaucht.

Bei Fireball muss das anders gewesen sein. Der Überfall auf den Palast, der Schuss auf den Präsidenten, der mich traf – das alles lief völlig aus dem Ruder. Der ganze Plan muss schiefgelaufen sein und das nur, weil der Präsident zufällig neben einem Mädchen stand, das verrückt genug gewesen ist, sich zwischen ihn und eine Kugel zu werfen.

Immer und immer wieder spiele ich die Szene in meinem Kopf ab. Fireball, der auf den Mann neben mir zielt. Der langsam abdrückt. Ich, die nach vorne tritt und die vergiftete Kugel abfängt. Die unerträglichen Schmerzen. Ein panischer Ausruf, ein einziger Satz: »Ich will ihr helfen!«

Fireball wollte mir nicht wehtun. Er wollte mich nicht treffen. Er hat mir geholfen, obwohl er wusste, dass er dafür verbannt würde. Je klarer das Bild wird, desto mehr glaube ich, dass ich nicht die Einzige bin, die in ihren Träumen jenen Moment wieder und wieder durchlebt.

Es ist Tag acht nach ihrem Verschwinden, ein Donnerstag, als mich Jonah anspricht.

»Entschuldige, dass ich so direkt bin, Sally, aber: Was ist los mit dir? Du siehst furchtbar aus. Die ganze Woche schon.«

Irgendwie ist es schön, dass es ihm aufgefallen ist. Und erschreckend, dass man mir ansieht, wie wenig ich nachts schlafe, tagsüber esse und wie viel ich weine. Alles wegen dieses verdammten Rebellen, der immer noch nicht zurück ist.

»Ähm. Es ist wegen ... wegen Mathe. Die Matheklausur nächste Woche. Ich ... bin da einfach noch nicht auf dem Laufenden. Aber ich werde am Wochenende lernen wie eine Wahnsinnige und dann wird das schon werden.«

»Seit wann machst du dich verrückt wegen einer Klausur?«

»Es ist das Abschlussjahr.« Ich zucke mit den Schultern.

»Verstehe. Macht dir dein Dad Druck?«

»Mein Dad ist nicht das Problem. Eher mein Hirn.« Ich tippe mir an die Stirn.

»Ich mache dir einen Vorschlag: Ich rette dich in Mathe. Dafür hilfst du mir in Ameganisch. Einverstanden?«

»Mathenachhilfe? Von dir?«

»Ich bin gut in Mathe. Gut genug jedenfalls, um es dir zu erklären. Also, was ist? Deal?«

Jonah ist ein toller Kerl. Wenn er in der Nähe ist, ist die Welt weniger kompliziert. Wenn er in der Nähe ist, scheint die Sonne heller, fällt das Lächeln leichter, lösen sich alle

Probleme in Luft auf. Mit ihm ist es weniger anstrengend als mit …

»Einverstanden.«

EINMAL IN DER Woche stehe ich an der Balustrade zur großen Treppe. Für etwa zehn Minuten. Dort stehe ich ganz still. Um mich herum flattern meine aufgeregten Mitschüler mit ihren Koffern und Taschen. Sie rennen die Treppe hinunter. Fliegen förmlich über die Stufen. Sie schwatzen, sie lachen, sie sind voller Vorfreude auf zu Hause. Auf ihre Familie und ihre Freunde.

Wenn ich dort oben stehe, fühlt es sich an, als bewegte ich mich in Zeitlupe, während das Leben an mir vorbeirauscht. Nur ich bin ein steter Punkt in diesem Wirrwarr.

Auch heute, eineinhalb Wochen, nachdem Fireball und Jesse verschwunden sind, stehe ich hier und beobachte. Und weiß nicht, was ich denken soll. Etwas ist anders. Die Vorfreude auf ein Wochenende in absoluter Einsamkeit fehlt. Sie ist einfach nicht da. Abhandengekommen. Ersetzt durch eine Leere in meinem Herzen. Etwas fehlt. Er fehlt.

Da fällt mir auf, dass sich noch etwas in Zeitlupe bewegt. Dass sich noch jemand dem vibrierenden Leben auf der Treppe entzieht. Auf der anderen Seite steht Jonah und lächelt mich an. Ich lächle zurück. So einfach ist das mit ihm.

Der Strom unserer Mitschüler trennt uns. Wir stehen wie an zwei Ufern eines reißenden Flusses.

Doch dann ist der Augenblick vorbei. Der letzte Schüler sprintet die Treppe hinunter, in der Hand einen Kulturbeutel. Die schwere Eingangstür fällt ins Schloss und zieht den Lärm mit sich. Es ist still. Nur Jonah und ich sind noch da.

»Was machst du hier?«

»Du hast mir ein Wochenende versprochen. Und ich dir Mathenachhilfe.«

In meinem Bauch kribbelt es. Was soll ich ein ganzes Wochenende mit Jonah tun? Was ist, wenn Fireball zurückkommt?

Nein. Nein, stopp. Dieser verdammte Rebell hat mich genug Zeit meines Lebens gekostet. Eineinhalb Wochen, in denen ich nicht ich selbst war. Die an mir vorbeigezogen sind, ohne dass ich fähig war, einen klaren Gedanken zu fassen. Und jetzt steht da einer, der sein freies Wochenende opfert, um Zeit mit mir zu verbringen. Das lasse ich mir nicht nehmen. Nicht von einem Rebellen und Mörder. Am besten kommt Fireball nie mehr wieder. Er soll aus meinem Leben verschwinden. Es soll so sein, als hätte es ihn nie gegeben.

»Danke, Jonah.«

NOCH AM SELBEN Abend treffen wir uns in der Bibliothek. Jonah trägt eine helle Jeans und ein weißes Poloshirt. Ganz anders sieht er damit aus. Irgendwie ... cool. Früher fand ich ihn nie cool. Süß, ja. Aber nicht cool. Liegt das an mir? Oder hat er sich verändert?

Wie er wohl über mich denkt? Natürlich habe ich mich in Schale geworfen: Ich habe die Haare zu einem lässigen Pferdeschwanz gebunden, trage ebenfalls Jeans und eine helle Bluse mit Blümchen. Es kommt selten vor, dass ich keine Uniform trage. Eigentlich nur in den Ferien. In ziviler Kleidung fühle ich mich nicht richtig angezogen. Es klingt furchtbar, aber selbst am Wochenende trage ich einen Schulrock und dazu eine weiße Bluse – einfach, weil ich mich darin wohlfühle. Am liebsten wäre ich in Uniform zu meinem Date mit Jonah gegangen. Aber letztlich siegten mein Verstand und die Erfahrung, mit dem falschen Outfit auf einer Party aufgetaucht zu sein.

»Du siehst toll aus«, begrüßt er mich.

»Danke. Du auch.«

»Merkwürdig, so ohne Uniform, findest du nicht?«

»Ja.« Ich schmunzle.

Wir lernen zwei Stunden. Jonah ist verdammt gut in Mathe. Das ist mir vorher noch nie aufgefallen. Er erklärt mit einer Engelsgeduld. Jonah wäre ein sehr guter Lehrer.

»Puh, ich bin müde!« Ich gähne. Draußen ist es dunkel. In der Ferne blinken die Lichter des Security Belts, direkt vor mir spiegelt sich mein Gesicht im Fenster.

»Pause oder Schluss für heute?«

Ich schließe die Mathe-App auf meinem Tablet. »Schluss für heute. Du hast den vollen Durchblick in Mathe, Jonah. Chapeau!«

»Das nächste Mal lernen wir Ameganisch. Da bist du ein Ass, ich eine Niete.«

Eine Stille entsteht zwischen uns, die mir, je länger sie andauert, immer unangenehmer wird. Aber was soll ich sagen?

Jonah räuspert sich. »Sag mal, Emma und du, hattet ihr Krach?«

»Jonah, wie machst du das?«

»Was?«, fragt er. Er wirkt überrascht.

»Wie weißt du immer Bescheid?«

Er kratzt sich am Nacken. »Ich beobachte einfach aufmerksam.«

»Alles und jeden?«

»Nein. Nicht jeden.«

Mir schießt das Blut ins Gesicht. Oh. Mein. Gott. Wenn ich jetzt nicht die Reißleine ziehe – wer weiß, was da heute noch passiert. Am Ende sitze ich knutschend mit Jonah in der Bibliothek!

Ich lege meine Sachen auf einen Stapel und stehe auf. »Ich bin todmüde, Jonah. Lass uns morgen weitermachen.«

»Du musst Schlaf nachholen.«

»Sieht man mir an, was?«

Jonah erhebt sich und steht dicht vor mir. »Ist es wegen Emma? Oder wegen dieser beiden Typen?«

Ich weiche seinem Blick aus. Er ist der Letzte, mit dem ich über Fireball und Jesse reden will.

»Es ist nur ... Emma hat etwas angedeutet. Dass du wissen könntest, wo die beiden sind, was passiert ist. Keiner weiß etwas und du bist komisch, seit sie fort sind. Da liegt es nahe, dass dich etwas quält, was mit ihnen zu tun hat.«

Ich beiße mir auf die Unterlippe. Ich habe es Jesse versprochen. Ich habe ihm versprochen, ihr Geheimnis für mich zu behalten.

»Du hast recht, Jonah. Emma und ich sind nicht mehr so eng. Wahrscheinlich liegt sie deshalb mit ihrer Vermutung falsch. Denn ich habe keine Ahnung, was mit den beiden ist. Gute Nacht.«

Mit klopfendem Herzen gehe ich an ihm vorbei Richtung Ausgang. Hat er mir die Lüge abgekauft oder mich durchschaut? Wird er mich festhalten und darauf bestehen, dass ich ihm die Wahrheit sage? Oder wird er mich gehen lassen – auch wenn er weiß, dass ich ihn angelogen habe? Oder kennt er mich doch nicht so gut und hat keine Ahnung, dass ich nicht ehrlich zu ihm war?

Jonah ist ein guter Mensch. Er würde mich gehen lassen, auch wenn er wüsste, dass ich lüge. Fireball wäre anders. Er würde mich nicht so einfach davonkommen lassen. Er würde darauf bestehen, dass ich ihm die Wahrheit sage.

»Schlaf gut, Sally«, ruft er mir hinterher. Er hält mich nicht auf. Jonah ist ein guter Mensch. Fireball ein schlechter.

18

FIREBALL

Die Waffe liegt kalt und schwer in meiner Hand. Ich bin ein guter Schütze. Ich habe die Gabe, absolut ruhig zu werden, sobald ich mein Ziel anpeile. In diesen Momenten bin ich ganz bei mir, alle Sinne geschärft. Ich habe mein Ziel noch nie verfehlt. Bis auf dieses eine Mal.

In den letzten Wochen habe ich mich oft gefragt, was passiert wäre, wenn ich in jener Nacht keinen Fehler gemacht hätte, wenn der Präsident jetzt tot wäre. Hätte ich jemals den Auftrag bekommen, Peter Cooper zu erschießen? Hätte mir Peter Cooper angeboten, mich aus dem Clan zu holen? Hätte ich seine Tochter kennengelernt?

Nein. Hätte ich damals keinen Fehler gemacht, wäre all das nicht passiert. Dann müsste ich jetzt nicht mit einer Waffe in der Hand durch diesen finsteren Gang im Erdgeschoss laufen, wo LED-Dots in Fackeln brennen und gespenstische Schatten an die Wände werfen. Es ist still, verdammt still im Gebäude. Niemand weiß, dass wir hier sind. Jesse wartet im Driftcar auf mich. Der Plan ist simpel: rein, schießen, raus und ab mit uns. Der Direktor ist in seinem Büro, allein – das Licht brennt und wir haben seine Silhouette hinter den Fenstern gesehen. Ein

Kinderspiel. Danach bin ich ein vom Kommandariat gesuchter Schwerverbrecher. Ich werde mich für den Rest meines Lebens verstecken müssen. Aber es ist die bessere Wahl. Die einzige.

Der Häuptling hat klar gemacht, welche Optionen mir bleiben: Cooper töten oder das Leben aller hier in Gefahr bringen. Ich bin mir sicher, dass Cooper mit meiner Entscheidung einverstanden ist.

Die Tür ist schon ganz nah, noch fünf Schritte. Mein Herz pocht und meine Knie fühlen sich weich an. Meine Hände sind schweißnass, die Pistole schwimmt in meiner Hand. Was passiert bloß mit mir? Noch nie habe ich mich bei einem Auftrag so gefühlt, so lächerlich unsicher. Ich bin gut, verdammt, der Beste sogar. Das ist ein Job wie jeder andere. Anvisieren, schießen und weg. Die normalste Sache der Welt.

Aber sonst kenne ich meine Opfer nicht.

Das ist das Problem. Ich mag Cooper. Ich vertraue ihm. Ich weiß noch, wie er mich im Gefängnis besucht hat, das erste Mal. Ich wusste, das Spiel war aus, ich hatte verloren. Da kam er und versprach mir, mich rauszuholen, ich müsse nur einen Deal mit ihm vereinbaren. Er kam jeden Tag wieder. Jeden verdammten Tag. Obwohl ich nie ein Wort gesagt habe. Aber er wusste, dass sein Angebot verlockend war. Er wusste, ich hatte keine Wahl. Niemand sonst bot mir Hilfe an. Nur er.

Die Klinke in meiner Hand ist kühl und glatt. Im Raum dahinter raschelt Papier. Ich atme tief ein und umfasse die Waffe fester. Dann drücke ich die Klinke hinunter. Leise.

Mit der Waffe im Anschlag betrete ich den Raum.

Schieß.

Cooper sieht auf. »Fireball«, sagt er freundlich. Dann sieht er die Waffe und hebt langsam die Hände. »Ich hatte gehofft, dass wir uns wiedersehen. Nicht so, zugegeben, aber ich bin dennoch froh, dich zu sehen.«

Er sitzt hinter seinem Schreibtisch, die Hände über dem Kopf, und blickt mich mit seinen grünen Augen an.

Sie hat die Augen ihres Vaters.

»Er schickt dich, um deinen Job zu Ende zu bringen.«

»Ja.« Meine Stimme klingt rau wie Schleifpapier. Ich mache mir nicht die Mühe, mich zu räuspern. Ich habe nicht vor, mich mit ihm zu unterhalten.

Warum zum Teufel schieße ich nicht?

Ich packe die Waffe fester mit beiden Händen – mit zwei verschwitzten, zitternden Händen.

»Du hast Angst vor ihm, das verstehe ich. Das hätte ich auch.«

»Sie kennen ihn doch gar nicht. Sie haben keine Ahnung, wie er ist.«

»Du irrst dich. Ich kenne ihn. Ich weiß, wozu er fähig ist. Was hat er getan? Hat er dir wehgetan? Hat er dir gedroht?«

»Er hat mir ein Ultimatum gestellt.«

»Verstehe. Und jetzt glaubst du, mein Tod wäre der leichtere Weg?«

»Es ist der bessere. Das würden Sie genauso sehen. Drehen Sie sich um. Bitte.«

Er steht auf. »Warum lässt du mich nicht entscheiden, ob ich auf dasselbe Ergebnis komme wie du? Womit droht er dir, Fireball?«

Ich sollte mich nicht in ein Gespräch verwickeln lassen. Das sollte ich wirklich nicht tun. Aber vielleicht sieht er einen Ausweg. Das hat er damals auch getan, als ich im Gefängnis hockte, wenige Tage entfernt von meiner lebenslangen Verbannung ins Weltall. Er hatte versprochen, er würde mich rausholen, und er hat Wort gehalten. Er hat das Unmögliche möglich gemacht. Schafft er das noch einmal?

»Er sagt, wenn ich Sie nicht töte, greifen die Rebellen das Internat an. Er will die Schüler als Gefangene nehmen. Er will sie zu Rebellen ausbilden oder töten.«

Er nickt langsam. »Hm. Du hast recht, dann würde ich lieber sterben. Jedoch …« Langsam, Schritt für Schritt, tritt er vor den Schreibtisch. Kommt immer näher auf mich zu. »... weiß dein Häuptling nicht, dass wir noch einen Trumpf in der Hand haben. Ein Ass im Ärmel. Er sollte es nicht so früh erfahren, aber unter den gegebenen Umständen scheint es mir besser, dass wir ihn noch heute mit der Info füttern.«

Er stößt mit der Brust an den Lauf meiner Waffe. Völlig unbeeindruckt davon sieht er mich an.

»Wovon sprechen Sie?«

»Von der Feder, mein Junge.«

Er nimmt die Waffe und dreht sie geschickt aus meiner Hand. »Lass uns erst reden, die Optionen durchgehen und danach entscheiden wir, ob du die hier noch brauchst. Bis dahin steck sie bitte weg. Komm, setz dich.«

Er ist geschäftig, als ginge es um meine Schulnote statt um sein Leben. Er setzt sich und legt die Fingerspitzen aneinander, fährt sich damit über den Mund und wartet gedankenverloren, bis auch ich sitze. Dann spricht er. »Du unterschätzt, mit wem du es zu tun hast, Fireball. Das ist okay. In deiner Welt gibt es nur ein paar Rebellen und einen sadistischen Häuptling. Du weißt nicht, dass da draußen Menschen sind, die euch helfen wollen. Helfen können. Du weißt nicht, dass eine halbe Armee bereitsteht und nur darauf wartet, den Rebellen Clan zu zerschlagen.«

»Ich lasse nicht zu, dass das Kommandariat die Rebellen in seine Gefängnisse steckt.«

»Oh, glaub mir, das würde es nicht tun. Das Kommandariat würde sie für den Rest ihres Lebens im Weltall nach gefährlichen Außerirdischen suchen lassen. Und wenn sie ihre Mission nicht pflichtbewusst erfüllen, werden sie ihnen die Rationen beschränken. Verhungern oder kooperieren bis an ihr Lebensende. Das wäre ihre Strafe. Eine Abreise ohne Wiederkehr. Die Feder aber hat andere Pläne. Wir wollen die Machtstruktur in eurem System korrigieren. Die ist vor siebzehn Jahren durcheinandergeraten. Damals haben wir geschwiegen, aber jetzt haben wir genug gesehen. Du bist bald vier Jahre bei ihm in der Ausbildung, richtig?«

»Woher wissen Sie das?«

Aber er redet weiter, ohne mir zu erklären, warum er so viel über den Clan, dessen Regeln und mich weiß.

»Der Häuptling hat nicht vor, seine Macht an dich abzugeben. Er will dich loswerden. Deshalb solltest du den Präsidenten töten. Ein Himmelfahrtskommando, an dessen Ende du entweder sterben oder verbannt werden solltest. Dank mir und der Fürsprache einiger anderer bist du lebend davongekommen. Sei froh, dass wir mittlerweile so einen Einfluss auf das Kommandariat haben.«

»Wer ist wir?«

Er lächelt. »Die Feder natürlich.«

Ich runzele die Stirn.

»Hast du dich nie gefragt, was mit Rebellen passiert, die zu alt fürs Geschäft werden?«

»Sie werden strategisch eingesetzt, um uns und unsere Arbeit zu schützen.«

»Richtig. Für euch sind das nur alte, aussortierte Menschen, die hinter Schreibtischen sitzen und für euch den Karren aus dem Dreck ziehen, euch den Rücken freihalten und eure Akten im Kommandariat reinwaschen. Stille, schweigende Arbeitskaninchen. Dabei lag die Zukunft eures Rebellen Clans vor nicht mal zwanzig Jahren in ihren Händen.«

»Waren Sie ein Rebell?«

»Nein. Die Feder versammelt all jene, die weder mit dem Häuptling noch mit dem Präsidenten zufrieden sind. Wir sind Rebellen und Kadetten, aussortierte Rebellen und Kommandeure. Uns verbindet die Idee einer Weltherrschaft, die sich wieder um die Menschen Nayos kümmert. Zu viele von uns haben ihre Familien verloren, ihre Perspektive, haben kein Leben außerhalb des Kommandariats und müssen fürchten, in eines der Observierungsraumschiffe berufen zu werden und unsere Heimat nie wiederzusehen. Wir wollen nicht wie Geistesgestörte durch das Weltall unserem eigenen Schatten nachjagen und die Menschen in der Heimat vergessen.«

»Moment mal. Sie sagten, auch Rebellen seien Mitglied der Feder? Also jemand, den ich kenne? Wer?«

»Mach dir darüber keine Gedanken …«

»Keine Gedanken? Wenn der Häuptling von einem Verräter oder einer Verräterin erfährt, ist diese Person tot. Ich wüsste schon ganz gerne, um wen ich mir Sorgen machen muss. Das sind meine Leute. Ich bin verantwortlich für sie.«

»Es ist besser, wenn du es nicht weißt. Zu deinem Schutz und zum Schutz unseres Informanten.«

»Wie nah steht diese Person dem Häuptling und mir? Wie weit oben ist sie?«

Coopers prüfender Blick wandert über mein Gesicht.

Sag schon, Mann!

»Ziemlich weit oben. Mehr sage ich dir nicht.«

Das muss ich erst einmal sacken lassen. Ziemlich weit oben bedeutet, es ist jemand, mit dem ich oft zu tun habe. Da gibt es nicht viele. Jesse, Mark, Savannah, Kevin, Philine. Einer von denen plant, erst den Häuptling und dann den Präsidenten zu stürzen. Aber wer? Philine hasst den Häuptling. Nach Ginger Robyns Erfahrungen mit Eric vielleicht auch sie. Jesse hängt am Regelwerk. Er würde nie etwas tun, das dem Häuptling schadet. Mark ist unser bester Recruiter, Kevin … Kevin wollte Nachfolger werden. Wäre ich nicht gekommen, wäre er jetzt an meinem Platz. Er ist sicher sauer. Kevin.

»Warum der Präsident weg muss, ist mir klar. Aber was für ein Problem hat die Feder mit dem Häuptling?«

»Der Häuptling ist machtsüchtig. Würde der Clan den Präsidenten töten, säße der Häuptling schon am nächsten Tag auf dessen Stuhl.«

»Das … das glaube ich nicht. Nein, so groß denkt er nicht.«

»So weit weg von der Realität ist die Idee gar nicht. Du hast keine Ahnung, wie viele Nicht-Rebellen es gibt, die im Kommandariat eh schon für ihn arbeiten und ihn an der Spitze sehen wollen.«

Ich denke an Gust Jackson und seine Leute. Keine Rebellen, sondern Kommandariatstreue.

»Du traust ihm nicht, Fireball. Nun, wir tun das auch nicht. Warum also schließt du dich uns nicht an?« Er lehnt sich verschwörerisch über den Schreibtisch und sagt: »Er hat dich ausgebildet. Er hat dir alles gezeigt, was du können und wissen musst. Er hat dich alles gelehrt – nur du kannst ihn töten. Und statt einer Strafe wärst du Anführer deines Clans. Spätestens, wenn die Feder das Kommandariat übernommen hat, legalisieren wir euch. Ihr müsstet euch keine Sorgen mehr machen – keiner von deinen Leuten müsste mit einer Bestrafung rechnen.«

Das glaub' ich jetzt nicht. Werden mich diese Mordaufträge ein Leben lang verfolgen? Werde ich nie mehr sein als ein Profikiller? Erst die Aufträge des Häuptlings und jetzt die der Feder? Einer Organisation, über die ich nichts weiß, nichts, außer dass dieser Mann vor mir, der das Schicksal meines Lebens in seinen Händen hält, ein Teil davon ist. Was wird er tun, wenn ich nicht für die Feder arbeite? Wird er mich dem Kommandariat ausliefern? Was, wenn ich seinen Auftrag ausführe, wenn ich den Häuptling töten würde? Mal ganz davon abgesehen, dass ich nicht den Hauch einer Chance gegen diesen grauen Wolf habe, was wäre denn dann? Ich glaube Cooper nicht. Er kann aus uns keine freien Menschen machen. Ich wäre der Anführer einer Bande Gesetzesloser. Selbst in der Welt der Feder wäre kein Platz für elternlose Kriminelle. Sie würden uns nicht anders behandeln als das Kommandariat. Sie würden uns auseinanderreißen, uns die Heimat und die Familie nehmen. Wir haben doch nur noch uns.

Ich schüttele langsam den Kopf. »Er hat mir nicht alles beigebracht. Ich kann ihn nicht töten.«

»Junge, ein bisschen mehr Selbstvertrauen und du ...«

»Nein, Sie verstehen nicht. Es hat nichts mit Selbstvertrauen zu tun. Ich habe dieses Gefühl, diese Vermutung, seit Beginn meiner Ausbildung. Er kann Dinge ... er sieht voraus, was ich tue, er spürt, was ich vorhabe ... Er kann etwas, das ich nicht kann. Deshalb kann ich ihn nicht töten. Er hat es mir nicht beigebracht.«

Cooper sieht mich ernst an, eine Sorgenfalte zwischen den Augenbrauen. Nicht die Reaktion, die ich erwartet hatte. Ich dachte, er würde es besser aufnehmen, würde sagen, dass ich nachholen kann, was mir der Häuptling nicht gezeigt hat. Aber die Lösung scheint komplizierter zu sein.

»Hm. Das ist schlecht. Sehr schlecht. Wenn das so ist ...«

Er legt die Handflächen aneinander und die Zeigefinger an Mund und Nase. Was hat er jetzt vor? Wird er mich töten, weil ich nutzlos bin? Ich spüre die Waffe an meinem Rücken, stelle mir vor, wie ich nach ihr greife, gehe den Ablauf in meinem Kopf durch, damit ich schnell sein kann, schneller als er.

Aber wir schweigen nur. Eine ganze Weile. Ich lausche meinem Herzschlag. Poch. Poch-poch. Poch. Vielleicht ist jetzt die Zeit gekommen, ihn zu erschießen. Wenn ich schon nicht mich retten kann, dann vielleicht die Schüler hier. Sally. Das würde Cooper auch wollen. Ein letztes Mal gehe ich im Kopf durch, wie ich nach der Waffe greife.

»Er hat es von langer Hand geplant«, sagt Cooper und unterbricht meine Gedanken. »Er wusste schon vor vier Jahren, dass du nicht sein Nachfolger wirst. Er hat einen Plan. Es ist an der Zeit, dass du auch einen hast. Und den überlegen wir uns jetzt. Wir fangen mit dem Ass im Ärmel an. Aber dass du es gleich weißt: Ich präsentiere dir die Feder nicht auf dem Silbertablett. Die Details musst du selber herausfinden. Sonst mache ich mich zum Verräter und zum Mörder an meinen Mitstreitern.« Er zeigt auf den Stuhl vor sich. »Also, was ist? Bist du dabei? Oder besudelst du den teuren Teppich mit meinem Blut?«

JESSE SITZT im Driftcar und starrt auf die Eingangstür. Als er mich dort entdeckt, sieht, wie ich ihn ins Gebäude winke, lehnt er genervt den Kopf an die Nackenlehne. Ich glaube er überlegt, ob er jetzt gleich wieder zurückfahren, mich hier sitzen lassen und meinem Schicksal überlassen soll. Oder bleiben und mir helfen. Er startet das Driftcar, lenkt es zum Tor. Dort bleibt er einen Moment stehen, legt den Rückwärtsgang ein und fährt zum Parkplatz.

»Es gibt neue Infos«, begrüße ich ihn an der Eingangstür.

Er rollt mit den Augen und hebt die Hände. »Kleiner, was ist so schwierig daran, einen Mann zu erschießen?« Er wedelt wild mit seinen Armen und sieht dabei ziemlich hilflos aus. »Ich versteh's nicht, ich versteh es einfach nicht!«

»Ich habe von Cooper Infos bekommen, die für den Häuptling verdammt wichtig sind. Lebenswichtig.«

»Du solltest da rein und abdrücken. Du solltest nicht mit ihm quatschen. Du machst mich wahnsinnig, Kleiner, echt!«

»Vertrau mir einfach.«

Er seufzt schwer. Dann sieht er mich neugierig von der Seite an. »Worum geht's?«

»Komm, wir rufen die anderen an, dann informiere ich euch alle zusammen. Wir brauchen einen Plan.«

Wir kommen in unser Zimmer, ohne von jemandem gesehen oder angesprochen zu werden. Jesse startet sein Tablet und beruft eine Hologrammkonferenz mit unserem Team ein. Kevin, Tina, Ginger Robyn und Jack sitzen oder stehen in unserem Zimmer, als wären sie in Fleisch und Blut anwesend, und hören mir aufmerksam zu.

»Cooper hat mir von einer geheimen Organisation erzählt, die den Häuptling stürzen will. Ich weiß nicht viel, nur drei Dinge: Sie nennen sich die Feder, Cooper ist Mitglied und anscheinend auch einer unserer Leute.« Ich pausiere hier und sehe jedem Einzelnen ins Gesicht. Wer ist der Verräter? Wer ist mein Verbündeter? Bei Kevin bleibe ich besonders lange. Er sieht aus, als würde er mit Absicht auf überrascht machen.

Tina zieht die Augenbrauen hoch. »Ein Rebell, sagst du, arbeitet gegen den Häuptling? Das ist frech!«

»Ganz dein Ding, oder?«, fragt Jesse herausfordernd, aber sie zuckt mit den Schultern.

»Ich mache keinen Hehl daraus. Was er mit Fireball abzieht, ist unfair. Würde die Feder bei mir anklopfen – ich wär' dabei.« Trotzig reckt sie das Kinn.

»Diese geheime Organisation, von der du da sprichst«, hakt Ginger Robyn nach, »kennen wir weitere Namen? Orte? Wie finanzieren sie sich? Welche Aktionen fahren die?« Ginger Robyn tippt auf ihrem Tablet herum. Wahrscheinlich hat sie das Suchprogramm aktiviert.

»Da ist nicht viel. Noch nicht. Bisher nur Cooper. Er sagte noch, dass die Feder dafür gesorgt hat, dass man mich von der Verbannungsliste streicht. Ohne die Feder könntet ihr mich jetzt als blinkenden Stern am Nachthimmel sehen.«

»Das klingt irgendwie romantisch«, sagt Tina und feixt schelmisch.

Kevin räuspert sich. »Das ist alles schön und gut, Boss, aber ... das ist nicht mehr als die Behauptung eines Mannes, der dich um jeden Preis aus dem Clan zerren will – und sein Motiv kennen wir immer noch nicht. Warum hat der Kerl so einen Narren an dir gefressen?«

Ich reibe mir den Nacken. »Genau das muss ich herausfinden. Ich muss wissen, was dahintersteckt, wer dahintersteckt. Aber dafür brauche ich Zeit. Und da kommt ihr ins Spiel.« Einem nach dem anderen sehe ich in die Augen. Keiner weicht mir aus, keiner wird rot. Ist die Übertragung der Hologramme so schlecht, oder befindet sich unter uns ein verdammt guter Lügner? Wer bist du, Verräter?

»Ihr müsst dem Häuptling die Lage erklären. Macht ihm klar, dass er in Gefahr ist und dass er keine Chance hat herauszufinden, wer gegen ihn arbeitet, wenn er die Schule zu früh angreift. Nicht so einfach jedenfalls, wie wenn er mich Nachforschungen anstellen lässt.«

»Wie viel Zeit brauchst du?«, fragt Kevin.

»Bis Ende des Schuljahres.«

Kevin lacht. »Das glaubst du selbst nicht, dass er dir so viel Zeit gibt – das ist länger als ein halbes Jahr.«

»Wie willst du mehr erfahren?«, fragt Jack.

»Ich hänge mich an seine Tochter. Wenn ich ihr Vertrauen habe, stehen mir alle Türen zu Cooper offen.«

»Ich dachte, der erzählt dir alles?«, fragt Tina.

Ich lache sarkastisch. »Alles? Schwachsinn! Er erzählt mir, was ich hören darf und soll. Mehr aber auch nicht. Ich will in seine Wohnung, will seine Sachen durchsuchen. Wenn er mit jemandem zusammenarbeitet, komme ich nur so an Namen und Orte.«

»Und was bedeutet das genau? Du hängst dich an seine Tochter?«

»Ich werde ihr Freund. Ihr fester Freund.«

Tina sieht aus, als hätte sie in eine Zitrone gebissen. »Das ist widerlich. Und völlig unnötig.«

»Eben nicht. Wer von euch ist gerade in der Zentrale?«

Kevin hebt den Arm. »Ich.«

»Gut, dann übermittelst du dem Häuptling meine Nachricht. Schau zu, dass du mir Zeit rausschindest. Mach ihm klar, dass jede Information, die ich finde, sein Leben retten kann. Ginger Robyn, du siehst zu, was du über die Feder findest. Der Rest hört sich nach dem Verräter um. Ich will wissen, wer es ist. Und gebt mir unverzüglich Bescheid, falls Sally doch noch auf der Schwarzen Liste landen sollte.«

»Rechnest du noch damit?«, fragt Ginger Robyn.

»Sein Druckmittel ist jetzt die Schule. Aber ich kenne ihn. Wenn er wütend ist, greift er zu unfairen Mitteln. Also habt trotzdem ein Auge darauf. Morgen sprechen wir uns wieder. Dann legen wir auf den Tisch, was wir haben.«

Ich klappe das Tablet zu und die Hologramme verschwinden. Jesse sitzt unbeweglich auf seinem Bett. Sein Gesicht ist skeptisch.

»Was denkst du?«, frage ich. Er ist mein Leibwächter, mein bester Freund. Und vielleicht der Verräter.

»Du willst Zeit schinden.«

»Allerdings. Niemand hat etwas davon, wenn der Häuptling die Schule angreift.«

»Er wird die Schule nicht angreifen. Das hat er nur behauptet, damit du Cooper umbringst.«

»Du meinst, es war eine leere Drohung?«

»Rebellen kämpfen nur gegen Verbrecher, nicht gegen unschuldige Kinder.«

»Tja. Da wette ich dagegen.«

SALLY

Ich liebe meinen Concealer. Ein verdammt gutes Ding. Jeden Cent wert. Ich huldige ihm für einen Augenblick, bevor ich mich der neuen Woche und allem, was da kommen mag, stelle.

Vor dem Kursraum wartet Emma auf mich. »Wie war dein Wochenende?«

»Ehrlich gesagt: gut! Jonah war hier. Wir haben gequatscht, gelernt, waren spazieren, haben einen Film gesehen.«

Emma fallen fast die Augen aus dem Kopf. »Der gibt sich ja richtig Mühe mit dir. Wann bitte ist das zwischen euch passiert?«

Ein Grinsen schmuggelt sich auf mein Gesicht. »Ich weiß nicht. Also, um eines klarzustellen: Nichts ist zwischen uns passiert. Wir hatten einfach nur mal wieder ein tolles Wochenende.«

»Wow. Wenn das mit euch wieder ...«

Sie stockt mitten im Satz. Verständlich, denn der Raum ist nicht menschenleer wie sonst um diese Zeit. Nein. Vor unserem Tisch sitzen Fireball und Jesse. Mein Herz beschleunigt von jetzt auf gleich. Was hatte mein Dad gleich gesagt? Wenn Fireball zurückkehrt, will er wahrscheinlich seinen Auftrag zu Ende bringen und meinen Dad töten.

Emma und ich sehen uns an und ziehen beide eine Augenbraue hoch. Schweigend treten wir näher.

Ich weiß, mein Vater hat mir versichert, dass sie mir und den anderen nichts antun werden. Aber jetzt, da ich weiß, wer sie sind, was sie machen und was Fireball tun soll, rast mein Herz und zittern meine Hände. Es ist, als ginge ich in meinem eigenen Albtraum spazieren und jederzeit könnte sich Fireball umdrehen und mich mit glühend roten Augen und einer Waffe in der Hand ansehen.

Da sitzt der Typ, der auf mich geschossen hat. Ich werde ihm nie wieder in die Augen sehen können, ohne daran denken zu müssen.

Und Jesse. Ob er in jener Nacht auch dort gewesen ist?

Es überrollt mich mit solcher Wucht, dass ich nach der Lehne des nächsten Stuhls greife, um nicht zu fallen: In den letzten Wochen waren wir alle in Lebensgefahr.

Sebastian, der von Fireball mit einem Messer bedroht wurde.

Ich, als Jesse sich wütend auf mich stürzen wollte.

Jonah, den Fireball nicht ausstehen kann.

Jeden Einzelnen von uns, der ihnen irgendwie in die Quere kommt, könnten sie mit Leichtigkeit außer Gefecht setzen. Übel verletzen. Töten.

Ständig sehe ich Jesses wütendes Gesicht, als ich über seinen Vater gesprochen habe. Was hätte er mit mir gemacht, wenn Fireball nicht dazwischen gegangen wäre? Mir wird ganz flau im Magen, wenn ich daran denke, in welcher Gefahr wir alle gesteckt haben. Und nun wieder stecken.

Für mich klebt auf Fireballs Hinterkopf ein großes Schild: Mörder.

Aber da sind noch andere Bilder von ihm, die sich aufdrängen: Da ist der schüchtern lächelnde Fireball, der Fireball, der ein weinendes Mädchen tröstet, der mich tröstet, der mich vor Jesse beschützt. Und seine Finger zwischen meinen.

Da sollte deine Hand immer sein.

Emma lässt ihre Tasche extra laut auf den Tisch fallen.

»Ach. Na, da schau an, wer von den Toten auferstanden ist«, sagt sie.

Jesse dreht sich um und lächelt höflich. »Habt ihr uns vermisst?«

»Nein«, sage ich kühl. Sie mögen mir Angst machen, aber ich lasse mich nicht einschüchtern. Da müssen sie schon mehr auffahren, als auf mich zu schießen und meinen Dad töten zu wollen. »Wo seid ihr so lange gewesen?«

Die Tür geht auf und Charlotte und ihre Freundinnen betreten den Raum. Sie kreischt vor Freude, als sie Jesse und Fireball sieht. »Jesse! Fireball! Wir haben uns solche Sorgen um euch gemacht!«

Mit einem grazilen Schwung landet sie auf Jesses Schoß und küsst ihn einmal rechts und einmal links auf die Wangen. »Wo seid ihr nur gewesen?«

»Das möchte ich auch gerne wissen«, sage ich.

»Urlaub. Was machst du heute Abend, meine Schöne? Gehst du mit mir die Hausaufgaben durch?«

Charlotte kichert albern. Dieser Jesse. Was hat er bloß mit Charlotte? Am Lagerfeuer sah es eher so aus, als hätte er Interesse an der Blauhaarigen. Aber wahrscheinlich ist er einfach einer dieser Typen, die sich nicht festlegen wollen.

»Urlaub?«, wiederhole ich. »Erzähl uns mehr. Wo seid ihr gewesen? Strand oder Berge?«

Endlich beteiligt sich die einzige Person an unserem Gespräch, mit der ich wirklich sprechen will. Fireball dreht sich um und sieht mich an – nur mich. Seine Augen sind blau. Strahlendblau. »Erholungsurlaub. Es ging mir nicht gut.«

Meine Wangen werden ganz heiß.

Charlotte legt ihre Hand auf seinen Arm. »Oh, du Armer, warst du krank?«

Fireball sieht ihre Hand an, als läge ein toter Fisch auf seinem Arm. Sein Blick in ihr Gesicht ist so abweisend, dass sie ihre Hand zurückzieht, als hätte sie sich verbrannt.

»Ja«, antwortet er. Er sieht mich noch einmal an, dann dreht er sich weg.

»Verzeih, Süße«, sagt Jesse. »Er hat schlechte Laune. Das haben wir beide.« Er sieht Fireball aus zusammengekniffenen Augen an. Oha. Da hat es wohl gekracht zwischen Batman und Robin.

Der Rest des Kurses stößt zu uns und alle scharen sich um die beiden Rebellen. Wenn die wüssten, wer die beiden sind … sie würden ihnen niemals so nahekommen.

Es klingelt und Mr. Johnson betritt den Raum. Alle stürmen an ihre Plätze und stellen sich auf – auch Fireball und Jesse. Mitten in der Bewegung hält Mr. Johnson inne.

»Soso. Die verlorenen Jungen sind zurück. Erklärungen?«

Fireballs Stimme ist wie immer autoritär. »Wir hatten bereits ein Gespräch mit Direktor Cooper, Sir.«

»Huh! Natürlich hatten Sie das. Und ich nehme an, es geht in Ordnung, dass Sie einfach von einem Schulausflug verschwinden und zwei Wochen nicht auftauchen?«

»Zehn Tage, Sir«, korrigiert ihn Jesse.

»Nicht so vorlaut, Codriguez. Setzen.«

Wir setzen uns. Es ist merkwürdig still im Raum. Eine abwartende Stille. Alle wollen wissen, wo die beiden waren und was Mr. Johnson noch zu ihrer Rückkehr sagt.

Unser Lehrer räuspert sich. »Wir hören heute das erste Referat. Miss Wabbott, ich übergebe das Wort an Sie.«

Mr. Johnson lehnt sich an die Fensterbank. Elsa beginnt ihr Referat, aber er schaut mit leerem Blick, tief in Gedanken versunken, vor sich hin; sicher ist er nicht bei Elsas Thema. Ob er direkt nach der Stunde zu meinem Vater geht oder bis heute Abend wartet, um ihm an den Kopf zu werfen, dass er lebensmüde ist?

19

FIREBALL

Nach dem Mittagessen gehen Jesse und ich rüber zur Wiese. Die Sonne scheint und die gesamte Stufe trifft sich bei den Bänken.

Wir setzen uns auf die Lehne einer Bank, und ich schließe die Augen. Es duftet nach frisch gemähtem Gras und Kiefernnadeln. Der Wind streicht über meine Stirn und durch die Haare. Ein bisschen fühlt es sich so an wie damals, als mein Vater mir mit der schweren Hand durch die Haare gefahren ist. Ein bisschen.

Ich lausche. Immer mehr Schüler kommen zu uns. Charlotte unterhält sich mit Jesse. Sebastian, Jonah und Brian reden hitzig miteinander. Ich versuche, ihre Worte aus denen der anderen zu filtern, aber es funktioniert nicht. Ich könnte die Augen öffnen und ihnen von den Lippen ablesen, worüber sie sprechen, aber die Mühe wäre es wahrscheinlich nicht wert.

Da höre ich endlich Emma. Sie allerdings ist die Mühe wert. Ohne Punkt und Komma redet sie auf jemanden ein. Wer das ist, kann ich mir denken.

Sally antwortet nicht. Nicht richtig jedenfalls. Nur ein paar zustimmende Mhms oder fragende Achs. Ich öffne die Augen.

Die beiden ziehen ihre Blazer aus, breiten sie mit der Innenseite auf dem Gras aus und setzen sich darauf. Da erst entdeckt Sally mich. Sie wird kreidebleich und schaut schnell weg. Dann schießt ihr das Blut ins Gesicht. Was ist los mit ihr? Den ganzen Vormittag habe ich versucht, Blickkontakt mit ihr aufzunehmen. Aber sie hat mich konsequent ignoriert und wurde rot wie ein Feuerkäfer bei dem Versuch. Was ist ihr Problem? Ist ihr die Nacht mit mir im Hostel peinlich? Oder weiß sie, wer ich bin? Hat ihr Vater vielleicht sogar geplaudert?

»Puh, habe ich einen Durst«, sagt Emma. »Blöd, dass wir schon hier sind. Jetzt will ich auch nicht mehr zurück zur Cafeteria.«

»Ich hole uns was. Wasser?«

Scheint, als wäre ihr jede Entschuldigung recht, um von mir wegzukommen.

»Oh, das ist lieb von dir – gerne!«

Ich lehne mich zu Jesse und flüstere: »Sieh zu, dass mir keiner folgt.«

Ich bin mir nicht sicher, ob er es gehört hat, denn er redet mit Charlotte, als hätte er nichts mitbekommen. Aber ich verlasse mich auf ihn, so wie ich es immer tue. Ich stoße mich von der Bank ab und folge Sally mit etwas Abstand.

Sie geht Richtung Schulgebäude und ich muss mich beeilen, damit sie mir nicht entwischt, aber da quatscht mich jemand von der Seite an.

»So, McAllister, jetzt erzähl mal: Wo wart ihr? Und was mich zudem brennend interessiert: Wen muss man bestechen, um trotz dieser Frechheit hierher zurückzudürfen? Wir sind alle gespannt auf deine Story.« Jonah.

»Dann seid weiter gespannt«, sage ich und will gehen, da hält er mich am Arm fest.

Doch Jesse ist zur Stelle. »Lass den Kleinen pissen gehen, der hat sonst noch schlechtere Laune. Kommt, ich erzähl euch, was passiert ist. Ihr lacht euch tot, wenn ihr das hört.« Jesse zieht Jonah einfach weg, und obwohl der mir einen Blick des Todes zuwirft, muss ich schmunzeln. Dieser Typ ist nicht mehr als ein kleiner, gelangweilter Junge. Keinen Tag würde dieser Loser in meiner Welt überleben.

Am Gebäude der Cafeteria geht Sally auf den Eingang zu. Jetzt aber schnell. Ich achte darauf, dass ich sie erst erwische, nachdem wir außer Sichtweite sind. Niemand muss wissen, dass ich mit ihr spreche. Ich beschleunige meine Schritte, fische ihre Hand aus der Luft, halte ihren Mund zu und ziehe sie in eine dunkle Nische. Hier entdeckt uns niemand.

Ihre Haut fühlt sich warm und zart an.

»Sally.«

Ihre Augen starren mich panisch an. So sieht sie dem Mädchen aus meinen Albträumen verdammt ähnlich, dem Mädchen, das auf dem Boden lag, gequält von Schmerzen. Erschrocken nehme ich meine Hände von ihr. Wenn sie jetzt wegrennt, kann ich ihr das nicht verübeln. Aber sie bleibt. Der Schock in ihrem Gesicht weicht tiefliegenden Augenbrauen und schmalen Lippen.

Angriffslustig faucht sie: »Was soll dieser Überfall?«

»Wir sollten reden, findest du nicht?«

»Reden? Worüber? Dass du halb tot warst und es nicht für nötig gehalten hast, dich zu melden? Ich dachte, du wärst gestorben, Mann! Oder darüber, dass du verdammt nochmal gefährlich bist und meinen Vater töten willst? Schau nicht so überrascht! Hast du ernsthaft gedacht, ich würde es nicht erfahren? Ich sag' dir noch was: Ich weiß alles – alles! Auch, dass du auf mich geschossen hast!«

Mir schießt das Adrenalin in den Körper. Der Atem rutscht mir in die Kehle, kommt nicht bis in die Lungen. Aus Reflex will ich ihr den Mund zuhalten, aber ich stoppe mich, bevor ich sie berühre, und sehe mich stattdessen um, ob sie jemand gehört hat. Sie weiß verdammt nochmal wirklich alles! Jetzt ist es aus. Sie wird nie wieder mit mir sprechen, geschweige denn in meiner Nähe sein wollen.

»Halt den Mund! Das … das ist Unsinn!«

»Ist es nicht, verkauf mich nicht für dumm. Ich habe deine Akte gelesen, ich habe mit meinem Vater gesprochen.«

Ich beiße mir auf die Lippe. Verdammt. Ich hatte gehofft, sie würde es nie erfahren. Ich hatte Angst, sie würde mich hassen, wenn sie es wüsste. Jetzt ist es so weit. Verdammt. Wie konnte ich so dumm sein? Wie konnte ich auch nur für eine Sekunde glauben, dass ich meine Vergangenheit an diesem Ort ablegen könnte, wie andere Menschen ihre Jacke, wenn sie am Abend fix und fertig nach Hause kommen? Meine Vergangenheit ist keine Jacke, nein. Sie ist meine zweite Haut. Ich kann sie nicht abstreifen.

»Es tut mir leid.« Wo ist bloß meine Stimme hin?

»Es tut dir leid? Was von all den Dingen jetzt genau?«

Ich flüstere heiser: »Um ein paar dieser Dinge zurechtzurücken: Ich habe nicht vor, deinen Vater zu töten. Und streng genommen habe ich nicht auf dich geschossen, sondern auf den Präsidenten. Du hast dich dazwischengeworfen.«

»Oh, dann bin ich also selber schuld oder wie?«

Ich seufze und balle frustriert meine Hände zu Fäusten. »Sally, hör zu. Ich hätte es dir gerne selbst erklärt und dir gesagt, was passiert ist. Ich … An dem Abend lief einfach alles schief. Ich wollte niemanden verletzen.«

»Stimmt. Du wolltest jemanden töten.«

Sie ist wütend. Zu Recht. Aber hier und jetzt ist nicht der Moment, um darüber zu sprechen. Nicht hier, wo wir jederzeit unterbrochen oder belauscht werden könnten. Ich wollte doch nur über die Nacht im Hostel mit ihr sprechen, nicht über mein verkorkstes Leben.

»Es tut mir leid, dass ich mich nicht bei dir gemeldet habe. Ich … Ich dachte nicht, dass du dir wegen mir Sorgen machst.«

Ich bin es nicht gewohnt, dass sich jemand um mich Sorgen macht. »Hast du jemandem davon erzählt?«

Sie verschränkt die Arme vor der Brust und sieht mich aus zusammengekniffenen Augen an. »Darum geht es dir? Es geht dir nicht darum, mit mir über die Nacht zu sprechen, in der du halbtot in meinem Bett gelegen, meine Hand gehalten und dabei gesagt hast, dass sie genau da sein sollte?«

Autsch. Wenn sie das so sagt, klingt es irgendwie peinlich. So als wäre ich ein sentimentaler Freak, oder schlimmer: ein schwacher Freak. Mir fällt keine passende Antwort ein, also halte ich meinen Mund.

»Warum bist du hier, Fireball? Warum willst du mit mir sprechen? Hast du Angst, ich könnte euer mieses Doppelleben auffliegen lassen? Mach dir keine Sorgen – ich habe meinem Vater versprochen, dass euer Geheimnis bei mir sicher ist. Kann ich jetzt gehen? Du verstehst sicher, dass ich mich in deiner Nähe mehr als unwohl fühle.«

»Weshalb?«

»Weshalb? Lass mal überlegen ... Ach ja, stimmt: Weil du ein gefährlicher Rebell bist und mich schon einmal fast umgebracht hast. Halt dich fern von mir, Fireball McAllister. Du machst mir Angst.«

»Angst?«

Ihr Blick ist fest, die Lippen fast weiß, weil sie sie so fest aufeinanderpresst. Sie reckt das Kinn und lässt mich in der dunklen Nische stehen. Mit zitternden Händen streiche ich mir durchs Haar. Sally Cooper weiß, was ich bin und was ich getan habe. Es sollte mir egal sein. Aber in meiner Brust zieht sich etwas zusammen. Sally Cooper soll mich mögen. So wie ich sie mag. Denn ja, dieses Mädchen mit den dunklen, langen Haaren und den neugierigen Augen, den kommandariatstreuen Ansichten, der scharfen Zunge, der zarten Haut, mag ich. Mehr als ich sollte. Mehr, als je jemand erfahren darf.

20

SALLY

Es ist stockfinster draußen. Emma verbringt den Abend mit Elsa, also habe ich mich in der Bibliothek verkrochen und dort über Trauer recherchiert. Ein ätzendes Thema. Es wird Zeit, dass ich mit dem Referat vorankomme – auch ohne Fireball. Gerade, als ich den Schlüssel zu unserer Wohnung ins Schloss stecken will, geht die Tür auf und mein Vater steht mir gegenüber, in der Hand einen Ordner und lose Blätter, die er umständlich einsortiert.

»Du gehst noch weg?«

»Schulkonferenz«, sagt er. Er wirkt gestresst und in Eile.

»So früh im Jahr?«

»Es ist eine außerordentliche. Es geht um unsere zwei … speziellen Schüler.«

»Oh. Verstehe. Gibt es Ärger?«

»Mit den beiden immer.«

Er küsst mich auf die Stirn und wünscht mir eine gute Nacht. Schnellen Schrittes geht er den Flur entlang und notiert etwas auf einem Blatt. Unglaublich, welchen Ärger er sich wegen der beiden aufhalst! Eine außerordentliche Lehrerkonferenz. Sicher wird er Rede und Antwort stehen müssen, weshalb die beiden zurückkommen durften, nachdem sie zehn Tage unentschuldigt gefehlt haben.

Ich schließe die Tür hinter mir, werfe meinen Schlüssel auf den Garderobenschrank und streife die Schuhe ab. Wenn mein Vater nicht da ist, könnte ich mir einen Salat machen. Mein Vater hasst Salat zum Abendessen. Ich öffne die Tür zu meinem Zimmer und will meinen Rucksack abstellen. Aber ich kann nichts sehen, außer meinem langen Schatten, den das magere Licht aus dem Flur in mein Zimmer wirft. Die Fensterläden sind zugezogen. Ich schließe nie die Fensterläden.

War mein Vater in meinem Zimmer? Aber warum sollte er …

Da höre ich ein Geräusch.

Angestrengt starre ich ins Dunkel. Was war das?

Jemand atmet.

Jemand ist in meinem Zimmer!

Mir wird heiß und kalt zugleich. Ich donnere meine Hand auf den Lichtschalter und stoße vor Schreck einen spitzen Schrei aus. Neben mir, so dicht, dass ich ihn berühren könnte, lehnt Fireball an der Wand meines Zimmers.

»Raus hier!«, brülle ich ihn an.

Aber statt zu gehen, stößt er die Tür zu, die mit einem Knall in den Rahmen fällt. Ich zucke zusammen.

»Was soll das? Wenn du mir Angst machen willst, Glückwunsch, das hast du geschafft. Dir ist klar, dass das Einbruch ist? Hat dich mein Vater gesehen?«

Er ignoriert meine Fragen und sieht sich in aller Ruhe, die Arme vor der Brust verschränkt, meine dekorierte Wand an. Das Poster mit Josh und Brian Stinton, die getrocknete Rose vom Galaabend mit Jonah. Das Foto mit allen aus unserer Stufe, das am letzten Tag vor den Sommerferien unten vor dem Brunnen entstanden ist. Und …

»Hübsche Medaille.« Er nimmt sie und dreht das Stück Metall zwischen seinen Fingern, betrachtet sie neugierig.

»Hab' ich dir zu verdanken.«

»Du hast sie, weil du das Leben des Präsidenten gerettet hast. Er wäre tot, wenn du nicht so mutig und selbstlos gewesen wärst.«

Er lässt sie los und betrachtet das Bild mit meinen Klassenkameraden, das im Regal daneben steht.

»Fireball. Was willst du hier? Ich meinte das vorhin ernst: Du machst mir Angst. Geh bitte. Wenn du reden willst, können wir uns gerne morgen unterhalten, aber hier und jetzt …«

Er dreht sich zu mir um und sieht mich an, sieht mir direkt in die Augen, sieht durch mich hindurch. Dann macht er zwei große Schritte zurück, kommt an meinem Schreibtisch zum Stehen und bringt so den größtmöglichen Abstand zwischen uns.

Mein Atem geht so schnell, als wäre ich einen Marathon gelaufen. Ja, verdammt, ich habe Angst vor ihm. Ich hätte wohl vor jedem Angst, der unangekündigt in der Dunkelheit in meinem Zimmer steht und dort auf mich wartet. Aber bei ihm schlägt mein Herz doppelt so schnell. Er hat mich angeschossen, er hat mich fast getötet. Er hat mir verdammt weh getan. Nicht nur damals im Palast.

»Wovor hast du Angst?«

»Vor dir. Dass du mir wieder wehtust.«

Fireball bewegt sich keinen Zentimeter. Er steht nur da und sieht mich an. Er atmet ruhig und seine eisblauen Augen fixieren meine, abwartend.

So stehen wir minutenlang da. Niemand sagt etwas, wir sehen uns nur an. Der Typ, der mich angeschossen hat, steht in meinem Zimmer. Sein Brustkorb hebt und senkt sich, ganz ruhig, ganz sanft. Langsam, viel zu langsam, beruhigt sich mein Atem, mein Herz schlägt gleichmäßiger.

»Warum bist du hier?«

Er zögert einen Moment. Öffnet die Lippen, schließt sie

wieder. Öffnet sie erneut. »Damit du keine Angst mehr vor mir hast.«

Aus meiner Kehle entfährt ein Lachen, das mehr einem trockenen Husten gleicht. Das Lachen wird lauter und wilder, verändert sich, ohne dass ich darüber Kontrolle habe. Aus dem Lachen wird ein Schluchzen, so hart, dass mein zugeschnürter Hals fast zerreißt.

Ich stehe da, im Rücken die Tür, zwei Meter vor mir Fireball McAllister, um uns ein leerer Orbit von Belanglosigkeiten und ich weine mir die Seele aus dem Leib.

Da berührt mich seine Hand an der Schulter. Ich sehe auf und erkenne durch verschleierte Augen, dass er so viel Abstand wie möglich zwischen uns hält. Dass er seinen Arm weit ausstreckt, mir Platz lässt, mich aber dennoch nicht alleine lassen will.

Seine Fingerkuppen berühren meine Schulter, streichen leicht darüber und ich springe in der Zeit zurück, sitze wieder neben ihm und weine in seinen Armen, weil ich so traurig wegen meiner Mutter bin. Dann wechselt das Bild und ich sehe ihn am Lagerfeuer mit der weinenden Ginger Robyn im Arm und dann mit Tina. Plötzlich sind seine Finger zu heiß, zu aufdringlich, zu nah.

»Fass mich nicht an!«, brülle ich, als hätte er mir wehgetan.

Erschrocken zieht er die Hand weg, geht einen Schritt zurück und senkt den Kopf.

Mein Schluchzen füllt den Raum. Es ist das Einzige, was ich höre. Irgendwann wird es stiller, weniger heftig, weniger dramatisch. Es gleicht den letzten Donnerschlägen eines wütenden Sommergewitters. Ebbt ab und ist schließlich nicht mehr als ein kraftloses Seufzen.

»Ich weiß, ich sollte gehen. Ich sollte gar nicht hier sein. Entschuldige, dass ich dich erschreckt habe, dass ich diese Grenze überschritten habe. Es ist nur so: Ich will nicht, dass du dich vor mir fürchtest. Vor mir musst du keine Angst haben, Sally. Nicht vor mir. Ich könnte dir nie weh tun.«

Er beißt sich auf die Lippe und schüttelt langsam den Kopf.

Ich umschlinge meinen zitternden Körper. »Du bist ein verurteilter Rebell. Du hast auf den Präsidenten geschossen und dabei mich getroffen. Du sollst meinen Vater töten. Ich habe unendlich viele Gründe, Angst vor dir zu haben.«

Er beißt die Zähne fest zusammen, sodass seine Kieferknochen hervortreten.

»Sally, ich kann nicht leugnen, wer ich bin und was ich getan habe. Ich kann dir nur versprechen, dass es für dich keinen Grund gibt, dich vor mir zu fürchten. Niemals – niemals, Sally – könnte ich dir wehtun.« Er macht einen Schritt auf mich zu und ich bleibe stehen, lasse zu, dass er die Distanz zwischen uns verringert.

»Du verstehst nicht, Fireball.«

Ich streife die Bluse zur Seite und offenbare die Narbe auf meiner Schulter. Sie fühlt sich wulstig unter meinen Fingern an. Er starrt sie mit schmerzverzerrtem Gesicht an.

»Jeden Morgen, jeden Abend, wenn ich in den Spiegel sehe, werde ich daran erinnert, wie ein vermummter Mann auf mich geschossen hat. Jede Nacht erschießt du mich aufs Neue in meinen Träumen. Verstehst du nicht, Fireball? Du machst mir Angst, und diese Angst kann ich nicht abstreifen. Sie ist da, ständig. Ich kann nicht mehr schlafen, ich kann nicht mehr allein sein, ich kann nichts mehr tun, ohne daran denken zu müssen, dass mein Leben beinahe vorbei war.«

Er sieht mir fest in die Augen. »Nie wieder tue ich dir weh, das schwöre ich.«

Ich lache schwach. »Aber du tust es doch. Immer und immer wieder. Da ist etwas zwischen uns, ich spüre es. Aber jedes Mal, wenn wir uns näherkommen, ziehst du dich zurück. Jedes verdammte einzelne Mal tust du mir weh. Warum?«

Er macht noch einen Schritt auf mich zu, vorsichtig, langsam. Jetzt ist er mir so nah, dass ich nur meinen Arm ausstrecken müsste, um ihn zu berühren. Sein Blick streicht über meine Haare, meine Wangen, meinen Hals hinunter bis zu meiner Schulter, auf der rot die Narbe prangt. Langsam, Zentimeter für Zentimeter, hebt er seine Hand, sieht mir dabei in die Augen, vielleicht um abzuschätzen, wie weit er gehen kann, ohne dass ich wieder in hysterisches Schluchzen oder wütendes Brüllen ausbreche. Aber ich werde ganz still. Mein Atem stockt. Ich rieche ihn, sauge den Duft von Lindenblüten in mich auf.

Sein Finger fühlt sich heiß an auf meiner Haut. Er streicht über meine Narbe, ganz sanft, ich spüre es kaum. Doch als er seine Hand wieder fallen lässt, brennt die Stelle, an der er mich berührt hat, noch immer.

»Weil ich gefährlich für dich bin.«

Er betrachtet seine Hände, als wären sie Gegenstände, die rein zufällig an seinem Körper angewachsen sind. »Du hast recht, weißt du. Ich habe Blut an meinen Händen.«

»Und trotzdem vertraut dir mein Vater.«

Er lässt sich Zeit für eine Antwort. »Niemand ist nur Schwarz oder Weiß. Jeder Mensch ist Grau.«

»Du bist ein ziemlich dunkles Grau.«

Er lacht bitter. Dann wird er wieder ernst und sieht mir tief in die Augen. »Ich stecke in einem verdammt tiefen Schlamassel. Aber dein Vater will mir helfen, und ich vertraue ihm. Und mit Glück, mit verdammt viel Glück, komme ich lebend und als freier Mann aus dieser Sache raus. Mit noch mehr Glück verzeihst du mir irgendwann, was ich dir angetan habe, und gibst mir eine zweite Chance. Dann könnte ich dir beweisen, dass ich nicht nur der Rebell bin, den du in jener Nacht kennengelernt hast.«

»Warum ist es dir so wichtig, was ich über dich denke?« Meine Stimme ist nur ein Flüstern. Er hat mich trotzdem verstanden. Kein Wunder – er steht so dicht vor mir, er hört wahrscheinlich mein Herz in meiner Brust schlagen.

»Weil du mir wichtig bist.«

Das muss ich erstmal sacken lassen. Ich bin Fireball McAllister wichtig? Er hat mich beleidigt, er hat mich versetzt, er hat mich lächerlich gemacht. Jetzt sagt er mir, ich sei ihm wichtig. Zwischen seinen Augenbrauen gräbt sich eine kleine Falte ein, die sonst nicht da ist. Seine Haare sind so zerzaust wie immer und meine Hand sehnt sich danach, hineinzugreifen und seine Strähnen zwischen meinen Fingern zu spüren.

Er sieht hinunter, findet meine Hand und berührt meine Fingerkuppen, ganz vorsichtig, als könne ich jeden Moment meine Hand zurückziehen.

»Die Menschen, mit denen ich meine Zeit verbringe, sind gefährlich. Wenn sie wüssten, wie viel du mir bedeutest, würden sie dir wehtun wollen. Das kann ich nicht zulassen.«

»Du sprichst von deinen Freunden?«

»Ich spreche von meinen Feinden.«

Seine Augenbrauen zucken, seine Augen wandern über mein Gesicht.

Plötzlich ist er mir ganz nah. Kommt näher und näher und ich möchte ihn am liebsten an mich ziehen und küssen und halten, die ganze Nacht.

Aber da taucht ein Bild vor meinen Augen auf und bevor seine Lippen meine berühren, frage ich:

»Was ist mit Tina?«

Er zuckt zurück, sieht mich überrascht an und schmunzelt. »Die hat einen bleibenden Eindruck bei dir hinterlassen.«

»Naja, ihr wart euch sehr nah, da dachte ich …« Ich behalte meine Gedanken für mich, warte lieber ab, was er sagt.

Sein Blick wandert über mein Gesicht, ein belustigtes Lächeln umspielt seine Lippen. Er nimmt meine Hand, als wäre das das Selbstverständlichste der Welt, und streicht über meinen Handrücken, während er spricht. Eine Gänsehaut zieht von meiner Hand den gesamten Arm hinauf.

»Tina und ich haben viel erlebt. Sie ist eine der wenigen Personen in meinem Leben, denen ich vollkommen vertraue. Sie steht mir bei. Auch dann, wenn ich Mist baue.«

Seine Augen suchen die Stelle an meiner Schulter, an der die Narbe prangt.

»Ich wünschte, ich könnte die Zeit zurückdrehen. Ich wünschte, ich könnte sie viele, viele Jahre zurückdrehen. Wer weiß – vielleicht wäre ich dann einer von euch? Vielleicht wäre ich einer von den Jungs in deiner Stufe. Dann würden wir uns kennen und miteinander sprechen und, wer weiß, vielleicht hätte ich sogar den Mumm, dich um ein Date zu bitten. Vielleicht würden wir beim Abschlussball miteinander tanzen, und Jonah würde grün vor Neid an der Wand lehnen und dabei zusehen, wie ich dein Gesicht zwischen meinen Händen halte. So wie jetzt«, er hebt seine Hände und legt sie sanft auf meine Wangen, »und dich küsse. Und vielleicht wäre das sogar okay für dich, denn ich wäre einfach nur ein Typ aus deiner Stufe, der so ist wie alle anderen. Der dir keine Angst einjagt, sondern mit dem du gerne Zeit verbringst, mit dem du dich gerne unterhältst. Wer weiß? Wer weiß, was passiert wäre, wenn ich mich vor vier Jahren anders entschieden hätte.«

»Ja, wer weiß.«

Sein Blick wandert über mein Gesicht, Fireball betrachtet meine Augen, meine Nase, meine Lippen. Langsam, ganz langsam, kommt er näher, bis sich seine Lippen sanft auf meine legen. Er küsst mich. Und ich küsse ihn. Ich höre auf zu atmen, zu denken. Lasse mich von ihm tragen. Weiter und weiter in eine Welt, in der es weder Gut noch Böse gibt, weder richtig noch falsch. In der die Zeit stillsteht. In der nur er und ich existieren und sonst niemand. Keine Vergangenheit, keine Zukunft. Nur das Jetzt. Nur wir. Was getrennt war, ist zusammen, was falsch war, ist richtig. Das mit uns ist richtig. Ich schlinge meine Arme um ihn und ziehe ihn fester an mich. Alle Angst ist fort. Ich habe ihm längst verziehen.

Halb sitzen, halb liegen wir auf meinem Bett. Ich lehne an seinem Brustkorb und betrachte seine blauen Augen, die mich grübelnd ansehen. Gedankenverloren zwirbelt er eine meiner Haarsträhnen zwischen seinen Fingern.

»Warum schaust du mich so ernst an?«

»Weil ich ein egoistischer Idiot bin. Wenn die falschen Leute wüssten, wie wichtig du mir bist, wärst du in verdammt großer Gefahr.«

»Erzähl mir, warum du meinen Vater töten sollst. Und warum du es nicht tust.«

»Es gibt da diesen Häuptling. Der ist sowas wie mein Boss. Für den ist dein Vater ein strategisches Ziel. Aber anders als der Häuptling hat mir dein Vater geholfen, dass ich nicht mit dem nächsten Raumgleiter ins Weltall geschossen wurde. Ich schulde ihm was.«

»Und der Häuptling akzeptiert das einfach so?«

»Nein. Er will das Internat angreifen, wenn ich deinen Vater nicht umbringe«

Ich reiße die Augen auf. »Wann?«

»Das weiß ich nicht. Bis jetzt kann ich ihn hinhalten. Dein Vater und ich haben das Grundgerüst eines Plans. Es liegt jetzt an mir, den Häuptling damit zu beschäftigen.«

»Erzähl mir von eurem Plan.«

»Es gibt eine Organisation – die Feder – die den Häuptling stürzen will. Das Problem ist … Ich weiß nicht, was das für Leute sind. Was die können, wie stark sie sind, wie viele es sind. Das sind Infos, die mir dein Vater nicht einfach so geben kann. Die muss ich selber herausfinden.«

»Und mein Vater ist Teil dieser Organisation?«

»Ja. Und ich glaube, dass es hier an der Schule noch mehr von ihnen gibt.«

Ich gehe alle Mitarbeitenden am Internat durch. Wem ist eine Mitgliedschaft in einer solchen Organisation zuzutrauen? »Der Einzige, der mir einfällt, ist Johnson. Er ist zwar dagegen, dass ihr an der Schule seid, aber ich habe mitbekommen, wie er und mein Vater sich gestritten haben. Im Nachhinein bin ich mir ziemlich sicher, dass es dabei um dich ging.«

»Johnson? Was weißt du über ihn?«

»Nicht viel. Er ist nicht verheiratet, hat keine Freundin – nicht, dass Charlotte und ihre Freundinnen wüssten, jedenfalls. Bevor er aufs Internat kam, hat er ein Jahr an einer staatlichen Schule gearbeitet. Mein Dad hält große Stücke auf ihn.«

»Warum?«

Ich zucke mit den Achseln. »Keine Ahnung.«

Plötzlich höre ich Geräusche an der Wohnungstür. Mein Vater kommt nach Hause. »Oh, Mist, mein Dad. Versteck dich! Er kommt sicher rein, um nach mir zu sehen.«

Fireball springt vom Bett und geht zu meinem Schreibtisch. Mit einem Satz steht er darauf und hat das Fenster geöffnet.

»Was zur Hölle machst du da?!«

»Gehen. Schlaf gut.«

Er beugt sich runter und küsst mich sanft auf die Stirn und mit einem Satz ist er in der Nacht verschwunden. Dieser verrückte Rebell flieht doch tatsächlich über den Dachvorsprung vor meinem Vater.

FIREBALL

Sein Schlafzimmerfenster liegt gleich neben ihrem. Das Licht des Flures beleuchtet matt den schlicht eingerichteten Raum. Mein Taschenmesser gleitet wie Butter zwischen den Rahmen und es braucht nur ein wenig Geschick, um das Schloss zu öffnen. Ein leises Klicken und das Fenster schwingt lautlos auf. Ich steige hinein und sehe mich um. Es ist ordentlich. Das Bett ist gemacht, keine Kleidung, die über einem Stuhl hängt oder auf dem Boden liegt. Mein Herz will laut schlagen, will mir den Atem nehmen, aber ich erlaube es ihm nicht. Ich zwinge meinen Körper, ruhig zu bleiben. Ich muss ruhig bleiben, sonst werde ich fahrig, unvorsichtig. Dann passieren nur dumme Fehler. Ich verstecke mich in der Nische zwischen Schrank und Tür. Ein ordentlicher Mensch wie Cooper wird sich vor dem Zubettgehen die Zähne putzen. Das ist meine Chance, hier rauszukommen und mich im Rest der Wohnung umzusehen. Das Schlafzimmer werde ich mir ein andermal vornehmen.

Die Badezimmertür fällt ins Schloss und wenige Sekunden später surrt die Zahnbürste. Ich husche lautlos wie eine Katze durch den dunklen Flur und öffne die Tür zum Wohnbereich.

Der Mond scheint durch vier kleine Zinnenfenster und taucht den Wohn- und Küchenbereich in blaues Licht. Meine Augen brauchen einen Moment, um sich an die Dunkelheit zu gewöhnen. Ich kauere mich in eine Nische und warte darauf, dass Cooper ins Bett geht. Eine Viertelstunde später schließt er die Schlafzimmertür. Ich warte noch eine weitere halbe Stunde, bevor ich es wage, mich im Zentrum der Cooper-Wohnung umzusehen.

Auf dem Kaminsims steht ein Foto einer einst heilen Familie: Vater, Mutter, Kind. Es ist ein Bild wie jedes andere: Von den meisten Familien gibt es nur gemeinsame Bilder, als die Kinder noch klein sind. Wenn sie älter werden, gibt es eigentlich nur noch Bilder von den Kindern, nicht mehr mit der ganzen Familie. Schließlich sind Mutter oder Vater oder beide dann im Weltall auf Aliensuche.

Sallys Mutter war schön. Langes braunes Haar, dieselbe spitze Nase. Die Kinder-Sally trägt zwei geflochtene Zöpfe und grinst so breit, dass sie eine Zahnlücke vorne freilegt.

Im Wohnzimmer stehen nicht viele Möbel – eine massive, die gesamte Wand einnehmende Schrankwand, die gefüllt ist mit Büchern und Bildern und einem alten, ziemlich hässlichen Teeservice. In der Mitte des Raumes, mit dem Rücken zur offenen Küche, nimmt ein dunkles Dreisitzersofa den größten Teil des Wohnbereichs ein, davor ein flacher Tisch mit Unterlagen, Büchern und Zeitschriften darauf. Ich suche unter dem Sofa, hinter den Kissen und zwischen den Polstern. Nicht, weil ich denke, dort etwas zu finden, sondern einfach, weil es immer gute Verstecke sind, wenn man etwas zu verstecken hat.

Aber da ist nichts. Auf dem Tisch liegen Bücher und sogar ein Ordner, der nach Arbeit aussieht. Ungewöhnlich, wo doch Ressourcen gespart werden sollen – Papier ist schweineteuer. Wahrscheinlich auch so ein Ding, das sich nur Kommandariatstreue leisten können, aber keine Normalos wie ich.

Am Schlüsselbund trage ich eine kleine Taschenlampe – verdammt nützlich. Ich beleuchte damit die Seiten und überfliege die Texte. Es ist ein Pamphlet des Ministeriums für intergalaktische Zusammenarbeit. Auf zig Seiten fassen mehrere Minister ihre Sorgen darüber zusammen, dass sich Amega weiter und weiter aus dem Alliierten-Pakt löst. Ministerin Josephine Galeri prangert an, dass das Kommandariat nicht bereit ist, wenigstens einen Teil der geforderten Ausgleichszahlungen für erlittene Verluste zu leisten. General Walt P. Barnes prophezeit einen Krieg zwischen den ehemaligen Alliierten. Cooper hat einige Stellen markiert und mit Kommentaren versehen. Sowas wie: »Fakten checken« oder »Vorkehrungen treffen«. Ich sehe auf dem Deckblatt nach: Der Bericht ist von letztem Donnerstag.

Ich lege ihn zur Seite und leuchte mit der Taschenlampe in die Schrankwand. Gläser, Weinflaschen, Bücher, noch mehr Bilder von Sally. Sally beim Schulanfang, Sally am Strand, Sally und ihr Vater mit Wanderstöcken auf einem Berg. Es ist das einzige Bild, das die beiden zusammen zeigt.

Ich leuchte noch über die Anrichte in der Küche, aber dort ist alles sauber, kein Hinweis auf irgendetwas, das mit der Feder zu tun haben könnte. Nichts, mit dem ich den Häuptling füttern kann.

Auf dem Weg nach draußen schleiche ich an Sallys Tür vorbei. Langsam drücke ich die Klinke zu ihrem Zimmer hinunter und trete ein. Sie liegt in ihrem Bett, eingekuschelt in ihre Bettdecke, und schläft friedlich. Ich kauere mich neben sie und beobachte sie eine Weile. Doch plötzlich zucken ihre Augenbrauen, ihre Hand bewegt sich unruhig. Ihr Mund öffnet sich und sie stöhnt leise.

Ich lege meine Hand auf ihre Wange, ganz sanft.

»Schhhh, alles gut, alles ist gut. Du bist in Sicherheit.« Ich flüstere es ganz leise in ihr Ohr, streiche mit meiner Hand über ihre Wange und ihr langes, glattes Haar. Ihre Stirn entspannt sich, ihre Hand legt sich sanft auf die Bettdecke, nur ihr Mund bleibt leicht offen.

Ich hauche ihr einen Kuss auf die Schläfe. Ich sollte jetzt wirklich gehen.

JESSE IST NOCH WACH, als ich zurückkomme. Er sitzt auf seinem Bett, das Tablet auf dem Schoß.

»Na endlich! Leute, er ist zurück.«

Er dreht den Bildschirm und Tina und Ginger Robyn sind zu sehen – Letztere in ihrem Bett, Tina im knappen Partyoutfit.

»Heute noch was vor?«, frage ich.

»Nachtschicht«, antwortet Tina. »Schieß los, hat das Vögelchen gesungen?«

Ich setze mich auf mein Bett und reibe mir die müden Augen. Sie brennen. Schlaf täte mir gut. »Ja. Sie weiß nichts von der Feder. Aber sie glaubt, dass Johnson Mitglied ist.«

»Kurzum: Sie ist ein Reinfall.« Tina hat schlechte Laune. Zerfressen von Eifersucht wahrscheinlich. »Wie geht's jetzt weiter?«, fragt sie schnippisch.

»Ich will mir Johnson näher ansehen. Vielleicht finde ich in seiner Wohnung irgendwelche Hinweise. Bei Cooper gab es außer einem langweiligen Kommandariats-Pamphlet nichts.«

»Als klar war, dass du auf dem Internat bist, haben wir alle Lehrkräfte gecheckt«, sagt Ginger Robyn. »Da gab es nichts Auffälliges. Johnson ist ein stinklangweiliger Pauker. Keine Familie, keine Hobbys.«

»Damals habt ihr sein Profil mit anderen Prioritäten analysiert. Überprüf ihn nochmal. Vielleicht benutzt er einen anderen Namen. Vielleicht irgendein Sprung in seiner Vergangenheit. Ich bin mir sicher, dass es etwas gibt.«

Jesse tippt sich mit den Fingerspitzen ans Kinn. »Wie geht's weiter mit der Cooper? Sind wir fertig mit der? Der Häuptling scheint das Interesse ja verloren zu haben.«

»Genau das bezweifle ich. Ich denke, er tut nur so. Er spielt mit mir. Deshalb bleibt sie unter meinem Schutz.«

»Unter deinem Schutz?« Jesse grinst und seine Augen sind schmale Schlitze.

»Ich habe keinen Bock, dass meinem Gönner die Tochter wegstirbt. Ich schulde Cooper was. Und ich glaube, dass er uns allen noch nützlich sein kann. Also ja: Seine Tochter steht unter meinem persönlichen Schutz.«

»Und wie sieht dieser Schutz aus?«, fragt Ginger Robyn.

»Wir sind zusammen.«

Tina pfeift durch die Zähne, Ginger Robyn grinst, und Jesse legt die Hand an die Stirn und schüttelt den Kopf. »Das hat mir noch gefehlt. Als hätte ich nicht schon genug mit dir zu tun. Nein, da holt man sich noch so ein klassisches Opfer dazu, das einem nur im Weg ist.«

»Sie mag zurzeit keinen Nutzen für uns haben. Aber wenn sie mir erst vertraut, wird sie alles für mich tun. Alles. Sogar ihren Vater aushorchen. Wartet's ab. Sally Cooper wird noch eine wichtige Rolle für uns spielen.«

»Das bezweifle ich nicht«, sagt Jesse trocken. Er schließt das Tablet, ohne sich von seiner Schwester und Ginger Robyn zu verabschieden, beugt sich zu mir und sagt: »Kleiner, pass bloß auf! Ich weiß, was du vorhast. Was du da machst, ist alles andere als ein Schutz für die Cooper-Maus. Du bringst sie verdammt nochmal in Gefahr. Und dich sowieso. Wenn der Häuptling erfährt, wie wichtig sie dir ist ...«

»Sie ist mir nicht wichtig.«

»Ah ja? Wenn er ihr eine Waffe an die Schläfe hält, würdest du also nicht dazwischen gehen?«

»Nein. Es ehrt mich, dass du mich als emotionalen, aufrichtigen Menschen siehst. Aber vergiss nicht: Ich bin der Häuptlingsnachfolger. Ich bin die Zukunft des Rebellen Clans. Es gibt verdammt nochmal niemanden, der wichtiger ist als ich.«

Lügen. Lügen kann ich verdammt gut. Aber noch nie habe ich so viele Menschen gleichzeitig belogen. Mir dröhnt der Kopf, die Müdigkeit erdrückt mich. Ich fühle mich, als würde ich Schach spielen mit dem Teufel und alle meine Figuren beschützen eine einzige Figur, aber nicht den mächtigen König, nein, sondern eine schwache, hilflose, zarte Bäuerin.

21

SALLY

An diesem Morgen ist alles leichter. Meine Haare fallen super, meine Füße federn über den hallenden Steinboden und das Lächeln auf meinem Gesicht ist einfach so da. Mühelos. Ich gleite in den Kursraum. Er ist noch nicht da. Aber Emma. Sie sitzt an unserem Platz und scrollt über ihr Tablet.

»Guten Morgen! Wie war euer Abend gestern?«

Emma sieht auf und runzelt die Stirn. »Hm! Wenn ich dich so anschaue, sollten wir besser über dich sprechen – warum hast du so gute Laune?«

»Ich habe einfach nur super geschlafen. Kein Albtraum. Die erste albtraumfreie Nacht seit ... naja, du weißt schon, seit wann. Und du, was habt ihr gemacht?«

Emma erzählt von ihrem Filmabend mit Elsa, doch ich folge ihr nur halb. Mir entgeht niemand, der den Raum betritt, aber der einzige Mensch, den ich wirklich sehen will, kommt einfach nicht.

In meinem Magen breitet sich ein flaues Gefühl aus. Was, wenn er gestern erwischt wurde? Nachts machen die Lehrkräfte ihre Kontrollgänge, um zu verhindern, dass die Schülerinnen und Schüler umherlaufen oder sich davonstehlen oder in ihren Augen unzüchtige Besuche auf anderen Stockwerken machen. Ich grinse bei dem Gedanken, dass ausgerechnet die Tochter des Direktors letzte Nacht einen solchen unzüchtigen Besuch hatte.

Da streift etwas meinen Arm. Sofort kribbelt mein gesamter Körper. Der Duft frischer Lindenblüten schmeichelt meiner Nase. Aber ich schaue nicht auf. Ich sehe mich noch nicht einmal um. Mein Blick fällt stattdessen auf Jesse. Der schaut ziemlich mürrisch drein. Er knallt seinen Rucksack auf den Boden und wirft Touchpen und Tablet auf den Tisch.

»Jesse, was ist denn bei dir los?« Die ach so perfekte Charlotte kommt sofort angetanzt und legt ihren Arm um seine breiten Schultern.

»Schlecht geschlafen«, erklärt Fireball knapp. Alle sehen ihn verwundert an, denn eigentlich antwortet er nie, wenn er nicht direkt angesprochen wird.

»Dafür scheinst du gute Laune zu haben«, stellt Emma fest und wirft mir einen Seitenblick zu.

»Schlecht geträumt?«, frage ich Jesse.

»Wenig Schlaf drückt ihm immer aufs Gemüt«, sagt Fireball. »Und ihr, Ladys, wie habt ihr geschlafen?«

Emma erzählt Fireball von einem merkwürdigen Traum. Ich beobachte ihn, wie er so tut, als würde es ihn interessieren, was sie erzählt. Sie endet mit den Worten: »... bis die Schlange das Eis aufgegessen hat.« Emma zuckt mit den Schultern.

Fireball schreckt auf, als hätte er mit offenen Augen geschlafen. »Das ist ja ... also, das solltest du recherchieren. Wer weiß, wofür die Schlange steht.«

»Meinst du?«

»Also ich würde das abklären.« Da tritt Elsa an unseren Tisch und Emma ist abgelenkt. Fireball sieht mich an und grinst schelmisch. »Und du? Auch von Schlangen geträumt?«

»Nein. Ich habe schlecht geschlafen.«

»Oh, wirklich? Weshalb?«

»Deinetwegen.«

Jesse hält in seiner Bewegung inne und dreht sich zu mir um. Fireball hebt eine Augenbraue.

»Wir sind mit unserem Referat in Psychologie hinterher. Du hast fast zwei Wochen gefehlt. Du kannst nicht davon ausgehen, dass ich die ganze Arbeit alleine mache und du dafür eine gute Note kassierst.«

Fireball setzt eine Denkerpose auf. »Dann sollten wir uns nochmal zusammensetzen.«

»Das solltet ihr unbedingt«, mischt sich Jesse ein. »Nicht, dass das Cooper-Mäuschen noch alleine da vorne steht und Johnson verrät, dass du ein fauler Sack bist.« Er legt einen Arm um Fireballs Hals und drückt ein wenig zu stark zu.

Ich ignoriere Jesse. »Passt es dir morgen Nachmittag?«

Fireball runzelt die Stirn. »Mein übel gelaunter Freund und ich haben morgen Nachmittag schon etwas vor. Aber wie wäre es, wenn wir morgen zusammen zu Abend essen?«

Wir essen zusammen! Ich muss mir ein Grinsen verkneifen. Gott sei Dank betritt Mrs. Chen gerade den Raum und alle stehen auf. Fireball schenkt mir noch ein kleines Lächeln, bevor er sich umdreht und ebenfalls aufsteht.

»DIESES VERDAMMTE REFERAT raubt mir noch den letzten Nerv«, schimpft Emma. »Es ist so öde und in der Bibliothek finde ich kaum etwas dazu. Wenn ich meinen Führerschein habe, nehme ich mir ein Miet-Driftcar und fahre in die Stadt. Vielleicht finde ich im Stadtarchiv mehr. Das Internet gibt für den theoretischen Teil nichts Brauchbares her.«

Wir nutzen die Pause, um uns einen Kaffee zu holen. Sonst überlebe ich den Tag nicht. »Hm«, überlege ich und suche in meiner Tasche nach meinem Portemonnaie. »Wenn du in die Stadt fährst, nimm mich auf jeden Fall mit, ja?«

»Super Idee!« Sie sieht mich fragend an, weil ich immer noch in meiner Tasche herumkrame. »Was ist los?«

»Ich kann meinen Geldbeutel nicht finden. Ich habe schon die ganze Tasche durchsucht. Nichts.«

Wir bleiben stehen und ich stelle meine Tasche auf dem Boden ab, um sie gründlicher zu durchforsten.

»Nichts.«

»Hast du ihn in deinem Zimmer liegen lassen?«

»Ich habe ihn gar nicht aus meiner Tasche genommen. Außer für die Cafeteria brauche ich ihn ja nicht.«

»Ich kann dir was leihen.«

»Danke. Aber ich gehe nochmal zurück, vielleicht habe ich ihn im Kursraum verloren. Bis gleich.«

Ich schultere meine Tasche und marschiere den ganzen langen Weg zurück. Etliche Schüler kommen mir entgegen und ich muss mich zwischen ihnen hindurchkämpfen. Unser Kursraum liegt im zweiten Stock, direkt neben der Treppe. Ich hüpfe die Stufen hinauf, komme oben an und will gerade hineingehen, als mich jemand von hinten packt, die Hand auf meinen Mund legt und in eine dunkle Ecke hinter der Treppe zieht.

Mir gefriert das Blut in den Adern. Jemand will mich entführen! Okay, wie ging noch gleich dieser Griff, den wir in Selbstverteidigung gelernt haben? Wenn man von links gehalten wird, mit der rechten Hand greifen – oder andersrum? Verdammt!

Da strömt der liebliche Duft von Lindenblüten in meine Nase. »Vermisst du was?«, flüstert mir Fireball ins Ohr.

Erleichtert atme ich auf. Er grinst frech.

»Du hast mich zu Tode erschreckt, verdammter Rebell!«, schimpfe ich leise und schlage ihm leicht gegen die Brust.

Aber da drückt er seine Lippen auf meine und hält mich

fest im Arm. Als wir uns lösen, grinst er wieder. »Das wollte ich den ganzen Vormittag schon tun.«

»Schlitzohr! Wie viel Zeit haben wir?«

»Gar keine. Ich muss schon wieder los. Jesse vermisst mich, wenn ich zu lange weg bin. Aber ich wollte nicht, dass du denkst, ich hätte gestern Abend vergessen.«

Sein Lächeln ist so süß, dass ich ihm einen Kuss auf eines seiner Grübchen gebe.

»Was ist mit Jesse? Welche Laus ist ihm über die Leber gelaufen?«

»Er macht sich Sorgen. Kevin konnte nur eine Woche beim Häuptling gewinnen, bevor er die Schule angreift. Ich hatte gehofft, wenigstens einen Monat zu bekommen. Das verschärft die Lage.«

»Eine Woche! Weiß mein Vater Bescheid? Die Lehrer?«

»Dein Vater, ja. Mach dir keine Gedanken. Und lass dir nichts anmerken, wir wollen eine Panik vermeiden. Wenn hier alle abreisen, merkt das Kommandariat, dass etwas nicht stimmt. Dann bin ich schneller in einem Raumgleiter als ich ›kommandariatstreu‹ sagen kann.« Er küsst mich auf die Nasenspitze. »Ich muss los. Wir sehen uns später.«

Er macht schon einen Schritt von mir weg, da bleibt er noch mal stehen und reicht mir meinen Geldbeutel: »Ach so. Den suchst du sicher.«

»Dieb!«

»Rebell, bitte.«

Da hören wir Schritte und springen auseinander. Mr. Langdon humpelt den Gang entlang und entdeckt uns unter der Treppe.

»Sir«, sagt Fireball ernst und ich knickse höflich.

»Miss Cooper, Mr. McAllister«, entgegnet er, schmunzelt und geht weiter.

»Puh, das war knapp. Glaubst du, er hat was gemerkt?«

Fireball sieht ihm mit zusammengezogenen Augenbrauen nach. »Ich befürchte, ja.«

Ich lege meine Hand auf seinen Arm. »Glaubst du, er wird meinem Dad etwas sagen?«

»Ich hoffe nicht. Dein Vater hat keine Ahnung, dass ich mit dir Zeit verbringe. Ich befürchte, er würde mir auch nicht mehr helfen wollen, wenn er es wüsste. Andererseits hat Langdon vor vielen Jahren schon einmal den Mund gehalten. Hoffen wir, dass er das auch diesmal tut.« Er verzieht den Mund, dann gibt er mir einen flüchtigen Kuss und rennt davon. Mr. Langdon hat vor vielen Jahren schon einmal den Mund gehalten? Wovon spricht dieser Rebell denn jetzt schon wieder?

FIREBALL

Ich verlangsame meine Schritte und kontrolliere meine Atmung. Jesse steht wie verabredet vor der Turnhalle. Ich sehe es seinem düsteren Blick an. Er ist sauer. »Übst du an deinem bösen Blick?«

»Gute Laune sieht ganz schön scheiße aus an dir. Wo warst du so lang?«

»Ich habe meinen Plan vorangetrieben. Und ich finde, gute Laune steht mir ausgezeichnet.«

»Du nimmst das viel zu ernst mit dem Cooper-Mäuschen. Lass lieber die Finger von der.«

»Wir haben nur eine Woche, Jesse. Ich muss meine Chance bei ihr nutzen. Hat sich Ginger Robyn mit Infos über Johnson gemeldet?«

»Ja. Unauffällig.«

»Dann bleibt mir nichts anderes übrig.«

»Als was?«

»Als mich in seiner Wohnung umzusehen.«

Jesse lacht. »Bist du verrückt? Wenn er dich erwischt, sind wir draußen, dann sind wir auf der Flucht vor dem Kommandariat *und* dem Rebellen Clan.«

Wir betreten die Sporthalle. Charlotte winkt Jesse schon von Weitem aufgeregt zu.

»Dein Flirt wartet auf dich. Was ist das eigentlich mit euch? Muss ich mir Gedanken machen, dass du die Seiten wechselst und zu den Kommandariatstreuen überläufst?«

Er hebt die Augenbrauen. »Allein die Vorstellung widert mich an. Sie ist ein Zeitvertreib, mehr nicht. Irgendwas muss man ja tun in diesem Spinnerheim. Aber mein Typ ist sie nicht.«

»Wer ist dann dein Typ?«

»Ich mag taffe Mädels.«

»Ginger Robyn ist nicht taff.«

Jesse bleibt stehen und schaut mich verdutzt an.

»Ich bin nicht blind, Jesse.«

Vor Schreck weiß er nicht, was er sagen soll. Er sieht mich an, als würden wir über etwas Verwerfliches oder Verbotenes sprechen.

»Ist doch nicht schlimm«, sage ich. »Viele Rebellen sind zusammen.«

»Nein. Nein, nein, nein. Viele Rebellen haben was miteinander. Das ist ein verdammt großer Unterschied zu dem, was ... Ach, egal. Lauf einfach nicht rum und erzähl es allen, okay?«

»Jesse! Ich bin dein Freund.«

»Halt einfach den Mund.«

»Okay ... Ich werde es nicht gegen dich verwenden.«

»Du nicht, nein. Andere vielleicht schon.«

Da hat er auch wieder recht. Es ist so ähnlich wie mit Sally. Wenn jemand wüsste, wie wichtig sie mir ist, wäre sie in Gefahr. Ganz ähnlich wäre es mit Ginger Robyn. Die kann sich zwar wehren, aber nicht gegen jeden und nicht gegen den Häuptling. Verdammt, das können Jesse und ich ja selbst nicht.

Der Rest der Stufe steht schon umgezogen in der Halle, weil wir spät dran sind. Jesse entblößt seinen durchtrainierten Oberkörper so, dass die Mädels einen guten Blick darauf haben. Der gewünschte Effekt bleibt nicht aus: Die Mädchen kichern, die Jungs werfen ihm neidische Blicke zu. Er zeigt sein Sixpack einfach zu gern. Ich verdrehe die Augen und ziehe mich auf die Tribüne zurück. Ich brauche die große Show nicht. Ich stehe oft genug im Mittelpunkt.

Sally und Emma sind die Einzigen, die noch fehlen. Sie werden zu spät kommen, wenn sie sich nicht beeilen. Die Tochter des Direktors, die Schulsprecherin, wird zu spät kommen, weil sie in einer düsteren Ecke mit einem Rebellen geknutscht hat. Ich verstecke mein Grinsen unter dem T-Shirt, das ich mir über den Kopf ziehe.

22

FIREBALL

Die Sonne drückt so verdammt hell auf meine Augen, dass ich mich hinlegen und schlafen könnte. Hier, mitten auf der Parkbank. Jesse macht genau das: Er liegt auf dem Tisch, den Rucksack über dem Gesicht und schnarcht leise. Ich sollte dasselbe tun, mich ein bisschen ausruhen, aber keine fünfzig Meter von mir entfernt liegt dieser blonde Sunnyboy Jonah neben meinem Mädchen auf einer Picknickdecke. Sie haben die Köpfe über einem Tablet zusammengesteckt und lachen sich über irgendetwas schlapp. Ich wette, er kann ihre Haare riechen, die Fältchen um ihre Augen sehen, die kleinen Sommersprossen auf ihrer Nase. Arschloch. Sally hat wohl etwas im Gesicht, denn er streicht ihr mit dem Zeigefinger über die Wange. Riesen-Arschloch. Mein Magen krampft sich zusammen, alle meine Muskeln spannen sich an. Bleib hier, geh nicht da rüber, hau ihm keine runter, bleib einfach hier sitzen, wie eine hundertjährige Eiche.

Da sieht sie sich suchend um, findet mich und lächelt mich an, zaghaft, versteckt. Ein geheimes Zeichen. Ein Signal. Ein »Mach-dir-keine-Sorgen«-Lächeln.

»Das ist widerlich«, sagt Jesse hinter mir, der sich aufgesetzt und uns beobachtet hat, ohne dass ich es bemerkt habe.

»Halt die Klappe. Ich mache nur meine Arbeit.«

Ein Klingeln unterbricht uns. Mein Tablet. Ich krame es aus meiner Sakkotasche und blicke aufs Display. »Die Zentrale. – Ja?«

»Wir haben Mütze.« Es ist Philine. Ihre Stimme ist seltsam, fast wie ein Roboter. Merkwürdig. Aber egal. Die Info ist wichtig, nicht Philines Stimmung. Mütze ist der Kerl, der Eric getötet hat.

»Wo?«, frage ich.

»Tina und Ginger Robyn sind jeden Moment bei euch. Sie briefen euch auf dem Weg.«

»Alles klar.« Ich will schon auflegen, da sagt Philine: »Fireball: Die Infos kommen von ganz oben. Pass auf dich auf.«

»Mach ich. Danke.« Deshalb klang sie so merkwürdig. Sie macht sich Sorgen, dass mir der Häuptling eine neue Falle stellt.

»Es gibt Arbeit«, sage ich und fische meine Sachen vom Tisch.

»Jetzt?«, nölt Jesse.

»Sie haben Mütze gefunden.«

Auf diese Nachricht hin hievt er seinen Körper hoch und in weniger als fünf Sekunden haben wir den Tisch geräumt. Wir laufen über die Blumenwiese rüber zum Innenhof und ich werfe einen Blick zurück. Sally ist unser plötzlicher Aufbruch nicht entgangen. Sie sieht mir stirnrunzelnd hinterher. Ich sollte sie anlächeln, ihr versichern, dass alles okay ist. So wie sie es vorhin getan hat. Aber ich schaffe es nicht. Ich kann ihr nicht versprechen, dass ich wiederkomme. Ich bin nicht in der Position, solche Versprechen zu geben.

Gerade als wir den Innenhof erreichen, hält ein schwarzes Driftcar mit getönten Scheiben vor dem Schultor. Wir gehen, die Hände in den Taschen, so lässig wie möglich rüber, steigen zügig ein, und bevor jemandem auffällt, dass wir verschwinden, sitzen wir auf der Rückbank. Sofort fährt das Driftcar an – niemand bemerkt uns. Nur Sally hat es sicher gesehen.

Ginger Robyn sitzt am Steuer, Tina auf dem Beifahrersitz. Sie brieft uns, während wir die schwarze Kampfkleidung anziehen – Sneaker, Hosen, T-Shirt, Lederjacke. Die Mädels sehen dagegen aus, als wollten sie feiern gehen – knapp, eng und kurz ist das Motto.

»Unser Ziel ist der Beach Club im Stadtviertel Wingdon«, sagt Tina und reicht jedem von uns einen Grundriss des Clubs. »Dort wird den ganzen Tag gefeiert. Mütze ist vor einer Stunde angekommen und hält sich in einem der Hinterzimmer auf – allein, nur mit seinem Leibwächter.«

»Wie kommen wir rein?«, fragt Jesse und schnürt seinen linken Sneaker fest.

»Durch die Hintertür. Ginger Robyn wird die Türsteher vorne in Schach halten. Wir drei gehen zum Hintereingang. Dort setze ich den Wachposten außer Gefecht und sorge dafür, dass euch niemand stört. Um die Uhrzeit ist nicht viel Personal vor Ort und wer da ist, steht wahrscheinlich an der Theke. Ihr geht rein und haltet euch rechts, zweite Tür links. Dort findet ihr Mütze mit seinem Leibwächter.«

Tina reicht uns die Waffen.

»Einzellader?!«, frage ich beim Blick auf die Pistole.

Sie zuckt mit den Schultern. »Wir haben keine Freigabe für was anderes bekommen.« Sie sieht damit auch nicht glücklich aus. »Hier habt ihr Munition. Wie man die Dinger lädt, wisst ihr hoffentlich noch?«

Ich seufze laut und ignoriere ihre Frage. »Wir gehen also rein, erschießen ihn und fertig?«, frage ich.

»Ja.«

»Was, wenn es zu einem Handgemenge kommt? Meine Schulter ist noch lange nicht fit genug, um einen Kampf zu überstehen.«

»Also erstens, Kleiner, bin ich auch noch da und zweitens steht Tina gleich an der Tür. Das sind zwei und ein halber Rebell gegen ein zugedröhntes Dealerwürstchen und seinen übergewichtigen Leibwächter. Mach dich locker.«

»Mit dem halben hast du jetzt aber nicht mich gemeint, oder?«, fragt Tina.

»Nein. Ihn und seine Mimimi-Schulter.«

JESSE und ich warten an der Hauswand. Es ist helllichter Tag und auf der Straße vor uns surren ständig Driftcars im Schritttempo vorbei. Aber die Ampel ist weit vorne, also gibt es wenigstens keinen Rückstau und niemand sieht unsere Gesichter länger als ein paar Sekunden. Ich bete, dass keine Streife des Kommandariats vorbeikommt. Die halten sich in der Regel aus diesem Bezirk fern, aber bei meinem Glück fahren die ausgerechnet heute hier lang, wenn ich gegen meine Bewährungsauflagen verstoße. Der Security Belt wirft über den gesamten Bezirk einen gigantischen Schatten. Sonne ist hier rar. Der einzige Vorteil: Wenn es regnet, bleibt es hier meist trocken. Der gigantische Ring wirkt wie ein Regenschirm. Ich blicke in den Himmel und beobachte seine blinkenden Lichter, die Paneelen, die Schienen für den Transport von Waren und Personen zwischen den Stationen. Wie es wohl ist – das Leben da oben?

Zwei Kinder rennen kreischend an uns vorbei und reißen mich aus meinen Gedanken. Ich sehe ihnen hinterher. Ihre Kleidung ist zerschlissen, Schuhe tragen sie keine. Es sind Kinder wie diese, die mich daran erinnern, wofür wir Rebellen kämpfen.

Wir sind in einem Bezirk, der von den Restriktionen des Kommandariats besonders hart betroffen ist. Notstromaggregate versorgen den Club – das einzige Gebäude mit Elektrizität in der Nacht. Im letzten Jahr hat es in dieser Gegend dreimal gebrannt, weil irgendeine selbst installierte Anlage heiß gelaufen war. Eine Schule gibt es hier nicht, auch keine Läden. Die Ladenflächen, die es mal gab, sind jetzt mit Brettern verbarrikadiert. Die Räume dahinter werden häufig als Verstecke genutzt, von uns oder von Männern und Frauen, die ins Weltall befohlen wurden und dem entgehen wollen. Ganze Familien leben hinter diesen Brettern. Das Kommandariat hat keine Ahnung davon. Die kommen ja noch nicht mal her, um die Straßen abzuspritzen, so wie sie es in ihrem Regierungsbezirk machen. Deshalb stinkt es hier an jeder Ecke nach Pisse. Deshalb türmt sich der Müll. Deshalb sind hier so viele Kinder krank. Weil die Straße ihr Spielplatz ist. Die dreckige, vollgepisste Straße.

Jesse kaut geräuschvoll auf seinem Kaugummi herum. Seine Art, mit der Nervosität umzugehen, die jeden von uns packt, bevor es losgeht. Wir warten auf Tinas Zeichen.

Ich spicke um die Ecke. Tina geht die Treppe hinauf zum Hintereingang, wo ein massiger Typ mit Glatze und Tattoos steht. Er trägt einen silbernen Anzug, was bei Tageslicht total affig aussieht. Sie kommt auf ihn zu – das knappe Outfit zeigt Wirkung. Der Typ starrt sie von oben bis unten an und grinst, als wäre sie ein Stück Fleisch. Wenn der wüsste, dass in jedem ihrer Stiefel eine Waffe steckt, würde er nicht so grinsen.

Sie spricht ihn an. Er beugt sich zu ihr und sie dreht ihren Kopf zur Seite, als wolle sie ihm etwas ins Ohr flüstern.

Plötzlich geht alles ganz schnell. Ein kurzer Ruck, ein Stoß und der Typ landet beinahe geräuschlos in dem Müllcontainer neben der Treppe. So weit, so gut. Ich starte in Richtung Haus, noch bevor Tinas leiser Pfiff erklingt.

Jesse folgt mir und wir gehen zügig die Treppe hinauf an Tina vorbei.

»Viel Glück«, wispert sie, als ich die Tür zum Gebäude aufstoße.

Drinnen ist alles dunkel. Meine Augen brauchen einen Moment, um sich an die Lichtverhältnisse zu gewöhnen. Die Musik aus dem Club dringt gedämpft zu uns. Es stinkt nach kaltem Rauch und feuchten Wänden.

Ich halte mich rechts, Jesse immer dicht hinter mir, die Hand an der Waffe in meinem Rücken. Vor der zweiten Tür links ziehe ich meine Pistole.

Tür auf, Objekt finden, erschießen, raus. Ich erschieße Mütze, Jesse den Leibwächter. Klare Aufgabenverteilung.

Doch als ich die Tür öffne, ist alles anders als gedacht.

Mütze sitzt hinter einem Schreibtisch und zieht sich weißes Pulver in die Nase. Hinter ihm hängt ein ganzes Arsenal an Messern und Schwertern an der Wand. Direkt vor der Tür – ich könnte ihn berühren – steht sein Leibwächter und sieht uns überrascht an, eine Schusswaffe in der Hand. In der Mitte des Raumes, keine zwei Meter von uns entfernt, sitzen um einen runden Tisch fünf Männer, allesamt breite Schultern und tellergroße Hände. Ihre Glatzen schimmern im milchigen Licht wie mit Fett eingeriebenes Leder. Ich kenne solche Typen. Die sind kampferprobt und zu jeder Zeit bewaffnet.

Und wir haben verdammte Einzellader. Ein Schuss. Mehr nicht.

Binnen Millisekunden entscheide ich mich – Abbruch oder Durchziehen? Wenn ich das jetzt abbreche, mache ich mich zum Gespött der Straße. Der Häuptlingsnachfolger läuft vor Mütze davon. Das darf ich nicht zulassen. Zeit zu handeln, bevor diese Typen mit dem Denken anfangen.

Ich erschieße den Leibwächter und trete in den Raum, auf Mütze zu, der aufgesprungen ist und an einem der Schwerter an der Wand zerrt. Jesse hinter mir hat schnell geschaltet und feuert einen Schuss auf den Tisch ab. Wir laden die lächerlichen Waffen nach, aber wertvolle Sekunden verstreichen.

Mütze zieht ein Schwert von der Wand und hebt es weit über seinen Kopf.

»Lass das Ding fallen, damit kannst du eh nicht umgehen!«, rufe ich, doch bevor ich meine Pistole spannen kann, schleudert er mir das Schwert mit voller Wucht entgegen. Mit der flachen Hand stoße ich die Klinge weg und spüre einen stechenden Schmerz in der Handfläche. Keine Ahnung, wie tief das Schwert mich geschnitten hat, aber wenigstens spüre ich meine Finger noch.

Mütze macht einen Satz nach vorn, will über den Schreibtisch springen. »Drecksrebell!«, brüllt er.

Wenn es zu einem Kampf kommt, habe ich verloren. Die Waffe ist endlich wieder geladen und ich schieße und treffe ihn mittig in die Stirn. Er kippt um und bleibt leblos auf der Tischplatte liegen. Das ist für dich, Eric!

Jesses Funkspruch dringt an mein Ohr: »Brauchen Verstärkung!«

Da tritt jemand gegen meine Hand. Meine Waffe fliegt in hohem Bogen durch den Raum und schlittert auf die andere Seite, wo sie außer Reichweite liegen bleibt. Einer der Typen springt mir in den Rücken und es knackst. Wer auch immer das war, hängt sich jetzt an meinen Hals. Ich will den Kerl packen und über meinen Kopf vor mich schleudern, doch der Schmerz in meiner Schulter züngelt wie Flammen auf und mir fehlt die Kraft, um ihn richtig zu greifen.

»Stirb, Rebell!«

Seine Hände umfassen meinen Hals wie Schraubstöcke – er versucht, mir das Genick zu brechen. Ich halte mit aller Kraft dagegen. Nur: Meine Schulter pulsiert, Sterne tanzen vor meinen Augen und ich kann nicht länger …

Da platzen zwei Schüsse durch den Raum und der Typ hinter mir verliert von jetzt auf gleich alle Kraft.

Tinas Stimme füllt den Raum: »Genug gespielt, Jungs, Mama ist da.«

Die Kampflaute brechen abrupt ab. Tina steht in der Tür, in beiden Händen eine Pistole. Sie sieht aus wie ein schwarzer

Racheengel in ziemlich heißen Overknee-Stiefeln. Sie hat nicht nur den Typ hinter mir erledigt, sondern einen zweiten, der ihren Bruder in der Mangel hatte. Bleiben noch zwei, die mit gezückten Messern am Tisch stehen.

Die Situation ist unter Kontrolle. Jetzt bin ich dran. Ich hole tief Luft und lege los. Ich mache meinen Job.

»Was ist das hier?«, frage ich. »Eine Party? Und wir sind nicht eingeladen? Dabei feiern wir doch so gerne. Nicht wahr?«

Jesse, wieder ganz der Coole, nickt und sieht die Männer vorwurfsvoll an.

»Was war der Anlass?«, frage ich.

Sie antworten nicht. Ich habe die Typen noch nie gesehen, aber so, wie die aussehen, sind sie nicht zum Urlaub machen in die Stadt gekommen.

Ich bücke mich nach dem Schwert, das vor mir auf dem Boden liegt, und gehe zu meiner Waffe.

»Und? Wer von euch will der Nächste sein?«

Mit dem Kinn zeige ich auf Mütze, der vornüber auf dem Schreibtisch liegt – sein Blut vermischt sich mit dem weißen Pulver, dessen gerade Linie beim Aufprall seines Körpers zerstoben ist. Was würde Sally tun, wenn sie das hier sehen könnte? Wenn sie mich jetzt sehen könnte? Würde sie schreien? Zittern vor Angst? Weinen?

Was tue ich hier? Die Männer warten, dass wir ihnen den Rest geben. Sie töten. Aber ich kann das plötzlich nicht mehr. Es wäre falsch. Es wäre Mord. Keine Vergeltung, keine Notwehr. Nur billiger Mord.

»Haut ab, bevor ich mit euch dasselbe tue.«

Diese dummen Dealer bleiben einfach stehen.

»Warum seid ihr noch hier? Glaubt ihr, ich mache einen Scherz? Denkt ihr, ich bin nur ein Junge, der nicht ernst macht?« Ich schüttele den Kopf. »Falsch gedacht. Schaut euch an, was ich mit euch mache, wenn ihr nicht in den nächsten zwei Sekunden weg seid.«

Ich packe das Schwert fest am Griff, reiße es weit über meinen Kopf und lasse es in den Nacken des toten Mütze sausen. Sein Kopf fällt zu Boden, Blut läuft aus seinem Körper. Das Plätschern klingt so widerlich, dass sich mir beinahe der Magen umdreht. Einer mehr, der mich nachts in meinen Träumen verfolgt. Trotzdem: Es musste sein.

Ich sehe auf und blicke in entsetzte Gesichter. Sogar Tina hat die Augenbrauen erhoben und den Mund verzogen, als würde sie der Anblick von Mütze anekeln. Das will was heißen. Jetzt nehmen die Typen die Beine in die Hand, der breiteste stößt Jesse zur Seite und sie rennen aus dem Raum, aus dem Gebäude.

Jesse zeigt mit aufgerissenem Mund auf die Flüchtenden und starrt mich an. »Was soll das? Du lässt sie gehen?«

Ich lasse das Schwert sinken und gehe zur Tür.

»Wir sollten Mütze erledigen. Das haben wir getan.«

Ginger Robyn stürzt völlig aus der Puste in den Raum.

»Sorry, ging nicht schneller. Alles klar? Iiiiiih, was ist mit dem passiert?« Sie zeigt auf Mütze.

Ich sage nichts.

»Erzähl ich dir später«, antwortet Tina und schiebt Ginger Robyn aus dem Raum.

Ich beiße die Zähne fest zusammen. Meine linke Schulter pulsiert. Und die rechte Hand. Schon wieder wäre ein Einsatz beinahe danebengegangen. Beim letzten Mal haben wir Eric verloren. Davor bin ich in den Knast gewandert und wäre fast ins Weltall verbannt worden. Dieses Mal müssen wir zusehen, dass wir wegkommen, bevor das Kommandariat hier auftaucht. Jemand wird die Schüsse gehört und vielleicht den Notruf gerufen haben. Da das Kommandariat in dieser Gegend keine Streife fährt, dauert es sicher zwanzig Minuten oder länger, bis sie hier sind. Aber ich will mein Glück nicht herausfordern. Wer weiß, ob der Häuptling sogar dafür gesorgt hat, dass hier zufällig eine Streife vor der Tür steht?

Ginger Robyn geht voran zum Driftcar, bedacht darauf, dass wir nicht von der Seite angegriffen werden. Wie ein Samurai laufe ich hinter ihr, das Schwert locker an meiner Seite, hinter mir folgen Jesse und Tina.

Wir steigen zügig, aber ohne Hektik ins Driftcar, und Ginger Robyn fährt vom Tatort weg.

»Lief doch gut, oder?«, fragt sie mit zittriger Stimme.

Unter dem Beifahrersitz liegt der Erste-Hilfe-Koffer. Meine Hand muss dringend verbunden werden. Es nervt tierisch, wenn das Blut den Arm entlangläuft.

Jesse neben mir streicht sich die Haare zurecht. »Hätte besser laufen können. Wieso wussten wir nichts von seinen Besuchern?«

»Das frag ich mich auch!«, schimpft Tina. »Warum hat das Spähteam nichts von den Typen gesagt?«

»Die Infos kamen direkt vom Häuptling«, antwortet Ginger Robyn. Darauf sagt keiner mehr was.

Dieser verdammte Mistkerl. Er nutzt wirklich jede Gelegenheit, mich loszuwerden. »Egal«, sage ich und wickle den Verband um meine Hand. »Wahrscheinlich war es sogar besser so.«

»Du meinst wegen deiner Freaknummer?« Jesse grinst. »Das war echt eklig, Kleiner!«

»Widerlich. Hat aber seine Wirkung nicht verfehlt«, stimmt Tina zu. »Die haben sich in die Hosen gemacht. Bin gespannt, ob wir die jemals wieder in der Stadt sehen. Was machst du mit dem Schwert? Kommt es über dein Bett?«

»Nehmt es mit in die Zentrale. Es soll wieder mitkommen, falls sich einer der Herren entschließen sollte, in Mützes Fußstapfen zu treten. Die Versuchung ist zu groß. In ein paar Wochen, vielleicht Monaten, nehmen sie die Geschäfte wieder auf.«

»Muss deine Hand genäht werden?«, fragt Jesse mit

besorgtem Blick auf meinen Verband, der schon durchgeblutet ist.

Prüfend drehe ich die Hand. »Scheint so.«

Die Wunde pulsiert unter der Bettdecke. Ich nehme die Hand vor und halte sie nach oben. Besser.

Aber so kann ich unmöglich schlafen. So leise es geht, ziehe ich die Bettdecke zurück und schnappe mir meine Jeans, die über dem Stuhl hängt. Ich schleiche zur Zimmertür, drücke langsam die Klinke hinunter und zwänge mich durch den Spalt, durch die die Nachtbeleuchtung des Flures ins Zimmer dringt. Bevor ich die Tür wieder schließe, horche ich, ob sich an Jesses Atmung etwas verändert hat. Nein. Er schläft tief und fest.

Keine fünf Minuten später balanciere ich über den Fenstersims des Ganges rüber zu Sallys Fenster.

Leise klopfe ich an die Scheibe, damit sie sich nicht zu sehr erschrickt. Drei Sekunden später öffnet sie das Fenster und sieht mich aus großen Augen an.

»Spinnst du?!«, flüstert sie aufgebracht.

»Darf ich reinkommen? Ist windig heute.«

»Natürlich, du Verrückter! Ruf das nächste Mal an, und ich lass' dich zur Wohnungstür herein.«

»Ich habe deine Nummer nicht«, sage ich und klettere von ihrem Schreibtisch.

»Hast du dein Tablet dabei?«

»Nein. Jesse würde mich orten können.«

»Ich schreibe sie dir auf.« Sie nimmt einen Zettel und notiert in sauberer Mädchenschrift ihre Tabletnummer. Ich lese mit, während sie schreibt, und kenne die Nummer auswendig, bevor sie den Zettel zusammenfaltet und mir in die Hand drückt. Auf dem Rückweg werde ich ihn in verdauliche Häppchen zerreißen und aufessen. Nicht appetitlich, aber sicher.

Sie entdeckt den Verband und erschrickt. »Was ist mit deiner Hand passiert?«

»Arbeitsunfall.«

Sie hebt die Augenbrauen. »Willst du es mir erzählen?«

»Nein.«

Erst jetzt sehe ich, dass sie einen karierten Pyjama trägt, der ihr an den Händen und Füßen zu lang ist. Sie sieht so süß damit aus, dass ich grinsen muss.

»Du hast schon geschlafen?«

»Wie könnte ich schlafen, wenn ihr heute Nachmittag Hals über Kopf aufbrecht und zum Abendessen nicht zurück seid?« Sie nimmt meine verletzte Hand und dreht sie vorsichtig hin und her. »Und wie man sieht, war meine Sorge berechtigt.«

»Hat jemand mitbekommen, dass wir weg waren?«

»Mrs. Chen hat beim Abendessen nach euch gefragt. Ich habe ihr gesagt, dass es euch nach dem Mittagessen nicht gut ging. Erst hat sie mir nicht geglaubt, aber als ich ausgeholt habe, wie viel ihr von diesem Auflauf in euch hineingestopft habt, war sie überzeugt. Komm.«

Sie führt mich zu ihrem Bett und wir setzen uns. Wie selbstverständlich legt sie meinen Arm um ihre Schultern und hält weiter die Finger meiner verletzten Hand zwischen ihren. Neugierig betrachtet sie den Verband.

»Was ist schiefgegangen?«

»Zur Party erschienen mehr als eingeladen waren.«

»Ups. Da habe ich ja Glück, dass ich die andere Party überlebt habe, was?«

Ich schmunzele. Sally Cooper hat Humor, das muss man ihr lassen. »Das stimmt. Beinahe hätte dich Tina ins Lagerfeuer geschubst.«

Wir sitzen eine Weile schweigend da und ich genieße das

beruhigende Gefühl ihrer Finger auf meiner Haut und die Wärme ihres Körpers. Aber lange kann ich nicht abschalten.

»Ich werde morgen in Johnsons Wohnung einbrechen.«

Erschrocken sieht sie mich an. »Warum das?«

»Weil wir zu wenig über ihn wissen.«

»Wenn du erwischt wirst, fliegst du von der Schule, Fireball! Mach das nicht!«

»Keine Sorge, ich mache so etwas nicht zum ersten Mal. Wobei: Du könntest mir dabei helfen, dass ich nicht erwischt werde.«

Mit gerunzelter Stirn sieht sie mich an. »Was müsste ich tun?«

»Du könntest Johnson in ein Gespräch verwickeln und mich anrufen, sobald er die Cafeteria verlässt.«

»Warum kann Jesse das nicht machen?«

»Johnson vertraut dir. Er wird nicht damit rechnen, dass du mir hilfst. Bei Jesse würden seine Alarmglocken schrillen.«

»Das ist ein großer Gefallen, um den du mich da bittest, Fireball.«

»Ich weiß. Und ich würde es nicht tun, wenn es nicht wichtig wäre.«

Sie bleibt lange still.

»Okay. Ich tu's. Dieses eine Mal.« Plötzlich grinst sie. »Sag mal, dann wäre ich ja schon irgendwie so etwas wie eine Rebellin, oder? Cool. Irgendwie.«

Ich lache. »O nein, du wirst niemals Rebellin, das lasse ich nicht zu. Außerdem bin ich länger dabei als du, du müsstest also tun, was ich sage. Das würde dir nicht gefallen.«

»Mag sein. Aber wenn ich mehr wäre wie Tina, müsstest du keine Angst um mich haben. Wenn ich mehr wäre wie sie, könnten wir zusammen sein.«

»Wenn du mehr wärst wie Tina, würde ich nicht mit dir zusammen sein wollen. Ich mag, dass du nicht kämpfen kannst.« Ich küsse ihr Haar.

»Falls du es vergessen hast: Seit der fünften Klasse lerne ich Nahkampftechniken. Es ist nicht so, als könnte ich überhaupt nichts.«

Da lache ich so laut, dass sie mir die Hand auf den Mund legt.

»Pscht, mein Vater schläft nebenan! Freut mich ja, dich so fröhlich zu sehen, aber was zur Hölle ist daran witzig?«

»Es ist witzig, dass du glaubst, mit deinen Nahkampftechniken etwas gegen einen Rebellen ausrichten zu können.«

»Ach ja?«

Sie verdreht mein Handgelenk und ein heller Schmerz zwingt mich ins Kissen. Ich packe sie an der Hüfte und werfe sie vom Bett, aber nur so schnell, dass sie das Gleichgewicht verliert, ich jedoch meine Hand unter ihren Kopf legen kann, bevor sie auf dem Boden aufschlägt. Ich liege auf ihr und spüre, wie sich ihre Brust unter meiner hebt und senkt.

»Ja«, flüstere ich.

Dann küsse ich sie sanft. Noch nie habe ich ein zarteres Wesen geküsst als Sally Cooper. Es ist zum Lachen und zum Weinen, dass sie glaubt, sie könne sich gegen einen Rebellen verteidigen. Sie ist so schwach, so langsam, so verletzlich. Sie ist das perfekte Opfer.

Ich lasse nicht zu, dass ihr jemand wehtut. Niemals.

SALLY

»Wie ist das? Ein Rebell zu sein?«

Wir liegen auf dem Boden meines Zimmers, sein Arm unter meinem Nacken, seine Hand in meiner, und starren an die Zimmerdecke.

»Es ist wie die Fahrt in einer Achterbahn«, sagt er. »Ohne Gurt. Es macht einen Heidenspaß. Es macht dir eine Höllenangst. Du kannst jederzeit abstürzen, aber nicht aussteigen.«

»Du könntest getötet werden«, sage ich und streiche mit meinem Daumen über die Haut um seinen Verband.

»Willst du wirklich wissen, wie es ist, ein Rebell zu sein?«

Ich nicke.

Fireball löst sich aus unserer Umarmung, setzt sich auf und zieht sich das T-Shirt über den Kopf. Das Erste, das mir auffällt, sind seine Muskeln. Unter dem Sakko und dem Hemd sieht man sie nicht. Er wirkt eher schmächtig. Aber so, so sieht man jede einzelne Muskelfaser. Fireball ist stark. Ich widerstehe dem Impuls, ihm über die Oberarme zu streichen.

Und dann sehe ich sie. Erst die eine am Schulterblatt – eine gerade Linie. Dann die am Rücken – ein heller Fleck etwa so groß wie ein Fünf-Cent-Stück. Und noch eine am Arm. Narben. Fireballs Oberkörper ist gezeichnet von Narben.

»Mein Gott!«

»Souvenirs von vier Jahren Dienst.«

Meine Hand hebt sich ganz automatisch. Ohne darüber nachzudenken, ob ich gerade eine Grenze überschreite, streiche ich mit dem Finger über die Narbe an seiner Schulter. Taste die dünne Linie, die sich leicht vom Rest der Haut abhebt, entlang, fahre mit dem Finger seinen Rücken hinab bis zu der Narbe, die durch eine Laserwaffe entstanden sein muss. Über seinen Rücken zieht sich eine Gänsehaut. Er legt den Kopf auf seinen Unterarmen ab und hält ganz still.

»Wer hat dir das angetan?«

Ich bekomme keine Antwort. Nicht heute Nacht.

Ich wünschte, ich könnte ihm die Narben nehmen, die Zeit zurückdrehen, die Sanduhr kippen, damit er für immer bei mir bleibt und ihm nie, nie wieder jemand wehtut.

Ich küsse die Narbe an seiner Schulter. Ich küsse sie, damit sie verschwindet und mit ihr seine Erinnerungen an Schmerz und Angst. Ich küsse seinen Hals an der Stelle, an der blaue und rote Flecken prangen, die gestern noch nicht da waren. Hinauf zum Ohr, die Schläfe, küsse sein Augenlid, seine Wange. Er dreht seinen Kopf zu mir, legt seine verletzte Hand sanft auf meinen Hinterkopf.

»Jetzt hast du eine Ahnung davon, wie das ist, ein Rebell zu sein.«

Fireball, der Mörder. Fireball, das Opfer. Fireball, von dem ich mich nicht fernhalten kann. Niemanden habe ich je so gewollt wie ihn. Ich presse meine Lippen auf seine und drücke ihn fester an mich. Seine Hände halten mich, es fühlt sich so richtig an, so sicher.

Noch nie habe ich mich gefühlt wie jetzt – so, als könnte ich fliegen, und gleichzeitig fest verankert. Alles ist neu und doch die natürlichste Sache der Welt, dass ich hier in seinen Armen liege und wir uns küssen. Wir sind zwei Puzzleteile, die zusammengesetzt wurden und endlich ein Bild ergeben. Endlich sehe ich klar: Ich liebe ihn und ich gehöre zu ihm. Mit allen Konsequenzen. Allen Konsequenzen.

23

SALLY

Heute! Heute Abend essen wir miteinander. Okay, wir essen in der Cafeteria, wo uns Jesse nicht aus den Augen lassen wird und mir sicher die gesamte Schule dabei zusieht, wie ich mit dem coolsten Jungen am Internat an einem Tisch sitze. Aber dafür werden wir bestimmt eine Stunde zusammen sein, in der wir uns unterhalten und ansehen können. Und dafür haben wir ein sehr gutes Alibi: das Referat.

Fireball sah den ganzen Vormittag so müde aus, wie ich mich fühle. Kein Wunder, denn er hat die halbe Nacht bei mir verbracht. Bei der Matheklausur stützte er seinen Kopf auf eine Hand, gab als Erster ab und saß nach dem Unterricht mit geschlossenen Augen gegen die Wand gelehnt auf dem Flur. Ich hoffe nur, dass er nicht zu müde für unser Date ist …

Emma begleitet mich zum Neubau. Sie erzählt ohne Punkt und Komma, und ich höre ihr gar nicht richtig zu. Plötzlich sagt sie: »Hoffentlich lässt er dich nicht schon wieder sitzen. Wäre nicht das erste Mal.«

»Wer?«

»Fireball.«

»Quatsch!«, sage ich aus einem Impuls heraus, doch so abwegig ist der Gedanke nicht. »Ich hoffe nicht«, füge ich kleinlaut hinzu.

Sie hat recht, es sähe ihm ähnlich, einfach nicht aufzutauchen.

Aber meine Sorge ist unbegründet. Fireball steht wie verabredet neben der Tür zur Cafeteria und wartet schon. Die verletzte Hand hat er lässig in die Hosentasche geschoben. Den anderen hat er erzählt, er hätte sich beim Apfelschälen geschnitten. Jesse hat seine Story mit gestenreicher Nachahmung unterstützt, was für zahlreiche Lacher gesorgt hat. Ich bin nur gespannt auf die Narbe.

Der Krawattenknoten sitzt wie immer viel zu locker und seine Haare sind ein wuscheliges Chaos, aber er sieht unverschämt gut aus. Sein Blick ist gedankenverloren und er wirkt besorgt.

Er sieht auf, entdeckt mich und lächelt wie auf Kommando. Wie ich dieses Lächeln liebe! Nicht einen Blick hat er für Emma übrig.

»Dann lasse ich euch mal allein. Für euer ... Interview«, sagt Emma.

Ich muss sie später fragen, was diese kleine Pause zu bedeuten hatte. Sollte sie ahnen, dass da zwischen Fireball und mir etwas läuft? Okay, mentale Notiz: Kein Anlächeln mehr in der Öffentlichkeit – o Mann!

Ich nicke und sie geht in den Speisesaal. Fireball sieht bedrückt aus, nein, besorgt. Sein Lächeln erreicht seine Augen nicht.

»Du machst dir Sorgen«, sage ich.

Er kickt mit der Fußspitze auf den Boden und nickt.

»Was ist los?«

»Die Rebellen wurden vor einer Stunde in die Zentrale gerufen. Es gibt aber keine Mission gegen das Kommandariat, weshalb wir davon ausgehen, dass sie das Internat früher angreifen als geplant.«

»Aber ihr hattet doch einen Deal?«

»Der Häuptling glaubt mir nicht. Er denkt, ich hätte die Organisation nur erfunden. Er will Namen. Nur leider habe ich keine.«

Ich trete so nah an ihn heran, wie ich es unter all den Schülern wage, die an uns vorbeigehen und uns neugierig beobachten. Fireball und Jesse scheinen sich in allen Altersstufen einen Namen gemacht zu haben. Jedenfalls scheint für alle spannend zu sein, dass die Tochter des Direktors mit dem Regelbrecher schlechthin vor der Cafeteria flüstert. »Wann kommen sie?«

Er zuckt mit den Schultern. »Vermutlich heute Nacht.«

Mir klappt die Kinnlade nach unten. »Weiß mein Vater Bescheid?«

»Ja.«

»Wird das Internat evakuiert?«

»Dein Vater bespricht sich gerade mit dem Kommandariat. Ich weiß nicht, was ich tun soll, wenn Rebellen gegen Kadetten kämpfen. Ich kann meine Leute nicht hängen lassen. Aber ...«

»Du willst nicht verbannt werden.«

»Ich stehe mit einem Fuß schon in einem Shuttle. Das Kommandariat fragt sich, woher ich die Info habe, wenn ich doch keinen Kontakt mehr haben darf. Aber sie sind mir sehr dankbar für den Tipp.« Er sieht mich verbittert an.

Ich hebe die Hand, um ihn zu berühren, aber er schüttelt kaum merklich den Kopf, also lasse ich sie wieder fallen.

»Also ... Also tun wir so, als wenn nichts wäre?«

Er nickt. »Allein können Jesse und ich nichts tun, alle wichtigen Leute sind informiert und arbeiten fieberhaft an der Verteidigung des Internats. Wir sollten die letzten ruhigen Stunden genießen. Lass uns reingehen«, sagt er.

Wir nehmen einen Tisch an der Fensterfront. Ich setze

mich wie benommen und ertappe Fireball dabei, wie er den Raum abscannt.

»Werden wir beobachtet?«, frage ich.

Er hebt sein Glas und sagt: »Von der ganzen Schule. Und Jesse. Er kann übrigens Lippenlesen.« Er nimmt einen Schluck. Das Glas war also nur Tarnung, damit Jesse nicht sieht, was Fireball sagt.

»Ich weiß«, sage ich in einem möglichst beiläufigen Tonfall.

Amüsiert hebt er eine Augenbraue.

»Ich habe mich über euch informiert.«

Er grinst belustigt. »Und? Weißt du jetzt alles?«

»Nicht mal die Hälfte. Und ich glaube, ich verzichte auf den Rest.«

»Besser so.« Er nickt nachdenklich. »Kannst du bitte damit aufhören, so zu gucken, als würden hier alle in der nächsten Stunde sterben? Wir wollen doch nicht, dass eine Panik ausbricht.«

Er hat recht. Das darf nicht passieren. Niemand sollte überstürzt reagieren. Am Ende rennen alle aus dem Internat in den Wald oder die Straße hinunter und den Rebellen damit schutzlos in die Arme. »Ändert das denn etwas an deinen Plänen für heute Abend?«

»Nein. Ganz im Gegenteil. Falls ich etwas finde, könnte ich vielleicht einen Angriff in letzter Sekunde verhindern.«

Ich setze mich aufrechter hin und räuspere mich. »Gut. Dann weiter wie besprochen. Reden wir über das Referat. Ich habe ein paar Fragen vorbereitet, mit denen ich das Verhältnis zu deinem Vater besser greifen möchte.« Ich lege mein Tablet mit den Fragen zwischen uns auf den Tisch und er beäugt es misstrauisch.

»Ich dachte, das wäre ein Vorwand für unser Date. Aber okay, sprechen wir über Trauer.«

»Unser Referat. Ich habe Fragen zu den Phasen notiert, die ich bearbeite und habe sie für mich schon beantwortet. Du bist mein Kontrollproband. Aber wenn dir das zu persönlich ist, musst du nicht antworten.«

»Lieber nichts sagen als lügen.«

»Genau. Erste Frage: Was hat dir dein Vater bedeutet? Wie würdest du euer Verhältnis beschreiben?«

Er nimmt einen Bissen von seinem Brot und kaut. Er kaut lange. Gespannt sehe ich ihn an. Wird er antworten? Wenn ihm das schon zu persönlich ist, kann ich die anderen Fragen gleich vergessen.

Vielleicht sollte ich mir schnell irgendwelche belanglosen Fragen ausdenken, damit es nicht so wahnsinnig peinlich wird, wenn er bei unserem ersten Date die ganze Zeit schweigt – während alle im Raum dabei zusehen.

Schließlich antwortet er doch. »Er war mein Vorbild. Mein sicherer Hafen. Er war der Mensch, der mich nie verurteilt hat.«

»Wofür hätte er dich denn verurteilen sollen?«

Fireball versucht ein Lächeln, aber es misslingt. Er sieht unnatürlich gequält aus, nicht wie der sonst so selbstsichere Fireball McAllister.

»Mein Vater war schon vor seinem Tod ein Held. Ein ausgezeichneter Pilot und besonnener Anführer. Ein Kämpfer. Er war sehr sportlich. Mein Vater joggte nicht, mein Vater rannte. Er stemmte keine Gewichte, er kämpfte Mann gegen Mann. Ich dagegen saß den Tag über im Haus, die Nase in meinem Tablet, immer am Lesen. Wissenschaft, Kriegsstrategie sowas. Das hat mich immer interessiert – der strategische Teil davon, nicht der praktische. Ich war ganz anders als er. Das muss schwer für ihn gewesen sein, doch er hat es akzeptiert. Jedenfalls hat er mich nie das Gegenteil spüren lassen.«

»Wenn er daheim war, habt ihr da etwas zusammen gemacht? Ausflüge, Spiele, irgendetwas?«

Fireball nickt. »Wir sind oft in den Wald vor unserem Haus gegangen. Haben dort unter freiem Himmel übernachtet. Das war unser Ding. Durch den Wald schleichen, Hasen schießen, Beeren und Kräuter sammeln, ein Lager bauen.«

»Hasen schießen?«

»Klar, mit Pfeil und Bogen.« Er ahmt einen Bogenschuss nach und grinst verwegen.

»Du kannst Bogenschießen?«, frage ich erstaunt.

Er lehnt sich über den Tisch, ganz dicht vor mein Gesicht, und sagt leise: »Ich kann mit jeder Waffe umgehen.« Sein Blick wandert von meinen Augen zu meinem Mund. Nur Zentimeter trennen uns voneinander.

Ein Schauer durchfährt mich. Zu gern würde ich ihn jetzt küssen oder meine Hand in seinen Haaren vergraben. Doch er lehnt sich wieder zurück, ist weiter weg von mir als davor, und ich räuspere mich. Um meinen Verstand wiederzufinden, sehe ich mich in der Cafeteria um. Drei, vier Gesichter schauen weg, bevor sich unsere Blicke treffen. Ich verstecke ein Lächeln hinter meiner Hand und konzentriere mich wieder auf Fireball. »Dann wird es dich freuen zu hören, dass es hier eine Bogenschießen-AG gibt.«

Er lacht so laut, dass sich einige nach ihm umdrehen.

Wir unterhalten uns wie von allein. Die Fragen aus meinem Katalog ignoriere ich, denn er erzählt ganz offen und eine Antwort ergibt die nächste Frage.

»Wenn ihr so unterschiedlich wart, worüber habt ihr euch unterhalten?«

»Ich konnte ihm alles sagen. Stell dir jemanden vor, der lieber liest, statt draußen zu spielen. Jemanden, der sich auf den Unterricht vorbereitet und den Stoff nacharbeitet. Jemanden, der in den Ferien den Stoff vom letzten Jahr wiederholt und den Stoff vom neuen paukt.«

»Redest du von mir?«

Er lacht. »Da, wo ich zur Schule gegangen bin, war das nicht akzeptiert. Mein Vater war nicht der Direktor.«

»Du wurdest gemobbt.«

»Schlimmer: verprügelt, bespuckt, eingesperrt.«

»Was?! Wie ist das möglich? Ich meine, wie ist aus dem Streber ein … na … du weißt schon was geworden? Du bist so selbstbewusst, niemand würde es wagen, sich über dich lustig zu machen.« Ich schüttele den Kopf. Er muss eine unglaubliche Veränderung durchgemacht haben.

Fireball zuckt mit den Schultern. »Ich sollte von meinem Vater erzählen, nicht von meinem Job.« Er lächelt höflich. Aber er hat eben eine Grenze gezogen, die ich nicht überschreiten darf.

»Hast du ihm von den Hänseleien erzählt?«

»Natürlich. Es war mir nie peinlich, mit meinem Vater über so etwas zu sprechen. Er hat eine Lösung dafür gefunden und dann haben sie mich in Ruhe gelassen.«

»Wie sah die aus?«

»Mein Dad war ziemlich gut darin, Probleme unkonventionell zu lösen. Er hat eine Rede gehalten, die live übertragen wurde …«

»Oh mein Gott! Seine Rede zur Rolle des Individuums in der Gesellschaft?«

»Du kennst sie?«

»Ich habe darüber ein Referat gehalten. Sie hat mich unglaublich beeindruckt und geprägt – seither versuche ich, Charlotte in meinen Gedanken nicht mehr umzubringen. In den Medien wurde er dafür als zukünftiger Präsident gehandelt. Vollkommen zu Recht.«

Fireball nickt und sieht auf die Tischplatte. »Tja. Er hat sie für mich geschrieben. Sie hat ein Umdenken bewirkt. Bei vielen. Auch bei meinen Klassenkameraden. Nie mehr haben sie mich angefasst.« Er spielt mit dem Verschluss seiner Flasche.

»Es tut mir sehr leid, Fireball. Er muss dir unendlich fehlen.«

Er nickt, den Blick fest auf seinen Fingern. »Es hat sich viel verändert in meinem Leben, seit er fort ist.«

Wie muss es für ihn gewesen sein, von der Leseratte zum Rebellen zu werden? Von jemandem, der keinen Sport treibt, zum absoluten Athletik-Ass. Welchen Wandel hat er vollzogen? Wie viele Schmerzen hat der zwölfjährige Fireball ertragen müssen?

FIREBALL

Sally macht, dass ich unvorsichtig bin. Dass ich zu viel preisgebe. Dass ich die Mauern, die ich in schwerer Arbeit hochgezogen habe, Stück für Stück einreiße. Damit offenbare ich ihr meine Schwächen, lege mein Herz in ihre Hände. Wenn ich eines gelernt habe in den letzten vier Jahren, dann, dass man niemandem sein Leben anvertrauen sollte. Niemand ist wirklich loyal. Nicht, wenn er Angst hat. Oder Schmerzen. Schwach sein bedeutet Fehler machen. Und irgendwie habe ich jetzt, mit ihr an meiner Seite, mehr Angst davor, einen Fehler zu machen, als je zuvor.

Lügen ist auf einmal nicht mehr so einfach. Wenn meine Lügen auffliegen, riskiere ich nicht mehr nur meines, sondern auch ihr Leben.

Ich beuge mich vor und streiche ihr eine Strähne aus dem Gesicht. Da fällt mir wieder ein, wo wir uns gerade befinden. Ich lehne mich zurück und ignoriere das Getuschel der Mädels an dem Tisch hinter ihr, die uns die ganze Zeit beobachten und sich jetzt bestimmt die Mäuler zerreißen, ob wir ein Paar sind oder nicht. Jonah ein paar Tische weiter hält seine Gabel so fest in der Hand, dass seine Knöchel weiß hervortreten. Seit er uns zusammen entdeckt hat, hat er keinen Bissen von seinen Hackbällchen genommen.

»Ich wollte mich noch bei dir entschuldigen. Wegen meines Auftauchens bei eurer Party. Ich hätte nicht kommen dürfen.«

Ihre Wangen sind ganz rosig, seit ich sie berührt habe.

»Ich bleibe dabei: Es war schön, dass du da warst, nur war der Anlass nicht ... passend.«

»Willst du darüber reden?«

Ich hebe das Glas vor mein Gesicht, damit unser Gespräch vor Jesse geheim bleibt. »Einer unserer Leute war gestorben. Er sollte mit seiner Partnerin einen Dealer hochnehmen, der Kinder für seine Geschäfte missbraucht. Leider ist so ziemlich alles dabei schiefgegangen.«

»Was ist passiert?«

»Der Typ, der mir das da eingebrockt hat«, ich hebe die verbundene Hand, »hat ihn umgebracht.« Mehr muss sie nicht wissen. Ich will nicht, dass sie noch tiefer in meine grausame Welt eintaucht.

Ihr Flüstern ist tonlos und ihre Augen sind riesengroß. »Hast du ihn getötet?«

Ich antworte nicht, aber das muss ich auch gar nicht. Sie liest die Antwort in meinen Augen. Hat sie jetzt Angst vor mir? Will sie nicht mehr in meiner Nähe sein, nachdem ich ihr stumm gestanden habe, gestern einen Menschen getötet zu haben?

Aber da ist kein Schock in ihrem Blick, kein Ekel, nichts.

»Gut«, sagt sie und leckt sich über die Lippen. Sie versucht, mutiger zu sein, als sie ist. Sie hat keine Ahnung von dem Leben da draußen. Sie hat noch nie etwas Schlechtes getan, steckte noch nie in Gefahr. Außer das eine Mal, als ihr Weg meinen kreuzte. Sie ist so wehrlos. Sie könnte niemandem wehtun. Vielleicht ist das der Grund, weshalb ich mich in ihrer Nähe so wohlfühle. Weil sie so schwach ist. Und ich bei ihr nicht stark sein muss.

SALLY

Was er wohl fühlt in dem Moment, in dem er gegen jemanden kämpft? Ob er dabei Angst hat oder nervös ist? Vielleicht macht es ihm Spaß? Vielleicht hasst er es. Ich will ihn gerade danach fragen, da sehe ich, dass Fireball jemanden beobachtet. Er sieht der Person vom Eingang durch den Raum nach.

»Johnson ist da.«

Sofort schwitzen meine Hände. »Es geht also los.«

»Bist du vorbereitet?«

»Ja. Allerdings hatte ich gehofft, wir hätten mehr Zeit miteinander.«

Er lächelt. »Das holen wir nach. Bis später.«

Er steht auf und geht.

Ich beobachte Mr. Johnson. Er bedient sich am Salatbüfett und setzt sich an einen Tisch in der Mitte des Raumes. Allein. Das ist schlecht, denn das bedeutet, dass sich niemand mit ihm unterhält, also wird er nicht sehr lange bleiben und ich muss tatsächlich tun, worum Fireball mich gebeten hat.

Ich bin so nervös, dass ich an dem Nagel an meinem Daumen kaue und mit dem Fuß wippe.

»Halt den Fuß still und nimm den Daumen aus dem Mund. Nicht so sexy, weißt du?« Jesse setzt sich auf den Stuhl, auf dem eben noch Fireball saß, und sieht sich entspannt in der Cafeteria um. »Und hör auf, ihn anzuglotzen.«

Ich verdrehe die Augen. »Ich mache das zum ersten Mal. Wenn du nicht so ein aufsässiger Typ wärst, könntest du es machen. Aber so läuten bei Mr. Johnson ja alle Alarmglocken.«

»Das stimmt. Warum machst du den Job überhaupt?«

»Weil Fireball mich darum gebeten hat.«

Er trommelt mit den Fingerkuppen auf den Tisch. »Was ist das zwischen euch?«

Plötzlich hat Jesse meine ganze Aufmerksamkeit. »Wir arbeiten an einem Referat. Mehr nicht.«

Er nickt stumm und verzieht die Mundwinkel. »Interessant. Es wäre besser für euch beide, wenn ihr nicht zu intensiv daran arbeiten würdet.«

»Für uns beide?«

Er sieht mich scharf an. »Du bringst ihn in Schwierigkeiten, checkst du das nicht? Durch dich ist er angreifbar. Also halt dich von ihm fern. Übrigens: Johnson verlässt gerade die Cafeteria. Du musst dich beeilen, Mäuschen.«

»Mist!« Ziemlich froh, Jesse zu entkommen, springe ich sofort auf und werfe mich in das Ablenkungsmanöver mit Mr. Johnson.

Fireball ist angreifbar. Meinetwegen. Jesse hat vollkommen recht. Aber jetzt ist nicht die Zeit, mir darüber Gedanken zu machen.

Mr. Johnson ist schon beinahe an der Tür, als ich ihn abpasse. »Mr. Johnson? Kann ich Sie kurz sprechen?«

»Was kann ich für Sie tun, Miss Cooper?«

»Es geht um das Referat, das Fireball und ich am Montag halten sollen. Ich habe noch ein paar Fragen zum Ablauf und zur Benotung.«

»Schießen Sie los.«

FIREBALL

Johnsons Wohnung liegt auf der anderen Seite des Hauptgebäudes. Die Türen im Internat sind so alt, dass ein kleiner Eingriff mit der Messerklinge genügt, um das Schloss zu knacken. Ich bin schneller in Johnsons Wohnung als in meinem Elternhaus – und dafür habe ich einen Schlüssel. Die Wohnung ist winzig. Ein Bad, eine Wohnküche, ein Schlafzimmer. So ein Leben als Internatslehrer scheint finanziell nicht der Bringer zu sein. Außer Johnson hat irgendwo eine Luxuskarre stehen. In der Wohnung jedenfalls scheint die Kaffeemaschine die teuerste Anschaffung zu sein.

Im Schlafzimmer herrscht Chaos. Das Bett ist nicht gemacht, Dreckwäsche liegt auf dem Boden, Datensticks und zig Ordner stapeln sich neben dem Bett. Ich stecke einen der Datensticks in mein Tablet, aber er ist passwortgeschützt. Verdammt, für so etwas habe ich jetzt keine Zeit. Ich nehme mir den obersten Ordner und blättere ihn durch. Es handelt sich um ausgedruckte Newsartikel. Wer bitte druckt sich Artikel aus? Eine kurze Suche auf meinem Tablet und mir wird einiges klar: Die Artikel sind nicht mehr online. Das Kommandariat muss sie aus dem Netz genommen haben. Ich fotografiere ein paar von ihnen, um sie mir später in Ruhe anzusehen. Aber eines ist mir auf einen Blick klar: In allen geht es um die Verhandlungen zwischen dem Kommandariat und Amega. Wie Cooper hat auch Johnson wichtige Textstellen markiert und Kommentare und Fragen an den Rand geschrieben.

Wie kommt das Kommandariat auf diese Zahl?

Welche Rolle spielt Galeri?

Hm, Galeri. Der Name kommt mir bekannt vor, aber mir fällt nicht ein, wo ich ihn schon einmal gehört habe. Ich lege den Ordner zurück an seinen Platz und durchsuche die Kommode neben seinem Bett, auch den Kleiderschrank. Nichts. Wenn ich wüsste, wonach ich suche, würde es schneller gehen.

In der Wohnküche steht ein Regal, das von oben bis unten mit Ordnern vollgestopft ist. Schulkram. Nein, auch Zeug vom Kommandariat.

»Scheiße.« Es wird ewig dauern, bis ich die alle durchgeschaut habe. Ich sehe mir die Staubschicht an, versuche Unregelmäßigkeiten in der Aufstellung zu erkennen, nehme einzelne Ordner heraus, aber mir will einfach nichts ins Auge springen.

Da klingelt mein Tablet.

»Ja?«

»Er ist auf dem Weg.« Ihre Stimme klingt nervös. Sie ist ganz aufgeregt. Das ist irgendwie süß.

»Alles klar. Ich hau ab.«

»Fireball …?«

»Was ist los?«

»Ach … Jetzt nicht. Mach, dass du da rauskommst. Sehen wir uns später? Ich muss dir was erzählen.«

»Okay. Vergiss es nicht.«

Ich lege auf und will Johnsons Wohnung verlassen, da fällt mein Blick auf den Sessel. Zwischen Sitzfläche und Lehne klemmt ein ledernes Notizbuch. Ein richtiges Notizbuch aus

Papier. Mein Herz macht einen Salto. Ich greife danach und schlage es auf. Es ist ein Terminkalender. Johnsons Terminkalender. Bingo!

Ich blättere die letzten Wochen durch, suche nach Namen, Orten, Regelterminen, irgendetwas, mit dem ich den Häuptling füttern kann. Aber da ist nichts. In der aktuellen Woche – gar nichts. In der nächsten Woche ...

Ein gelber Notizzettel fällt aus dem Buch. Ich hebe ihn auf und lese: »Triff mich um zwanzig Uhr. Joe«

Ich starre auf das Blatt Papier in meiner Hand und kann keinen klaren Gedanken fassen. Meine Hände schwitzen und mein Atem geht so schnell, als wäre ich gerannt.

Kann das Zufall sein? Gibt es eine Verbindung?

Mit zittrigen Fingern schiebe ich den Zettel in meine Hosentasche und lege das Notizbuch zurück an seinen Platz. Ich muss weg. Sofort. Ich muss nach Hause.

Ein Schlüssel wird ins Türschloss geschoben. Ich weiß, ich sollte mich lieber verstecken, aber meine Beine bleiben wie angewurzelt stehen.

Johnson öffnet die Tür und findet mich – in der Mitte seiner Wohnung.

»Was zur Hölle machst du hier, McAllister?«

Angriff ist verdammt noch mal die beste Verteidigung. Ich halte seine Notiz in die Höhe. »Wer ist Joe?«, frage ich. Mein Atem bleibt irgendwo zwischen Brust und Kehle stecken. Bleib cool, Fireball.

Johnson kommt langsam näher. »Das geht dich überhaupt nichts an. Bist du wahnsinnig, in meine Wohnung einzubrechen und mir dann auch noch Fragen über meine Privatsachen zu stellen?«

»Ich will nur diese eine Antwort, dann bin ich weg.«

Er lacht trocken.

Doch bevor er überhaupt die Gelegenheit hat, meiner Aufforderung nachzukommen, dröhnt ein dumpfer, tiefer

Alarmton durch das Internat. Das Geräusch geht mir durch Mark und Bein. Es wird immer lauter und lauter, schneller und eindringlicher.

»Was ist das?«

»Die Sirene«, sagt Johnson. Er ist genauso überrascht wie ich. »Brennt es?«

Ich gehe zum nächsten Fenster, das auf den Hof hinausblickt und über die Internatsmauer hinweg. Was ich sehe, jagt mir einen eiskalten Schauer über den Rücken. »Nein«, sage ich tonlos. »Sie sind da.«

Vor dem Internat haben sich bestimmt fünfhundert Kadetten in langen Linien aufgestellt. Aber sie haben keine Chance.

Über den Hügel rollt eine schwarze Lawine aus Rebellen heran, die Kapuzen über den Köpfen, Masken über den Gesichtern. Der Häuptling hat seine Armee losgeschickt. Es müssen tatsächlich alle Rebellen sein, die für uns arbeiten, also zweihundertzwanzig Jungen und Mädchen. Zweihundertzwanzig tödliche Kämpferinnen und Kämpfer.

»Siehst du, was du angerichtet hast?«, zischt Johnson neben mir. »Sie kommen deinetwegen. Das Leben jedes einzelnen Schülers ist in Gefahr – wegen dir!«

Er rennt los, rennt hinaus, und die Schritte und Rufe – ängstliche, verwirrte Rufe – der Schülerinnen und Schüler dringen in die Wohnung. Er hat recht. Sie sind alle in Gefahr. Wegen mir.

Nein, nicht nur. Cooper und ich hatten einen Plan. Was ist der jetzt noch wert?

Ich wende mich vom Fenster ab und sprinte Johnson nach. Im Flur und auf der Treppe kommen die Schüler von allen Seiten. Sie sehen unsicher aus, nicht panisch. Sie wissen nicht, warum der Alarm ausgelöst wurde, warum sie in die Empfangshalle kommen sollen. Sie haben keine Ahnung, dass ihnen ein Albtraum bevorsteht.

Am letzten Treppenabsatz bleibe ich stehen, um mir einen Überblick zu verschaffen.

Cooper steht auf einer alten Truhe, die in die Mitte der Halle geschoben wurde, in der Hand sein Tablet, das seine Ansprache durch alle Lautsprecher überträgt. »Schülerinnen und Schüler, Kolleginnen und Kollegen. Unser Zuhause ist in Gefahr. Wir werden von Rebellen überfallen.«

Überall wird die Luft scharf eingezogen, manche halten sich die Hand vor den Mund, anderen sackt jegliches Blut aus dem Gesicht.

»Während wir sprechen, versammeln sie sich vor der Mauer, die unser Gebäude umgibt. Das Kommandariat ist bereits hier und bildet die erste Verteidigungslinie. Wenn alles wie geplant läuft, dringen sie nicht bis auf das Schulgelände vor. Dennoch bitte ich die Lehrkräfte der Geisteswissenschaften, alle Kinder der Klassen fünf bis zehn in den Keller zu begleiten, wo sie sich verschanzen werden. Die Schülerinnen und Schüler der höheren Stufen bitte ich, sich uns in dem Kampf um das Internat anzuschließen. Diese Bitte ist keine Pflicht. Wer nicht kämpfen will, hilft dabei, die Jüngeren im Keller zu schützen.«

Ich entdecke Jesse, der ziemlich weit vorne steht und Cooper mit ernster Miene zuhört. Neben ihm steht Sally. Bei ihrem Anblick kribbelt mein Magen wie beim Sprung von einem Gebäude. Einem ziemlich hohen Gebäude.

Ich kämpfe mich zu ihnen durch und tippe beiden auf die Schultern.

»Gott sei Dank, du bist da!«, ruft Sally aus und legt ihre Arme um mich. Ich halte sie fest in meinen, und Jesse wirft mir einen vorwurfsvollen Blick zu. Wir lassen voneinander ab, und ich sehe ihr die Angst an. Ich sehe es an der Art, wie sie die Augen aufgerissen hat, wie ihr ganzer Leib zittert und sie die Arme um sich schlingt. Ich muss sie in Sicherheit bringen. Weit weg von hier, wo gleich die Hölle losbricht.

Ich flüstere Jesse zu, was ich weiß: »Er hat alle mobilisiert. Das Kommandariat hat keine Chance.«

Jesses sonst so schmale Augen werden rund. »Alle? Alle alle?«

»Bis auf den letzten.«

Jesse pfeift durch die Zähne.

»Wir müssen diejenigen, die auf meiner Seite stehen, davon überzeugen, sich seinem Befehl zu widersetzen.«

»Was hast du vor? Willst du Rebell gegen Rebell kämpfen lassen? Das kannst du nicht machen!«

»Ich habe keine andere Wahl! Der Häuptling will eine Entscheidung erzwingen – heute! Und ich laufe nicht vor ihm weg.«

»Doch, das tust du«, sagt eine Stimme hinter mir.

Überrascht drehen Jesse, Sally und ich uns um. Peter Cooper steht vor uns. »Heute wirst du nicht kämpfen. Du hast mir gesagt, er hätte dir nicht alles beigebracht. Wenn das stimmt, wäre es zum jetzigen Zeitpunkt Selbstmord, gegen ihn oder seine neue Nummer Eins zu kämpfen.«

»Was sollte ich Ihrer Meinung nach dann tun?«

»Fliehen. Durch den Wald. Sofort.«

Ich lache und schüttele den Kopf. »Sicher nicht! Ich lasse weder diese Kids hier im Stich noch laufe ich vor meinen eigenen Leuten davon.«

»Fireball, du hast keine andere Wahl. Du kannst heute nur verlieren!«

Sally berührt meine Hand. »Fireball, mein Vater hat recht. Du bist verletzt. Es wäre kein fairer Kampf.«

Ich atme tief durch und beiße die Zähne fest aufeinander. Dann treffe ich eine Entscheidung.

»Gut, aber nur, wenn sie mitkommt.«

24

SALLY

Fireballs Finger zeigt auf mich, sein Blick aber liegt fest auf dem Gesicht meines Vaters. »Ich kann hier jeden zurücklassen, aber sicher nicht sie.«

Der Mund meines Vaters öffnet sich leicht. Seine Augen huschen von Fireball zu mir und zurück. »Warum …? Wann …?«

»Der Häuptling weiß, dass ich Ihre Tochter mag, Sir. Sehr … mag. Wenn ich sie zurücklasse, wird er sie schnappen und als Druckmittel nutzen. Ich kann sie nicht zurücklassen.«

Meine Knie werden ganz weich. Hat er das gerade wirklich zu meinem Vater gesagt? Mein Vater scheint genauso sprachlos. Erst bleibt er stumm, aber dann wird er so wütend, wie ich ihn selten erlebt habe. »Du hast nie … Du und meine Tochter?! Ich hatte dich gebeten, dich von ihr fernzuhalten! Du hast mein Vertrauen missbraucht! Du hast dich …«

Da donnern die ersten Stöße gegen das Eingangstor – die Rebellen sind durch die Verteidigungslinie der Kadetten gedrungen. So schnell? O Gott! In meinem Bauch krabbelt die Angst wie Ameisen in einem Hügel.

»Ich sag' es nur ungern«, unterbricht Jesse, »aber wir sollten schleunigst entscheiden, was wir machen. Die Zeit drängt.«

»Der Plan ist einfach«, sagt Fireball. »Du bleibst und versuchst, so viele Rebellen wie möglich davon zu überzeugen, dass dieser Überfall absoluter Schwachsinn ist. Und wir«, er nimmt meine Hand und hält sie fest in seiner, »verschwinden hier. Wir treffen uns im Safe House.«

Jesse verabschiedet sich mit einem knappen »alles klar« und sprintet zur Eingangstür. Mein Vater starrt Fireball und mich abwechselnd an und schüttelt nur den Kopf.

»Bitte, Mr. Cooper. Mit mir ist sie sicherer als ohne mich.«

»Nein. Genau das Gegenteil ist der Fall«, sagt mein Vater und fährt sich mit der Hand durch die Haare.

»Nicht heute Abend.« Fireballs Stimme ist fest.

Mein Vater schließt die Augen, seufzt und nimmt mich dann fest in den Arm. »Er hat recht«, sagt er und gibt mir einen Kuss auf die Stirn. »Halt dich an Fireball. Er kann dich beschützen.«

Ich nicke, doch bevor ich etwas sagen kann, reißt mich Fireball fort.

Wir sprinten die Treppe hinauf.

»Wo willst du hin? Nach draußen geht's unten lang.«

»Ich brauche eine Waffe. Ohne sehen wir alt aus.«

Doch wir kommen nicht weit. Auf dem Treppenabsatz über uns baut sich Jonah auf, die Hände zu Fäusten geballt, die Augen finster.

»McAllister. Welch Überraschung. Keine Lust zu kämpfen? Oder zu feige?«

Er sieht gar nicht aus wie der freundliche Jonah, den ich kenne. Ganz im Gegenteil: Er sieht ziemlich wütend aus, wie er da steht und Fireball anvisiert.

»Jonah, bitte«, flehe ich und meine Stimme überschlägt sich.

Unter uns in der Empfangshalle klirren Fensterscheiben. Die Rebellen kommen.

»Lass uns durch, Jonah, es ist wichtig!«, rufe ich, und meine Stimme klingt so verzweifelt, wie ich mich gerade fühle. Wir müssen hier weg! Fireball muss hier weg! »Wenn diese Leute Fireball zu fassen bekommen, werden sie ihn töten. Bitte, Jonah, lass uns durch!«

»Diese Leute?«, sagt er, nicht im Mindesten so hektisch wie ich.

Fireball bewegt sich nicht. Kann er denn nicht hören, wie die Rebellen die Halle stürmen? Wie sie brüllen und unsere Mitschüler schreien und kreischen?

Jonah reckt sein Kinn in Richtung Fireball. »Du bist doch einer von denen, habe ich nicht recht? Du bist ein Rebell.« Er spuckt das Wort aus, als wäre es eine verbotene Beschimpfung.

»Ja«, sagt Fireball.

»Was willst du dann mit ihr?« Jonah deutet auf mich.

»Sie kommt mit mir. Ich bringe sie von hier fort, damit ihr nichts passiert.«

»Wie nobel von dir. Aber ist es nicht eher so, dass sie in Gefahr ist wegen dir? Wenn die erfahren, was sie dir bedeutet, bringen sie sie um.«

Ich runzle die Stirn. »Woher weißt du, dass ...«

Aber Jonah unterbricht mich wütend. »Jeder hat heute Abend gesehen, was du ihm bedeutest! Jeder hat gesehen, dass ihr zusammen seid.«

»Niemand weiß, dass sie bei mir ist, wenn du es keinem sagst«, sagt Fireball ruhig. »Ihr wird nichts geschehen, wenn du deinen Mund hältst.«

»Das glaube ich dir nicht. Sie wird sterben, wenn sie mit dir geht. Das lasse ich nicht zu.«

»Jonah, verdammt, lass den Unsinn! Fireball und ich müssen hier weg! Sofort!«

»Nein.« Mehr sagt er nicht. Er stürzt sich auf Fireball, der meine Hand loslässt und sich gegen Jonah stemmt.

»Lauf in den Wald«, ruft Fireball. »Ich finde dich schon.«

Für einen Moment stehe ich da wie angewurzelt. Fireball und Jonah kämpfen. Jonah kämpft gegen einen Rebellen! Ich kann sie doch nicht so zurücklassen.

Aber unter uns kommen die Kampfgeräusche immer näher, dringen tiefer in das Gebäude ein. Wie weit sind sie noch von uns entfernt? Wieviel Zeit haben wir noch? Verdammter, dummer Jonah! Er hat ja keine Ahnung, wie sehr er uns mit seinem Auftritt in Gefahr bringt.

Aber Fireball hat recht. Ich muss die beiden zurücklassen. Ich muss uns einen Vorsprung verschaffen.

»Okay«, rufe ich Fireball zu, »aber tu ihm nicht weh, ja?«

Fireball, in Jonahs Schwitzkasten, keucht auf, aber ich glaube, das ist ein Ja, also sprinte ich los.

Fireball braucht eine Waffe. Wenn ich eine auftreiben kann, sind wir wieder im Vorteil. Sicher wollte er in sein Zimmer, irgendwo dort wird er eine Waffe verstecken – aber wo? Vorher suche ich mich zu Tode, als dass ich das Ding bei ihm finde. Die wird ja wohl nicht auf seinem Schreibtisch oder unter seinem Kissen liegen.

Da fällt mir ein anderes Schlafzimmer ein, in dem es auch eine Waffe gibt.

Ich nehme zwei Stufen auf einmal. Mir ist, als hätte sich dort in der Nische etwas bewegt, aber ich habe keine Zeit, mich umzusehen, habe nur ein Ziel. Ich ignoriere meine Lunge, die nach Luft kreischt, und biege ab in unseren Flur.

Mit zitternden Fingern kämpfe ich mit meinem Schlüsselbund, schließe die Wohnungstür auf und renne an meinem Zimmer vorbei, direkt ins Schlafzimmer meines Vaters. Ich sprinte zum Nachttischschrank, knie mich davor, reiße die Schublade auf – und starre ins Leere. Dads Waffe ist weg! Er hat sie woanders versteckt. Oder mitgenommen. Verdammt!

Gerade will ich aufstehen, da packt mich jemand von hinten, zerrt mich an den Haaren von dem Schränkchen weg, zieht mich auf die Füße und haucht ganz dicht neben meinem Ohr: »Schhh. Ganz still, meine Schöne, ich werde dir nicht wehtun. Nicht sehr jedenfalls.«

Der Typ legt einen starken Unterarm um meinen Hals und zieht mich in den Flur. Panisch japse ich nach Luft. Sein Arm fühlt sich an wie ein Schraubstock. Ich versuche mich zu wehren, aber der Kerl ist zu stark. Wir rangeln miteinander. Dabei rutscht ihm eine Kette mit einer simplen Raute als Anhänger aus der Uniform – er trägt die Uniform des Kommandariats. Was zur Hölle hat das zu bedeuten? Er zerrt mich durch die Wohnung in mein Zimmer und packt dort meine Hand so fest, dass ich vor Schmerzen winsele wie ein kleiner Hund. Ich versuche mich loszureißen, aber es geht nicht, er hält mich zu fest.

Da blitzt ein Messer in seiner Hand auf. Schwarzer Schaft, schwarze Klinge. So wie die Messer, die diese Jugendlichen auf der Party bei sich hatten. Ist dieser Typ einer von Fireballs Leuten verkleidet als Kadett?

»Wenn du mir etwas tust, bekommst du Riesenärger mit Fireball!«, presse ich hervor.

Der Fremde lacht leise in mein Ohr, ein Schauer kriecht über meinen Rücken. »Ich hoffe doch, dass ich Riesenärger mit deinem Loverboy bekomme. Mit dem habe ich noch eine Rechnung offen. Und wie ich eben bei eurer Diskussion mit Mister Blondschopf auf der Treppe gehört habe, scheint Fireball ein gesteigertes Interesse daran zu haben, dich zu finden. Darf ich um deine Hand anhalten? Keine Angst, es tut nur kurz weh.«

Ich will mich aus seinem Griff befreien und winde mich, aber er hält meine Hand so fest, dass mir eher der Arm abreißen würde. Er führt das Messer an meinen Zeigefinger.

»Hilfe!«, kreische ich so laut ich kann.

»Schrei ruhig. Damit er kommt und dich retten kann.«

Als er das Messer über meine Fingerkuppe zieht und mir so einen tiefen Schnitt zufügt, brülle ich vor Schmerz.

»Halt still, meine Schöne. Wir wollen deinem Liebsten nur eine kurze Nachricht hinterlassen. Er soll dich doch finden.«

Er führt meine Hand an die Wand über meinem Bett. Mit meinem Blut schreibt er: ›Ru‹. Dann stockt das Blut. Noch zwei weitere Finger schneidet er mir auf, bis schließlich das Wort ›Ruine‹ an meiner Zimmerwand prangt.

»Verzeih, meine Schöne, wir sehen uns gleich wieder. Ich freue mich schon darauf.« Er presst mir ein Tuch über Mund und Nase. Der Gestank brennt in meinen Atemwegen. Bevor ich noch etwas denken kann, wird alles schwarz.

FIREBALL

»Du hast echt ein Problem mit Eifersucht«, ächze ich, während Jonah seine Hände wie Schraubstöcke um meinen Hals legt. »Lass mich gehen, sonst kann ich für nichts garantieren.«

»Halt den Mund, du arrogantes Arschloch! Ich weiß, was du bist! Und ich lasse nicht zu, dass du sie in diesen Dreck ziehst. Ich lasse nicht zu, dass ihr dasselbe passiert wie meiner Schwester!«

Kurz bin ich so baff, dass ich meinen Griff lockere. »Deine Schwester?«

»Hast du wirklich keine Ahnung, McAllister? Kennst du sie überhaupt? Hm? Kennst du die Menschen überhaupt, die du ins Verderben stürzt?«

»Ich kenne all meine Kollegen, wenn du das meinst. Wie heißt sie?«

»Jane.«

Ich ziehe die Augenbrauen hoch. »Oh.«

Jane kam vor fünf Jahren zu uns. Kurze Zeit später war bei einer Mission etwas schiefgegangen und sie wurde festgenommen. Das Kommandariat hat sie zu sechzig oder siebzig Jahren

Verbannung verurteilt. Auch wenn sie nicht gestorben ist, kann ich mich noch genau daran erinnern, wo Jesse und ich waren, als wir unsere Zigarette für sie geraucht haben.

Ich drehe mich unter seinen Armen durch und löse mich so aus seinem Griff. Verdutzt starrt er seine leeren Hände an, in denen ich eben noch festhing.

»Rebellentrick.« Ich kann mir ein Grinsen nicht verkneifen.

»Du dreckiges Rebellenschwein!«

»Nana, so böse Worte.«

Wieder greift er mich an. Ich trete zur Seite und er rennt gegen die Balustrade, verliert das Gleichgewicht und droht, nach unten zu stürzen. In letzter Sekunde packe ich Jonah an seinem Sakko und ziehe ihn zurück. Statt dankbar zu sein, dass ich sein Leben gerettet habe, geht er wieder auf mich los. Der Typ ist wild vor Wut.

Mit Mühe kann ich ihn mir vom Leib halten. »Hör mal: Was Jane passiert ist, tut mir furchtbar leid! Wenn ich könnte, ich würde sie zurückholen, glaub mir. Und was Sally betrifft: Ich schwöre, ich ziehe sie da nicht mit rein. Ich verspreche es dir.«

»Spar dir den Scheiß! Sally ist mir wichtig! Ich will sie nicht auch noch verlieren. Halt dich von ihr fern, sonst bring ich dich um!«

»Sie liebt dich nicht, Mann.«

»Sie wird es wieder tun, wenn du nicht mehr im Weg bist.«

»Du bist ein sauschlechter Verlierer!«

Aus der Empfangshalle dringen Kampfgeräusche zu uns herauf. Jonah wäre mit seinen Kampffähigkeiten dort unten viel nützlicher als hier mit mir. Die Geräusche ziehen auch seine Aufmerksamkeit an. Er schaut nach unten, sieht, wie Schüler und Lehrkräfte gegen Rebellen kämpfen.

»Ja«, sage ich.

»Ja, was?«

»Ja, die brauchen dich da unten.«

Er lässt von mir ab, sieht mich nur an.

»Wenn ihr was zustößt, bring' ich dich um.«

Ein markerschütternder Schrei aus der Empfangshalle schreckt ihn auf.

»Du wiederholst dich. Hör auf, deine Zeit mit mir zu verschwenden!«

Er beißt sich fest auf die Zähne. Dann hat er seine Entscheidung gefällt. »Das Spiel hat erst begonnen, Arschloch! Sally gehört zu mir. Merk dir das.«

Er sprintet die Treppe hinunter und tut das einzig richtige: Er kämpft gegen die Angreifer, nicht gegen mich, seinen persönlichen Feind.

Ich sehe mich um. Wo ist Sally hingelaufen? Die Treppe hinauf. Ich sprinte ihr nach.

»Sally?«, brülle ich am oberen Treppenabsatz. Sie weiß, dass ich eine Waffe brauche. Wartet sie vor meinem Zimmer auf mich?

Ich sehe den Flur zu ihrer Wohnung hinunter. Die Wohnungstür steht weit offen. Ein mulmiges Gefühl breitet sich in mir aus. Da stimmt was nicht. Da stimmt etwas ganz und gar nicht.

Mein Körper setzt sich automatisch in Bewegung. Meine Warnsignale schrillen, dennoch laufe ich kopflos in die Wohnung, werfe alle Vernunft über Bord.

In ihrem Zimmer sehe ich sofort, was ich sehen soll. Wie kann das sein? Wie konnte der Häuptling so schnell hier hochkommen?

Zwei Gruppen. Die Rebellen kämpfen vorne im Eingangsbereich, halten seinem zweiten Team – seinen Kadettensöldnern – den Rücken frei. Wahrscheinlich wissen meine Leute noch nicht einmal davon. So muss es sein. Während unten alle kämpfen, kümmern sich Gust Jackson und die anderen Kadetten um mich. Sie warten auf mich. Sie wissen, dass ich komme. Dafür haben sie gesorgt. Ich bin das Ziel. Sally die

Zielscheibe. Irgendwie haben sie von ihr erfahren. Jesse? Tina?

Ich streiche mit dem Finger über die Buchstaben an der Wand. *Ruine*. Er hat es mit Blut geschrieben. Sicherlich mit ihrem Blut. Gust Jackson. Es ist, als könnte ich ihn wittern. Sie ist verletzt. Er hat mein Mädchen verletzt. Das ist zu viel. Für das, was er heute getan hat, muss er sterben.

Ich wusste nie, welche Farbe Wut hat. Bis jetzt. Ich habe mir einfach nie Gedanken darüber gemacht. Jetzt weiß ich, wie sie aussieht. Wut ist weiß. Blendend weiß. Grell. Sie macht dich blind, raubt dir die Sicht.

Meine Schulter sticht bei jedem Schritt. Ich ignoriere den Schmerz, reiße mir stattdessen den Verband von der Hand. Jede Verletzung ist eine Einladung für Gust. Und wenn der Häuptling auch dabei ist, dann stehen meine Chancen verdammt schlecht.

Ich darf keine Fehler machen, muss für faire Bedingungen sorgen. Sonst rette ich weder Sally noch mich. Erst vor der Tür, die ins Freie führt, bremse ich ab. Nicht kopflos handeln. Nicht ins offene Messer rennen.

SALLY

Guru, guru.

Guru, guru.

Was zur Hölle …?

Ich versuche, die Augen zu öffnen, aber meine Lider sind schwer wie Blei. Es gelingt mir nicht. Irgendwo in der Ferne wird gerufen. Nein, geschrien. Irgendwas scheppert. Kracht. Splittert. Was ist das?

»Alles gut, meine Schöne, schau dich in Ruhe um. Es ist bezaubernd hier.«

Die Stimme klingt so freundlich, fast zärtlich. Fireball, bist du das? Aber nein, Fireballs Stimme ist heiserer. Und es riecht nicht nach ihm. Es riecht nach Moos und Regen.

Ich zwinge meine Augen, mir zu gehorchen. Und sie tun es.

Schemenhaft tauchen Steine vor mir auf, nein, keine Steine. Das war mal eine Mauer. Moos wächst an den Bruchstücken, Brennnesseln und zarte Blümchen mit gelben Blüten hangeln sich an dem alten Gemäuer entlang. Ich bin an der Ruine. Wie ein Foto in meiner Erinnerung sehe ich das Wort *Ruine* in roter Schrift an einer weißen Wand.

»Fessel sie!«

Meine Augen funktionieren noch nicht richtig. Alles ist verschwommen. Ein schwarzgekleideter Mensch kommt auf mich zu, beugt sich hinunter. Langsam stellt sich das Bild scharf. Er ist älter als ich, aber nicht viel, hat dunkles Haar, das ihm in alle Richtungen absteht. In der Hand hält er ein Seil und sieht mich ernst an.

»Ich kenne dich«, hauche ich kraftlos. »Du bist der Typ von der Theke. Im Palast. Das warst du.«

Er schüttelt kaum merklich den Kopf, tritt hinter mich und schnürt meine Hände hinter meinem Rücken zusammen. Plötzlich ist er meinem Ohr ganz nah und er flüstert, so leise, dass ich es kaum höre: »Einfach ziehen, dann gehen sie auf. Aber erst, wenn du fliehen kannst. Nicht zu früh.«

Der Typ steht auf und ein anderer mit breiten Schultern und widerlichem Grinsen wendet sich mir zu. Meine Augen, mein Gehirn funktionieren wieder. Ich erinnere mich an ihn. Ich erinnere mich an alles. Vorsichtig reibe ich über meine Fingerkuppen – autsch, wie das brennt!

Ich wurde entführt. Wegen Fireball. Er soll mich finden. Es ist, wie sie alle gesagt haben: Durch mich ist Fireball angreifbar.

Mein Entführer trägt die nachtblaue Uniform des Kommandariats. Seine muskulösen Oberarme zeichnen sich darunter ab, er hat einen richtig bulligen Nacken – wie ein Boxer. Sein gezogener Scheitel ist kerzengerade, umso schiefer sein Lächeln. Hinter ihm bewegt sich etwas. Da stehen noch mehr Menschen, alle vermummt: Sie tragen die Uniform des Kommandariats und Sturmmasken, aus denen nur ihre Augen hervorschauen. Damit sehen sie aus wie die Angreifer damals im Palast. Sind das Rebellen getarnt als Kadetten? Oder Kadetten verkleidet als Rebellen? Was für ein Spiel wird hier gespielt?

»Na, meine Schöne, Kopfweh?«

»Geht«, krächze ich. Ich räuspere mich, huste. Mir ist

furchtbar übel und alles dreht sich. Meine Schultern schmerzen, weil meine Hände hinter meinem Rücken schwer daran hängen.

»Mein Name ist Gust. Gust Jackson. Merk ihn dir gut. Denn ich werde der Mörder deines Loverboys sein.«

»Was willst du von mir?«

»Nicht viel. Aber ich erkläre es dir gerne: Du bist der Käse in der Mausefalle. Unbedeutend. Ein kleines Opfer, das erbracht werden muss, um eine fette Ratte zu fangen.«

»Ist sie endlich wach?« Die Stimme klingt älter, erwachsen und so autoritär und arrogant, wie ich es nur von einer einzigen Person kenne: Fireball.

Gust Jackson zieht die Schultern ein und tritt zurück, gibt den Blick frei auf einen Mann, der ganz in Grau gekleidet ist, mit einer gigantischen Federkrone auf dem Kopf und einer schrecklichen Hakennase.

»Du bist also Sally Cooper.« Er sieht mich an wie ein Tiger ein Kaninchen – von oben herab, als wäre ich nichts wert. »Weißt du, wer ich bin?« Schritt für Schritt kommt er näher, bis er schließlich vor mir steht.

Ich versuche, mutig zu sein und zucke mit den Achseln. »Der Vorsitzende des Indianervereins? Ich wusste nicht, dass ihr eure Hauptversammlung auf dem Internatsgrundstück abhaltet. Hat mein Vater das genehmigt?«

Seine Hand pfeffert mit solcher Wucht in mein Gesicht, dass mein Ohr fiept und meine Wange wie Kohle glüht. Für einen Moment tanzen Sterne vor meinen Augen und ich schmecke Blut. Er hat mich geschlagen! Er hat mich einfach geschlagen, ohne Vorwarnung, mitten ins Gesicht! Ich kippe zurück ins Gras, aber er greift in mein Haar und zieht mich daran auf die Beine. Mein Schrei hallt über das Gelände.

Der Mann packt mich so fest am Hals, dass nur noch röchelnde Geräusche aus meiner Kehle treten.

»Du bist nicht in der Position, vorlaut zu sein, Miss.«

Er lässt mich los und ich stürze zu Boden, schnappe panisch nach Luft.

»Wo bleibt dieser kleine Scheißer?«, fragt er ungeduldig in die Runde. Er atmet tief ein und starrt das Internatsgebäude an.

»Wenn er das Mädchen vor Schmerzen schreien hört«, sagt dieser Jackson, »wird er sich sicher beeilen.«

Der Mann macht auf dem Absatz kehrt. Er packt meine hinter dem Rücken verschnürten Hände und zieht sie nach oben. Es fühlt sich an, als würden meine Arme jeden Moment brechen und ich schreie und schreie, aber er lässt nicht locker. Ganz im Gegenteil, er raunt: »Lauter! Noch lauter!«

Aber das muss er mir nicht zweimal sagen, denn jetzt packt er auch noch meine Haare und zieht meinen Kopf in den Nacken. Ich schreie, bis ich fast das Bewusstsein verliere.

Aber da lässt er von mir ab und meine Sinne kehren zu mir zurück. Ich schlage auf dem Boden auf, unfähig, mich vor dem Aufprall zu schützen.

Und dann ist da endlich diese Stimme. Die Stimme, die Hoffnung bedeutet. Sicherheit.

Fireball. Er ist da.

Er lässt nicht zu, dass mir dieser Mann noch einmal wehtut.

»So ungeduldig, Häuptling?«

Fireball steht auf einer der höheren Ruinenwände, seine Körperhaltung ist lässig, aber seine Kieferknochen treten spitz hervor.

»Du reagierst sehr spät auf meine Einladung.«

»Verzeih, ich wollte nicht ohne Geschenk kommen.«

Fireball zieht eine Waffe und zielt damit auf den Kopf des Mannes, den er Häuptling genannt hat.

»Das solltest du nicht tun«, sagt der Mann, »sie würden dich lynchen.«

»Lass das Mädchen gehen.«

Der Häuptling lächelt kalt. »Das Mädchen hat seinen Zweck erfüllt. Sie kann gehen, wann immer sie will. Du aber solltest jetzt diese Waffe wegpacken und dich deinem Duell stellen.« Der Häuptling wendet sich an die anwesenden Personen: »Hiermit beantrage ich die Ablösung meines Nachfolgers durch einen geeigneteren, fähigeren Mann. Möge der bessere von euch gewinnen. Möge der schlechtere sterben.«

Die Ablösung seines Nachfolgers?

Moment mal.

Fireball ist der Nachfolger des Häuptlings? Er soll der Chef der Rebellen werden? Okay. Davon hat er nie etwas erzählt. Darüber sollten wir definitiv in naher Zukunft in Ruhe sprechen!

Der Häuptling tritt zurück, gibt damit die Mitte des Platzes frei. Gust Jackson tritt vor, sein fieses Grinsen im Gesicht, und fixiert Fireball. Langsam hebt er einen Arm und winkt ihn schweigend heran. Ich an Fireballs Stelle würde jetzt die Beine in die Hand nehmen und wegrennen. Dieser Gust Jackson sieht aus wie ein sehr – sehr! – gefährlicher Mensch. Aber Fireball läuft nicht weg. Im Gegenteil.

Seine Augen sind zu Schlitzen verengt. Er legt die Waffe auf der Mauer ab und springt elegant auf die Wiese. Sein Blick weicht nicht von Gusts Gesicht, sein ganzer Körper ist angespannt. So habe ich ihn noch nie gesehen. Er sieht aus, als wäre er bereit zu kämpfen, nein, bereit zu töten. Gefährlich wie ein Raubtier, das bedroht wird und sich für den Angriff bereit macht.

25

SALLY

Die beiden zeichnen mit ihren lauernden Schritten einen Kreis auf den Boden, warten ab, wer den ersten Angriff macht. Schließlich bleibt Fireball mit dem Rücken zu mir stehen, baut sich zwischen mir und seinen Feinden auf wie eine Mauer und geht keinen Schritt weiter.

Seine Stimme schreckt mich aus meiner Angststarre. Er ruft: »Sally, lauf! Versteck dich!«

Erschrocken tauche ich aus meiner Angststarre auf. Er hat recht, ich muss weg. Ich werfe mich mit einem beherzten Satz hinter die nächste Mauer, will laufen, mich in Sicherheit bringen. Aber ich kann nicht. Ich kann Fireball nicht zurücklassen. Schwer atmend bleibe ich stehen.

Was hat dieser Typ mit den dunklen Haaren doch gleich gesagt? Die Fesseln lassen sich einfach öffnen? Ich probiere es. Ein Ruck und der Strick fällt tatsächlich an mir hinunter. Erleichtert reibe ich mir die schmerzenden Handgelenke. Wer auch immer dieser junge Mann ist, ich glaube, er ist auf unserer Seite.

Vorsichtig spicke ich um die Ecke und beobachte, was Fireball und Gust als Nächstes tun.

Der Häuptling hat sich auf eine niedrige Mauer gesetzt und sieht mit einem gelangweilten Blick zu, wie sich Fireball und Gust anstarren.

Die Dunkelheit senkt sich über das Internat und die Ruine und Gusts Leute beleuchten die Fläche mit ihren Tablets.

»Mark«, sagt der Häuptling. »Mach ein Video vom Kampf. Alle sollen dabei zusehen, wie schwach ihr alter Nachfolger ist und wie stark ihr neuer.«

Der Typ vom Palast, Mark, zieht ein Tablet aus seiner Hosentasche und hält es auf Fireball und Gust.

Alles geht so schnell, dass ich nicht genau erkenne, was passiert. Wie auf ein Zeichen, das keiner außer den beiden gehört hat, rennen sie aufeinander zu. Fireball versetzt Gust einen Kinnhaken, der dessen Kopf fast abreißt. Sie packen sich an den Armen, es wird getreten und hart getroffen. Fireball kassiert einen Schlag in den Magen, der ihn aufkeuchen lässt. Aber er fängt sich schnell wieder, gibt Gust einen heftigen Tritt gegen das Knie, woraufhin der fauchend zu Boden geht. Fireball stürzt sich auf ihn, packt Gusts Kehle und drückt zu. Gust röchelt. Ein Geräusch, das mir durch Mark und Bein geht, ein Geräusch, das bedeutet, dass Gust sterben wird – vor meinen Augen sterben wird! – aber ich habe kein Mitleid, nein, alles, was ich denken kann ist: *Drück fester zu!*

Da passiert etwas Merkwürdiges. Es ist, als würde Fireball von etwas getroffen, aber ich kann nicht sehen, von was. Wenn ich es nicht besser wüsste, würde ich sagen, dass etwas oder jemand Unsichtbares ihn am Kopf erwischt hat. Sein Körper kippt nach hinten und ehe er sich davon erholt hat, steht Gust über ihm.

»Damit hast du nicht gerechnet, was? Ich kann noch mehr davon. Willst du's sehen?«

»Unbedingt«, keucht Fireball, der Gust aus großen Augen ansieht.

Hätte er das lieber nicht gesagt. Ich kann in Gusts Gesicht

lediglich ein Zucken erkennen, nicht mehr, da wird Fireball von irgendetwas getroffen und fällt rückwärts zu Boden. Was passiert hier?

Plötzlich dringen andere Geräusche heran. Motorengeräusche. Über uns tauchen Kampfjäger des Kommandariats auf.

»Warum wurden wir nicht gewarnt?«, brüllt der Häuptling.

»Weil alle Rebellen im Kampf sind. So wie du befohlen hattest«, antwortet Mark.

»Verdammt! Das Kommandariat bekommt Verstärkung!«, brüllt der Häuptling in den Himmel, dorthin, wo mehr und mehr Kampfjäger mit ihren grellen Scheinwerfern auftauchen.

»Mark, wir verschwinden. Sieh zu, dass du das Video hochlädst.«

»Aber Gust hat noch nicht gewonnen!«, protestiert Mark.

»Egal! Es zeigt genug. Gust, bring es zu Ende. Ihr anderen helft ihm danach bei der Flucht. Verstanden? Wir treffen uns wie verabredet in der Zentrale.«

»Ja, Sir«, rufen alle unisono, bis auf Mark, der Fireball ansieht, eine Mischung aus Angst und Unschlüssigkeit im Gesicht. Schließlich aber wendet er sich ab und folgt dem Häuptling. O nein! Der Einzige, der uns hätte helfen können – helfen wollen – lässt uns allein mit diesem Verrückten und seinen Anhängern!

Der Häuptling und Mark steigen auf zwei Motorräder, die am Waldrand stehen, und düsen mit surrenden Motoren davon. Mark wirft einen letzten Blick zurück, schließt dann sein Visier und folgt dem Häuptling. Der blickt nicht zurück, sieht nur nach vorn. Er muss sich sehr sicher sein, dass Gust das Duell gewinnt.

Über unseren Köpfen drehen die Kampfjäger ab, fliegen zur anderen Seite des Internats und landen irgendwo dort. Es wird stiller, ich kann meinen Atem hören. Er geht laut und schnell. Meine Lunge zerreißt beinahe.

Gust betrachtet Fireball in aller Ruhe. Er geht auf ihn zu

und packt ihn an den Haaren, versetzt ihm einen heftigen Schlag ins Gesicht, woraufhin Fireball keuchend zu Boden fällt. Blut läuft ihm aus der Nase.

»Es macht dich schöner«, raunt er, aber Fireball antwortet nicht.

Da entdeckt Gust mich, die feige hinter der Ecke kauert und dabei zusieht, wie ihr Freund verprügelt wird.

»Jetzt kannst du zuschauen, wie ich deinen Romeo töte.«

»Fass ihn nicht an!«, brülle ich wie eine Löwin und drücke mich aus dem feuchten Gras hoch, baue mich zwischen den Ruinenmauern auf wie eine Säule. Mutig. Zitternd am ganzen Leib.

Gust hebt amüsiert eine Augenbraue. In aller Seelenruhe wendet er sich Fireball zu, der noch immer am Boden liegt, und versetzt ihm einen heftigen Tritt in den Bauch. Fireball rührt sich nicht, stöhnt nur auf.

»Mein Freund, du hättest es so einfach haben können. Du hättest dich ins All schießen lassen sollen.«

Er legt seine Hand auf Fireballs Schulter – Fireballs verletzte Schulter – und drückt zu. Fireball schreit auf. Er schreit und schreit, Gust aber lässt nicht los. Er lacht nur.

»Hör auf damit!«, kreische ich und erkenne meine eigene Stimme nicht wieder.

Gust lässt von ihm ab. »Du hast recht, meine Hübsche. Das ist nur Spielerei. Aus verletztem Stolz. Dabei sollten wir uns auf den Rückweg machen. Zeit, Fireball McAllister aus dem Weg zu räumen. Ein für alle Mal.«

Gust steht direkt neben Fireballs Kopf. Er hebt sein Bein und ich glaube, er will ihn treten. Er will ihm den Schädel zerschmettern!

Aus meiner Kehle gellt ein verzweifelter Schrei. Ich sprinte los, werfe mich mit ausgestreckten Armen gegen diesen Schrank von einem Mann. Ich, Sally Cooper, vierundfünfzig

Kilo Leichtgewicht, gegen Gust Jackson, einen Schrank von einem Mann.

Und verdammt, ja, ich bringe ihn zu Fall! Ich liege auf ihm und schlage ihm wie eine wilde Furie mit den Fäusten ins Gesicht. Er sieht vollkommen überrumpelt aus und lässt meine Schläge eine Weile über sich ergehen. Aber ich spüre, dass ich damit nichts anrichten kann. Gust Jackson ist Härteres gewohnt. Irgendwann verliert er die Geduld, packt meine Handgelenke und hält sie so fest, dass ich denke, sie brechen jeden Moment. Mein Schrei hallt über die Wiese bis hinüber zum Internat. Bekommt denn dort niemand mit, was hier los ist? Sind die wirklich alle in Kämpfe verstrickt? Wo steckt dieser blauhaarige Verrückte, wenn man ihn braucht? Wo sind die Kadetten vom Kommandariat? Wo zum Teufel sind alle?

»Du wildes Ding, jetzt gefällst du mir aber so richtig!« Gust rollt mich zur Seite, drückt meinen Körper auf den Boden und setzt sich auf mich.

Ich versuche, mich zu wehren. Irgendwie aus seinen Fängen zu entkommen. Aber er pinnt mich am Boden fest, beugt sich über mich und grinst. »Wie wäre es mit einem Kuss, meine Hübsche?«

»Niemals!«, schreie ich und winde mich unter ihm. Doch er beugt sich tiefer über mein Gesicht. Tiefer und tiefer. Gleich berührt sein Mund meine Haut.

»Lass sie los, Jackson, und lauf um dein Leben!«

Überrascht sehen wir beide auf. Fireball kniet hinter ihm. Seine Nase blutet, über dem Auge ist seine Haut gerissen. Aber er lebt, ist bei vollem Bewusstsein und – das sehe ich sofort – wild vor Wut. Er wirft sich auf Gust, packt ihn am Hals und zieht ihn mit einem heftigen Ruck von mir herunter.

»Gust, sollen wir eingreifen?«, fragt einer der Vermummten.

»Ja, ihr Idioten, packt ihn!«

Doch da sehe ich plötzlich die Silhouette eines Typen, über

dessen Anwesenheit ich mich noch nie mehr gefreut habe: Jesse! Und hinter ihm tauchen noch mehr bekannte Gesichter auf: Kevin, Tina, Ginger Robyn, Jack und ein gigantischer Hund – Trille – springen in die Ruine und stürzen sich auf Gusts Leute.

Fireball hält Gust im Schwitzkasten. Ich glaube, er will ihm das Genick brechen. Ich hocke in der Mitte der Ruine, während um mich die Kämpfenden tanzen. Trilles wütendes Bellen dröhnt über die Wiese.

Panisch kauere ich mich zu einem kleinen Paket zusammen und presse die Augen zu.

»Weg da, Püppchen!« Tina. Sie boxt einem von Gusts Leuten in den Magen, mehrere Kombinationen rauben ihm den Atem. Wütend sieht sie mich an: »Geh endlich zur Seite, du bist im Weg!«

Das stimmt allerdings. Ich bin eine Stolperfalle, im schlimmsten Fall für unsere eigenen Leute. Also krieche ich zur Seite, stehe auf und lehne mich schwer atmend an eine Wand. Von dort beobachte ich den Kampf und versuche, nicht hineinzugeraten. Es ist brutal – noch nie habe ich so etwas gesehen. Diese Rebellen kennen Techniken, von denen ich nicht ahnte, dass es so etwas gibt. Sie sind unglaublich schnell, wendig und effektiv. Aber die anderen sind auch gut. Man sieht, dass auch sie eine sehr gute Nahkampfausbildung hatten. Vielleicht sogar vom Häuptling selbst? Ich muss Fireball und seinen Leuten helfen. Aber wie?

Da merke ich, wo ich mich befinde. Ich lehne an der Mauer, auf der Fireball vorher stand. Auf der er seine Waffe abgelegt hat.

Ich drehe mich um und klettere mühsam nach oben. Niemand hält mich auf, keiner ahnt, was ich vorhabe. Ich stemme mich hinauf und sehe – was für ein verdammtes Glück ich doch habe – keine zwanzig Zentimeter neben meiner

Hand: die Waffe! Ich greife zu und lasse mich auf den Boden fallen.

Ich halte die Pistole mit dem Lauf nach oben und drücke den Abzug. Ein Knall zerreißt das Ächzen und Stöhnen der Kämpfer und alle halten inne, sehen sich um, finden mich, das Mädchen mit der Waffe in der Hand.

»Haut ab oder ich knall euch ab!«, brülle ich.

Keiner bewegt sich. Da senke ich meinen Arm und ziele auf Gust. »Los!«

Aber Gust grinst nur. Sein Blick taucht tief in meinen und ich kann nicht wegsehen. Es fühlt sich an, als würde er in meinen Körper wandern, eine Verbindung aufbauen, die ich nicht trennen kann. Er ergreift Besitz von mir, von meinem Arm, meiner Hand, meinen Fingern. Ich habe kein Gefühl mehr für Zeit oder Raum. Ich fühle überhaupt gar nichts mehr.

Dann reißt die Verbindung ab.

Ich tauche auf wie aus kaltem Wasser.

Die Waffe liegt nicht mehr in meiner Hand. Sie ist fort, aber wo ist sie hin?

Da sprinten Fireball und Gust durch die Rebellen und ihre Gegner, die allesamt mit erschrockenen Gesichtern auf den Boden vor mir starren. Fireball und Gust fixieren dieselbe Stelle. Als ich hinsehe, blitzt etwas Dunkles im Gras auf. Die beiden rennen darauf zu, springen ab und werfen sich mit ausgestreckten Händen zu Boden.

Als es passiert, scheint es in Zeitlupe abzulaufen, aber später werde ich keine Erinnerung mehr an die Details haben. Es wird alles ein dichter Nebel an Erinnerungen sein. An Bilder wie Schnappschüsse.

Fireball und Gust auf dem Boden.

Die Waffe in Fireballs Hand.

Gust, der mit aufgerissenen Augen zurückweicht.

Fireball, der Abstand gewinnt, mit der Waffe in beiden Händen Gust anvisiert – und schießt.

Dieses Geräusch – der Knall, der Treffer – ich werde es nie wieder los.

FIREBALL

Ich treffe ihn mittig auf der Stirn. Der Ausdruck in seinem Gesicht, der Schock, als er erkennt, dass er verloren hat, brennt sich in mein Gedächtnis ein, wird mich in meinen Träumen verfolgen. Nun gehört Gust Jackson also auch zu denen, die mich Nacht für Nacht heimsuchen.

Ich sollte erleichtert sein. Ich lebe. Er ist tot. Aber das Gefühl des Sieges bleibt aus. Es stellt sich nicht ein, denn er nimmt ein Geheimnis mit ins Grab.

Wie hat er es geschafft, mich zu schlagen, ohne mich dabei zu berühren? Wie hat er Sally die Waffe aus der Hand genommen, ohne bei ihr zu sein? Es sah aus, wie ... ja, was? Telekinese? Zauberei? Erst, als ich ihn gestoßen hatte und der Blickkontakt mit Sally abriss, fiel die Waffe zu Boden. Wie zum Henker hat er das gemacht? Im schlimmsten Fall werde ich es nie erfahren. Denn eines ist klar: Was auch immer das war, was er konnte – er hat es vom Häuptling gelernt.

Hätte ich Gust leben lassen, hätte er mich besiegt – immer und an jedem Ort. Von dem, was er konnte, habe ich keine Ahnung. Wie kann ich lernen, was er konnte? Denn noch eins ist klar: Der Häuptling wird es mir nicht zeigen.

Wie aus tiefem Wasser dringen die Geräusche aus dem Internat zu mir. Hier ist der Kampf vorbei. Im Internat noch lange nicht. Ich stemme mich auf die Füße.

Sally kauert auf dem Boden. Ihr Gesicht ist leichenblass, sie starrt Gust Jacksons leblosen Körper an. Sie muss hier weg. Das ist kein Ort für jemanden wie Sally Cooper. Mit schweren Füßen gehe ich zu ihr, gebe den anderen Zeichen, Gusts Anhänger zu stellen. Sie schwärmen aus und machen ihren Job. Ich aber kümmere mich um Sally.

Ich beuge mich hinunter und lege meine Hand um ihren Nacken.

»Sieh mich an«, sage ich leise, um sie nicht zu erschrecken, aber doch mit Nachdruck.

Sie tut es.

Ihre Augen sind so leer, als würde sie mich nicht erkennen.

»Er ist tot«, haucht sie tonlos.

»Ja. Es ist vorbei.«

Sie wirft ihre Arme um mich, zieht mich fest an sich und schluchzt einmal. Nur ein einziges Mal. Ich halte sie ganz fest, lege meinen Kopf in ihren Nacken und lausche ihrer Stimme.

Wie ein Tonband mit Sprung wiederholt sie: »Du lebst. Du lebst. Du lebst.«

Ich streiche ihr sacht über den Rücken. »Alles okay. Es geht mir gut.«

»Für einen Moment dachte ich … Ich dachte …« Sie zieht mich fest an sich, schnieft.

Tina hinter mir schnaubt genervt. »Boss, was sollen wir mit denen machen?«

Sally löst ihre Umarmung und sieht mich an. »Boss«, sagt sie. »Du bist der Boss.« Ihr Blick ist neutral. Zum ersten Mal erkenne ich darin kein Gefühl – weder Wut noch Trauer, keinen Vorwurf, nichts.

Ich zucke mit den Schultern. »Ich sagte doch: Wenn du Rebellin wärst, müsstest du tun, was ich sage.«

Sie schließt die Augen und schüttelt den Kopf. Da sehe ich ihre Hand, ihre Finger. Sie sind ganz verkrustet. Vorsichtig nehme ich sie in meine Hand, betrachte die Schnittwunden. Sie sind nicht allzu tief. Außer Narben wird nichts zurückbleiben. Aber trotzdem. Meinem Mädchen wurde wehgetan.

Ich küsse ihr Haar, nehme sie fest in den Arm und flüstere neben ihrem Ohr: »Ich liebe dich.« So leise, vielleicht hat sie es gar nicht gehört. Sie sagt jedenfalls nichts, hält den Kopf ganz still, so als würde sie ihn für immer an meiner Schulter liegen lassen wollen.

Aber Tina schnalzt ungeduldig mit der Zunge. Ich weiß ja, dass ich jetzt Wichtigeres tun muss. Ich muss Entscheidungen treffen. Muss sichergehen, dass keiner von uns ins Gefängnis geht. Aber vor allem muss ich unsere Leute aus dem Internat vertreiben.

Ich stehe auf und ziehe Sally auf die Füße, halte sie, denn sie fühlt sich schwach und zittrig an. So viel Schwäche kann ich mir nicht erlauben. Ich muss funktionieren. Und das tue ich.

»Woher wusstet ihr, dass ich eure Hilfe brauchte?«, will ich wissen.

»Mark«, sagt Jesse schulterzuckend.

Mark. Er hat mir das alles eingebrockt, hat den Häuptling damals auf mich aufmerksam gemacht. Heute tut er alles, um mich vor ihm zu schützen.

»Tina, Ginger Robyn: Lasst die Leiche verschwinden. Die beiden da«, ich zeige auf Gusts Begleiter, die von meinen Leuten festgehalten werden, »sind unsere Gefangenen. Bringt sie ins Safe House. Nicht in die Zentrale. Wir drei gehen ins Internat und beenden diesen Kampf.«

Jesse und Sally nicken. Jesses Gesicht sieht mitgenommen aus – blutig und geschwollen. Aber sein Blick ist fest. Ich nehme Sallys Hand und will los, aber Tina hält mich zurück.

»Was ist danach? Wann kommst du? Wie kommst du ins

Safe House? Du kannst nicht einfach abziehen und wir wissen nicht, wie es weitergeht!«

Tina. Ich weiß schon, was ihr Problem ist. Sie weiß ganz genau, dass ich irgendwie, irgendwann zum Safe House komme. Aber die Fragen, die sie eigentlich quälen, will sie vor den anderen nicht stellen. Wir werden das klären. Aber nicht heute Abend. Heute Abend kommt sie ohne mich klar. Sally nicht. »Ihr hört von mir.« Meine Nase pocht, mein Auge schwillt langsam zu. Aber dafür ist jetzt keine Zeit. Wir müssen die Kämpfe beenden.

Ich ziehe Sally hinter mir her, sie läuft wie eine Marionette mit, ihre Hand ist ganz kalt und feucht. Vom Schweiß oder vom Blut? Ich hatte ihr versprochen, sie zu beschützen. Ich hatte gesagt, dass ich nicht zulasse, dass ihr jemand wehtut. Ich habe mein Versprechen gebrochen.

26

SALLY

Fireball zieht mich hinter sich her. Wir rennen quer über den Rasen auf das Internat zu. Mit jedem Schritt spüre ich den Boden unter meinen Füßen mehr und mehr. Es ist, als würden mich die Schritte aus meinem Schockzustand ziehen. Als wir zur Hintertür hineingehen, bin ich wieder ganz bei mir.

Je weiter wir ins Gebäude vordringen, desto lauter werden die Schreie, die Rufe, das Stöhnen und Ächzen. Obwohl draußen alles vorbei ist, wird hier noch immer gekämpft. Wir treten durch die letzte Tür und gelangen schließlich in die Empfangshalle.

Ein Bild der Verwüstung bietet sich uns. Der Boden ist übersät mit Splittern – Glas, Holz. Wo kommt nur das viele Holz her? Die Fensterscheiben sind geborsten, das Eingangstor zersplittert. Meine Heimat, mein Zuhause wurde angegriffen. Ich muss etwas tun!

Unter den Kämpfenden sind Kadetten und Schüler gleichermaßen. Sie schlagen sich wacker gegen die Rebellen.

»Warum schießen die Kadetten nicht?«, frage ich.

»Ihre Waffen funktionieren nicht«, erklärt Fireball. »Wir

haben ein Störfeld installiert – so wie damals im Palast. Da lösen die Laserwaffen nicht aus.« Und an Jesse gerichtet: »Hilf mir die Balustrade hoch. Sally, du bleibst hier.«

»Sicher nicht! Ich muss meinen Vater finden und ihm helfen, diesen Wahnsinn zu beenden.«

»Nein, musst du nicht. Wenn du verletzt wirst, macht er sich Vorwürfe. Versteck dich und such ihn später, wenn alles vorbei ist. Und halt dich aus den Kämpfen raus!«

Auf ein Widerwort von mir wartet er nicht. Er lässt sich von Jesse auf die Balustrade stemmen und ist weg.

Also, wenn dieser arrogante Kerl meint, dass er mir vorschreiben kann, was ich tue, dann hat er sich aber geirrt! Ich bin schließlich keine seiner Rebellinnen. Ich stapfe los, mitten durch das Kampfgetümmel, auf der Suche nach meinem Vater. Aber ich komme nicht weit. Jesse hält mich am Arm fest. »Was glaubst du, machst du da?«

»Ich suche meinen Vater.«

»Fireball hat gesagt, du sollst dort warten!«

»Fireball ist nicht mein Boss. Und jetzt nimm die Hand weg. Ich gehe. Entweder du kommst mit und hilfst mir oder du hältst mich nicht länger auf.«

Er bläst die Nasenflügel auf und rauft sich die Haare. Neben uns taucht ein Rebell auf und will mich packen, da schießt Jesses Arm schützend nach vorn. »Nicht die Kleine, das gibt Ärger vom Boss.« Ohne ein weiteres Wort dreht der Rebell ab und sucht sich ein anderes Opfer.

»Komm, bevor ich es mir anders überlege.« Er nimmt meinen Arm und bleibt dicht neben mir, als wir uns durch die kämpfende Menge bewegen, immer auf der Hut, nicht selbst verletzt zu werden.

Oben auf der Treppe entdecke ich Fireball. Er hat sich in einen Kampf zwischen einer Rebellin gegen einen Kadetten und einen Schüler geworfen. Da erst erkenne ich den Schüler – es ist

Jonah! Gerade wird er zu Boden geschleudert – meine Güte, sieht der fertig aus. Sein Gesicht ist ganz rot und sein Haar klebt ihm auf der verschwitzten Stirn. Fireball fängt ihn auf, rollt ihn zur Seite weg und stellt sich zwischen den Kadetten und die Rebellin. Ich kenne sie. Sie war damals auch auf der Party. Ja. Ich erinnere mich an sie. Sie hatte mit so einem riesigen, überall tätowierten Typen getanzt. Damals schon trug sie riesige Stiefel, die aussehen, als wären sie mehr Waffe als Kleidungsstück. Wie sie in diesen knappen, viel Haut zeigenden Klamotten kämpfen kann, ist mir ein Rätsel. Als sich Fireball vor ihr aufbaut, hält sie in der Bewegung inne. Mit aufgerissenen Augen starrt sie ihn an. Ich weiß nicht, was er sagt, aber die Rebellin dreht sich einfach um und läuft die Treppe hinunter. Gibt sie etwa auf?

Dann höre ich meinen Vater. Ich höre seinen Schrei. Mein Gott – komme ich zu spät? Was, wenn er ... Nein! Ich drehe mich um und suche in der Richtung, aus der ich seine Stimme gehört habe. Jesse entdeckt ihn vor mir. »Da!«, ruft er und deutet Richtung Chemiesaal.

Da liegt er, mein Vater. Ein Rebell hebt einen großen Holzsplitter wie einen Pflock weit über seinen Kopf und will damit auf meinen Vater einstechen. Ich sprinte los. Aber Jesse ist schneller. Er rast an mir vorbei und wirft sich gegen den Rebellen. Ihre Körper prallen heftig aufeinander und sie fallen zu Boden. Das hat sicher wehgetan. Kurz stöhnen sie und halten sich Kopf und Rippen.

»Was tust du?«, brüllt der Rebell verwirrt.

»Dich von einer Dummheit abhalten.«

»Die Dummheit begehst du, Codriguez!« Dann gehen sie aufeinander los.

Ich renne zu meinem Vater. »Dad, alles okay?«

Er kann nicht aufstehen. Sein Bein liegt in einem merkwürdigen Winkel. Ich packe ihn unter den Schultern und ziehe ihn in den Chemiesaal, fort aus der Kampfzone.

»Stoppt die Kämpfe!«, brüllt Fireballs Stimme durch die Menge.

Ich spicke durch die Tür. Breitbeinig und mit geballten Fäusten steht er auf der Treppe, neben ihm Jonah, vor ihm die Rebellin mit den Killerstiefeln und dem viel zu knappen Outfit. Er droht ihr mit einem Schwert – wo zum Henker hat er das Ding her? Etwa von einer der Ritterrüstungen, die hier rumstehen? Er zeigt mit der Schwertspitze auf ihren nackten Bauch.

»Was fällt dir ein, gegen deine eigenen Leute zu kämpfen?«, fragt das Mädchen.

»Was fällt dir ein, gegen *mich* zu kämpfen?« Herausfordernd hebt er eine Augenbraue. Das Mädchen schluckt und bleibt stumm. »Was fällt euch ein, gegen andere Kinder zu kämpfen? Habt ihr eure Ehre verloren? Oder wurde sie euch aberkannt?« Er lässt den Blick über seine Leute schweifen. Seine Stimme ist mir so vertraut und klingt in diesem Moment doch so fremd. Herrisch, gefährlich, wütend. Niemand kämpft mehr. Sie hören ihm zu. Sie hören ihm alle zu. Rebellen, Kadetten, Lehrkräfte, Schüler. *Er ist ein Anführer wie sein Vater*, schießt es mir durch den Kopf.

»Die Rebellen, die ich anführe, handeln nicht willenlos. Sie haben ein Herz. Ihr habt ein Herz. Und euren Verstand. Nutzt ihn! Seht euch um! Ihr zerstört eine Schule. Ihr kämpft gegen wehrlose Kinder.«

»Wir sind nicht wehrlos«, sagt Jonah schnell, »wir wurden jahrelang ...« Fireball hält ihm das Schwert unters Kinn und er schweigt.

»Lasst die Waffen fallen, Freunde! Geht nach Hause. Euer Kampf ist hier und jetzt vorbei. Kein Blut wird mehr fließen. Der Häuptling hat euch her befohlen. Gut und schön. Aber lasst euch eins sagen: Der Häuptling hat sich längst verpisst! Mark hat ihn begleitet. Sie sitzen bereits in ihrer gemütlichen Zentrale. Geht und schaut nach, wenn ihr mir nicht glaubt.

Während ihr hier kämpft, euer Leben und eure Freiheit riskiert, weil er euch das befohlen hat, fährt er zurück zur Zentrale. Der Kampf ist vorbei! *Er* hat ihn begonnen – *ich* beende ihn.«

»*Du* beendest ihn?«, fragt das Rebellen-Mädchen und ihr Bauch berührt die Spitze seines Schwertes. »Was hast du uns schon zu sagen? Nicht der Häuptling hat sich verpisst, nein – du hast dich versteckt! Hast uns sitzenlassen und verraten. Ich dachte, nach Erics Tod würdest du zurückkommen, aber einen Scheiß hast du gemacht. Lynchen sollten wir dich für deinen Verrat! Ich sage: Packen wir ihn und bringen ihn in die Zentrale, wo er für seinen Verrat bestraft wird.«

Für einen kurzen Moment steigt Panik in mir auf. Wenn sie Fireball packen und wegschleppen, was kann ich dann tun? Wie könnte ich es verhindern?

Aber das muss ich gar nicht. Erst ist es nur Jesse. Er sprintet nach vorne und stellt sich auf die Treppe – zwischen die Rebellen und Fireball. Er starrt das Mädchen wütend und mit geballten Fäusten an. »Du verrennst dich, Ally, wenn du weiter dem Häuptling folgst. Ihr alle verrennt euch! Die Zukunft unseres Clans steht hinter mir auf dieser Treppe. Ich lasse nicht zu, dass ihr sie zerstört. Ich lasse nicht zu, dass ihr Fireball tötet.«

Da tritt eine Rebellin mit langen, glatten Haaren und spitzer Nase vor, stellt sich neben Jesse. »Ich auch nicht.«

Und ein weiterer Rebell und noch einer und dann noch einer. Es werden immer mehr. Bis klar ist: Es mag nicht die Mehrheit sein, die noch hinter Fireball steht, aber es sind genug, um ihn zu schützen.

»Geht nach Hause«, sagt Fireball mit dieser ruhigen, autoritären Stimme. Und sie tun es. Die Rebellen lassen ihre Waffen fallen, schweigend verlassen sie das Gebäude – sowohl die, die gegen Fireball sind, als auch seine Anhänger.

Ein Kommandant mit wütendem Blick, Schnauzbart und

blutigem Riss über der Augenbraue brüllt: »Nehmt Gefangene! So viele ihr könnt! Lasst sie nicht entkommen!«

Aber keiner der Kadetten rührt sich.

»Lasst sie ziehen«, sagt Fireball und wirkt so souverän, so klar, dass sie ihm alle gehorchen. Mein Vater neben mir stützt sich auf seine Unterarme. »Wie der Vater …«

»… so der Sohn«, beende ich den Satz. Wir sehen uns an und nehmen uns fest in den Arm. »Alles okay, Dad?«

»Ich fürchte, mein Bein ist gebrochen.«

Ich betrachte es, wie es da in einem völlig unnatürlichen Winkel liegt und anschwillt, und nicke. »Ich hole einen Sanitäter.«

Ich will aufstehen, aber er hält mich zurück. »Nein, kümmere dich erst um die Schülerinnen und Schüler. Bitte.«

Ich nicke und stehe auf. Es ist unnatürlich still im Saal. Etliche Schüler und Kadetten sitzen oder liegen auf dem Boden. Überall ist Blut, jemand weint, jemand spricht leise und klingt tröstend.

Auf der Treppe sitzen Fireball und Jesse in friedlicher Eintracht beisammen. Jesse bietet Fireball eine Kippe an, der lehnt mit einer Handbewegung ab. Fireball sieht müde aus. Kein Wunder.

Der Kommandant mit dem Schnauzbart stürmt auf die beiden zu, gefolgt von Mr. Johnson, der hinterherhumpelt und Mühe hat, Schritt zu halten. Johnson. Wow, der hat ganz schön was abbekommen. Sein Gesicht ist voller Blut, die Augen schwellen allmählich zu und wie er das Bein hinter sich herzieht – das sieht wirklich nicht gut aus.

Egal, was jetzt mit Fireball und Jesse ist. Sie bekommen das schon hin. Ich muss mich jetzt um andere kümmern. Um meine Mitschüler, meine Familie. Es sind so viele verletzt, überall sitzt oder liegt jemand, weint, schluchzt oder ist ganz still. Wo soll ich denn nur anfangen? Keine zwei Meter von mir entfernt sitzt ein Junge und starrt stumm vor sich hin. Sein weißes Hemd ist blutüberströmt – es sieht aus, als fließe es ihm vom Kopf über den Nacken auf die Schulter und den Arm hinab. Ich gehe zu ihm und spreche ihn an. »Keine Angst, ich helfe dir. Komm, ich kümmere mich zuerst um deinen Kopf.«

»Was ist mit meinem Kopf?«

»Du blutest ein wenig. Nichts Schlimmes, das haben wir gleich.« Ich reiße einen Ärmel meiner Bluse ab und wickle ihn notdürftig um seine Stirn.

Die Tür zum Kellergewölbe geht auf. Der Schularzt Doktor Cole stürmt als erster heraus, hinter ihm die Schwester und auch all die anderen Erwachsenen. Die jüngeren Schüler folgen zögernd, schauen sich mit großen Augen um. Was ihnen wohl durch die Köpfe geht? All das Chaos, all die Zerstörung, die vielen Verwundeten. Das kann doch alles nicht wahr sein. Was hat dieser Häuptling unserem Zuhause angetan?

Doktor Cole kniet sich neben zwei Jungen, die schwach und verletzt auf dem Boden sitzen. Es sind Sebastian und Brian. Sie sehen aus, als hätten sie gekämpft wie die Löwen – und verloren.

Sanitäter des Kommandariats betreten die Halle. Einer von ihnen kommt auf mich zu, legt eine Hand auf die Schultern des Jungen, dem ich einen Teil meiner Bluse geopfert habe.

»Na, wen haben wir denn da? Wie heißt du, Junge?«

Der Junge sieht ihn verwirrt an, schüttelt nur den Kopf und auch ich hebe die Schultern, als mich der Sanitäter fragend ansieht.

»Okay, ich kümmere mich um ihn. Vielleicht kannst du da drüben helfen.«

Er zeigt in die Mitte der Halle. Dort kniet Charlotte, die Lippe aufgeplatzt, die Haut an ihrem Jochbein ganz rot und geschwollen. Auf ihrem Schoß liegt ein schwarzhaariges Mädchen. Das ist doch ...

»Emma!« Ich renne zu ihr und lasse mich neben ihr auf den Boden fallen.

»Emma, mein Gott! Was ist mit dir?«

»Sie hat gekämpft wie eine Verrückte«, erzählt Charlotte. »Wäre sie nicht gewesen, ich glaube, ich hätte nicht …« Charlotte unterbricht sich, Tränen sammeln sich in ihren Augen.

Emma sieht furchtbar blass aus, die Lippen ganz weiß. »Hab' 'nen Schlag auf den Schädel abbekommen. Ich glaub, ich muss …«

Sie dreht sich zur Seite, weg von mir, und kotzt sich die Seele aus dem Leib. Es läuft über Charlottes Rock und der beißende Gestank von Galle zieht zu mir her. Ich unterdrücke einen Würgereiz.

»Sorry, Charlotte«, krächzt Emma.

»Kein Problem, Freak«, sagt die, aber sie sieht zur anderen Seite und schluckt schwer. So tapfer hätte ich Charlotte gar nicht eingeschätzt. Ganz zu schweigen davon, dass sie ihr hübsches Gesicht für diesen Kampf geopfert hat. Charlotte hat einen Charakterzug, den ich bisher noch nie an ihr gesehen habe. Charlotte ist tapfer.

Erst als auch der Letzte versorgt und abtransportiert ist, treffe ich Fireball und Jesse wieder. Sie kommen aus dem Chemiesaal, gefolgt von dem Kommandanten, der mir schon vorher aufgefallen ist. Und meinem Vater.

»Dad! Mit deinem Bein solltest du ins Krankenhaus. Das muss behandelt werden.«

»Ich bin so gut wie auf dem Weg. Ich musste nur erst …«

Er salutiert dem Kommandanten, der sich verabschiedet. Der Kerl mit seinen wütenden Augen und diesem merkwürdigen Schnauzer sieht ihn bitterböse an, dann auch Fireball und Jesse und sagt: »Das letzte Wort ist in dieser Sache noch nicht gesprochen. Ich kriege euch, verlasst euch drauf.«

Jesse verschränkt die Arme vor der Brust. »Es war uns eine

Freude, dem Kommandariat behilflich zu sein. Immer wieder gerne«, sagt er mit einem sarkastisch bissigen Ton, aber der Kommandant lässt ihn einfach stehen und läuft davon.

»Hat man Worte!«, schimpft Jesse.

Fireball hat die Hände tief in die Taschen gesteckt und sieht dem Kommandanten nachdenklich hinterher. Mein Vater legt ihm eine Hand auf die Schulter und ein warmes Gefühl breitet sich in meinem Bauch aus. »Hoffen wir, dass er Unrecht behält. Und jetzt entschuldigt mich. Ich sollte tatsächlich …«

Fireball stützt meinen Vater, und Jesse ist mit einem Satz an dessen anderer Seite. Zu zweit helfen sie ihm zu einer Pritsche, wo sich ein Sanitäter um meinen Vater kümmert. Ich gebe ihm einen Kuss auf die Stirn. »Bis bald, Dad. Ich komme dich besuchen, so schnell ich kann.«

»Ach was, ich bin morgen wieder daheim. Dein alter Dad kommt immer zu seinem Mädchen nach Hause, das weißt du doch.«

Die Sanitäter rollen die Pritsche mit meinem Vater aus dem Gebäude. Durch das Loch im Eingang, wo vorher das Tor war, beobachte ich, wie sie ihn in einen Krankentransport schieben. Von hinten legen sich zwei warme Arme um meine Taille. Der Duft von Lindenblüten, Blut und Schweiß steigt mir in die Nase. Ich lächele.

»Na, du mieser Rebell, wie geht es dir?«

Er grinst. »Ganz gut. Allerdings warst *du* die miese Rebellin, das ist dir klar, oder? Du befolgst meine Befehle nicht.«

»Da war meine Ausbildung an diesem Internat ja wohl völlig für die Katz. Wo ich doch genau das lernen sollte. Oder es liegt an dir. Deine autoritäre Art hat auf mich keine Wirkung.« Ich stoße ihm sanft in die Rippen, sanfter als ich es sonst tun würde, aber ich bin mir nicht sicher, wo dieser Rebellenanführer zurzeit nicht verletzt ist. »Übrigens: nette Rede, Mr. McAllister. Haben Sie das von Ihrem Vater gelernt?« Ich schmunzele und er schenkt mir ein kleines

Lächeln. Trotzdem sieht er müde aus. Er sollte sich dringend ausruhen.

»Was wollte der Schnauzbart von euch?«

»Das Kommandariat bedankt sich bei uns für die Warnung. Gleichzeitig fragen sie sich, woher wir von dem Angriff wussten, wenn wir doch keine Rebellen mehr sind.«

»Sie wollen euch einen Strick daraus drehen, dass ihr das Internat gerettet habt?«

Fireball zuckt mit den Schultern. »Das wird nicht das letzte Mal sein, dass wir dem Kommandariat Grund zum Zweifeln geben werden.«

»Und meinem Vater Ärger macht. Warum? Was habt ihr vor?«

»Ich muss ins Safe House. Die Geiseln befragen. Keine Ahnung, wie lange das dauern wird.«

Mein Herz tut plötzlich so weh. Es ist nur ein kurzer Schmerz, aber ein dumpfes Gefühl bleibt zurück. »Tu das nicht, Fireball. Wenn ihr jetzt verschwindet, hat das Kommandariat allen Grund, euch mit dem nächsten Raumgleiter ins Weltall zu schicken. Seid nicht so dumm!«

Jesse taucht neben ihm auf. »Die Cooper-Maus hat recht. Wir sollten Gras über die Sache wachsen lassen. Ich hab' keinen Bock, mich vor dem Kommandariat zu verstecken. Außerdem hast du ja jetzt wohl allen Grund hierzubleiben, Kleiner.« Er sieht Fireball vielsagend an und der blickt betreten zu Boden. Irgendwas ist wohl an mir vorbeigegangen.

»Wie meinst du das?«

Beide schweigen.

»Sagt schon!«

Ich gebe Fireball einen leichten Schubs gegen die Schulter, aber er reagiert nicht.

Jesse lehnt sich dicht an mein Gesicht, sodass ich seinen Atem rieche, und klärt mich mit Wut in der Stimme auf. »Heute Nacht haben alle – *alle* – gesehen, was du ihm bedeutest. Er kann niemandem mehr etwas vormachen. Du bist jetzt sowas wie der Regenwurm an der Angel, verstehst du?« Jesse schüttelt den Kopf. »Er kann dich nicht allein lassen. Du wärst nicht sicher.«

Er löst sich von mir, aber ich packe ihn am Arm und ziehe ihn zurück. Unsere Nasenspitzen berühren sich beinahe.

»Und du, Codriguez? Was wirst du tun?«

Er verzieht einen Mundwinkel. Erst denke ich, er will mich auslachen. Aber so ist es nicht. Das ist Jesses Gesichtsausdruck, wenn er beeindruckt ist. »Ich bleibe. Und hüte euch wie meinen Augapfel.« Er befreit seinen Arm mit einem Ruck, nimmt meine Hand und drückt mir einen Kuss darauf. Fireball stößt ihn grob beiseite. »Geh und spiel woanders, Jesse.«

Jesse lacht und lässt uns allein. Fireball nimmt mich in die Arme. Ich halte mich an ihm fest, vergrabe mein Gesicht in seiner Schulter und lausche seinem Herzschlag, spüre, wie sich sein Brustkorb hebt und senkt.

Was auch passiert, das hier, wir beide, das bleibt. Er und ich, ich und er. Wir gehören zusammen. Niemand kann uns trennen. Das hier, das bleibt.

DER ANFANG

Eine Nachricht der Autorin an dich:

Hat dir das Buch gefallen? Toll! Das freut mich riesig! Es wäre klasse, wenn du das andere wissen lassen würdest. Am besten über eine kurze Rezension auf Amazon. Das würde sehr dabei helfen, die NAYO-Reihe bekannter zu machen. Ich danke dir so, so sehr!

Gehe dafür einfach auf die Produktseite bei Amazon und klicke ganz unten bei den Rezensionen auf „Kundenrezension verfassen". Schon ein einziger Satz genügt und mir würdest du damit eine große Freude bereiten. Danke dir!

Alles Liebe, deine Julie

PS: Du kannst auch einfach diesen QR-Code scannen. Er bringt dich direkt auf die Produktseite.

DANKSAGUNG

Tja, da ist das Ding. Wie lange Fireball und seine Freunde bereits in meinem Kopf herumspuken … Viel zu lange und es wird Zeit, dass er endlich seine Geschichte erzählen kann. All die Jahre, in denen ich an dieser Reihe gearbeitet habe, saß dieser Kerl neben mir und hat mich förmlich dazu gezwungen, seine Geschichte aufzuschreiben – und mal ehrlich: Wer würde sich mit einem Rebellen anlegen?

Auf dem Weg bis zu diesem fertigen Manuskript gibt es einige Menschen, bei denen ich mich bedanken möchte. Da sind zunächst natürlich Jörn und Juna, die oft für Fireball und Sally zurückstehen müssen. Dann gibt es viele, viele Testleser, allen voran Simone von Westberg, die an dieses Buch glaubt, wie kein anderer, Julian von Westberg – einem der wenigen männlichen Testleser. Ein großes Dankeschön an euch beide!

Bei Martina „Robby“ Winkler bedanke ich mich dafür, dass ich auch in der hundertsten Sprachnachricht darüber jammern kann, dass das gesamte Manuskript nichts taugt und sie mir dennoch immer wieder aufs Neue gut zuredet – danke!

Vielen Dank an meine Lektorin Meike Frie, die schon an Bord war, als es Sally noch gar nicht gab. Auch an meine Korrektorin Sandra Bitzer, die zum Nayo-Fan geworden ist und an meine Cover-Designerin Kathie Weber. Ihr habt einen Diamanten geschliffen!

Weitere Namen, die hier dringend erwähnt werden müssen: Anita Pezhhan, Maxime Gabat, Philipp Rasper, Anja Staudenmaier, Rebecca „Chewiethebookie“ Bois, Daniela K.

Berg, Katrin „Schweschter" Seidel, Vanessa Seidel, Julita Serafigos, Anke „Änk" Franz, Markus Franz, Raissa Meinhardt, Nadja Reibel, Susanne Girod, Rike Joos, Stefan Wendel.

Und last but not least: Liebe Deutsche Bahn, danke für die ICE-Verbindung zwischen Stuttgart und Hamburg – ein eins A Arbeitsplatz.

LESEPROBE BAND 2

THE DARK SIDE OF ME

Sally

Mein Vater steht vor dem neuen, zweiflügeligen Tor aus massiver Eiche – eine Spende von *Tree of Hope* – und lässt den Blick über seine Schülerinnen und Schüler schweifen. Sein Bein wird von einem dicken Luftpolster gestützt und man könnte sich über ihn lustig machen, wenn der Grund für seine Verletzung nicht der grausame Angriff der Rebellen vor zwei Wochen wäre. Hinter ihm hängen bunte Ballons am Torbogen, die Lehrkräfte sitzen auf Klappstühlen links und rechts von meinem Vater.

Wir Schülerinnen und Schüler stehen auf dem Vorplatz, die Blicke Richtung Eingangstür des Internats gewandt, und warten gespannt darauf, dass wir die sanierte Empfangshalle einweihen können. Nach dem Angriff der Rebellen auf das Internat hat es hier ausgesehen, als wären gleich mehrere Bomben eingeschlagen. Unsere Schule, unsere Heimat, hat ausgesehen wie ein zerstörtes Bauwerk. Wie der geschundene, schwer verletzte Körper eines guten Freundes. Drei Tage hat es gedauert, das Chaos zu beseitigen. Weitere zehn

Tage, um alles neu aufzubauen. Dabei haben das Kommandariat und all unsere Sponsoren nicht gezögert und mit Sachmitteln oder Geld geholfen. Wenn ich auf diese zwei Wochen zurückblicke, darauf was wir als Schulgemeinschaft gemeistert haben, bin ich unendlich stolz auf uns. Wir sind zusammengewachsen. Wir haben nicht nur diesen Angriff gemeinsam überlebt, nein, wir haben danach zusammengehalten und unser Zuhause neu aufgebaut. Und heute wird die Empfangshalle, das Zentrum der Kämpfe, endlich feierlich eingeweiht. Obwohl wir alle unter Schock standen, viele verletzt waren und die Eingangshalle in Schutt und Asche lag, war der Unterricht weitergegangen. Mein Vater, der dieses Internat leitet und die Lehrkräfte haben lange darüber diskutiert, ob sie die Schüler zu ihren Familien beziehungsweise Erziehungsberechtigten schicken sollten. Doch mein Vater hatte sich dagegen ausgesprochen. Viele der Schüler waren Waisen oder hatten mindestens ein Elternteil irgendwo auf einem Erkundungsflug im Weltall. Sie wären nicht in ein sorgenfreies Zuhause gekommen, sondern hätten sich mit ihren privaten Problemen auseinandersetzen müssen, damit, dass ihre Eltern oder Geschwister für Jahre im Weltall auf Erkundungsmission sind und erst zurückkommen, wenn wir alle hier schon selbst erwachsen, vielleicht sogar alt, sind.

Es war meinem Vater lieber, dass wir Schüler das Geschehene gemeinsam am Internat verarbeiten. Deshalb haben er und die Lehrkräfte den Unterricht aufrechterhalten. Und obwohl es jedem frei stand, ist keiner, nicht ein einziger Schüler, gegangen. Alle sind geblieben, um anzupacken.

Von hinten legen sich starke Arme um meinen Oberkörper und umfassen mich sanft. Der Duft von Lindenblüten strömt dezent an meine Nase. In meinem Magen kribbelt es und ich bekomme eine Gänsehaut auf den Armen. Ich schließe die Augen, schmunzele und lehne den Kopf an Fireballs Schulter.

»Hi«, haucht er rau in mein Ohr und macht damit, dass sich die Gänsehaut bis zu meinem Nacken hinaufzieht.

»Hi«, flüstere ich und drehe mich um, um in seine eisblauen Augen zu sehen. »Wo kommst du her? Ihr seid zu spät.« Mit ihr meine ich ihn und seinen Leibwächter Jesse.

»Wir waren im Wald, joggen.« Er schmunzelt sanft, wodurch sich seine Grübchen tiefer in seine Wange graben. Seine dunklen Haare sind vom Duschen noch etwas feucht und stehen wild in alle Richtungen ab.

Ich ziehe die Augenbrauen hoch. »Nur joggen? Oder auch trainieren?« Übersetzt heißt das: sich prügeln und das auf ziemlich professionelle Art. Denn als Rebellen müssen die beiden fit bleiben – auch wenn sie ihr Können hier im Internat nicht unter Beweis stellen müssen.

Er grinst. »Das auch.«

Ihn so lächeln zu sehen, erinnert mich an den Überfall vor zwei Wochen. Daran, wie Gust Jackson ihn beinahe hätte töten können, wenn ich diesen Mistkerl nicht mit der Kraft der Verzweiflung zur Seite gerammt hätte. Und daran, wie Fireball mir seine Liebe gestanden hat. Nach all dem Horror in jener Nacht hätte es kein schöneres Ende geben können. Seit dem Angriff sind wir offiziell ein Paar. Selbst vor den Augen meines Vaters hält Fireball meine Hand oder legt seinen Arm um meine Schultern. So als würde ich ihm gehören. Und das Beste ist: Mein Vater akzeptiert es.

Nur einem passt das gar nicht: Jonah. Mein bester Freund – und Ex-Freund – ist immer noch kein Fan von Fireball. Auch wenn Fireball ihm bei dem Angriff das Leben gerettet hat. Er wirft uns ständig düstere Blicke zu und beißt sich dabei auf die Zähne. Reflexartig sehe ich mich nach ihm um. Als hätte ich seinen Blick gespürt, steht Jonah keine zwei Meter von uns entfernt und beobachtet uns mit schmalen Lippen und verschränkten Armen. Ich lächele ihn vorsichtig an, aber sein Blick bleibt der Gleiche: verbittert, enttäuscht. Dass ich ausgerechnet mit Fireball zusammen bin – seinem persönlichen Feind - scheint Jonah schwer zu schaffen zu machen.

Ich seufze.

»Was ist los?«, fragt Fireball leise an meinem Ohr.

»Jonah. Ich vermisse die Zeiten, in denen wir normal miteinander umgehen konnten. Er war mal mein bester Freund, verstehst du?«

Fireballs Miene bleibt verschlossen. Er sieht sich nicht nach Jonah um, dafür weiß er zu gut, wie man über jemanden spricht, der in der Nähe steht und es nicht bemerken soll. »Fang nie was mit deinem besten Freund an«, sagt er und zuckt mit den Schultern.

Jesse beugt sich zu uns und raunt: »Das sage ich auch immer« und gibt Fireball einen Klaps auf den Hintern. Der schenkt ihm einen vernichtenden Blick und ich muss lachen. Jesse ist so ein Kasper! Wenn ich es nicht mit eigenen Augen gesehen hätte, könnte ich nicht glauben, was für eine Killermaschine dieser Witzbold sein kann. Fireball mit seinem undurchdringlichen Blick – ja, dem traut man sowas vielleicht noch zu. Aber Jesse ...

»Hab ich was verpasst?«, erklingt Emmas gehetzte Stimme. Sie drückt ihr schwarzes, zu einem strengen Dutt gebändigtes Haar mit den Händen an den Kopf, obwohl kaum ein Härchen absteht. Ihre fast weiße Haut ist an den Wangen ein wenig gerötet, weil sie sich so beeilt hat, noch pünktlich herzukommen. »Ich war noch bei der Fahrstunde. Fragt nicht! Eine Katastrophe!«

»Wir fragen nicht«, sagt Jesse.

Emma winkt ungeduldig vor seiner Nase herum. »Dich meinte ich auch gar nicht. Gott, Sally, seit du mit diesem Rebellen abhängst, umgibt uns ständig dieser aberwitzige blaue Schatten. Wie wird man den los?« Mit dem Begriff blauer Schatten spielt sie auf Jesses strahlend blaues Haar an – die meisten Ameganer haben blaues Haar, so auch er.

»Gar nicht, befürchte ich.« Bevor ich Emma fragen kann, was bei ihrer Fahrstunde passiert ist, beginnt mein Vater seine Ansprache.

»Liebe Schülerinnen und Schüler, zwei Wochen ist es her, dass unser friedliches Zusammenleben unter furchtbaren Umständen beinahe zerstört worden wäre. Wir verdanken es dem tapferen Eingreifen des Kommandariats und den ehemaligen Rebellen unter uns, dass wir heute hier stehen und am Leben sind.«

Mein Vater hatte der Schülerschaft gleich am Tag nach dem Angriff erklärt, dass Fireball und Jesse ehemalige Rebellen seien, die hier im Internat untergetaucht waren. Seitdem weiß jeder hier Bescheid über deren Vergangenheit. Oder glaubt zumindest, die Wahrheit zu kennen. Kaum jemand – und zu den wenigen Ausnahmen gehöre ich – weiß jedoch, dass Fireball und Jesse alles andere als ehemalige Rebellen sind. Vielmehr sind sie Teil einer abgespaltenen Gruppe des Rebellen Clans. Genauer gesagt ist Fireball sogar der Anführer dieser Gruppe und auf dem besten Weg, seinen ehemaligen Boss, den Häuptling, zu töten, um den Rebellen Clan wieder zu vereinigen und zu führen.

»Wir sind unglaublich dankbar, dass dieser Angriff trotz allem Blutvergießen ohne bleibende Schäden oder gar Trauerfälle beendet werden konnte. Und ich, als Direktor dieses Internats, bin unheimlich stolz darauf, wie alle hier zusammen am Wiederaufbau gearbeitet haben. Dass wir heute vor einer glänzenden neuen Empfangshalle stehen, haben wir zuallererst euch und Ihnen, liebe Kolleginnen und Kollegen, zu verdanken. Und natürlich den Gönnern unserer Schule – dem Kommandariat. Ich begrüße nun, stellvertretend für das Kommandariat, den Präsidenten von Yona: Anthony Dwaine.«

Der Präsident ist hier? Präsident Anthony Dwaine höchstpersönlich hat den Weg auf sich genommen, um unser Internat zu besuchen. Mein Magen macht einen Salto bei der Erinnerung an mein letztes Zusammentreffen mit ihm: Erst hatte ich ihn bei einem Empfang im Palast beleidigt, dann habe ich für ihn eine vergiftete Kugel abgefangen und ihm damit das Leben gerettet. Wohlgemerkt eine Kugel, die der Rebell, in dessen Armen ich gerade liege, abgefeuert hatte. Mein Vater hatte damals sämtliche Hebel in Bewegung gesetzt, um Fireball vor der Verbannung ins Weltall zu bewahren und ihn an diese Schule geholt.

Präsident Dwaine betritt die Bühne und Fireballs Hand umfasst meine etwas fester als gewohnt. Ich wende mich ihm zu. »Hattest du nach dem Attentat Kontakt mit ihm?«

Fireball nickt, ohne die Augen von dem Mann zu nehmen. »Einmal. Im Gefängnis. Damals hat er mir gesagt, er würde alles tun, um mir das Leben zur Hölle zu machen.«

»Fragst du dich auch manchmal, wie mein Vater dich da rausbekommen hat?« Ich habe mir in den letzten Wochen häufig darüber Gedanken gemacht. Fireball war der meistgesuchte Verbrecher des Planeten, aber mein Vater hat ihn vor der Verbannung ins Weltall gerettet und ihn hier unterbringen können.

Fireball zuckt mit den Schultern. »Er wird den Namen meines Vaters dafür genutzt haben. Man verbannt den Sohn eines Kriegshelden nicht ohne schlechte Presse.«

Anthony Dwaine ist ein groß gewachsener Mann mit gegeltem Schnauzer. Er sieht sich erst in aller Ruhe unter uns Schülern um und setzt dann zu seiner Ansprache an. Seine Stimme hallt laut und klar über die Lautsprecher.

»Liebe Kinder, euer Zuhause wurde angegriffen. Ihr wurdet in eurem Frieden gestört, wurdet verängstigt, bedroht und verletzt in den Mauern, die eure Heimat bedeuten.«

Was hatte er doch gleich gesagt bei unserem Gespräch im Palast? Es lohne sich, für die Heimat zu kämpfen.

»Ich lasse nicht zu, dass ihr weiter in Angst und Schrecken leben müsst. Ich lasse nicht zu, dass junge Menschen ohne

Perspektive aus purem Neid – aus kindischem Trotz – euch eure Zukunft nehmen. Ich bin hier, um euch zu versichern: Wir werden die Rebellen jagen! Wir werden diese verzogenen Gören bis auf den letzten finden, sie in den nächsten Raumgleiter stecken und für den Rest ihres Lebens ins Weltall schicken!«

Mein Vater reicht ihm mit versteinerter Miene eine Papierrolle. Dwaine zieht sie auf und sagt: »Heute präsentiere ich euch voller Stolz das überarbeitete Gesetz zur Festlegung des Strafmaßes bezüglich Teilnahme an illegalen Gemeinschaften. Ich weiß, Gesetze langweilen junge Menschen wie euch, darum will ich mich kurzfassen. Dieses neue Gesetz schreibt einen Abflug ohne Wiederkehr vor – für alle, die sich illegalen Gemeinschaften anschließen, unabhängig von der begangenen Straftat. Und: Es schließt darüber hinaus Mitwisser ein. Damit haben wir einen wesentlichen Schritt getan, dem Gebaren dieser Rebellen Einhalt zu gebieten. Seid versichert: Nie wieder müsst ihr euch fürchten. Nie wieder unsicher in eurem Zuhause fühlen. Die Rebellen sind Geschichte. Bald sind sie nichts weiter als ein winziger Stern am Nachthimmel, der Monat für Monat kleiner wird, bis er irgendwann gar nicht mehr zu sehen ist. Verlasst euch darauf.«

Mir ist, als suche Dwaine die Gesichter der Anwesenden ab. Schließlich fliegt sein Blick zu mir, bleibt an mir hängen. Oder doch an dem Jungen, der hinter mir steht? Ich spüre, wie sich Fireballs Griff um meine Taille verkrampft und streiche ihm sanft mit dem Daumen über den Handrücken.

Dwaine tritt vom Mikrofon zurück. Verhalten klatschen wir Schüler. Emma beugt sich näher zu Fireball und mir. »Ist dem klar, dass wir hier zwei Rebellen stehen haben?«

»Ehemalige Rebellen«, korrigiert Fireball.

Emma zieht die Augenbrauen hoch. »Äh, ja, klar. Stimmt.« Das klang überhaupt nicht so, als würde sie ihm glauben. Ich wage es nicht, Fireball einen Blick zuzuwerfen. Ob er denkt, dass ich Emma etwas gesagt habe? Ich muss ihm später sagen, dass das nicht der Fall ist.

Mein Vater klatscht in die Hände, höflich. Meine Hände bleiben wie Blei auf Fireballs liegen, der sich auch nicht die Mühe macht, Präsident Dwaine Applaus zu spenden.

Der Treppenabsatz vor dem Gebäude wird geräumt und mein Vater und der Präsident verschwinden im Gebäude, gefolgt von mehreren Mitarbeitenden des Kommandariats, die wahrscheinlich für die Sicherheit von Anthony Dwaine zuständig sind. Fireball, Emma, Jesse und ich lassen uns mit der Menge ins Gebäude treiben. Charlotte und Elsa schließen zu uns auf. »Jesse!«, ruft Charlotte, um auf sich aufmerksam zu machen.

»Hallo, meine Schöne«, sagt er und legt seinen Arm um ihre Schultern, worauf Charlottes Wangen tatsächlich ein wenig rot werden. Ich fasse es nicht, dass sie mir noch vor wenigen Monaten den Freund ausgespannt hat und jetzt schon wieder mit dem nächsten flirtet. Hoffentlich lässt Jesse sie links liegen. Ich würde es ihr so gönnen! Erst recht da sie Jonah nach wenigen Wochen fallen lassen hat wie eine heiße Kartoffel. Unglaublich, dass er mich für dieses Miststück sitzen lassen hat. Andererseits: Hätte sich Jonah nicht von mir getrennt, wäre ich jetzt vielleicht nicht mit Fireball zusammen. Und auch wenn es mit ihm so kompliziert und schwierig ist, würde ich nicht tauschen wollen. Ich greife nach seiner Hand und als ich sie finde, drückt er meine sanft.

»Jesse, was bedeutet diese Ansage vom Präsidenten?«, fragt Charlotte. Macht sie sich etwa Sorgen um Jesse und Fireball? »Seid ihr in Gefahr?«

»Aber Süße, wie kommst du denn darauf?«

Sie legt den Kopf schräg. »Habt ihr zugehört? Sie wollen die Rebellen verbannen, den gesamten Clan zerstören.«

Jesse winkt ab. »Ach, weißt du seit wie vielen Jahren sie das tun wollen? Nichts als heiße Luft. Außerdem sind Fireball und ich keine Rebellen mehr. Also alles safe.«

Charlotte wirft mir einen fragenden Blick zu. Will sie sich gerade mit mir verbünden? Seit dem Angriff auf das Internat sind wir zwar keine Feindinnen mehr, die sich gegenseitig anstacheln, aber dennoch weit entfernt davon, uns geheime Blicke zuzuwerfen. Also ignoriere ich sie.

Charlotte lehnt sich näher an Jesse und Fireball und raunt: »Also, solltet ihr doch in irgendwelche Schwierigkeiten geraten: Hier gibt es genug, die euch helfen würden.« Verschwörerisch hebt sie die Augenbrauen und wendet sich dann ab.

»Okay, das war gruselig«, sage ich.

»Eher interessant«, sagt Fireball und sieht Charlotte hinterher, wie sie durch die Menge verschwindet. Dass er sie so beobachtet, gefällt mir gar nicht, aber im nächsten Moment legt er seinen Arm um mich und flüstert in mein Ohr: »Interessant, weil der Nachwuchs im Kommandariat dazu erzogen wird, uns Rebellen zu hassen. Aber durch den Angriff, oder vielmehr Jesse und mich, scheint sich da etwas geändert zu haben.«

»Sie haben gelernt, dass nicht alle Rebellen böse sind«, sage ich.

Er nickt nachdenklich.

»Fireball?« Die Stimme meines Vaters ruft quer durch die Eingangshalle und wir sehen auf. Er lehnt am Treppengeländer und winkt ihn heran.

»Ich geh mal schauen, was er will. Bis später.«

»Beeil dich, sonst stehst du bei Mr. Johnson am Hologramm und darfst Fragen zum Unterrichtsstoff beantworten.«

»Dann komm ich besser erst zum zweiten Kurs.« Er zwinkert, küsst mich sanft und taucht dann in die Menge der Schüler ein.

Fireball McAllister ist mein Freund. Unwillkürlich muss ich grinsen. Die letzten zwei Wochen waren traumhaft. Wir haben uns geküsst, wir haben stundenlang geredet, uns im Arm gehalten. Ich liebe die Art, wie er mein Gesicht hält, über meine Arme streichelt. Und mit jedem Tag, der vergeht, wird mir klarer: Ich will ihn. Ich will ihn ganz und gar. Nicht nur küssen, nicht nur kuscheln. Ich will alles von ihm. Vielleicht schon heute Nacht. Verlegen presse ich die Lippen aufeinander, um ein Grinsen zu verbergen. Fireball McAllister, heute Nacht gehöre ich dir.

---

*Willst du wissen, wie es weitergeht und ob Fireball und Sally die Nacht miteinander verbringen? Dann gleich hier weiterlesen: »NAYO – The Dark Side of Me«: www.amazon.de/dp/*B0BWGCQG18

REBELLEN-MAIL

Möchtest du noch tiefer in die Geschichte von Fireball und Sally eintauchen? Dann sei dabei, wenn Fireball im Gefängnis Besuch von Peter Cooper bekommt, lies, wie Fireball zum Rebellen wurde und vieles mehr. Du wirst automatisch für Julies Newsletter angemeldet – wenn du nicht schon auf der Liste bist. Das ist für dich komplett kostenlos. Ich verspreche, dass ich niemals Spam sende und du kannst dich natürlich jederzeit wieder abmelden. Hier erfährst du auch immer als Erste, wie und wann es mit Fireball und Sally weitergeht.

Einfach diesen Link eintippen, wenn du Bonusmaterial lesen möchtest: www.julie-annk.de/rebellen-mail

Oder scanne einfach den QR-Code, der dich auch direkt zur Seite bringt:

Außerdem kannst du dir im Newsletter kostenlos den Prequel »The Dark Side crosses – Fireballs Geschichte« herunterladen.

Willst du wissen, wie es mit Fireball und Sally weitergeht? Dann findest du auf den nächsten Seiten eine Leseprobe von »Nayo – The Dark Side of Me«.

Auf bald, deine

DIE KOMPLETTE NAYO-REIHE

Die NAYO-Reihe

Die Geschichte von Fireball und Sally erstreckt sich über fünf Bände. Du solltest sie unbedingt in der richtigen Reihenfolge lesen, also:

Band 1: The Dark Side of You

Band 2: The Dark Side of Me

Band 3: The Dark Side of Us

Band 4: The Dark Side of Them

Band 5: The Dark Side of All

Alle Bücher der Serie sind auf Amazon erhältlich als E-Book, als

Taschenbuch und als Hardcover-Ausgabe.

Außerdem sind alle Bände in Kindle Unlimited und können von Mitgliedern im Rahmen des Kindle Unlimited Programms kostenlos gelesen werden.

Infos über weitere Bücher gibt es auf meiner Webseite, wo du dich auch für den Newsletter anmelden kannst, damit du nie eine Neuerscheinung verpasst.

www.julie-annk.de

BALD ERHÄLTLICH VON J.A. KUNZ

Jetzt vorbestellen!

Verpasse nicht den **Auftakt der neuen New Adult Reihe** von J.A. Kunz und bestelle dein Exemplar gleich heute.

Hier klicken und vorbestellen: www.amazon.de/dp/B0CKNVRL1G

Darum geht's in Blossom Chill – Verrat & Sühne:

Eina soll sich an der Blossom Chill Akademie zur Kämpferin für das Königreich ausbilden lassen. Dabei wird ihr der attraktive Ausbilder Jaxon zugewiesen. Doch sein hübsches Gesicht trügt, denn Jaxon ist knallhart. Als Eina seinen vollständigen Namen erfährt, wird ihr klar, dass sie ab sofort ihrem größten Feind ausgesetzt ist. Und obwohl sie Jason aus tiefstem Herzen hasst, kann sie nicht verhindern, dass sich ihre Gefühle für ihn verändern.

Doch Eina verbirgt ein Geheimnis, dass nicht nur Jaxon, sondern das gesamte Königreich ins Verderben stürzen wird.

Jetzt Blossom Chill – Verrat & Sühne – jetzt vorbestellen:

www.amazon.de/dp/B0CKNVRL1G

Du willst keines meiner Bücher verpassen? Dann folge meinem Amazon Autorenprofil (Klicke auf den Button »+ Folgen« unter meinem Profilbild) oder noch besser: Abonniere meinen Newsletter!

Zum Amazon-Autorenprofil

Zum Newsletter von J.A. Kunz

Deine Julie

1. Auflage
Erschienen am 17. März 2023
Herausgeber: Juliane Kunz
Tischardter Straße 15
72622 Nürtingen
E-Mail: schreib@julie-annk.de
Lektorat: Maike Frie
Korrektorat: Sandra Bitzer
Cover-Gestaltung: Katie Weber
ISBN: 978-3-9825344-0-4

www.julie-annk.de

Printed in Poland
by Amazon Fulfillment
Poland Sp. z o.o., Wrocław

31428295R00233